綠牡丹
中國古典名著
清・無名氏 編著
劉 倩 校注
三民書局

國家圖書館出版品預行編目資料

綠牡丹／清・無名氏著，劉倩校注.－－初版一刷.－
－臺北市：三民，2015
面；　公分.－－(中國古典名著)

ISBN 978-957-14-6091-8 (平裝)

857.44　　　　104023901

著作人　清・無名氏
校注者　劉　倩
責任編輯　劉培育
美術設計　郭雅萍
發行人　劉振強
著作財產權人　三民書局股份有限公司
發行所　三民書局股份有限公司
地址　臺北市復興北路386號
電話　(02)25006600
郵撥帳號　0009998-5
門市部　(復北店) 臺北市復興北路386號
(重南店) 臺北市重慶南路一段61號
出版日期　初版一刷　2015年11月
編　號　S 857770
行政院新聞局登記證局版臺業字第〇二〇〇號

ISBN 978-957-14-6091-8 (平裝)

http://www.sanmin.com.tw 三民網路書店

綠牡丹 總目

引言……一—八
原序……一—二
書影插圖……一—二
回目……一—六
正文……一—三五四

引言

劉倩

綠牡丹，是一部清代中期的白話章回小說。道光十一年（西元一八三一年）芥子園藏板本首敘署「二如亭主人謹書」，後敘署「長洲愛蓮居士漫題於芥子園」，二如亭主人和愛蓮居士，其真實姓名均不詳。綠牡丹以武則天當政臨朝、廬陵王李顯復國為背景，寫駱宏勳、任正千、花振芳、鮑賜安、余千、花碧蓮、鮑金花等英雄俠女鏟除身邊惡霸，襄助廬陵王復辟李唐，最後加官進爵、封妻蔭子的故事。

此書別名宏碧緣、四望亭全傳、續反唐傳、反唐後傳等，這些書名各有側重。續反唐傳、反唐後傳，大約是刻書人希望借重「說唐」故事在民間的廣泛影響來自高身價。小說中的英雄好漢們最後都受狄仁傑、薛剛統領，輔助廬陵王復辟回國，但這段情節描寫比較簡單，所占篇幅甚少，幾乎是草草帶過，與「說唐」系列故事實際上並沒有什麼關係。題名綠牡丹，取自武則天開女科所命試題，書中三位女主角花碧蓮、鮑金花、胡賽花都巍然名列女科榜首。宏碧緣這一書名，則是從駱宏勳、花碧蓮的名字中各取一字合成，意在突出二人的姻緣線索。這段緣分，儘管沒有才子佳人小說常見的小人播弄其間的套路，卻也好事多磨。花碧蓮隨父闖蕩江湖的一個主要原因，就是希望有更多選擇機會，找到自己的心上人。她對駱宏勳一見鍾情，但駱宏勳早已定親，屢屢婉拒。後來還是一幫朋友略施小計，才成就二人的好事。所謂四望亭全傳，則來自小說中一段膾炙人口的情節。欒一萬的馬猴掙脫繩索，逃到揚州鬧市大街中的四望亭上，余千、花碧蓮上亭捉猴，亭子失修朽壞，花碧蓮連人帶猴摔了下來，幸虧下面的駱宏勳一把抱住。偎在駱宏勳懷中的花碧蓮既嬌羞又興奮，用小說的話來說就是「雖然不曾同歡樂，暫臥懷中也動情」。不僅如此，四望亭捉猴，更是小說的一個大關節，各位英雄好漢從此與欒一萬結仇，隨後引出了揚州打擂、火燒四傑村等一系列熱鬧緊張的情節。

綠牡丹寫了很多人物，大多比較生動。民國十年喬培璋宏碧緣序（上海文益書局石印本）說：「如任正千之高誼，鮑士安之任俠可風，徐松朋之好友，花振芳之英武，俱為是書中上乘人物。餘如濮氏兄弟之剛強魯莽，義僕余千之勇敢，而消安、消月、黃胖等諸少林，無不具藝術特色。」這些人物中，寫得最好的要數余千、花振芳、鮑賜安。余千是駱家僕人，與駱宏勳同齡，兩人一起長大，一起學習拳棍，情同骨肉。他好動不好靜，喜歡打架，人稱「多胳膊」，四望亭捉猴、揚州打擂臺，都是他主動出擊，技癢難耐。他對主人忠心耿耿，駱宏勳黃花鋪下獄，他痛不欲生，哀求狄仁傑為主人伸冤；駱宏勳四傑村被劫，又是他將主人救出，背在背上，捨命與仇人大戰。花振芳是「旱地響馬」，在北方的山東、直隸、河南到處聞名，就連官府在路上撞見他，也不過是睜一隻眼閉一隻眼；鮑賜安則是「江河巨寇」，稱霸鎮江龍潭四十餘年，據說從不驚擾公平客商、忠良官員，截殺的都是些貪官污吏、朝中奸黨。兩位綠林大盜交情頗深，見面就鬥嘴賭勝，都是後世武俠小說中最討讀者喜歡的「老頑童」一流人物。花振芳劫獄救出任正千，鮑賜安就要二鬧嘉興、三捉姦淫，不單是為朋友紓困解難，更要藉機全自己的臉面。花振芳疼愛女兒，屢屢向駱宏勳議親不諧，竟至惱羞成怒，聲稱：「這個小畜生，好不識抬舉！你既不允，諒我女兒必是一死。我女既死，我豈肯叫你獨生？我將十三省內，弄十三件大案在小畜生身上，看他知我的利害！」結果還是鮑賜安出謀劃策，設計盜出駱母與桂小姐，才圓了宏碧之緣。小說後半部分，揚州打擂、二鬧嘉興、三捉姦淫、鬧長安、戰潼關，鮑賜安儼然成了英雄領袖，號令眾人做下很多轟轟烈烈的大事來。有趣的是，這個六十開外的武林高手、江河巨寇，天不怕地不怕，卻怕自己的女兒鮑金花。鮑金花一拉下臉來，鮑賜安就恨不得腳底抹油，對女兒的要求總是百依百順。小說結束詩曰：「江湖有義終非盜，衣帽無良豈是人？」讚的是江湖俠義，將衣冠禽獸、假作斯文之徒一併抹殺，不禁讓人聯想到「仗義半從屠狗輩，負心都是讀書人」一聯，讀書人的聲譽在民間可真不怎麼樣。

在綠牡丹的描寫中，有一個現象值得一提。近世武俠小說一般不會細緻交代俠士們的經濟來源，比較起來，綠牡丹中的俠客們儘管也常常仗義疏財，但同時也可以說是「錙銖必較」。花振芳父女為駱宏勳、任正千等人「頑把戲」，價錢是事先仔細講妥了的。四望亭捉猴，花振芳也是貪欒家的二十兩銀子，才派了花碧蓮上亭。駱宏勳父親在任病故，回到老家揚州後，為「生活計」，駱母拿出三千銀子本金，讓駱宏勳、余千放貸吃利息。花振芳南下定興，劫獄救護任正千，順路還帶上了十多個能幹之人，順便做些「相宜的生意」，因為千里之遙，自然不能空去空回嘛。鮑賜安揚州打擂，雖然是為駱宏勳等朋友「復臉」，但也要先賭五百銀子，才肯動手。第四十八回鮑賜安捉了王倫、賀氏後，各色軟細物件、金銀財寶，一共打了六個大包裹；到了小說快結束的第六十三回，作者還記得讓鮑賜安將這六個大包裹交給任正千！順便說一句，在眾多以粗疏、草率、有悖情理著稱的古代通俗小說中——用鄭振鐸先生的話來講，「好的作品實在太少了」、「無量數的劣等作品」、「那些無窮盡的淺薄無聊的小說」，綠牡丹前後照應十分細密，情節安排基本上不會讓人挑出刺兒來，真真難能可貴。

小說為什麼會這麼「錙銖必較」?這是一個很有意思的問題。是不是因為生活本來就是這樣的呢?就像小說每寫眾人吃飯,必然要寫「分賓主而坐」一樣,誰與誰一席,誰與誰另一席,一定要交代清楚。余千與駱宏勳一起長大,同食同宿,但是在黃花鋪時,余千卻講起了禮,他說:「這黃花鋪乃來往大道,士人君子甚多,倘看見主僕共桌而食,暗地必定取笑。大爺用過,小的再用。」安分守禮,本來就是生活常態,猶如開門七件事,柴米油鹽醬醋茶,沒法兒假清高。還有,小說結尾,眾英雄準備前往房州迎駕回京,需要人留守潼關,但無人挺身而出,「眾人都千辛萬苦,俱要迎王顯功,都不應話」,這些自私自利的小心思,雖然不是金庸先生所說的「俠之大者」,卻也是人之常情。蘇東坡曾稱讚陶淵明率任自然,說他:「欲仕則仕,不以求之為嫌;欲隱則隱,不以去之為高。」對於功名利祿、富貴吉祥,老百姓可是毫不含糊,理直氣壯地伸手就要、現在就要!

綠牡丹正文文字簡單樸素,直如日常說話一般。趙毅衡先生說得很對,中國古代通俗白話小說有一種「時間滿格」,即在敘述線上的所有的時間,無論有事無事,都至少提及,不省略任何環節。(苦惱的敘述者——中國小說的敘述形式與中國文化,北京十月文藝出版社,西元一九九四年)「無事」時,粗線條勾勒,如用「一宿無話」、「當日無事」、「話不再煩」等語帶過。「有事」時,敘事速度相對放慢。綠牡丹明白如話的語言特色,在敘「事」時,似乎有了化囉嗦嘮叨為神奇的特殊力量。例如第十六回,任正千被王倫、賀氏陷害入獄,花振芳準備夜半三更開始救援行動,小說這樣寫道:

算計已定,拿了五錢銀子,叫店小二沽一瓶好酒,製幾味肴饌,送進房來,自斟自飲。吃了一會，將剩下的肴酒收放一邊，臥在床上，養養精神，瞌睡片時。

不覺晚飯時候，店家送進飯來，花振芳起來吃了些飯，閒散閒散，已至上燈時候。店家人又送盞燈進來，花老又叫取桶水來，將手臉淨洗淨洗，把日間餘下酒肴，重復拿來，又在那裏自斟自飲。只聽店中也有猜拳行令的，也有彈唱歌舞的，各房燈火明亮，吵吵鬧鬧。天交二鼓，漸漸靜雅，燈火也熄了一大半。花老還不肯動身，又飲了半更天的光景，聽聽店中毫無聲息，開放房門，探頭一望，燈火盡熄。花老回來打開包裹，仍照昨日裝束，應用之物，依舊揣在懷中。自料救了任正千出來，必不能又回店中，將換下衣服緊緊的捆了一個小捲，繫在背後。出了房門，回手帶過。雙足一蹬，上了自己的住房，翻出歇店，入了小徑之路，奔進城而來。

這段文字，從黃昏時分一直寫到天交三鼓左右，各種細微瑣事「填滿」了其間時間，凝神等待、大戰在即的緊張氛圍，卻也在這些瑣事中一步緊逼一步地造了出來。

毫不例外，綠牡丹也遵循了中國通俗白話小說插入詩詞韻文的文體程式。不過，這些詩詞實在不敢讓人恭維，不押韻不合轍，連最普通的順口溜都比不上。最讓人訝異的是，如前所述，小說題為綠牡丹，正是因為武則天開女科以此作為詩賦考試題目，名列女科榜首的三位俠女所作之詩，這麼重要的一個關目，竟然在小說中付之闕如，只有考官留下八字含糊讚語：「章章錦繡，句句精神。」難道作者終於在小說即將結束之際才猛然醒悟，不願意再次獻醜了麼？百思難得其解。

在中國古代小說史上，綠牡丹應該是屬於叨陪末座的那一類作品。但與此同時，它卻又是中國古代小說史上一部不容輕忽的作品，因為在從歷史演義（以三國志演義為代表）、英雄傳奇（以水滸傳、「說唐」、「說岳」為代表）向武俠小說的歷史演進過程中，綠牡丹居於一個關鍵環節。武俠小說，必然要描寫武打，描寫武術招式。綠牡丹之前，還沒有哪部中國古代小說像它那樣細緻地描寫過武術招式。水滸傳中的李逵，是一排板斧劈頭蓋臉地殺將過來；武松打虎、魯智深拳打鎮關西，靠的都是蠻力。而在綠牡丹的重要關目揚州擂臺一節中，朱彪打敗駱宏勳、余千主僕，用的就是鐵砂掌，小說中稱之為「沙手」。鮑賜安戰朱彪，鮑金花戰朱豹，一招一式，小說的描寫都很詳細，儘管還顯得樸拙、稚嫩。

綠牡丹情節曲折，故事性極強，問世後頗受人們喜愛。京劇、川劇、滇劇、湘劇、徽劇、豫劇、秦腔、河北梆子等很多劇種，都曾取材於它。大鬧桃花塢、四望亭、嘉興府、龍潭鎮、揚州擂、刺巴結、四傑村（余千救主）、巴駱和、安河鎮、翠鳳樓，這些都是為人熟知的劇目，至今仍然活躍在戲曲舞臺上。京劇宏碧緣，甚至長達十六本之多，光緒元年（西元一八七五年）曾由丹桂園首演。陶君起先生編著京劇劇目初探（北京中華書局，西元二〇〇八年）一書中，曾提到一部八本的宏碧緣，情節自「大鬧桃花塢」起，至駱宏勳、花碧蓮成婚止，「有南北兩派唱法，北方楊小樓、賈碧雲曾演出，南方流行較廣」。

綠牡丹故事，毫無疑問，也是說書人表演的傳統書目。揚州評話、蘇州評話，都有講說綠牡丹故事者。咸豐年間揚州人胡兆章根據小說編演綠牡丹評話，分為十大回，據說需要四十五場才能說完。該派第五代傳人鄭照麟的口述稿，長達八十七萬字之多。民國初年，北京李豫鳴用八年時間編成評書龍潭鮑駱，後傳給品正三，品正三又傳給弟子陳蔭榮。西元一九八八年，根據陳蔭榮口述，中國曲藝出版社出版了龍潭鮑駱第一分冊鮑福鬭龍潭。

綠牡丹還曾改編成電影、電視劇。最早將之搬上銀幕的是香港大中華影片公司於西元一九四五年出品的電影宏碧緣，由邵醉翁導演、于素秋主演。最近一次改編，則是西元一九九七年由陳亞洲執導的二十五集電視連續劇風塵豪客，根據著名評書家單田芳創作的八十集廣播評書宏碧緣改編而成。

綠牡丹刊本很多，有八卷本和六卷本，均為六十四回。現存最早的版本是嘉慶五年（西元一八〇〇年）年三槐堂刊本（藏日本國會圖書館），此外尚有道光九年（西元一八二九年）廈門文德堂藏板、道光十一年（西元一八三一年）芥子園藏板、道光十二年（西元一八三二年）益友堂刊本、道光二十七年（西元一八四七年）經綸堂刊本，以及光緒年間的刊本多種。

本次校點，以上海圖書館藏道光二十七年經綸堂本為底本，參校中國社會科學院文學研究所藏光緒年間京都東泰山房本。底本缺漏、模糊、錯訛之處甚多，為避免繁瑣注釋，這裏就整理原則略作說明：

一，小說以唐代廬陵王復辟為背景，但正如錢靜方先生小說叢考所言：「按之正史，全屬子虛。」小說中的史實錯誤，如皇帝的年號、廟號，在整理中可以改正；但與故事情節有關聯的部分，不便擅改，一仍其舊，如小說稱武則天自縊，如唐代故事出現宋歐陽修興建的揚州平山堂等。

二，明顯的錯字、漏字，參校京都東泰山房本直接予以改正、增補，不一一出校記。個別底本、參校本均無法辨別的文字，寧空缺，不臆改。

三，書中人物姓名，特別是余千、欒一萬、鮑賜安三人，底本（經綸堂本）正文分別作余謙、欒鎰萬、鮑自安。但後世戲曲中，此三人名字均寫作余千、欒一萬、鮑賜安。考慮到戲曲傳播、接受心理，以及本書人物命名慣例（如華三千之名）、鮑老本名福表字賜安更妥等，現均統一為余千、欒一萬、鮑賜安。

四，文理似通非通之處，在未見更好的本子之前，一仍其舊。如第一回中「任正千見賀世賴言語扭捏自己應用」、「賀氏聞言，雖惜哥哥出去無有投奔，但聽他自作吃活，也不敢怨任大爺無情」兩句，讀者自可想見其意思，不擅作改動。

五，前後文缺乏銜接之處，在不改變原意的情況下，略予牽補。如第五十三回，原文作：鮑賜安遂將駱宏勳黃花鋪被誣余千喊冤軍門差提愚兄今已移居山東亦是北人了知令郎被駱宏勳誤傷特約胡家賢弟等一同前來造府相慰今同駱宏勳亦辦了祭禮在令郎靈前叩奠。整理後改為：鮑賜安遂將「駱宏勳黃花鋪被誣，余千喊冤，軍門差提愚兄，今已移居山東，亦是北人了，知令郎被駱宏勳誤傷，特約胡家賢弟等一同前來，造府相慰」情由，說了一遍。又道：「今同駱宏勳亦辦了祭禮，在令郎靈前叩奠。」

總之，整理、點校古籍，盡可能保存作品原貌是首要原則，但校者水平有限，錯誤難免，敬請讀者指正。

敘❶

夫傳者，傳也❷。播傳於世，以彰忠貞義節；出於毫下，亦有雪月風花。借其腕下之餘情，以解胸中之悶垢，而悅目暢於懷，消其長晝之暇，並警悶者之安。故胡為而評？胡為而刻？文淺章迂，詞頑句拙，雖非效史，而亦可觀，願賢者覽而削之。故作是傳，欲其名謂之曰綠牡丹云耶❸。

❶ 敘：此據道光二十七年（西元一八四七年）經綸堂本，敘後未署撰者姓名。據石昌渝主編中國古代小說總目白話卷記載，道光十一年（西元一八三一年）芥子園本首有繡像綠牡丹續反唐傳序，末署「道光辛卯重陽二如亭主人謹書」。二如亭主人，生平不詳。

❷ 夫傳者二句：第一個「傳」字，音ㄓㄨㄢˋ，傳記；第二個「傳」字，音ㄔㄨㄢˊ，傳播。

❸ 故作是傳二句：京都東泰山房本作「故作是傳，欲謀其集，謂之曰反唐後傳云耶」。

後敘❶

昔孔聖刪詩❷，貞淫並采。蓋有美必彰，奸回❸莫掩，使讀者為所勸而有所懲也。是編體昉❹野史，事敘前唐。樂歲月之寬閒，漫勞松使❺；喜窗几之明淨，用債楮生❻。節義忠貞，千載而聲名仍在；風花雪月，未幾而色相皆虛。因借號乎花王，花神應恕；效咨著於葉底，葉奕❼堪傳。雖無補詩意之勸懲，聊可警吾人之志意云爾。

長洲❽愛蓮居士❾漫題於芥子園

---

❶後敘：道光二十七年經綸堂本無後敘，此據京都東泰山房本補入。

❷孔聖刪詩：司馬遷史記孔子世家認為，詩經三百零五篇，曾經經過孔子刪訂。

❸奸回：奸惡邪僻。

❹昉：音ㄈㄤˇ，起始。

❺松使：即「墨」。松木燃燒後所凝之黑灰，是製造松煙墨的原料。典出唐馮贄雲仙雜記：「玄宗御案墨，曰龍香劑。一日，見墨上有小道士如蠅而行。上叱之，即呼萬歲曰：『臣即墨之精，墨松使者也。』」

❻楮生：京都東泰山房本似寫作「楮節」，其意難解，推測文意，似應作「楮生」，即楮先生，紙的代稱。韓愈毛穎傳，將筆、墨、硯、紙擬人化，稱紙為楮先生，後遂以為紙的別稱。楮，音ㄔㄨˇ，楮樹，皮可造紙。

❼葉奕：累世；代代。奕，音ㄧˋ，累；重。

❽長洲：江蘇蘇州的別稱。

❾愛蓮居士：生平不詳。

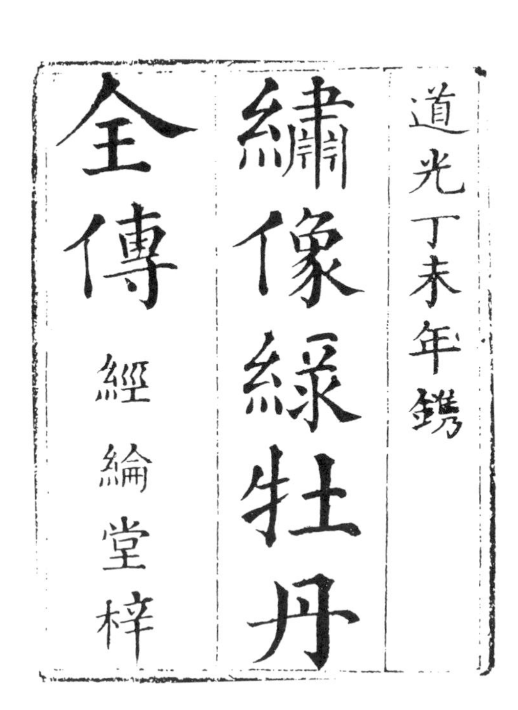
道光丁未年鐫

繡像綠牡丹全傳

經綸堂梓

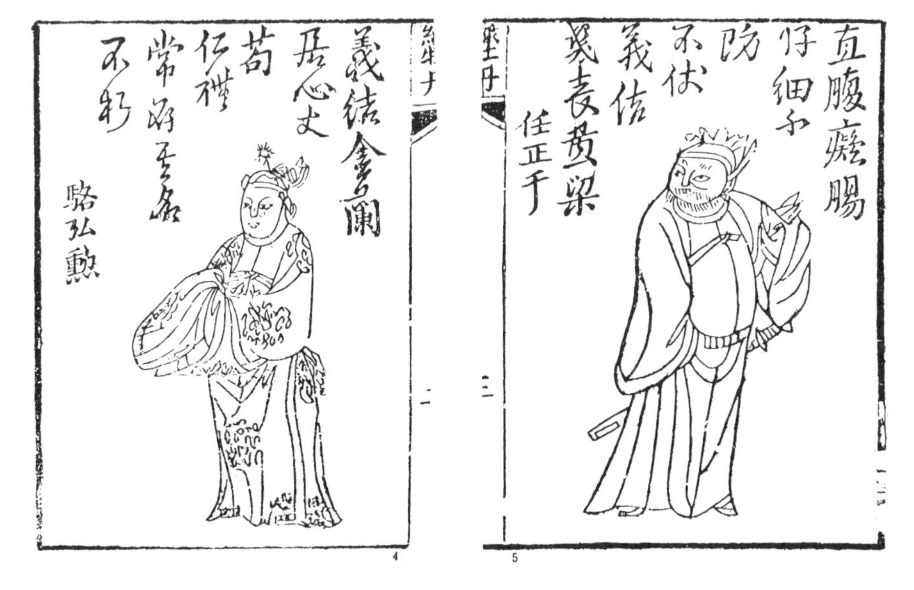

俠情小說

頭二本
三四本

宏碧緣

上海文益書局印行

回目

第一回　駱遊擊定興縣赴任……一
第二回　王公子桃花塢遊春……一〇
第三回　駱宏勳命余千硬奪把戲……一七
第四回　花振芳求任爺巧作冰人……二四
第五回　親母女王宅顯勇……二九
第六回　世弟兄西門解圍……三六
第七回　奸兄為嫡妹牽馬……四三
第八回　義僕代主友捉姦……四八
第九回　賀氏女戲叔書齋……五三
第十回　駱太太縛子跪門……五九
第十一回　駱宏勳扶櫬回維揚……六五
第十二回　花振芳救友下定興……七一

第十三回　劫不義財帛巴氏放火……七六
第十四回　傷無限天理王姓陷人……八二
第十五回　悔失信南牢獨劫友……八八
第十六回　錯殺姦西門雙掛頭……九五
第十七回　駱母為生計將本起息……一〇一
第十八回　余千因逞勝履險登高……一〇八
第十九回　十字街前父跑馬……一一二
第二十回　四望亭上女捉猴……一一六
第二十一回　釋女病登門投書再求婿……一二一
第二十二回　受岳逼翻牆行刺始得妻……一二七
第二十三回　中計英雄龍潭遭逢傑士……一三五
第二十四回　酒醉佳人書房窺視才郎……一四一
第二十五回　書房比武逐義士……一四七
第二十六回　空山步月遇聖僧……一五二
第二十七回　賜安尋友三官廟……一五七
第二十八回　振芳覓婿龍潭莊……一六一

第二十九回　宏勳私第救孀婦……一六六
第三十回　天鵬法堂鬧問官……一七一
第三十一回　為義氣哄堂空回龍潭鎮……一七七
第三十二回　因激言離家二鬧嘉興城……一八二
第三十三回　長江行舟認義女……一八六
第三十四回　龍潭後生哭假娘……一九二
第三十五回　鮑家翁婿授秘計……一九七
第三十六回　駱府主僕打擂臺……二〇二
第三十七回　憐友傷拔星龍潭取妙藥……二〇七
第三十八回　受女激戴月維揚復擂臺……二一二
第三十九回　父女擂臺雙取勝……二一八
第四十回　師徒下山抱不平……二二三
第四十一回　離家避奸勸契友……二二九
第四十二回　惹禍逃災遇世兄……二三四
第四十三回　胡金鞭開嶺送世弟……二三九
第四十四回　賀世賴歇店捉盟兄……二四五

第四十五回　軍門府余千告狀……二五一
第四十六回　龍潭莊董超捉人……二五八
第四十七回　花振芳兩鋪賣藥酒……二六二
第四十八回　鮑賜安三次捉姦淫……二六七
第四十九回　鮑賜安攜眷遷北……二七三
第　五　十　回　駱宏勳起解遇仇……二七八
第五十一回　施茶庵消計放火援兄友……二八三
第五十二回　四傑村余千捨命救主人……二八八
第五十三回　巴家寨胡理怒解隙……二九三
第五十四回　花老莊鮑福笑審姦……二九八
第五十五回　宏勳花老寨日聯雙妻妾……三〇三
第五十六回　賜安張公會夜宿三姑兒……三〇七
第五十七回　張公會假允親事……三一三
第五十八回　狄王府真訴苦情……三一八
第五十九回　忠臣為主禮隱士……三二三
第　六　十　回　奸臣代子娶煞星……三二八

第六十一回　鬧長安鮑福分兵敵追將……三三四
第六十二回　奪潼關胡理受箭建大功……三三八
第六十三回　狄欽王率眾迎幼主……三四三
第六十四回　聖天子登位封功臣……三四八

第一回 駱遊擊❶定興縣赴任

道德三皇五帝❷，功名夏后❸商周。英雄五霸❹鬧春秋，頃刻興亡過手。
青史幾行名姓？北邙❺無數荒丘。前人田地後人收，說甚龍爭虎鬥！

這首西江月❻，傳言世上不拘英雄豪傑、庸俗之人，皆樂生於有道之朝，惡生於無道之國。何也？

❶ 遊擊：武官名。始於漢，稱遊擊將軍。清代為從三品，次於參將一級。

❷ 三皇五帝：泛指遠古時代的帝王。三皇，所指不一，有「伏羲、神農、黃帝」、「伏羲、神農、女媧」、「伏羲、神農、燧人」、「伏羲、神農、祝融」等說。五帝，亦所指不一，有「黃帝（軒轅）、顓頊（高陽）、帝嚳（高辛）、唐堯、虞舜」、「太昊（伏羲）、炎帝（神農）、黃帝、少昊（摯）、顓頊」、「少昊、顓頊、高辛、唐堯、虞舜」、「伏羲、神農、黃帝、唐堯、虞舜」等說。

❸ 夏后：指禹建立的夏王朝，又稱「夏后氏」或「夏氏」。

❹ 五霸：一般指春秋時期（西元前七七〇～前四七六年）的齊桓公、晉文公、宋襄公、秦穆公、楚莊王。

❺ 北邙：原本作「北郊」，徑改。北邙，山名，即邙山，因在洛陽之北，故名。漢、魏王侯公卿多葬於此，後借指墳墓、墓地。

❻ 西江月：此西江月詞，乃明代馮夢龍所作，題為調寄楊升庵西江月。

國家有道，所用者忠良之輩，所退者奸佞之徒。英雄得展其志，庸愚安樂於野。若逢無道之君，親讒佞而疏良幹，近小人而遠君子。志才之士，不得展試其才，隱姓埋名，自然氣短。即庸輩之流，行止聽詔於人，朝更夕改，亦不得樂業，正所謂「寧做太平犬，不為亂離人」。今聞一件故事，亦是讒佞得意，權得國柄；豪傑喪志，流落江湖，與這首西江月相合。說這故事，出在那朝那代？看官莫要著急，等慢慢寫將出來。

卻說大唐高宗❼殿下大太子盧陵王❽，不過十幾歲，不能理朝政。皇后武氏代掌朝綱，名號則天❾，生得極其俊秀，有沉魚落雁之容，甚是聰明，多有才幹，凡事到面前，不待思索，即能判斷。他是上界雌龍降生，該有四十餘年天下，紛紛擾亂大唐綱紀。只有一件不大長俊❿，淫心過重，倍於常人，一朝

---

❼ 高宗：原作「太宗」，徑改。唐高宗李治（西元六二八～六八三年），唐太宗李世民第九子，其母為長孫皇后。貞觀五年（西元六三一年）封為晉王，貞觀十七年（西元六四三年）立為太子。貞觀二十三年（西元六四九年）即位，在位三十四年。

❽ 盧陵王：即唐中宗李顯（西元六五六～七一〇年），唐高宗李治第七子，武則天第三子。西元六八三年繼位，改年號為「嗣聖」，兩個月後即被武則天廢為盧陵王，貶出長安。西元六九九年被召回京，重立為太子。西元七〇五年，武則天傳位於中宗，改年號為「神龍」，復國號為唐。

❾ 名號則天：即武則天。唐高宗時為皇后（西元六五五～六八三年）、唐中宗和唐睿宗時為皇太后（西元六八三～六九〇年），後自立為武周皇帝（西元六九〇～七〇五年），改國號唐為周，定都洛陽，史稱武周或南周，西元七〇五年退位。

❿ 長俊：長進；上進。

若無男子相陪，則夜不成寐。自高宗駕崩，朝朝登殿理事，日與群臣相聚，遂通私於張天佐、張天佑、薛敖曹等一班奸黨。先不過日間暫為消遣，後來情濃，往往宮內連夜。常言道：

要得人不知，除非己莫為。

那朝內文武官員，那個不知，那個不曉？但此事關係甚大，無人敢言。武后存之於心，難免自愧。只是太子一十二歲，頗曉人事，倘被知道，日後長成，母子之間，難與相見。遂與張天佐等，意將太子貶赴房州⓫為廬陵王，不召不許入朝。又加封張天佐為左相、天佑為右相之職。朝中臣僚，惟有薛剛父子耿直，張天佐等常懷恐懼。適因薛剛惹出禍來⓬，遂暗地用力，將薛家滿門處斬。只逃走了薛剛同弟薛強、子薛魁、侄薛榮⓭。兄弟叔侄四人，奔至山林。後來廬陵王召入房州，及回國之日，封薛剛大元帥，薛榮正先鋒。此是後話，按下不表。

且說廣陵揚州，有一人姓駱名龍，字是騰雲，英雄蓋世，武藝精強。由武進士出身，初任定興縣遊

⓫ 房州：今湖北房縣。

⓬ 薛剛惹出禍來：事見反唐演義。薛剛醉酒，大鬧花燈，踢死皇子，致使薛家滿門抄斬。後保駕廬陵王，中興大唐。

⓭ 薛榮：原本此處作薛勇，後文第六十三、六十四回作薛榮。這裏統一為薛榮。據反唐演義，薛丁山四子，分別是薛猛、薛勇、薛剛、薛強。

擊之職，攜妻帶子，同往定興縣上任。老爺夫婦年將四旬，只生一位公子。那公子年方一十三歲，方面大耳，極其魁梧，又且秉性聰明，膂力⓮過人。老爺夫婦愛如珍寶，取名賓侯，字宏勳。還有一個老家人之子，姓余名千，父母雙亡，亦隨老爺在任上，與公子同庚，也是一十三歲。老爺念他無父無母，素昔勤勞，只生了一個娃子，倒甚愛惜他。那余千生來亦是方面大耳，虎背熊腰，極有勇力，性情好動不好靜，聞得談文論詩，他便愁眉蹙⓯額，聽說輪槍弄棒，他就側耳切聽。雖是一十三歲小小年紀，每與大人賭勝，往往倒財輸與他，所以人呼他一個外號，叫做「多胳膊的余千」。老爺叫他同公子同學攻書，閒叫他二人習些槍棒。公子與余千，食則同桌，寢則同床，雖分係主僕，情同骨肉。老爺到任之後，少不得操演兵馬，防守城池。武職之中，除演兵之外，別無他事，倒也清閒。這老爺聲名著外，多有人投在他門下習學槍棒。

今有一人，係本縣富戶，姓任名正千，字威遠。其人黑面暴眼，相貌兇惡。十四歲上，父母雙亡，上無兄弟，下無姐妹，幸得個老家人主持家業，請師叫小主人念書。這官人生來專好騎馬射箭，掄劍頑刀，文章亦是不大留心，各處訪師投友，習學武藝。及至二十餘歲間，稍長鬍鬚，其色紅赤，今竟是個黑面紅鬚，其相之惡，正過尉遲公⓰幾分，故此呼之「賽尉遲」。因他相貌異怪，人家女子都不許配他。

⓮ 膂力：體力；力氣。膂，音ㄌㄩˇ，脊梁骨。

⓯ 蹙：音ㄘㄨˋ，皺；收縮。

⓰ 尉遲公：即尉遲恭（西元五八五～六五八年），字敬德，唐代名將，淩煙閣二十四功臣之一。演義小說往往稱其相兇惡，面如黑炭。

他立志只在武藝上講究，這件事倒也不在意下，所以二十餘歲，尚是隻身獨自。日間與人講拳論棒，甚是有興，夜來孤身自眠，未免有些寂寞。正是：

飽暖思淫欲，飢寒生盜心。

於是往往同幾個朋友，向那煙花巷內走動，非止一日。那日，會見一個妓女賀氏，遂與他有緣。任正千乃定興縣一個富戶，其心甚喜，加倍溫存。任大爺實難捨割，遂不惜三百金之費，在老鴇手內贖出，接在家內為妻。

那賀氏生性伶俐，持家無事。不料他有個嫡親哥子，賀氏在院內之時，他亦住在院中，端茶送酒。及賀氏從良任門，在任正千面前每每提起，說他極有機會，幹事能巧。任正千看夫妻之情，即道：「我家事務不少，既是令兄有才，請來我家管分閒事。一則令兄有以糊口，二則兄妹得以長聚，豈不兩便？」賀氏聞言，恩謝大爺之情。於是兄妹俱在任府安身。

你說那賀氏之兄是何等人物？其人名世賴，字國益，生得五短身材，極有機變，正是：

無笑不開口，非讒不盡言。

見人不笑不說話，只好財錢，善於取財。若逢有錢之事，人不能取，他偏能生法取來。就受些須羞辱，只要有錢，他總不以為恥。他一入任大爺之門，小心謹慎，諸事和氣，任府上下，無有一人不喜他，任大爺也甚喜歡。

過了年餘，任大爺性格脾氣，他卻曉得了。逢任大爺不在家時，他瞞了妹子走出，與三朋四友賭起錢來。從來說「賭帳神仙輸」，那個贏的？把自己在任大爺家一年積下的十二金，盡皆輸盡。後來在妹子跟前，只說買鞋子、襪子、做衣服無有錢鈔，告借些須。賀氏看兄妹之情，不好相阻，逢借之時，或一兩或八錢與他。那賀世賴小運不通，賭十場輸八場，就是妹子此後一兩、八錢也不濟事，況又不好今日借了明日又借。外邊欠帳要還，家內又不便先借，出於無奈，遂將任大爺客廳、書房中擺設的小景物件，每每藏在袖內拿出，變價還人。任正千乃是財主，些須之物，那裏檢點？

不料賀世賴那一日輸的大了，足要大錢三千文方可遂帳。小件東西不能濟事，且是常拿慣了，膽便比從前大些。在客廳、書房往來尋查，忽然，條桌桌底下有一大火銅盆，約重三十餘斤，被他看見，心中暗想：「此物還值得四五兩銀子，趁此無人，不免拿去權賣便了。」於是撩衣袖，將火盆提起，往外便走。合當有事，將至二門，任大爺拜客回來撞見，問道：「舅爺，拿火盆做甚麼？」賀世賴一見，臉有愧色，連忙回道：「我見此盆壞了一隻腳，故此拿去命匠人修整，預為冬日應用。」任正千見賀世賴言語扭捏自己應用，見他失虛，即走過來，將火盆上下一看，見四隻腳皆全，並無壞處，心中火發猜疑。即刻到客廳、書房查點別物，小件東西不見了許多。任大爺心急如火，那裏容納得住？將賀世賴叫過來痛責一番，罵道：「無品行，不長俊！我以親情相待，各事相託，你反偷盜我家許多物件。若不看你妹子分上，該送官究治！你今作速離我之門，永不許再到我家。」說罷，怒狠狠往後去了。見了賀氏，將此事說了一遍。賀氏聞言，雖惜哥哥出去無有投奔，但聽他自作吃活，也不敢怨任大爺無情。說道：「他自不長俊，敢怨誰來？」口中雖是如此答話，心中倒有個兄妹難捨之情。

由此，賀世賴出了任大爺之門。從來惱羞便成怒，心中說道：「我與你有郎舅之分，就是所做不是，你也該原諒些須，與人留個體面。怎的今有許多家人在此，就如此羞辱於我！」暗呼：「任正千，任正千呵，只要你轟轟烈烈一世，賀世賴永無發跡便了，倘有一日僥倖，遇人提拔一二，那時稍使計謀，不叫你傾家敗業，誓不為人！」此乃是賀世賴心中之志，按下不言。

再表任大爺聞駱老爺之名，就拜在門下。駱老爺見他相貌怪異，聲音宏亮，知他後來必有大用。又兼任大爺純心習學，從不懈怠，駱老爺甚是歡喜，以為得意門生。這老爺所教門生甚多，只取中兩個門生。向日到任之時，有山東恩縣胡家回姓胡名璉，字曰商，慣使一枝鋼鞭，人都呼他「金鞭胡璉」，曾來廣陵揚州，拜在門下習學武藝，一連三載，拳棒精通，拜辭回去。老爺甚是愛他，時常念及。今日又逢任大爺，師生相投，更加歡悅。這任大爺朝朝在駱老爺府內習學，往往終日不回，食則與駱宏勳同桌，余千在旁伺候，安寢與公子同榻。二人情投意合，雖係世兄世弟，而情不異同胞。

老爺一任九年，年交五十，忽染大病，臥床不起。公子同余千衣不解帶，進事湯藥。任大爺見先生病在危急，亦不回宅，同駱公子調治湯藥，稍盡孝弟之心。誰知老爺一病不起，服藥無效，祈神不靈，正是：

閻王注定三更死，誰敢留人到五更？

老爺病了半月有餘，那夜三更時分，風火一動，嗚呼哀哉！夫人、公子哀痛不已，不必深言。少不得置辦衣衾棺槨，將老爺收殮起來，停柩於中堂。任大爺也傷感一番，遂備祭禮，拜祭老爺，就在府中幫助公子料理事務。三日之後，通城文武官員都來弔孝。逢七，請僧道誦經打醮⑰，自不必言。正是：

光陰似箭催人老，日月如梭趲少年。⑱

倏爾之間，看看七終。聞得京中補授遊擊新老爺已經辭朝，在日下到任。夫人與公子計議：「新官到任，我們少不得要讓衙門。據我之意，不若擇日起柩回南，省得又遷公館，多了一番經營。」公子道：「母親之意，甚為合理。但新官到任時催迫我們回南，路途遙遠，就起柩，未免有慌速。依孩兒想來，還是暫借民宅居住，將諸事完備齊全，再擇日期起柩，方無遺誤失錯之事。請母親上裁。」

母子計議之時，任大爺亦在其旁，乃接口道：「世弟之言極是，師母大人不必著急。門生舍下空房甚多，即請師母、世弟將師尊靈柩遷至舍下外宅停放，慢慢回南，未為遲也。不知師母、世弟意下如何？」夫人、公子稱謝，說道：「多承厚意，甚得其便。但恐造府，未免動煩賢契費心，於心不安，如何是好？」任大爺道：「說那裏話來！蒙師受業，未報萬一。師尊乘鶴仙遊，門生心下抱歉之至。今師母駕遷舍下，師尊柩前，早晚得奉香楮⑲，師母前，微盡孝意。此門生之素志也，不必狐疑。」夫人、

---

⑰ 打醮：道士設壇念經做法事，為人求福禳災。醮，音ㄐㄧㄠˋ。

⑱ 光陰似箭催人老二句：出自元代高明琵琶記。趲，音ㄗㄢˇ，催促；追趕。經綸堂本作「盞」，京都東泰山房本作「轉」，徑改。

公子謝過。任大爺遂告辭還家，令人將自己住的房後收拾潔淨，分外開一大門，好進老爺的靈柩，從前門不便。任大爺同賀氏大娘住中院。

不講任大爺家內收拾。且說駱公子家中，將細軟物件，並桌椅條臺，亦令人往任大爺家搬運。不止一日，東西盡運完，擇日將老爺靈柩並全家人口，俱遷移過來。老爺靈柩進宅之後，仍將新開之門磊塞。駱公子出入，與任大爺竟是一個門。賀氏大娘參拜駱太太，宏勳拜見世嫂，任大爺又辦祭禮祭奠老爺，又備筵席款待太太、公子。以後日食，任大爺不要駱太太另炊，一日三餐，俱同賀氏大娘陪著。且喜駱太太並無多人，止有太太、公子並余千主僕三人。公子與任大爺投機相好，有飲食同飲，行走共行，至晚安寢，亦是同榻，朝夕不離，真如同胞兄弟一般，從無彼此之分。賀氏大娘與駱太太也相宜，三餐茶飯，全不懈怠。太太、公子每欲告辭回南，任大爺諄諄⑳款留，駱公子亦不忍忽然而去，所以在任大爺家一住二年。

那年春季三月，桃花開放之期，定興縣西門城外十里之遙，有一所地名曰「桃花塢」，其地多種桃花。每年二三月間，桃花茂盛，士人君子，老少婦女，提瓶抬盒，攜酒帶著，多來此遊玩。任大爺分付家人備酒看茶，盒瓶盛往，遂請公子遊玩。又分付賀氏大娘，亦請太太同行。於是兩轎兩馬，帶著余千，同往桃花塢而來。駱宏勳馬到其間，抬頭一看，真乃好個所在。話不虛傳，怎見得好景致？不知後事如何，且聽下回分解。

⑲ 香楮：祭拜鬼神時所用的香和紙錢。楮，紙錢。

⑳ 諄諄：忠謹、誠懇的樣子。諄，音ㄓㄨㄣ。

第二回　王公子桃花塢遊春

眾人觀望了一番，遂在大路旁邊揀了一個潔淨亭子，將盒擔挑進。且喜內中桌椅現成，駱太太與賀氏大娘一席，任大爺與駱大爺一席，家人在旁斟酒。看官，你說這亭子內桌椅是那裏來的？只因桃花塢乃定興縣之勝地，凡到春來，不斷遊人，也有鄰近的，也有遠來的。若鄰近來的，搬運桌椅容易。若遠處來的，只能提壺攜盒，不能攜帶桌椅了。就有這好利之人，買些木料，做些桌椅，逢桃花將放之時，士人遊動之際，預先典些落地❶，把桌椅擺設其間，憑那遠方遊人把錢。所以任大爺一到亭子內，桌椅所以現成。因駱太太、賀氏大娘在內，任大爺就把一兩銀子給他，包了這個亭子，別的坐頭❷許他再租賃與別人。這也不談。

再言任大爺與公子談笑，飲過數巡，方舉數箸，正在暢飲，忽聽得大路以上鑼聲響亮。任大爺和駱公子站起身來，往那路上看望。只見一簇人，圍住十數個漢子，俱是山東妝扮，還有那婦女，一老一少，老的約有六十內外年紀，小的不過十六七歲的光景，俱是老藍布褂子。惟有那少年的女子，穿了條綠綢褲子，魚白包綾襪套，大紅緞子鞋，卻全不穿裙子。內中一個老兒，手提大鑼一面，擊得數聲響亮。

❶ 落地：地方；地面。

❷ 坐頭：坐具；坐位。

駱宏勳看了一會，全然不曉那班甚麼人，問道：「世兄，此班是甚麼名堂？」任大爺道：「世弟，此乃山東所做，名叫為『把戲』。南邊亦曾見過否？」駱宏勳答應道：「弟倒未曾見過。」任大爺分付余千將那班人傳來：「就問他所會何樣把戲？」余千聞命，下了亭子來，高聲大叫：「那鳴鑼的老人家，這裏來，我家大爺叫你哩！」花老夫妻聞言，急忙走過前來，滿臉堆笑，說道：「大叔叫俺，想必要頑把戲了？」余千道：「正是。我且問你，把戲共有多少套數❸？每套要銀多少？」那老兒答道：「大叔，我們馬上九般、馬下九般，外有軟索、賣賽❹，共有二十套，每套紋銀❺二兩。若要做完，共銀四十兩整。若要單摘賣賽、軟索，一套要算兩套，兩套就算四套，要銀八兩。不知大叔要頑那幾套？」余千道：「你且在此少停，待我稟上大爺，再來對你說。」

余千說罷，上了亭子，對任大爺說道：「小的方才問他，他有馬上九般，馬下九般，走馬賣賽，並踩軟索，共二十套。每套要銀二兩整，全套做完共銀四十兩。若單摘賣賽、軟索，一套算兩套，兩套算四套，要銀八兩。」任大爺開言向駱公子道：「馬上馬下十八般武藝，都是你我曉得的，可以不必，只叫他賣賽踩軟索，就給他八兩銀子罷了。」駱宏勳說道：「此東小弟備出❻，請世兄觀看。」任正千笑

---

❸ 套數：這裏指成套的雜耍技藝。

❹ 軟索：即踩軟索，又稱「走繩」、「走索」、「高絙」、「踏索」等，古代百戲之一，演員在懸空的繩索上表演各種動作。賣賽：下文亦稱「走馬賣賽」，即表演馬技，表演者於馬上呈藝，騰擲跳躍。又稱「跑馬賣解」、「走馬賣解」、「跑解馬」、「走解」、「賣解」等。解，音ㄒㄧㄝˋ，手段；本領。

❺ 紋銀：以大條銀或碎銀鑄成，形似馬蹄，表面有皺紋，故稱「紋銀」、「馬蹄銀」。

❻ 此東小弟備出：即備東，做東道主。古時主位在東，賓位在西，故主人稱東。

道：「一客不煩二主，怎好叫世弟破鈔？正是愚兄備東。」分付余千領命下去，單摘他軟索、賣賽。余千領命，來到花老面前，說道：「我家爺分付，馬上馬下十八般武藝，俱都會的，單叫賣賽，並踩軟索。」花老道：「先已稟過大叔的，這兩套要算四套哩！」余千說：「那個自然！你只放心頑，銀子分文不少。」花老答應：「領命。」回首望著自家一眾人，說道：「這位單要頑軟索、賣賽，給我們八兩銀子。」家人答應：「知道了！」

只見一人牽過一匹馬來，乃是一匹川馬❼，遍身雪白，惟脊上一片黑毛。此馬名為「烏雲罩雪」，俱是新鞍新轡，判官頭❽上有個銅圈兒，乃是製就賣賽之物。那老兒將銅鑼放下，拿起個丈把長杆，朝那兩邊搖著，口中說道：「列位老爹、大爺、哥哥、弟弟！請讓一讓，我們撇馬哩！晚生先來告聲，倘有不小心者，恐被馬沖倒，莫怪我事！」來往走了幾次，看的人竟自走開，正中讓出一條馬路。那老兒將長杆丟下，又拿起銅鑼當當響著，又叫道：「俺的兒，該上馬了！」

只見那個幼年女子站起身來，將上邊老藍布褂子脫去，裏邊現出杏黃短綾襖，青緞子背心，腰間一條大紅縐綢❾汗巾，襯著綠綢褲子，五色綾子襪套，花紅鞋子，那一隻金蓮剛剛三寸。頭上挽了一個髻兒，也不戴花，耳邊戴一雙金墜子。不長不短，六尺多的身軀，一個柳腰兒前後搖擺，加這配就的一身服色，就是一個花花蝴蝶，無人不愛。有詩為證：

❼ 川馬：產於四川等南方之馬，身材短小，善爬山負重。
❽ 判官頭：馬鞍前邊較高的部位。其上雕繪有判官形象，故稱。
❾ 縐綢：織有皺紋的綢子。縐，音ㄓㄡˋ，有皺紋的絲織品。

蟬鬢雲堆黛眉山⑩，畫靨灼灼在人間。
生成傾國傾城貌，長就沉魚落雁顏。
疑似芙蓉初映水，宛如菡萏⑪半臨泉。
雅淡不施蝶青粉，輕盈時染玉龍迴。
飄飄恍如三鳥⑫降，裊裊亦似五雲⑬旋。

那女子聞父命，不慌不忙，來至馬前，用手按住鞍子，不抓鬃腳，不踏鐙，將手一拍，雙足縱跳上鞍喬⑭，左手扯住韁轡，二膝一催，那馬一撒，右手鞭子在馬上連擊幾下，那馬飛也似去了。正跑之間，那女子將身一縱，跪在鞍喬之上，頑了個「童子拜觀音」的故事，滿場之人，無不喝彩。話不可多敘。一連三馬，又做了一個「鐙裏藏身」，一個「太公釣魚」，椿椿出眾，件件超群。三賽已過，女子下得馬來，在包袱上坐了歇息。早有人將軟索架起。那女子歇息片時，站起身來，將腰中汗巾緊了一緊，又上

⑩ 蟬鬢：婦女的一種髮式，兩鬢薄如蟬翼，故稱。黛眉山：形容女子秀麗之眉。黛眉，女子用黛畫眉，所以稱眉為眉黛。黛，青黑色的顏料。山，即「遠山眉」，典出西京雜記卷二：「文君姣好，眉色如望遠山，臉際常若芙蓉。」

⑪ 菡萏：音ㄏㄢˋ ㄉㄢˋ，即荷花。

⑫ 三鳥：西王母身邊的三隻青鳥，被稱為王母使者。

⑬ 五雲：五色瑞雲，象徵吉祥。

⑭ 鞍喬：亦寫作鞍橋、鞍鞽，即馬鞍。馬鞍拱起處形似橋，故稱。

得軟索，前走後退，小小金蓮在那繩上走行，如同平地一般。

任大爺同駱大爺看得心愛，駱宏勳不覺大聲喝彩道：「只軟索，也值八兩銀子！」任大爺應道：「真乃不差！」那女子正在軟索上頑那些套數，忽聞有人喝彩，聲若巨雷，抬頭一望，竟是叫他頑把戲的亭子內二位英雄，一個黑面紅鬚，一個方面大耳。那方面大耳，年紀不過二十上下，生得白面廣額，虎背熊腰，丈二身材，堂堂威風，見之令人愛慕。一邊男誇女技藝出眾，一邊女愛男品貌驚人，這且按下不提。

且說對過⓯亭子上，也有二人坐著飲酒。你說那兩個人是誰？一個是吏部尚書的公子、禮部侍郎的侄兒，姓王名倫，字金玉，生得面貌俊雅，體態斯文。就是一件，色欲之心過於常人，凡遇見有顏色的婦女，連性命也不顧，總然弄到手就罷了。他乃定興縣有名的首家，廣有銀錢，父親王懷仁，現任吏部尚書，叔父王懷義，現任禮部侍郎，轟轟烈烈，聲勢驚人。家內長養教習三五十個，合城之人，人倘有些得罪於他，先著家人帶領教習至他家，不論男女，痛打一番，不拘細軟物件，捶個盡爛，後拿個名帖送定興縣，要打三十，縣尹不敢打二十九，足足就要打三十，還要押到他府上驗疼。因此，滿城之人，那個不懼怕他，那個不奉承？

旁邊坐的那位，不是別人，乃是賀氏大娘之兄賀世賴。自被任大爺趕出之後，腰內分文全無，流落不堪。過了半年，身上衣不遮體，食不充口。幸虧素日於城隍廟進香，見香几上有籤筒，他便求一籤念解。道士見他落難至此，知他肚內頗頗明白，遂留他在廟內抄寫籤帖，只有飯吃，卻無工食⓰。又過了

⓯ 對過：對面，彼此相隔有一段距離。

⓰ 工食：工錢；工資。

半年，該他的運氣來。王倫來至城隍廟內進香，見有籤筒在香桌上，順便求得一籤，賀世賴在旁，連忙與他抄寫籤詩。王倫細看籤詩，一毫不解，就叫賀世賴代解。賀世賴知他是吏部公子，盡其平生諂媚之學，奉承一番。王倫心中甚悅，遂請他至家中，做個幫閒。一住二年，賓主甚是相宜。是日，也同王倫來此桃花塢遊玩。

王倫看見那女子跑馬賣賽並踩軟索，令人心愛，乃向賀世賴說道：「這女子年紀不過十五六歲，身材面貌倒也相趁，但不知可是那一道兒否？」賀世賴笑道：「大爺真可謂宦家公子了，連這班人的出身都不曉得的！凡賣賽的，以及那踩軟索的，賣翠花的⑰，遊穿各府州縣，不過以此為名，全以夜間那話兒賺錢，那有不是此道者。也不知他住在城裏城外？」王倫道：「明日會他一會才好。」賀世賴道：「門下昨晚聽說到了一班頑把戲的，內有一個俊俏少年女子，住在西門城外馬家飯店裏，大約就是他這班人。今兄若要高興，待門下明日到他店內喚來，如鷹食撚雀一般，何難之有？」

王倫大喜，又叫道：「老賀，這桃花塢內，來來往往婦女無有甚麼十分入眼之人，我只看中了兩個。」賀世賴道：「大爺看中了那兩個？」王倫道：「方才說的軟索上女子一個。」賀世賴說：「那一個是誰？」王倫用手一指：「你看，對過亭子內坐的那一位少年堂客⑱，瓜子面皮，瘦弱身軀，還有幾分人材。你還未曾看見麼？」賀世賴舉目一看，不覺滿面通紅，笑道：「大爺莫來取笑！那不是別人，乃是舍妹。」王倫喜道：「我與你相交多日，未曾說到令妹，今日才說你有個令妹，但不知所嫁何人？」

⑰ 賣翠花的：兜售首飾之人。翠花，本指用翡翠鑲嵌成花朵型的首飾，後泛指首飾。

⑱ 堂客：泛指婦女。

賀世賴用手一指，說道：「那桌上坐的黑面紅鬚，此乃是妹丈也。」王倫一看，雙眉緊皺，罵道：「老賀，你們這個人，喪盡天良！怎將個如花似玉的妹子，嫁了個醜鬼怪形之人？豈不屈了令妹了！我與你相好不淺，怎不把我做個側室？勝嫁他十倍！」賀世賴道：「大爺錯怪門下！門下與他相交在前，與大爺相交在後。」王倫帶笑叫道：「老賀，你極有才幹，怎能使令妹與我一會，我重重謝你。」賀世賴忙止道：「大爺說話，聲音略低著些，不要你被他聽見。你道是舍妹丈是誰？他乃是定興縣有名之人，叫做是『賽尉遲』任正千。他性如烈火，英雄蓋世，倘若聞得，為禍不小。」王倫道：「從來說『色膽如天大，淫心海樣深』，我今日一見令妹，神魂飄蕩，就是五方五道⑲，十殿閻羅，我也不怕！我今日，且與令妹親個千里嘴。」賀世賴攔阻不住，王倫將手托自己嘴，對著賀氏嬉戲頑耍不提。

且言那邊亭子內，賀氏大娘眼極清明，早已望見他哥子同那一個少年郎君在對過亭子內飲酒。那郎君年紀不過二十來歲，甚是俊雅。他原是出身不正，見了王倫，就有三分愛慕之意，口中雖與駱太太講話，二目不住直往那對過亭子內觀看。見了王倫照著他親嘴，心中愈覺愛慕。合當湊巧，王倫、賀氏正在傳情之間，正千、宏勳正在暢飲之際，駱公子在桌上用手一拍，大叫一聲：「氣殺我也！」險些把一桌子器皿盡皆打碎。任大爺連忙站起身來，急急問道：「因何事來？」只因一拍：

傾家情由從此起，殺身仇恨自此生。

畢竟不知駱公子說些甚麼話來，且聽下回分解。

⑲ 五道：即五道將軍，東嶽大帝屬下之神，掌管人的生死，後文也稱之為「凶神五道爺」。

第三回　駱宏勳命余千硬奪把戲

卻說駱宏勳大叫為何？因這日亭子內席面，任大爺的主席，駱宏勳是客席，背裏面外，對著王倫的亭子。飲酒之間，抬頭看見王倫手之舞之，足之蹈之，向賀氏嬉戲，心頭大怒，按捺不住，遂失聲大叫。及任大爺追問，又不好直言，說道：「此話不好在此談得，等回家再言。」分付余千：「下去對那踩軟索之人說，不必頑了，明日叫他早往四牌樓任大爺府上取銀子，分文不少。」余千領命，下得亭臺，向老兒說道：「今已見武藝之精，何必諄諄勞神，不用頑罷。我們今日未帶許多銀子，叫你老人家明日早間，往四牌樓任大爺府上去拿銀子。」那老兒答道：「大叔方才說了四牌樓任大爺，莫非稱『賽尉遲』，正千任大爺麼？」余千答道：「正是。」那老兒說道：「久仰大名，尚未拜謁，明日早去，甚為兩便。」遂將那女子喚了來，將那架子收了，同至包裹前下歇息。

那女子向母親耳邊低聲說道：「孩兒方才在軟索上見了一人，就是叫我賣賽的亭子內之人，其人生得方面大耳，虎背熊腰，丈二身軀，凜凜殺氣。據女兒看來，倒是一位英雄。」那老婦聞女兒之言，觀女兒之色，知他中意了。向那老兒耳邊，將女兒之言訴說一遍。那老兒滿心歡喜，自忖道：「聞得任大爺乃是個黑面紅鬚，此位白面，卻是何人？」即至亭子旁邊，問那本地人，方知是遊擊將軍駱老爺的公子，名宏勳，字賓侯，年有二十一歲，與任大爺是世弟兄，就在任大爺家借住，本籍廣陵揚州人也。訪得明白，即走回來，對媽媽說知：「我明日早去拜謁任大爺，就煩他作伐❶，豈不是好！」

看官，你道這花老兒是甚麼人物？他是山東恩縣苦水鋪人氏，乃山東陸地有名響馬❷。山東六府並河南八府，以及直隸❸八府道上，凡有行道之人，車馬行李之上，插個「花」字旗號，即露宿霜眠，也無人敢動他一草一木。這老兒姓花名萼，字振芳。這位奶奶，亦是山東道上有名的母大蟲，父親姓巴，共生他姐弟十個。這位奶奶乃頭生，底下還有九個兄弟，乃巴龍、巴虎、巴彪、巴豹、巴仁、巴義、巴禮、巴智、巴信，也俱有萬夫不當之勇。這奶奶因幼年間在道上放響，遇見花振芳保鏢，二人殺了一日一夜，未分勝負，你愛我，我愛你，因此配為夫婦。一生所產甚多，俱不存世。老夫妻年紀將六十，只有這個女兒，小名碧蓮，年方一十六歲，自幼從師讀書，文字驚人。又從父、母、舅習學一身武藝，槍刀劍戟，無項不通。老夫婦愛如珍寶，不肯輕易許人。又且這碧蓮立志不嫁庸俗，必要個英雄豪傑，方遂其願。所以今日這老夫婦同著巴龍、巴虎、巴豹、巴彪兄弟四人，帶著女兒，以把戲為名，周遊各府州縣，實為擇婿。出來有幾年的光景，並無一個中女兒之意。今來定興縣，問得桃花塢乃士人君子、英

---

❶ 作伐：詩經豳風伐柯：「伐柯如何，匪斧不克；取妻如何，匪媒不得。」（沒有斧頭，不能伐木做斧柄；沒有媒人，無法娶妻成家）後稱作媒為作伐。

❷ 響馬：攔路搶劫的強盜。因馬身繫鈴或搶劫時先放響箭，故稱。下文「放響」，即放出響箭。清文康兒女英雄傳第十一回：「既作綠林大盜，便與那偷貓盜狗的不同，也斷不肯悄悄的下來，放這支響箭，就如同告訴那行人說，我可來打劫來了，不然為甚麼叫作響馬呢？」

❸ 直隸：相當於今河北省。明成祖遷都，以南京為南直隸，北平為北直隸。清初以南直隸為江南省，北直隸為直隸省。

雄豪傑聚集之所，特同眾人來訪察一番，不期女兒看中了駱宏勳，所以老夫妻歡喜不盡。這且不提。

再表賀世賴同王倫在亭內飲酒看把戲，那王倫在那裏親千里嘴，忽聽得對過亭子內大叫一聲，猶如半空中丟了一個霹靂，即時踹軟索的也不頑了。賀世賴在旁說道：「門下對大爺說不要取笑，大爺不聽，弄得他知覺，如今連軟索也都不頑了，好不無興也。門下方才聽見喊叫之聲，不是任正千，乃是駱遊擊之子駱宏勳也。門下諒任正千必要問他情由，有舍妹在旁，姓駱的必不好驟然說出。幸虧任正千不知！若正千看破，此刻我們這桌子，早已被他掀倒了，打一個不亦樂乎！」

王倫被這一句話說得惱羞變成怒，說道：「他頑得起，難道我就頑不起？他不頑，我偏要頑，看他把我怎樣！」分付家人王能、王德、王祿、王福：「多去幾個，將那頑戲法的人都與我喚來，憑他有多少套數，與我盡數全頑！憑他多少銀子，分文不少！」王能等聞命，即至花老面前，道：「老兒這裏來，吏部尚書王公子叫你！叫你們憑有多少套數，盡數全頑，不拘多少銀子，叫你們府內去拿，分文不少。教你要比先前更加幾分工夫，方顯我們大爺體面。稍有懈怠，半文俱無！」那花振芳聞這許多分付，做這許多的聲勢，就有三分不大喜歡。今日若不去隨他頑，又要和他淘氣❹，恐耽誤了明早去拜正千，只得忍氣吞聲一答：「曉得。」遂同巴氏弟兄，跟隨王府家人前來。

再言駱宏勳因心內有此一氣，悶悶不悅，酒也不吃了，抬頭一看，那頑把戲的老兒去而復返，卻是為何？余千抬頭一望，見前邊四人，盡是王府家人。余千平素認得，遂說道：「前邊四人，小的認得，是王倫家人。想是對過亭子上王倫也頑把戲哩。」駱宏勳聞得對過也要頑把戲，不由怒從心上起，惡從

❹ 淘氣：慪氣；受氣。

膽邊生，說道：「他們共是二十套，我們只頑過兩套，還有十八套未頑。余千，下去對那老兒說還早，這邊未曾頑完！倘王家不肯，與我打這個狗才，再同王倫講話。」余千聞命，笑嘻嘻的去了。

看官，你說余千因何笑嘻嘻的？因他乃有名的「多胳膊余千」，聽說打拳，心花俱開，聞得他主人分付他打這狗才，不由的喜形見於面，急忙迎上前，當頭攔住，說道：「那老人家，我家老爺還要頑哩。」花老道：「方才這四位大叔相喚，等俺頑過那邊的，再往這邊來頑罷。」王能等四人進前接應道：「余大叔，久違了！」余千怒狠狠的回道：「不消！」王能又道：「余大叔，那邊頑過了，已經不頑了，我家爺才命我等喚他。候弟等到亭子內稟過大爺，少頑兩套，即送過來，何如？」余千說道：「多話！他共有二十套，我們只頑了兩套，餘者十八般尚未頑。待我們頑過這十八般，再讓你們頑不遲。」叫道：「花老兒，隨我來！」王能等四人，素知余千的利害，那個再多言？

花老兒同巴龍弟兄，只得隨余千來了，又仍至先前踩軟索的所在，花振芳同巴龍二人跳下場子，各持長槍，上下四，左五右六，插花蓋頂，枯樹盤根。怎見得好槍？有臨江仙❺為證：

神槍真可堪誇，花攊車輪天花。落在英雄手，中軍遇能將，臨陣沖鋒傷敵家。
前沖足護兩丈，後坐能沖丈八。七十二路花槍，若人間武明，甫勝天上李哪吒。

❺ 臨江仙：經綸堂本、京都東泰山房本均作臨江月，徑改。此詞內容，經綸堂本字跡模糊，東泰山房本某些句子也不合文理，這裡主要據東泰山房本釐定文字，校改處不一一註明。

恐此道不盡槍法之妙，又有一詩為證：

奇槍出眾世間稀，護前遮後無空遺。
不怕敵人驚破膽，那堪神鬼亦淒疑。

二人扎了一回長槍，滿場喝彩。

且言王家家人四個，聽余千將那老兒生生奪去，不好回復主人，恐主人責罰無用。回至亭外，心生一計，將腳步停住，使個眼色與賀世賴。賀世賴看見，望王倫說聲：「得罪！門下告便。」至王能等前問道：「列位回來了？叫的那花老兒何在？」王能皺眉道：「我弟兄四人領了大爺之命，已將那花老喚至半路，不料對過亭子內駱遊擊家人余千，怒氣沖沖，生生奪去。賀相公是知余千那個匹夫平日的兇惡，我弟兄四人，怎能與他對手？欲將此話稟上大爺，恐大爺動怒，責備我們四個人倒怕他一個。故此，請賀相公出來，你老人家極有機變，望指教一二。」賀世賴沉吟一會，道：「你們且在下邊，莫進亭子內來。那老兒在那裏頑槍，大爺也不知是他頑不是他頑。不問便罷，如問時，我慢慢的代你眾位分說便了。若以實情告訴，倘若大爺任性，叫你與他鬥氣，你們是知任正千同余千之名的，還打的酆鮑史唐❻！好景不得好玩，好酒不得好吃，可是不是？」王能四人齊應道：「全仗賀相公維持。」賀世賴走上亭子，說聲：「有罪！」就坐下了。王倫道：「你看那老兒，年近六旬，扎得好槍，身純是氣力。」賀世賴帶

❻ 酆鮑史唐：百家姓中相連四姓，這裏形容打得熱鬧狼藉。

笑答道：「真乃好槍！」

再講花振芳同巴龍，把七十二路花槍扎完。巴虎又跳上場，手提鐵鞭一枝，前縱後坐，左攔右遮。

只聽得風聲響亮，真乃好鞭。怎見得？有五言排律一首為證：

爐中曾百煉，破節十八根。
英雄持在手，臨陣擋征人。
倘若遭一下，折骨又斷筋。
四圍風不透，上蓋雨不淋。
一路分兩路，四路八邊分。
變化七十二，鞭有數千根。
好似一鐵山，那裏還見人？
驚碎敵人膽，愛殺識者心。
若問使鞭者，山東有名人。
生長豪門第，久居苦水村。
姓巴諱虎字，排行二爺身。

巴虎使了一回鞭，人人道好，個個稱奇。

且說任正千同駱宏勳看得親切，心中大喜，道：「我只當是江湖上花槍花棒，細觀起來，竟是真本事，只在你我肩左，不在肩右❼。」分付余千：「速速下去，將老兒同那幾位英雄俱請上亭子來，說觀此兩件武藝，已經領教，餘者自然也是好的，不敢有勞了，請上亭一談，說我二人在此立候。」

余千下去，遂將花老兒同巴氏弟兄俱請上亭子。任大爺同駱大爺相迎，見禮已畢，分賓主而坐。花振芳開言道：「那位是任大爺？那位是駱大爺？」任、駱二人立道：「在下任正千。」「在下駱宏勳。」花老道：「昨晚方到貴處，尚未拜謁，有罪！」任正千道：「豈敢！方才觀見槍、鞭二件，頗得驚人，已知英雄豪傑，非是江湖之花槍可比也。若不嫌菲酌❽，特請來一敘。敢問英雄，貴居何處？高姓大名？」花老兒答道：「在下姓花名萼，字振芳，乃山東恩縣人氏。這四位，乃內弟巴龍、巴虎、巴豹、巴彪。」任正千道：「莫不是苦水鋪花老先生麼？」花振芳道：「豈敢，在下就是。」任正千道：「久仰！久仰！」又問道：「適才跑馬女子，卻是何人？」花振芳道：「那年少的是小女，年老的乃賤內也。」任正千道：「幸而問及，不然多有得罪！既是奶奶、姑娘，何不請來與駱太太、賤內坐一坐？」花振芳同巴氏弟兄站起身來，道：「不知是駱老太太、任大娘在此，未曾拜見，有罪！有罪！」重新又見過禮。花振芳走下亭子，將花奶奶及碧蓮姑娘都叫上亭子。眾人見禮已畢。花奶奶與碧蓮同駱太太、任大娘一席，花振芳與巴氏弟兄、任正千、駱宏勳一席，談笑自若，開懷暢飲。不知後事如何，且聽下回分解。

❼ 只在你我肩左二句：這裡的意思是說巴氏兄弟的武藝足可與任、駱二人比肩並列。

❽ 菲酌：謙詞，菲薄的酒食。

第四回 花振芳求任爺巧作冰人❶

且說王倫同賀世賴又看巴虎頑了一回鞭，王倫道：「才觀此兩套，比那賣賽並軟索更覺壯觀些。憑他多少銀子，明日分文不少了他的。老賀你說是也不是？」賀世賴只是帶笑而應。正看在熱鬧之間，忽把戲場子散了，見那老兒同那一眾男女，俱上那對過亭子內去坐下。王倫叫道：「王能那裏？王能那裏？」連叫幾聲，無人答應。賀世賴知他是要問此情由，諒來隱瞞不住，乃問道：「大爺叫王能何幹？」王倫說道：「那頑把戲的，只會這兩套不成？我叫他盡數全頑，怎麼就散了場子？你看那些頑把戲的男女，又都上對過亭子內去了，坐著相談，使我心中大不明白。我叫王能來，問還是未分付他盡數全頑？還是只會這兩套武藝？如果只會這兩套就罷了，倘然還有別般，不肯全頑，又屈奉他人，我如今是不但不把銀子與他，還要送官究治！」

賀世賴只是忍不住，笑道：「大爺不把銀子與他，他原不敢來要大爺的銀子！」王倫道：「難道他竟不敢向我要這銀子麼？」賀世賴道：「非是不敢要也。大爺，你道方才刺槍舞鞭，是誰家頑的？」王倫道：「是我叫王能他們四個人叫他們來頑的。」賀世賴道：「此刻好叫大爺得知。」遂將王能叫他們

---

❶ 冰人：據晉書藝術傳索紞傳，令狐策夢見自己站在冰上，跟冰下人說話。索紞替他占夢，說冰上為陽，冰下為陰，為陽語陰，媒介事也，乃替人作媒之兆。後因稱媒人為冰人。

之事，一一說明白，「是門下之意，叫他瞞過大爺，講他頑我們也看得見，我們且樂得省幾兩銀子，何必與他們爭奪，惹得生閒氣」，從頭至尾，說出情由，訴了一遍。把個王倫氣得目瞪癡呆，半日說不出話來，說道：「大膽匹夫！氣殺我也！況你不是別個，遊擊之子，就如此大膽欺我！即今現任提督軍門❷，在我面前也不好放肆。」分付抬了盒子，挑了擔子，並馬夫、轎夫以及跟隨的家人，一齊過去：「將那對過亭子內，不論男女，與我痛打一頓，方出胸中之氣！」

賀世賴連忙攔住道：「大爺，你請息息雷霆大怒，聽門下講來。你大爺得知那任正千、駱宏勳二人利害，莫說今日跟隨來的這幾個人，就是連家中那些教習，盡數叫來，也未必是他家人余千的對手。」王倫道：「這般講說來，難道今日我就白白受他欺壓罷了？」賀世賴道：「大爺，你且聽我說：

江山尚有相逢日，為人豈無對頭時！

日月甚長著哩！氣力不能勝他，則以智謀可也。豈有白受他一番欺壓的道理？」王倫道：「此乃後事，為今之計，當何如也？」賀世賴道：「為今之計，據門下想來，只有兩個字甚好。」王倫道：「請問兩個字甚麼字？」賀世賴道：「無有別法，只『走』字上加一個『偷』字。」

王倫冷笑道：「彼丈夫也，我丈夫也，吾何畏彼哉！老賀，何欺我太甚？今彼欺我，我不與他較量，已見我寬宏大度。明明回去，難道他能把我吃了？加個『偷』字，何怯之極！」賀世賴道：「大爺有所

❷ 軍門：明代有稱總督、巡撫為軍門者，清代則為提督或總兵加提督銜者的尊稱。

不知，今日之偷走，非是懼彼也，實愧於外亭觀望之人耳！大爺喚來之人，反被余千生生奪去，大爺竟置之不問，忙忙躲避走了。門下叫大爺偷走者，正是顧全了大爺體面，亦是保全老爺的聲勢。知者，是大爺寬宏大量。不知者，道現任吏部尚書公子，反怕死後那遊擊將軍的兒子。門下何敢渺視大爺？」賀世賴一席話，說得王大爺心中痛快。遂分付家人：「我此刻欲與賀相公先行一步，你們牽馬抬轎，慢慢隨後來罷。」王倫同了賀世賴，自亭子後邊一條小路，悄悄而去。家人收拾盒擔、轎馬，陸續而走，自不必說了。

再言那對過亭子內花振芳眾人，談了一回槍刀劍戟，論了一回鞭錘抓鐧，無一不精其妙，任大爺與駱大爺心悅誠服。飲至將晚，那花振芳一眾之人，告辭回下處，駱大爺等亦坐轎馬入城而去。駱宏勳因心有事，到底不肯大飲酒。任正千被花振芳談論槍棒入妙，遂開懷暢飲了幾杯，不覺大醉。及至家中，天已晚矣，把桃花塢駱宏勳大叫之事，已盡忘了，駱大爺也就隱而不言了。二人別過，各自歸房安歇不提。

次日早旦清晨，各自起身來，梳洗已畢，同在客廳。任正千向駱宏勳說道：「昨日所會的那花老兒，真個般般入妙，件件皆精，誠名不愧實也。」駱宏勳道：「正是呢，不但花老難比，連巴氏弟兄，亦當世之英雄。」正談論間，門上人進來稟道：「啟上大爺，門外來了五個男子、兩個女子，還有十數個扛包袱的，口稱是山東人氏，姓花，特來拜謁。」任、駱二位相公聞言，連忙整衣出迎。任正千又分付家人：「快請大娘出來，接迎女客。」於是，賀氏大娘出來，將花奶奶並碧蓮姑娘迎進後堂不提。

且說任正千將花老兒並巴氏弟兄請至客堂，行禮已畢，分賓主而坐。花老兒道：「昨日桃花塢相見，今特造府，一則進謁，二則拜謝。」任正千道：「方才與世弟談及賢姊舅之英雄，正欲同往貴寓奉拜，不意大駕已光寒舍，何以克當！」花老那扛包袱的，又將包裹送上廳來，大小共有數餘包。花老向任大爺、駱大爺二人說道：「此物乃敝處之土產，幾包小棗，幾包回餅，幾包繭綢❸，權為贄見之禮❹，望乞笑納。」任正千、駱宏勳欠身道：「光降寒門，已蓬蓽生輝光，敢受此大禮！」花老道：「此皆自家土產，何為禮云？若不收留，是見外了，在下即便告別。」任正千道：「既如此說，叫人搬運後邊。」又向花老等謝過，遂分付家人們擺酒。不一時，客廳之上擺設兩席。東席上花振芳、巴龍、巴豹，任正千奉陪。西席巴虎、巴彪，駱宏勳奉陪。花奶奶、碧蓮姑娘，後邊自有駱太太、賀大娘款待。

且表前廳酒過數巡，肴上幾味，花老兒邀任正千至天井中，說道：「在下有一言奉告，不好同駱公子言之，故邀任大爺出來奉告。不識任大爺可肯代在下玉成否？」任正千道：「請道其詳。」花振芳道：「在下老夫妻年近六旬，只有小女一人，自幼頗讀詩書，稍通槍棒。小女已知一二，立志不嫁庸俗，願侍巾於英雄。年交一十六歲，尚未許人。今日老夫婦帶他周遊各州府縣，以把戲為名，實擇婿也。所遊地方甚多，總未合式一人。昨日在桃花塢，幸蒙不棄，得瞻大駕同令世弟駱公子。在下看駱大爺青年氣相，非常人可比。在下稍有家私，情願陪嫁小女金銀二十萬，意欲煩任大爺代我小女作媒，不知任大爺俯就否？」任大爺道：「常言君子有成人之美，晚生素昔最好玉成其事。但我久知世弟早已聘過之言，聞得是杭州總兵家小姐，姓桂名鳳簫了。」花振芳聞得聘過，沉吟一會，復又說道：「古之人，一夫二婦者甚多。今之人，三妻四妾亦復不少。既駱大爺已經聘過，小女願為側室，望乞幫襯一二。」任正千道：「這個或者領教。且請入席，待我同駱世弟言之。」二人遂又入坐。

---

❸ 繭綢：即柞絲綢，以柞蠶之絲為原料。

❹ 贄見之禮：見面禮。贄，音ㄓˋ，初次拜見尊長時所送之禮。

飲不多時，任大爺將駱大爺邀出外面，將花老之言說了一遍。駱宏勳道：「豈有此理！我已聘過，那有再聘之理？若側室之說，亦有正室未曾完姻，而先完側室之理？況孝服在身，亦不敢言及婚姻之事。煩世兄善為我辭焉！」二人遂又入坐飲酒。

任正千又將花老請出，將駱宏勳之言又訴了一遍。花振芳見親事不妥，遂無心飲酒。又入坐飲了兩杯，即同巴氏兄弟站起身來告辭。任正千、駱宏勳諄諄款留，花老那裏肯坐？花奶奶知前面散席，也同碧蓮辭過駱太太、賀氏大娘走出來。男女均於大門會齊。奶奶便問：「事體如何？」花老道：「事不諧矣！」任、駱送出大門，一拱而別。

花老同眾人，仍然原路出西門，回寓處而來。到得店門，只聽天井中嚷嚷道：「我們是日出時就來，直等到日中，還不見回來。回去了，又要受主人責罵了。總是這店主人這狗才壞我們的事！我們先來，就該說不得回來，有別事，一時不能便回，我們就不等到這早晚了。我們先把店主人打他一頓，方消我們之氣。」內中有個解勸道：「你們眾位，不必著急，常言道：『不怕晚了恨，只怕事不成。』天還早哩。就是上燈時，也將他等了去。」正嚷之間，店主人抬頭一看，見花老走進門來，道念一聲：「阿彌陀佛！救命王菩薩回來了。」只因這一聲，直叫：

三九公子滅理喪心，二八佳人耀武揚威。

畢竟不知店內因何吵鬧，且聽下回分解。

第五回　親母女王宅顯勇

卻說花振芳自任府回來，將走進店門，店主人抬頭一看，念聲：「阿彌陀佛，救命王菩薩！」向著花振芳說道：「你老人家說去去就來，怎麼就半日方回？」花振芳道：「承四牌樓任大爺留住飲酒，所以此刻才回。」店主人又說道：「裏邊有吏部大堂公子王大爺家來了幾位大叔，並賀相公，自日出時就來相等，直到此刻，都等的不耐煩了。」說著說著，走進天井，花振芳看見五個人在那裏怒氣沖沖的講話。

卻說認得四個人，只有一位不相認，所認得者，即是昨日相喚之人。王能等四人，也說花振芳道：「我們奉家大爺之命，特來相請眾位進府頑耍。已等了這半日，在這裏著急，來得甚好。」花振芳道：「原來如此。」花振芳指定那穿直襬❶、帶繡巾的說道：「這位是誰？」王能道：「這位是我家賀相公。」賀世賴聽得，他遂向花老兒拱了手道：「老先生請了，在下乃吏部尚書公子王大爺的幫閒。恐他四位相請，再有甚麼阻礙，故命在下同來。已等了這半日，駕才回寓。敝東王大爺，不知候得怎樣焦躁了！」

花振芳那裏真以把戲為事？因為要煩任大爺作伐不諧，就有幾分不大自在，那裏還有心腸應酬他們？

❶ 直襬：即直裰，家常穿的長袍便服，也指僧道所穿的大領長袍。

推說道：「適才聞得敝處天雨淋淋，將幾畝田淹了。敝處頗有幾畝田地，甚為恐懼，定於今日起身回家。敢煩賀相公，同四位大叔回去，在大爺臺前巧言一二，就說我不日還來，再造府現醜罷。」賀世賴道：「老先生，說那裏話來！雨淹麥，此不過耳聞。就是真個淹沒，老先生即是回至貴處，亦不挽回了。何起身如此之速？也說昨日，桃花塢中奉請，已被駱遊擊之子叫家人奪去。彼時若非小的在坐，相公昨日有番爭鬧之氣。今日若再不去，就是你老先生明重彼而輕此也。倘王大爺見怪，老先生亦無辭相解。今日奉勸，權住半日，到王府一談，明日起身回貴府，亦不為遲。」花振芳聽賀世賴之言有理，想了一想道：「五湖四海皆朋友，人到何處不相逢。想他是個吏部的公子，相與❶他，也不玷辱於我。」遂同奶奶、碧蓮、巴氏弟兄一眾男女人等，隨了王府之人前來。

看官，你說賀世賴親來相喚花老，是何原故？因昨日在桃花塢同王倫偷走回家，天氣尚早，二人在書房擺酒重飲，王倫向賀世賴說道：「你若使令妹與我一會，我不惜千金謝你。」賀世賴原是個愛財如命之徒，聽得千金相謝，就顧不得「禮義廉恥」四個字，遂說道：「重賞之下，必有勇夫。但恐事成之後，悔改前言，那時使門下無可如何。」王倫道：「我從不說謊。」賀世賴道：「既如此，待門下慢慢與舍妹言之，包管遂你大爺之願。先與桃花塢踩軟索的女子……等明早先喚來，與大爺解渴如何？」王倫歡喜道：「如此甚好！」故此，今日一早，著王能四人西門外馬家飯店內呼喚。賀世賴恐有別的阻礙，放心不下，故亦隨其中。今日他若不隨來，猶叫王能等四人來喚，花老無心頑耍，這事不免又要以吏部之勢坐壓他們。其不知花振芳等，又是敬軟不怕惡之人，皇帝老兒他還不怕，倒怕你個吏部尚書來了？

❶ 相與：相處；相交往。

真個喚不來的。幸虧賀世賴一陣軟話，把個花振芳說得情服，方肯與眾人同來。

一直來到王府門首，賀世賴道：「王能，將他們遂邀進門房坐坐，待我先進去，通報與大爺。」於是賀世賴先到書房，見了王倫道：「大爺恭喜！」王倫道：「這時候才來！」賀世賴將花老去拜任大爺、駱大爺，留他飲酒，並花老聞得路人說天雨淹田，是今日即回山東，被門下委曲挽說了半日，方才一眾隨來的話，說了一遍。王倫道：「難為，難為！如今人在何處哩？」賀世賴道：「門下方才著王能等留他們在門房中坐坐，門下先來通知大爺，還是怎樣頑法？」王倫道：「我不過要那個女子談笑，有別的甚麼頑法！」賀世賴道：「如此說，叫那個拿些酒飯，在門房裏與那一班男子去吃酒。擺一桌在客廳，叫人出去，將那兩個女子叫進來，只說是裏面大娘喚他頑耍，難道誰人敢進客廳？憑大爺怎樣，他還有甚麼多說！」王倫分付家人，拿些酒肴往門房去。又分付一人出去，說「內室大娘喚你二位女將裏邊去哩」，暗暗引進客廳來。家人聞命，不敢遲慢，將花奶奶同那碧蓮引進客廳來。

家人領命，同花奶奶母女來至天井之中，家人退出去。花奶奶、碧蓮抬頭往廳內一看，只見廳東首擺列一桌席面，有兩個男人在上指手畫腳。一個是方才那個姓賀的，那一個頭戴公子巾，身穿桃紅緞子直襬，足下穿了粉底烏靴，手拿一把大白紙扇，扇兒上繫一個白脂玉的扇墜，也不搧扇，轉過來將扇墜繞上來、吊過去，將扇墜擺開，一團心高氣滿的光景。大約此位就是公子了。

母女見廳上並無婦女，遂將腳步停住。王倫道：「老賀，你看他兩人正行之間，怎麼站下？」賀世賴道：「此輩多做勢拿腔，本是這樣人，偏要做出不相人的樣子來。本不害羞，偏要扭捏出多少羞慚的光景，令人愛慕。今他正行忽止，正是做身份，叫我們下去迎他的意思。我們何不就去迎迎？大爺與他攜手而上，豈不是一樂事也？」王倫歡喜道：「使得，使得！」

二人下得廳來，到得花奶奶、碧蓮跟前。王倫向碧蓮道：「昨在桃花塢觀見踩索，無一不入其妙。今特遣价❷相請，至舍一會，足慰小生渴慕之至。」花碧蓮聞得明白，「小生」自稱，不覺粉面通紅。花奶奶聽得言近於虛，就知他心懷不善，早有三分不快，說道：「方才聞大娘相喚，遂同小女來至裏面。宅上寬闊，不知大娘在於何所房屋？望乞指教。」賀世賴道：「老人家不認得，這位大爺就是吏部天官❸的公子。昨日因桃花塢望見令嫒技藝，真渴慕一夜。相請者，即此位王大爺。說大娘者，不過名色耳。」王倫又接應道：「相請頑把戲，此不過名色耳，實為請令嫒前來一會，以慰渴想。稍敬謝儀，總要重重把臉面矣。」王倫看見花碧蓮面帶赤色，比先更覺可愛，只當他是做出的羞態，又道：「若肯不棄，廳上現備菲酌，請坐一飲。」遂來攜碧蓮之人。

花碧蓮大罵一聲：「好匹夫，敢來戲姑娘也！」遂捲手持拳，才要抓王倫，花奶奶才要抓賀世賴，幸喜門外邊跑進幾個家人，一攔，王倫、賀世賴看事不巧，往屏風後走進去，將屏門關閉，躲入內書房去了。花奶奶、碧蓮見眾家人相攔，走脫了王倫、賀世賴，二人心中大怒，將眾家人亂打一番。真乃是：

遇腳之人跌於地，逢拳之將面朝天。

---

❷ 价：也寫作「介」，被派遣傳送信息、物件之人。

❸ 天官：代指吏部尚書。唐武則天光宅元年曾改吏部為天官，旋復舊。故後世亦稱吏部為天官。

這幾個家人，那裏是他們母女二人的對手？三拳兩腳，打得他們東跑西走。母女二人上得廳來，找尋王倫、賀世賴，見屏風後緊閉，知他躲過。遂將廳東首擺設席面，一腳翻倒，將四隻桌腳取下，把客廳以上古玩、器物，桌椅、條臺，與他一個「窮斯濫」❹矣！

看官到此，未免說作書文之人前後不照應，王倫家內長養三五十個教習，今日如何只有寥寥這幾個家人？但因賀世賴大意，只說這班人原是這一道兒，有甚麼不好之事？又值桃花塢盛景之時，這些教習都說，公子今日做秘事，我等在家，人多眼眾，遂三個一群，五個一伙，連家人只留了十數個，其餘者都同教習赴桃花塢看花去了。若他們在家，花奶奶、碧蓮雖不能吃虧，也不能打得這等爽快。

母女二人，自內裏打將出來。花振芳在門前房內，聞得一聲嚷，連忙走出來一看，正是奶奶同姑娘各持桌腳兩條。花振芳忙問所以，花奶奶將如此這般情由，訴說了一遍，把個花振芳氣得目瞪癡呆。巴氏弟兄同王能等四人，俱皆走出相問，花振芳將上項事一一說知。巴氏弟兄早已將王能等四個人攢下。王能等哀告道：「此皆賀世賴與主人所為，不干我等之事。我們俱在此奉陪勸飲，實不知就裏，望英雄暫息雷霆之怒，饒恕則個！」花奶奶向花老耳邊說道：「今早在任府議親，未見允諾。駱公子說孝服在身，不敢擅自言及婚姻之事，候他服滿❺，再可議及。」花老點頭道是，遂向巴氏兄弟說道：「諸位賢弟，且莫動手。這四個人，本不該饒。但你我來時，就在此相陪，寸步未離，此皆他主人同姓賀的所為，

❹ 窮斯濫：語出論語衛靈公：「君子固窮，小人窮斯濫矣。」這裏用作戲謔，窮、濫二字，都有達到極點、不加節制的意思。

❺ 服滿：服喪期滿。

實不干他事。」巴氏兄弟遂向四人道：「今日本要連你主人巢穴皆毀，但我有事在心，暫且饒你一死！」四人叩謝不及。花奶奶向花老說：「早些一同快回寓，倘或被任、駱二位知之，日後之事，難以商議。」花老聽見，說得甚是有理。花老一眾人等，照原路回來了。

再言王能等見花老人等去後，來進裏邊看了一看，客廳以上，真不是個客廳了，就如人家堆污穢之物的所在。走至屏風之後，見門緊閉，用手連敲幾下，裏面無人答應。王能會意，知大爺們還當是那花氏母女們來打，故不敢答應。遂叫道：「那頑把戲的眾人，盡皆去了，我等乃王能等四人，特請大爺出廳。」裏邊聽得是自家人等的聲音，賀世賴同王倫才放心開門，走將出來。

進至客廳，抬頭一看，廳上擺設之物，盡皆打壞，又聽得一人在那月臺❻跟前聲喚。王倫命王能看來，乃家人王龍也。問其所以，是被花碧蓮一腳蹬在腳下，將他腳骨蹬折了兩根，不能動移，故癱在地下聲喚。王倫叫人將他抬了，送到他的臥房，少不得請醫調治。遂向賀世賴道：「幸而你我走得快，不然總吃他的虧。不料這兩個婦女，這個利害！今日之氣，如何報復？」賀世賴道：「沒有別說！今日天色向晚，明日清晨，合府人眾，不拘教習、家人，俱皆齊集，到西門外馬家店內，將這伙男女打他一個筋斷骨折！然後拿個帖子，送縣裏重重處責，枷號❼起來，方見大爺的手段！」那王倫遂依了賀世賴的話，一一分付家人並教習等。眾人得令，各人安排各人的器械，無非是刀杖鐵尺等類。各人安歇一夜，明早往西門外廝打。這且按下不表。

---

❻ 月臺：正房、正殿前方突出的平臺，有前階相連。

❼ 枷號：將犯人上枷，標明罪狀示眾。

再表任正千、駱宏勳送花老之後，回至廳上。任正千道：「今蒙花老先生來相拜，又承送數包禮物，於心甚不過意。」駱宏勳道：「沒有別說，明早少不得要去回拜他，我們大大備下兩份禮儀送他便了。」任正千應諾，各備程儀❽一封。一宿晚景已過，晚景飲酒不必細述。

且說次日清早，二人起身，梳洗已畢，吃了些早湯點心，備了三匹駿馬，帶著余千，望西門大路而來。將至西門，只見西門大街以上，有百十餘人來，雄赳赳，各持器械，也望西門而來。任正千問道：「是些甚麼人？」余千下得馬來，將轡繩交付任正千代扯馬，向前來一看，內有王能在內。余千拱手，王能連忙上前笑應道：「余大叔那裏來？」余千道：「拜問一聲，府上與那家鬥氣？合府兵馬全至！」王能道：「余大叔有所不知，就是向日桃花塢賣賽的那一伙人。昨日我家爺喚到家內頑耍，就不知那兩個堂客不知抬舉，反誣我家爺調戲他，將我們客廳上擺設的物件盡皆打碎，又把我們王龍哥筋骨都打折了，現在請人調治。家爺不忿，叫我們兄弟等，同了眾位教習，往他寓所廝打。余千哥，一向忝在相好，倘若無事，同弟等走走，與弟助助威。」余千道：「家爺俱在城門以下，因見眾位，不知何故，特遣弟拜問，弟還要回家爺話去。」將手一拱，抽身而去，將王能之言一一稟上。

駱宏勳道：「花老乃異鄉之人，王倫有意欺他。你若不戲人家女子，那花老也不肯生事打你家人，壞你的傢伙！我們不知便罷，既然遇見，若不解圍，花老後邊知道，說我們知而不解，道是我們不成朋友。」不知可解得開否，且聽下回分解。

---

❽ 程儀：亦稱「程敬」，贈送旅行者的財禮。

第六回　世弟兄西門解圍

且說任正千道：「正是！余千再去，說我二人說，你家不調戲人家女子，人家也未必敢壞折傢伙，打壞你的人口。他且是外路人❶，不過是江湖上頑把戲的，你家王大爺，乃堂堂吏部公子，抬抬手就讓他過了。看我二人之面，叫他們回去罷！」余千又至王能前，將任、駱二位大爺之言，告說一遍。王能笑道：「余大叔錯了，我乃上命差遣，蓋不由己。即任、駱二位公子解圍，須先與家爺說過，家爺著人來，一呼即回。余大叔，你說是與不是？」余千聞言，說得有理，只得回來對任大爺卻說道：「小的方才將大爺之言告訴他，他說奉主差遣，不得自專。即二位爺解圍，務必預先與王倫說過，待王倫有人來叫喚，他們才轉回。不然，不能遵命。」

任正千聽說大怒，說：「諒我就不能與王倫講話！」又向駱宏勳說道：「世弟，請下馬來，此地離王倫家不遠，我與你同去走走。」駱宏勳連忙跳下馬，將三匹馬的轡繩俱交與余千牽扯，分付余千：「你牽馬攔門立著，不要放這狗才一個過去，我們好與王倫說話。倘若有人硬要過去出城的，你與我打這畜生！」分付已畢，任正千、駱宏勳大踏步往王倫家去了。余千即將三匹馬牽在當中站立，大叫道：「我家爺同任大爺已到王府解圍，命我擋住，倘有硬過去，叫我先打。我也是上命差遣，蓋不由己。」即撩

❶外路人：外鄉人。

拳磨掌，怒目而立。

且說王倫家人，連教習倒有百十個人，那一個不曉得余千利害？俱面面相覷，無一個敢過去。王能看其光景，是不能出城的了，即著兩個會小路的連忙回府，將此情由稟知大爺。這王倫兩個家人，聞得此言，不敢慢行，一則路熟，二則連走帶跑，所以任、駱未到，二人早已跑進府去。

王倫、賀世賴正在書房裏商議寫帖送縣，只見兩個家人跑得喘吁吁進來，王倫問道：「回來得快呀，毋許傷他的性命噯！」二人稟道：「小的們還未出城哩！」王倫道：「因何不出城？」二人將遇見任正千、駱宏勳的事說了：「叫我們回來，小的奉主人之命，不能由己，他就大怒，叫余千攔住門而立住，不許一人出城。任正千同駱宏勳二人，來面見大爺講話。小的們從小路抄近趕來，先稟大爺得知。」王倫大怒道：「這兩個匹夫，真真豈有此理！前在桃花塢硬奪把戲，今日又作勢解圍，何欺我太甚！我只不允，看你有何法！」賀世賴在旁說道：「據門下看來，人情不如早做的好。」王倫道：「我不允情，他能砍我頭去不成！」賀世賴道：「大爺允情，我的人自然回來。即大爺不允情，我們的人也要回來的。他令余千攔住城門，那個再敢過去？」又向王倫耳邊低低說道：「大爺不必著惱，喜事臨門，還不曉得？」王倫道：「今日遇見兩個凶神，反說我喜事臨門，是何言也！」賀世賴又在王倫耳邊低低說道：「舍妹之事，此其機也。」王倫亦低低問道：「怎麼此其機也？」賀世賴道：「任正千亦是有名財主，不可以財帛動之。他英雄蓋世，又不可以勢力壓之。大爺與他又無來往，雖咫尺而實天淵也。據門下愚見，待任正千、駱宏勳到府，恭恭敬敬迎他們進來，擺酒相待。今日既飲了大爺酒席，明日少不得擺酒相酬。你來我往，彼此走動，門下好於中做事。不然，想與舍妹會面，較登天之難也！」王倫聞言，改怒作喜，稱讚道：「人說老賀極有機智，今果然也。」

正議論間，門上人稟道：「任、駱二位爺在門口，請大爺說話。」王倫即整衣出門相迎，打躬說道：「二位光降，寒門有幸，請進內廳奉茶。」任、駱二人還禮。任正千道：「適在西門相遇尊府人等，問其情，知道與山東花老門氣。在下念他是個異鄉之人，且不過是江湖上頑把戲的，足下乃堂堂公子，豈可與他爭較？今大膽前來奉懇，恕他無知。允與不允，速速示下，在下就此告別。」王倫大笑道：「就有天來大事，二位仁兄駕到，也無有不允之理。說此些須小事，豈有違命者乎？但亦未有在大門之外談話之理。即一一如命，二兄驟然回輿，知者說二兄有事，無從留飲；不知者道弟不肯款留，殊慢桑梓❷，弟豈肯負此不賢之名？還是請進，稍留一刻，敬一杯茶為是。」

任、駱見王倫之言種種，說得有理，說道：「只是無意到府，不好輕造，又蒙見愛，稍坐何妨。」任、駱先行，王倫就分付門上人道：「速著一人到西門大街，將眾人叫回。就說蒙任、駱二位爺講情，我不與他那老兒較量了。只是便宜這個老物件！」說罷，邀了任、駱二人，走到二門，賀世賴連忙迎出。任正千道：「你也在這裏了麼？」賀世賴道：「正是。」到廳上重新見禮，分賓主而坐，家人獻茶。

茶罷之後，王倫向任正千道：「兄與弟乃係桑梓，慕名已久，每欲瞻仰，未得其便，今蒙光臨，幸甚，幸甚！」任正千道：「弟每有心，不獨兄如是也。」王倫又向駱宏勳說道：「這位兄臺，高姓大名？」任正千道：「此乃遊擊將軍駱老爺的公子，字宏勳，在下之世弟也。」王倫道：「如此說來，乃是駱兄了。失敬，失敬！」賀世賴與駱宏勳素日是認得的，不過敘些久闊的言語，彼此問答一回。任、

❷桑梓：代指故鄉或父老鄉親。

駱起身相別，王倫大笑道：「豈有此理！二兄光降寒舍，匆匆即別，諒弟作不起一杯水酒之主麼？」任、駱二人應道：「非也。我實有他事，待等稍閒，再來造府領教。」王倫道：「二兄既有要事，先就不該來了。」即分付家人擺酒。

任正千、駱宏勳看王倫舉止言詞，入情入理，不失為好人。又見他留意誠切，任正千向宏勳說道：「你看王倫如此諄諄，少不得要領三杯了。就是明日出城，也不為晚。」於是任大爺首坐，駱大爺二坐，賀世賴三坐，王倫主坐。遞杯傳盞，飲不多時，王倫又道：「我有一言奉告二兄，不知允否？」任、駱二人答道：「有話請教何妨。」王倫道：「昔日劉、關、張一旦相會，即有聚義，結成生死之交。我輩雖不敢比古人之風，但今日之會，亦不期之會，真乃幸會也。弟素與二兄神交，今欲效古人結拜生死之義，不知二兄意下何如？」任、駱二人道：「我們今日一會，以為相好，何必結拜。」王倫道：「雖如此說，但人各有心，誰能保其始終不變心耳？盟之於神，方無異心。」即分付家人速備香燭、紙馬。任、駱二位推之不過，只得應允。又取全簡❸一個，煩賀世賴寫錄盟書。修書略曰：

朝廷有法律，鄉黨有議約❹。法律維持天下，議約嚴束一方。竊念昔者管、鮑之誼❺，美傳列國；桃園之讓，芳滿漢廷。後世之人，誰不仰慕而欲效之！今吾輩四人，雖不敢據之以今比古，

❸ 全簡：一式兩份的書簡。

❹ 鄉黨：同鄉；鄉親。

❺ 管、鮑之誼：春秋時，齊人管仲和鮑叔牙相知最深，後喻交情深厚的朋友。

而情投意合，有不啻古人之志焉。但人各有心，誰保其始終不二，以為人可欺而神可昧也！敬備香花寶錠以獻，秉心於神聖臺前：自盟以後，人雖四體，心各一心，而合一姓。雖異姓，而勝於其父母之同胞。患難相扶，富貴同享，倘生異心，天必鑒之。神其有靈，來格來歆❻，尚饗❼。

右錄生辰

任正千，二十八歲，月　日　時生

王　倫，二十七歲，月　日　時生

賀世賴，二十四歲，月　日　時生

駱宏勳，二十一歲，月　日　時生

大唐　年　月　日　時具

不多一時，將議約寫完，家人早已將香燭元寶備辦妥當。四人齊齊跪下，賀世賴把盟書朗誦一遍，焚了香燭元寶。禮拜已畢，站起身來，兄弟們重新見禮。王倫命家人重整席面，四人又復入坐。此時坐位，不是先前坐位了。任正千仍是首坐，論次序，二坐該是王倫的了，因這酒席是他的，王倫不肯坐，讓與賀世賴坐了，駱宏勳是三坐，王倫是主席。

酒過三巡，肴動幾味，任正千道：「今日厚擾王賢弟，明日愚兄那邊整備菲酌，候諸位一坐。」駱宏

❻ 來格來歆：神靈前來接受祭祀。格，至。歆，音ㄒㄧㄣ，祭祀時神靈享受供物。

❼ 尚饗：亦作「尚享」，用作祭文結語，表示希望神靈前來享用祭品的意思。饗，音ㄒㄧㄤˇ，接受酒食。

勸道：「後日小弟備來。」賀世賴道：「外後日，我備來。」王倫笑道：「賀賢弟又撐虛架子了。莫怪愚兄直言，你要備東，手中那裏有錢鈔哩？若一人一日，這是那萍水之交，你應我酬，算得甚麼知己！」向任正千說道：「大哥，小弟有一言，不知說的是與不是？駱賢弟在此，不過是客居，他若備東，也是不便。據小弟說來，駱賢弟在大哥處暫居，賀賢弟在小弟處長住，總不要他二人作東。今日在小弟處談談，明日就往大哥府上聚會，後日還在小弟處。不是小弟誇口，就是吃三年五載，大哥同小弟也還備辦得起。」

任正千聞說，大喜道：「這才算得知心之語！就依賢弟之言，甚為有理，妥當之極。」又道：「王賢弟，莫怪愚兄直言，素日聞人相傳，賢弟為人奸險刻薄，據今日看其行事，聞其言語，皆合人情物理。常言道：耳聞盡是假，面見方為真。此言真不誣也！」王倫道：「大哥，還有兩句俗語說得好：含冤且不辯，終久見人心。」四人哈哈大笑，即開懷暢飲，毫不猜忌。

且說那余千拉馬攔門而立，見王府眾人不多一時盡都回去，知道是任、駱二位爺講了人情，王倫遣人喚回。又等了半刻，也不見二位爺回來。心中焦躁，扯著馬，也奔王家而來。來到王倫門首，王府之人素昔皆認得，一見余千扯馬而來，說道：「余大叔來了！」連忙代他牽馬，送在棚內餵養，將余千邀進門房，擺酒款待，言及任、駱二位爺並家大爺同賀世賴相公結拜一事，正在廳中會飲。余千聞言，心中想道：「二位爺好無分曉！聞得王倫人面獸心，賀世賴見利忘義，怎麼與他結拜起來！」卻不好對王府人說出，只應道「甚好」二字。

且講客廳以上，飲了多時，任、駱告辭，王倫也不深勸，分付上飯。用畢之後，天已將晚，告辭。任正千道：「明日愚兄處備辦菲酌，屈駕同賀賢弟走走，亦要早些。還是遣人奉請，還是不待請而自往？」王倫道：「大哥說那裏話！叫人來請，又是客套了。小弟明早同賀賢弟造府便了。有何多說？」任正千說說談談，天已向暮。任、駱起身告辭，王倫也不深留，送至大門以外，余千早已扯馬伺候，一拱而別，上馬竟自去了。

任、駱至家，二人談論：「王倫舉動言談，不失為好人，怎麼人說他奸險之極？正是人言可畏！只是我們去拜花老，不料被他纏擾。但不知花老仍在此地否？倘今日起身走了，我們明日再去拜他，空走了！」乘天尚早，分付余千備馬，快出城至馬家店裏，訪察花老信息，速來回話。余千聞命，即上馬而去。不多一時，回來稟道：「小的方才到西門馬家店問及花老，店主人回說，今日早飯後，已經起身回山東去了。」任、駱聞知，甚是懊悔。這且不言。

再言王倫送任、駱二人之後，回至書房。王倫道：「今日之事，多虧老賀維持。與令妹會面之後，再加厚謝，一齊維持罷了。」賀世賴道：「事不宜遲，久則生變，趁明日往他家吃酒，就便行事。門下想任正千好飲，且粗而無細，倒不在意。惟駱宏勳雖亦好飲，但為人精細，卻是礙眼，怎得將他瞞過才好。」王倫道：「你極有智謀，何不代我設法？」賀世賴沉吟一會，眉頭一皺，計上心來，說道：「有，有，有！」只因這一思，能使：

張家妻為李家婦，富家子作貧家郎。

畢竟不知賀世賴設出甚麼計來，且聽下回分解。

第七回　奸兄為嫡妹牽馬❶

話說王倫求計於賀世賴，賀世賴沉吟一會，說道：「有了。明日到彼飲酒，莫要盡飲，必須行一令。門下素知任正千不通文墨，卻不知駱宏勳肚內如何。門下與大爺先約下兩個字令。或一字分兩字，或兩字合一字，內有古人，上下合韻。倘駱宏勳肚內通文，大爺再改。門下與大爺約定，抬頭低頭、睜眼合眼為暗號，雖駱宏勳精細談吐，難逃算者。連飲三大杯，不過三回五轉，打發他醉了。挨到更餘時候，大爺就無飲酒，也要假醉，伏案而臥，門下就有計生了。」王倫大喜。將字令二人傳妥，熟練謹記，又將猜拳演熟，各人回房安歇。到明日早晨，連忙速速起來梳洗，吃些點心，又將昨晚之令，重習一遍，分毫不錯。

王倫換了一身新衣帽，同了賀世賴起身。王倫坐了一乘大轎，賀世賴坐了一乘小轎，赴任正千家而來。轉彎抹角，不多一時，來到任正千門首，門上人連忙通報。原來任正千同駱宏勳因昨日過飲，今日起來的晏❷些，梳洗將畢，早湯點心放在桌上，尚未食用。聞報王倫來了，任正千道：「真信人也。」

---

❶ 牽馬：即做牽頭、馬泊六，均指撮合不正當男女關係。牽頭，牽線之人。馬泊六，又寫作「馬伯六」、「馬八六」、「馬百六」等。清褚人獲堅瓠廣集馬伯六：「俗呼撮合者曰馬伯六，不解其義，偶見群碎錄：『北地馬群，每一牡將十餘牝而行，牝皆隨牡，不入他群……』愚合計之，亦每伯牝馬用牡馬六匹，故稱馬伯六耶？」

同駱宏勳連忙整衣出迎。迎出二門，王倫同賀世賴早已進去了。任、駱相迎至廳，禮畢分坐。任正千道：「因昨日在府過飲，今日起身遲些。方才梳洗，聞得賢弟駕至，連忙迎出門，大駕已來，有失遠迎之罪。」王倫道：「既稱弟兄，那裏還拘這些禮數！大哥，以後這些套話，都不必說了。」任正千大喜道：「賢弟真爽快人也！遵命，遵命。」駱宏勳亦向王倫道：「多謝昨日之宴。」任正千分付獻茶、擺點心。王倫道：「只拿茶來罷，稍停再領早席。」任正千見王倫事事爽快，以為相契之友，心中甚悅，說道：「既如此，拿茶來！」於是，家人獻茶。

茶罷，談談閒話，王倫道：「煩价通稟一聲駱老伯母臺前、大嫂妝次❸，小弟進謁。」駱宏勳道：「家母年邁，尚未起床，蒙兄長言及，領情了。」王倫又道：「大嫂呢？」任正千道：「賤內不幸昨染微疾，亦尚未起。你我既是弟兄，豈肯躲避？候他疾好，賢弟再來，愚兄命他拜見賢弟便了。」王倫道：「既駱伯母未起，賢嫂有恙，弟也不驚動了，煩任大哥同駱賢弟代我稟知罷。」任、駱應道：「多謝，多謝！」賀世賴說道：「王二哥，駱賢弟，恕我不陪。我到裏邊，與舍妹談談就來。」王倫道：「當得，請便！」賀世賴拱了一拱手，往內去了。

走到賀氏住房，兄妹見過禮坐下。賀氏道：「一別二年，未聞哥哥真信，使妹子日夜耽心。昨晚聞你妹夫說你在王家作門客，妹子心才稍放。但不知哥哥近日可好麼？想是發財的了。」賀世賴道：「自離家之後，流落不堪，幸蒙吏部尚書的公子王大爺收留，今已二載，亦不過是有飯吃，那裏尋個錢鈔？

❷ 晏：音一ㄢˋ，遲；晚。
❸ 妝次：舊時書信中對女子的敬辭，猶對男子稱足下、閣下。

每欲來看望妹子，又恐正千性格不好，不敢前來。我前日在桃花塢，看見妹子在那對過亭子上坐的，只是不敢過去。」賀世賴說過，賀氏道：「我前日也望見哥哥在對過亭子上吃酒，不知你同的那位是誰？」賀世賴道：「那就是公子王倫大爺了，如今現在前廳。」賀氏道：「那就是吏部尚書的公子麼？做妹妹的看他生得好個相貌，不是個鄙吝❹之人。你可生個別法，哄他幾個錢，尋個親事，就成個人家了。不然，一時出了王倫的門，又是無歸無著，成個甚麼樣子？」

賀世賴聞妹子說前日在桃花塢已經看見王倫，說他好個相貌，就知妹子有幾分愛慕之心，連忙答應道：「承蒙妹子之言，倒好哩。王大爺倒是個洒銀的公子，怎奈沒個機會詐他的銀子。目下倒有一股財氣，只是不好對妹子講。」賀氏道：「你我乃一母所生，嫡親兄妹，有甚麼話不好講！」賀世賴即說：「王倫在桃花塢看見你，即神魂飄蕩，諄諄懇我通知妹子，能與他一會，情願謝我一千金。愚兄因無門可入，昨日撮他們拜弟兄，好彼此走動。愚兄特的前來通知妹子，萬望賢妹看爹娘之面，念愚兄無室無家，俯就一二。愚兄就得這塊大財，終久不忘妹子大恩也。」賀氏聞得此言，不覺粉面微紅，用袖掩嘴，帶笑而言道：「哥哥休要胡說，這事可不是頑的！你是知道那黑夫的利害，倘若聞知，有性命之憂。」

賀世賴見賀氏的光景，有八分願意，說道：「愚兄久已安排妥當。」將同王倫所約的酒令，並等更深做醉扶桌而臥的話文，說了一遍。賀氏也不應允，也不諄推，口裏說道：「這件事，比不得別的事，使不得。」賀世賴見房內無人，雙膝跪下，道：「外邊事全在我，內裏只要妹子臨晚時將丫鬟早些設法使開了，愚兄自有擺布。」賀氏說：「你說那一日行事？」賀世賴道：「事不宜遲，久則生變，就是今

❹鄙吝：心胸狹窄、過分愛惜錢財。

日。」賀氏道：「你起來，被人看見，倒不穩便。你也進來了半日，也該出去了。若遲，被人犯疑，那事卻難成了。」賀世賴聽妹子如此言語，知是允的了，即爬起來，笑嘻嘻的往前去了。

及到廳上，說道：「少陪，少陪！」仍舊坐下。使個眼色與王倫，王倫會意，心中大喜。任正千道：「閒坐空談，無甚趣味，還是拿酒來，慢慢飲著談話。」眾人說聲：「使得。」家人擺上酒席，眾人入坐。今日是王倫的首坐，任正千的主席，二坐本該賀世賴，因其與任正千有郎舅之親，親不僭❺友之說，故而駱宏勳坐了二席，賀世賴是三坐。早酒都不久飲，飲到吃飯之時，大家用過早飯，起身一散，你與我下棋，我與你觀畫。閒散一會，日已將暮，客廳上早已擺設酒席。家人稟道：「請諸位爺入席。」於是重又入席，仍照早間序坐飲酒。

酒過三巡，此後王倫道：「弟有個賤脾氣，逢飲酒時，或猜拳，或行令，分外多吃幾杯。若吃啞酒，吃幾杯就醉了。」任正千道：「這好，這好，就請一個令，行行何妨。」王倫道：「既如此，請大哥出一令，弟等遵行。」任正千道：「雖有一日之長，但今日在於舍下，我如何作得臺官❻發令？」王倫道：「大哥不做，今日駱賢弟乃是貴客，請駱賢弟作令臺。」駱宏勳道：「朝廷莫如爵，鄉黨莫如齒❼。既任大哥不作令臺，依次請王二哥的了。」賀世賴道：「駱賢弟之言，甚是有理，王二哥不必過謙了。」

❺ 僭：音ㄐㄧㄢˋ，超越身分，冒用在上者的職權、名義等。

❻ 臺官：唐宋時期御史臺長官的統稱，負責糾彈百官過錯。這裡指行酒令時的裁判，又稱酒史、酒監等。

❼ 朝廷莫如爵二句：意思是朝廷中以爵位為貴，鄉里中以年齡為貴。語出孟子公孫丑下：「天下有達尊三：爵一，齒一，德一。朝廷莫如爵，鄉黨莫如齒，輔世長民莫如德。」

王倫道：「如此說來，有僭了。」

分付拿三個大杯來，先斟無私，預先自己斟了，然後又說道：「多斟少飲，其令不公。先自斟起來，回來一飲而乾才妙！我今將一個字分為兩個字，要順口說四句俗語，卻又要上下合韻。若說不出者，飲此三大杯。」眾人齊道：「請令臺先行。」王倫說道：「一個出字兩個山，一色二樣錫共鉛。不知那個山裏出錫？那個山裏出鉛？」賀世賴道：「一個朋字兩個月，一色二樣霜共雪。不知那個月裏下霜？那個月裏下雪？」駱宏勳道：「一個呂字兩個口，一色二樣茶共酒。不知那個口裏吃茶？那個口裏吃酒？」

及到任正千面前，任正千說道：「愚兄不知文墨，情願算輸。」即將先斟之酒，一氣一杯。飲過之後，三人齊道：「此令已過，請令臺出令。」王倫道：「我令必要兩字合一字，內要說出三個古人名來，順口四句俗言，末句要合在這個字上。若不合韻，仍飲三大杯。」說畢，又將大杯斟滿了酒，擺在桌上。不知王倫又出何令，且聽下回分解。

第八回　義僕代主友捉姦

話說王倫又出令，說道：「田心合為思，法聰問張生：君瑞何處去？書房害相思❶。」賀世賴道：「禾日合為香，夫人問紅娘：鶯鶯何處去？花園降夜香❷。」駱宏勳道：「女干合為奸，楊雄問時遷：石秀何處去？後房去捉奸❸。」又到任正千面前，任正千道：「愚兄還算輸了。」又飲三大杯。駱宏勳道：「飲酒行令，原是大家同飲。既是任大哥不通文墨，再行字令，就覺事不雅了。」王倫同賀世賴見兩令不能贏駱宏勳，心中亦要改令，將計就計，說道：「駱賢弟之言有理。既是任大哥不擅文墨，我們也不行別令，揀極容易的頑罷，猜拳如何？」駱宏勳道：「這好。」於是挨次出拳，即輪流猜去。

看官，賀世賴、王倫二人是有暗計的，做十回，就要贏任、駱八回。三回五轉，天約起更❹，就把

❶ 法聰問張生三句：事見王實甫西廂記。已故相國之女崔鶯鶯，與張君瑞在普救寺一見鍾情。後孫飛虎兵圍普救寺，欲強搶鶯鶯為妻。和尚法聰挺身而出，搬來救兵解圍。

❷ 夫人問紅娘三句：事見王實甫西廂記。崔夫人翻悔婚約，阻擾鶯鶯、張生好事。鶯鶯婢女紅娘，暗中相助二人，曾扶鶯鶯月下燒香，與張生暗通款曲。

❸ 楊雄問時遷三句：事見水滸傳。楊雄之妻潘巧雲私通和尚裴如海，為楊雄結義兄弟石秀窺破，兄弟倆殺了潘、裴二人，避上梁山。

❹ 起更：黃昏時分。舊時自黃昏至拂曉一夜間，分為甲、乙、丙、丁、戊五段，謂之五更，又稱五鼓、五夜。

任正千、駱宏勳吃得爛醉如泥，還勉強應酬。賀世賴使個眼色，王倫會意，亦假醉起來，伏桌而臥。賀世賴也伏桌而臥。任正千、駱宏勳早已撐支不住，因其有客在坐，不得不勉強勸飲。及見王、賀二人俱睡，也就由不得自己，將頭一低，盡皆睡著了。

賀世賴耳邊聽得呼聲如雷，又聽不見他二人說話，卻是睡了。將頭一抬，看見任正千頭擱在桌邊睡著，駱宏勳背靠椅而臥。即站起身來，走出廳房，見門外站立著三四個管家，伺候奉酒遞茶。賀世賴道：「你們這些癡子，還在這裏站著做甚麼，放著那廂房裏不去趁早吃杯酒去？」管家道：「那廂房裏款待王大爺跟來的人，吃酒的人多著呢。只恐大爺呼喚，不敢遠離。」賀世賴道：「癡子，你看主客俱醉，皆已睡著，大約三更天才得醒來。如此光景，有那個喚你們？只管放心去吃酒。有我在此，他們若睡醒了，我即來喚你們。」三四個家人聞得賀世賴如此說，滿心歡喜，說道：「多謝舅老爺！」一陣風的去了。

賀世賴將管家支去，他便悄悄正直走進後邊，直到賀氏住房，竟不見一人，心中歡喜。走進門來，見妹子一人，對燈而坐。賀世賴問道：「ㄚ鬟們那裏去了？」賀氏道：「你先叫我將他們打發開些，我今叫他們各自睡去了。」賀世賴道：「甚好。」一溜煙走出來，看任、駱正在睡著，將王倫捏了一把。王倫抬頭一看，賀世賴將手一招，王倫跟著就走，往裏邊行來。到了賀氏住房門首，賀世賴道：「大爺請進去，門下在二門等候，以速為妙，後會有期。」說罷，賀世賴出二門，廳後站立，以觀風聲。

且講王倫走進賀氏之房，賀氏站起身來，面帶笑容道：「請坐。」王倫在燈下觀見賀氏容貌，比桃

起更，即第一次打更。

花塢會見之時更俏十分，欲火那裏按捺得住？雙手將賀氏抱起來，進得紅紗帳中，寬衣解帶，盡興頑耍，不捨不丟，情難盡說。這且不言。

且說余千這日知王倫、賀世賴來任大爺家吃酒，自有任府家人伺候。他乃是駱府家人，客居於此，無他甚事，遂自往街市上遊玩。那余千雖係駱府家人，頗有英名，無人不交接他，一見如故。此日，自街上遊玩，遂三三兩兩留他飲酒。擾過這一班才散，又有那一起，一直就飲了一日，到更深天氣，方才回來。東倒西歪，行到門首，任府門上人說道：「余大叔回來了？」余千道聲：「有偏❺，得罪了！」看見門首兩乘轎子還在，問道：「酒席還未散麼？」門上人回道：「還未散哩。」余千踉踉蹌蹌，走上客廳一看，任大爺、駱大爺俱在睡著，王倫、賀世賴又不在席上。余千道：「是了，想必是王倫要大解，不知道茅廁，賀世賴領他去了。我莫管他閒事，且往後邊睡覺去。」下得廳房，高一腳低一腳，一直奔後行來。行到二門，賀世賴遠遠望見余千，連忙躲在一邊，讓他過去。

事當湊巧，駱宏勳住的任正千的後層房子，後邊去，必走任正千的住房而過。今日走到賀氏住房，正當二人雲雨之時，不能自禁，呼吸之聲，聞於室外。余千雖醉，心中明白，聞得此聲乃淫欲之聲。抬頭一看，房內並無燈光，自說道：「我方才從廳上而來，看見大爺、任大爺盡在睡熟，何人在內調戲？且住，任大爺尚未進房，亦不該熄了燈火，其中必有原故。」自言自語，左思右想，想了一會，忽然想起賀世賴、王倫二人俱不在席上，說：「是了！王倫原是人面獸心，賀世賴乃見財如命，一定是王倫許他些財帛，賀世賴代妹牽馬，將二位爺灌醉，家人支開，他引王倫進房，與他的妹子頑耍，不料我余千

❺ 有偏：見面的一種謙詞、敬語。

進來。待我打開房門，進去捉姦，這個匹夫，看往那裏去！」又想道：「做事不可魯莽，進去有人是好，倘若無人，為禍非小。盡他去罷，非我駱家之事，管他則甚！」才往後走幾步，又停步想道：「任大爺與我大爺如同胞骨肉之交，且平昔待我，實是有體。一旦有事，置之不管，乃無情之人也。」抬頭一望，房內並無燈火。復思量一會：「待我回至客廳，將大爺、任大爺喚醒，叫他自進房來，有人無人，不干我事。」舉步又往前走了幾步，又停住想道：「不妥，不妥，等我回到客廳，我素知任大爺睡覺如泥，及或叫醒他來，這姦夫淫婦好事已完，開門逃走。俗語說得好：『撒手不為姦。』任大爺回來，房內無人，道我余千無故誣他妻子為非，我家大爺再責我酒後妄為，叫我有口難分！」仍又回到賀氏房門口站住。

且論王倫是個色中餓鬼，賀氏是個淫婦班頭，初會時草草了事，及至交合之際，真是：

半推半就，勝如金魚戲綠水。
你偎我依，好似黃菊對芙蓉。

意憐情濃，不能自禁，忘其姦偷之為，不覺淫聲出戶外。那賀世賴在二門，觀見余千東倒西歪而來，將身躲在一邊，讓他過去，還當他吃醉了，往後邊睡去。不意他到了賀氏房門前站著，不解他是何意。自說道：「爹爹媽媽！但願你這個時候，且莫開門出來！等太歲❻去了，莫要叫他撞見才好。」

❻ 太歲：本指太歲之神，術數家認為太歲之神不可觸犯，犯者必凶。後喻兇狠強暴之人。

且說余千站在賀氏房門口想道：「我且在此等著，看你姦夫往那裏逃走？待任大爺酒醒，自然進來，好不妥當！」抬頭看見廊檐底下有張椅子，用手拿了，放在賀氏房門外正中，自己坐下，遂大叫一聲：「我看你姦夫往那裏走！」這一聲大叫，聽得房內床帳裏響，二門後「噯呀」一聲。正是：

淫蕩子女驚碎膽，觀風男子暗消魂。

畢竟不知房內因何亂響，二門後因甚「噯呀」，且聽下回分解。

第九回　賀氏女戲叔書齋

卻說余千拿了椅子，攔住賀氏的房門坐下，口中大叫道：「我看你姦夫往那裏走！」那個王倫，正與賀氏二人歡樂之時，不防外邊大叫，聞得聲音是余千，二人不由不驚戰起來，故而連床帳都搖動了，所以響亮。那二門外「噯呀」者，是賀世賴也。先見余千走來轉去，只說他酒醉顛狂之狀，不料他聽見房內有人。忽聽余千大叫道：「姦夫那裏走！」料道被他知道了，腿腳一軟，往後邊倒跌，跌在門坎上，險些把腿跌了，所以「噯呀」一聲。顧不得疼痛，爬將起來，自說道：「今日禍事不小！料王倫同妹子，並自己的性命，必不能活。想王倫被余千攔住房門，必不能出來。我今在此，無有拘禁，還不逃走，等待何時？倘若余千那廝再聲叫起來，合家都知，那時欲走而不能！」

正欲舉步要走，忽聽呼聲如雷，又將腳停住了。細細聽來，竟是余千呼睡。心中還怕他是假睡，欲叫王倫開門。即悄悄的走近前來，相離數步之遠，向地下順手拾起一塊小磚頭，輕輕望余千打去，竟打在余千左腿，余千毫不動彈。賀世賴知他是真睡，遂大著膽走向窗邊，用手輕輕彈。王倫、賀氏正在驚戰之間，聽得呼睡之聲，不見余千言語。賀氏極有機謀，正打算王倫出門之所，忽聞窗上輕彈之聲，知是哥哥指點出路。賀氏一想：「是個法了。」那窗子乃是兩扇活的，拿鉤搭搭著。即站起身來，將鏡架兒端在一邊，把腰門下了，輕輕將窗子開放，王倫連忙跨窗跳出。王倫出窗之後，賀氏照前門好，仍把鏡架端上，點起銀燈，脫衣蒙被而臥。心中發恨道：「余千，你這個天殺的！坐在房門口不去，等我那個醜夫回來，看你有何話說！」正是：

畫虎不成反為犬，害人反落害自身。

不言賀氏在房自恨。且說王倫出得窗外，早有賀世賴接著，道：「速走，速走！」一直奔到大門，連忙將自己人役喚齊，分付任府門上人道：「天已夜暮，不勝酒力，你家爺亦醉了，現在席上睡熟。等他醒來，就說我們去了，明日再來陪罪罷。」說畢，上轎去了。正是：

打開玉籠飛彩鳳，掙斷金鎖走蛟龍。

且說余千心內有事，那裏能安然長睡？到一個時辰，將眼一睜，自罵道：「好殺才，在此做何事，反倒大意睡覺了！」抬頭一看，自窗格縫裏射出燈光，自己悔道：「不好了，方才睡著之時，那姦夫已經逃走了！我只在此呆坐則甚？倘若任大爺進來，道我夤夜❶在他房門口何為？那時反為不美。」即將椅子端在一邊，邁步走上前廳，見任、駱二人仍在睡覺。又走至大門，轎子已不在了。問門上人，門上人回道：「方才王、賀二位爺乘轎去了。」

❶ 夤夜：深夜。夤，音ㄧㄣˊ，深。

余千聽得，又回至廳上，將任、駱二人喚醒。任正千道：「王賢弟去了麼？」余千含怒回道：「他東西都受用足了，為甚麼不去！」任正千道：「去了罷。天已夜深了，駱賢弟也回房安歇罷。」駱宏勳道：「生平未飲過分，今日之醉，客都散了，還不曉得，以後當戒。」說罷，余千手執燈臺引路，二人隨後而行。行到任正千房門口，將手一拱，駱宏勳同了余千，往後邊去了。任正千進得房來，回身將門關閉，見賀氏蒙被而睡，說道：「你睡了麼？」賀氏做出方才睡醒的神情，口中含糊應道：「睡了這半日了。」任正千脫完衣巾，也自睡了。賀氏見他毫無動作，知他不曉，方才放心，不提。

且說余千手執燭臺，進得臥房，朝桌上一放，其聲刮耳。心中有氣，未免重些。駱宏勳看了余千一眼，也就罷了。余千又斟了一杯茶，來到駱宏勳面前，將杯朝桌上一擱，道：「大爺吃茶！」險些兒茶杯擱碎。駱宏勳又望了余千一眼，又罷了。余千怒沖沖的說道：「大爺以後酒也少吃一杯才好！」駱宏勳聞得此言，正像叔父教子侄一般的聲口，不覺大怒，喝道：「好狗才！看看自己醉的甚麼樣子，反來勸我！」余千道：「大爺吃酒誤事，小人吃酒不誤事。」駱宏勳怒道：「你說我誤了何事？」余千道：「大爺問小的，小的就直說。大爺同任大爺方才吃醉睡去，賀世賴這個忘八烏龜，與妹子牽馬。王倫同賀氏，他兩個人搗得好不熱鬧！」駱宏勳聞得此言，大喝道：「好畜生，你在那裏吃了騷酒？在我面前胡說，還不睡去！」余千被駱宏勳大罵了一陣，只落得忍氣吞聲，口內唧唧噥噥的：「我就是胡說！以後那怕他弄得翻江倒海，干我甚事？因他與大爺相厚，我不得不稟。我就不管！我且睡我的去！」正是：

各人自掃門前雪，休管他家屋上霜。

於是在那邊床上睡去了。駱宏勳雖口中禁止余千，而心中自忖道：「余千乃忠誠之人，從不說謊。細想起來，真有此事？王倫不辭回去，其情可疑。王、賀終非好人，有與無，只禁止余千，不許聲張，恐傷任大哥的臉面，慢慢勸他絕交王、賀二人便了。」亦解帶寬衣而睡，不提。

且說王倫、賀世賴二人到家，書房坐下了，心內還在那裏亂跳，說道：「唬殺我也！」賀世賴道：「造化，造化！若非這個匹夫大醉，今日有性命之憂！」王倫道：「今雖走脫，明日難免一場大鬧。雖無大事，只是我與令妹，不能再會了。」賀世賴道：「大勢固然如此，據門下想來，還有一線之路。諒余千那廝醒來，必先回駱宏勳，後達任正千。駱宏勳乃精細之人，必不肯聲張，恐礙任正千體面。大爺明早差一幹辦❷之人，赴任府門首，覷其動靜。若任正千知覺，必有一番光景。倘安然無事，就便請任、駱二人來會飲。駱宏勳知道此事，必推故不來，任正千必自來也。大爺陪他閒談，門下速至舍妹處設計。」

一宿已過。第二日早晨，王倫差王能前去，分付如此如此。王能領命，奔任府而來。及至任府門首，任府才開大門，見來往出入之人，無異於常，知無甚事。王倫的家人走到門前，道聲：「請了！」任家門上說道：「王兄，好早呀！」王能道：「家大爺分付，特來請任、駱二位爺。即刻就請過去用早點心，點心俱已預備了。」任府門上回道：「家爺並駱大爺尚未起來，諒家大爺同駱大爺與王大爺密密新交，無有不去之理。王兄且請先回，待家爺起來，小的稟知便了。」於是王能辭別回家，將此話稟復王倫。王倫聞說無事，滿心歡喜。

❷ 幹辦：辦事精細能幹。

且說任正千日出時方才起身，門上人將王能來請大爺並駱宏勳那邊吃點心之話稟上任正千知道，即遣人到後面邀駱宏勳同往。駱宏勳叫余千出來回復，說：「大爺因昨日傷酒，身子不快，請任大爺自去罷。」任正千又親自到駱宏勳的臥室問候，駱宏勳尚在床上未起，以傷酒推之。任正千道：「既如此，愚兄自去了。」又分付家人：「叫廚下調些解酒湯來，與駱大爺解酒。」說過，竟自乘轎，奔王府去了。

來到王府，王倫迎接，問道：「駱賢弟因何不來？」任正千道：「因昨日過飲，有些傷酒，此刻尚未起床，叫我轉告賢弟，今日實不能奉召。」王倫道：「弟昨日也是大醉，不覺伏桌而臥。及至醒時，見大哥同駱賢弟亦在睡覺，弟即未敢驚動，就同賀世賴不辭而回。恐大哥醒來見責，將此情對尊府說過，待大哥醒來稟知。不知他們稟過否？」任正千道：「失送之罪，望賢弟包涵。」二人說說行行，已到廳上，分賓主坐下，吃茶閒談。

賀世賴見任正千獨自來，他早躲在門房之內，待王倫迎他進去，即邁開大步，直奔任正千家內。來到門首，任府門上人知他是主母之兄，不敢攔阻他，一直奔賀氏房來。進得房門，賀氏才起來梳洗。一見哥哥進來，連忙將烏雲挽起，出來埋怨道：「我說不是耍的，你偏要人做，昨日幾乎喪命！今日王府會飲，你又來做甚？」賀世賴道：「今日王府會飲，任正千自去，駱宏勳推傷酒未起，此必余千道知。駱宏勳乃精細之人，不好驟然對任正千說知，故以傷酒推辭。愚兄雖然諒他一時不說，後來自然慢慢告訴，終久為禍。況且他主僕在此，真是眼中之釘，許多礙事。愚兄今來，無有別事，特與你商酌。稍停駱宏勳起身，觀看無人的時節，溜進他房，以戲言挑之。彼避嫌疑，必不久而辭去也。若得他主僕離此，你與王大爺來往，則百無禁忌了。」賀氏一一應諾。又叫道：「哥哥回去，對王大爺就說妹子之言，叫他膽放大些，莫要唬出病來，令我掛懷。」賀世賴亦答應告辭。回到王府，悄悄將王倫請到一邊，遂將授妹子之計，又將賀氏相勸之言，一一說之，把個王倫喜得心癢難抓。賀世賴來到廳上，向任正千謝過了昨日之宴。王倫分付家人擺上點心，吃畢，就擺早席。這且不提。

且說駱宏勳自任正千去後，即起身梳洗，細思昨晚之事，心中不快，吃了些點心，連早飯都不吃。余千吃過早飯，他自出門去了。駱宏勳獨坐書齋，取了一本列國❸觀看，看的是齊襄公兄妹通姦故事❹。正在那裏大怒，只聽得腳步之聲，抬頭一看，乃是賀氏大嫂，來欲調戲駱宏勳。不知從與不從，且聽下回分解。

❸列國：即列國志傳，敘寫春秋、戰國時期五百多年間的歷史故事。明嘉靖、隆慶年間余邵魚撰輯有列國志傳，明末馮夢龍改訂為新列國志，清乾隆年間蔡元放又據馮本改訂、批評，題為東周列國志，成為通行的本子。

❹齊襄公兄妹通姦故事：見蔡元放東周列國志第九回、第十三回。春秋時期，齊襄公與親妹妹文姜亂倫通姦。

第十回　駱太太縛子跪門

卻說賀氏到駱宏勳書房，宏勳一見，忙站起身來，問道：「賢嫂來此何幹？」賀氏滿面堆笑道：「叔叔，同你哥哥還不早赴王府會飲，怎麼在此看書？」駱宏勳道：「嫂嫂，不想昨日過飲，有些傷酒，身子不快。大哥自赴王府，愚小叔未去。」賀氏道：「你看，叔叔傷酒，奴尚不知，實有失候之罪。奴若早知，也命廚下煎個解酒湯來，與叔叔解個酒也好。」駱宏勳道：「多謝嫂嫂美意，解酒湯已經用過了。」

賀氏走到桌邊，將駱宏勳所看之書拿在手中一看，看見文姜因求親未諧，因而成病，即與其兄通姦之事，看了一遍，說道：「叔叔，常言道：『男大當婚，女大當嫁。』此言真不誣也。觀此一回，雖是兄妹滅倫，實因不早為婚嫁之故，其父亦難逃其責也。」駱宏勳見賀氏戀戀不回，口評是非，只得低頭應「是」，說道：「嫂嫂請回，恐有客至。」賀氏以袖掩口，帶笑道：「叔叔今雖在舍二載，奴家總未深談，今值無人之際，欲領教益，怎麼催我速回？是見外也。叔叔年交二十一歲，因何不早完婚事？」駱宏勳道：「愚叔隨父親任時，其年十二，不當完娶。及成立之後，定興到揚州，相隔三千里之遙，又因路遠而不能完娶，故今隻身獨自也。」賀氏又道：「日間談文論武，會友交朋，庶幾乎可。到得夜間，衾寒枕冷，孤影獨眠，到底有些寂寞。敢問叔叔夜間光景何如？」

駱宏勳見賀氏如此問他，心懷不善，怒目正色道：「古禮叔嫂不通問，今人皆不能也，即言語問答，皆正事耳。此亦嫂嫂宜問者乎？我駱宏勳生性耿直，非邪言能搖。請嫂嫂速回，以廉恥為重！」那賀氏原無心相戲，不過奉兄之命，使離間之計耳。被駱宏勳正言責彼一番，不覺滿面通紅，帶門而走。自言道：「我倒好意問他，他反說我胡言，真無情無義，不識輕重之徒！」竟自向後去了。

駱宏勳坐在書房，心中比先前更加十分不快，自忖道：「待世兄回來，若將此事告知，有失世兄體面。若不告之，賀氏既有邪心，倘再纏擾，如何是好？」思想一會，道：「有了，再遲一二日，看是如何光景，那時擇日盤柩回南為上。」

且不言駱宏勳在書房納悶。且言任正千又在王府會飲，又吃到二更時候，任正千又大醉，亦不能再予多飲，即告別上轎而回。及至到家內，先到書房，先會駱宏勳，說道：「賢弟，心中這會何如？」駱宏勳道：「多謝大哥，小弟比先稍好。」任正千又說：「王倫吃酒，甚是殷勤，極其恭敬。」敘談一會，駱宏勳道：「天色已晚，請大哥回房安歇，弟還稍坐一刻。」任正千酒已十分，同駱宏勳說道：「愚兄醉了，得罪賢弟，先去睡了。」家人掌燭進內，入了自家的臥房。

見賀氏和衣而睡，面有憂容，任正千問道：「娘子今日因何不樂？」賀氏故意做出嬌態，長嘆一聲，說道：「你今日又醉了，不便告訴，待你酒醒再言。」任正千焦躁道：「我雖酒醉，心中明白，有話就講，那裏等得明日！」賀氏道：「咳，我知你性躁，若對你說，那裏容納得住？恐你酒後力怯，難與那人對手！」任正千聞了這些言語，心中更覺焦躁，即大叫道：「有話便說，那裏有這些窮話！」賀氏道：「今日你往王家去後，奴因駱叔叔傷酒，我親至書房問候。誰知他是人面獸心，見無人在彼，竟以戲言調我。我說道：『我與你有叔嫂之稱，豈可胡言？』那畜生，他說他存心已久，不然早已回揚，豈肯在此鰥居二載？今日害酒，亦推辭耳。就要上前拉扯，被我大聲吆喝，伊恐家人聽見，故未敢言，妾身方免其辱。」

任正千聽了這些言語，正是：

鑌鐵❶臉上生殺氣，豹虎目中冒火星。

大罵道：「好匹夫！我感你師尊授藝之恩，款留於此，以報萬一。不識你這個匹夫，外君子而內小人，如此欺人！我必不與這匹夫共立！」即將帳竿上掛的寶劍伸手拔出，邁步直奔書房而來。

走至書房，大喝道：「匹夫！如何欺我？」將寶劍望駱宏勳砍來。駱宏勳看勢頭不好，側身躲過，說道：「世兄所為何來？」任正千道：「匹夫！自做之事，假做不知，還敢問人乎？」舉手又是一劍。駱宏勳又閃過，想道：「此必賀氏誣我也。世兄醉後，不辨真偽，故忿氣來鬥，我如何得說分明？暫且躲避，待世兄酒醒再講便了。」任正千又是一劍，駱宏勳又側身躲過，趁空跑出門外。書房東首有一小火巷❷，駱宏勳將身躲避其中。又想道：「此地甚窄，世兄有酒之人，倘尋至此間，持劍砍來，叫我無處躲閃。」隔壁是間茶房，幸喜不甚高大，雙足一縱，縱上茶房隱避。

❶ 鑌鐵：精煉之鐵，為刀劍甚利。這裡似是形容任正千因震怒而臉色鐵青。

❷ 火巷：為防止火災蔓延，在房屋之間預留的小弄。

看官，任正千乃酒後之人，手遲腳慢，頭重體輕，漏空甚多。不然，一連三劍，駱宏勳空手赤拳，那裏躲得這般容易？駱宏勳避在火巷，並縱上茶房之上，任正千竟沒有看見，只說他躲在客廳，仗劍趕上客廳去了。

且說余千這日在外遊玩，也有許多朋友留飲。他心中知駱大爺未往王家會飲，就未敢過飲，所以亦未十分大醉。回家之時，也有更餘天氣，只當駱大爺在後房臥房內，就一直奔後邊來。及到臥房，見大爺不在其中，自思道：「那裏去了？」正要出來找尋，忽聽得前邊一聲嚷，連忙出房，遇見任府家人，問道：「前邊因何吵鬧？」那家人道：「我家爺與你家爺不知何事，家爺仗劍追尋，不知你家爺躲於何處？」余千聞得此言，毛骨悚然，把酒都唬醒了。說道：「此必王、賀二賊挑唆，任大爺酒後不分皂白，故敢回家爭鬧。倘若尋見大爺，一劍砍傷，如何是好？我還不前去幫助吾主，等待何時！」即便回到臥房，將自用的兩把板斧帶在身邊，放開大步，直奔書房而來。

及至書房，不見一人，正待放步奔走，只聽駱大爺叫聲：「余千！」余千抬頭一看，見駱大爺避在茶房，安然無事，余千方才放心。問：「大爺，今日之事，因何而起？」駱宏勳跳下房來，將自己日間被賀氏如何調戲，我如何飭責，說了一遍，道：「此必賀氏以羞成怒，任世兄醉後歸家，反誣我戲他，醉人不辨真假，忿怒仗劍而來。」余千道：「自妻偷人，反不自禁，尚以好人為匪。他既無情，我就無義，待小的趕上前邊，與他見個輸贏！」駱宏勳連忙扯住道：「不可，不可！他是醉後，不知虛實真假。待他醒來，慢慢言之未遲。今日一旦與之較量，將數年情義俱付東流。」余千氣乃稍平。

且說任正千持劍尋至客廳，也不見宏勳之面，心內想道：「這畜生，見我動怒，一定躲至後面師母房中，不免奔後邊找他便了。」一直跑到駱太太臥房，見駱太太伴燈而坐，手拿一本觀音經念誦。抬頭見任正千怒氣沖冠，仗劍而進，問道：「賢契更深至此，有何話說？」任正千見問，看見太太，雙膝跪下，不覺放聲大哭道：「門生此來，實該萬死，只是氣滿胸中，不得不然！」駱太太驚問道：「有何事情？賢契速速講來！」任正千含淚，就將賀氏所告之言，訴了一遍。說道：「實不瞞師母說，門生今來，只要與那匹夫拚命。」

太太只當宏勳真有此事，心中甚是驚懼，道：「賢契你且請回，這畜生，自知理虧，不知躲在何處？老身在此，斷無不來之理。等他來時，我親自將那畜生縛將起來，送到賢契面前，殺剮存留，聽憑賢契裁之。」任正千聞駱太太一番言語，無可奈何，說道：「蒙師母分付，門生怎敢不遵？既蒙師母師尊授業之恩，何敢刻忘？只是世弟今日之為，欺我太甚，待他回來，望師母嚴訓一番罷了。既是如此，門生告辭便了。」乃收身而回，回房安歇去了。

卻說駱宏勳聞知任正千回房安歇，方同余千走向太太房中。太太一見宏勳，大罵：「畜生！幹此傷陰損德之事！」宏勳將賀氏至書房調戲之言說了一遍，余千又將昨夜王倫通姦之事稟告一番，太太方知其子被冤。說道：「承你世兄情留，又賀氏日奉三餐，我母子絲毫未報，今若以實情說出，賀氏則無葬身之地。據老身之意，拿繩子來將你綁起來，跪在他房前請罪，我亦同去，諒你世兄必不見責了。」宏勳道：「母親之言，孩兒怎敢不依❸？但世兄秉性如火，一見孩兒，或刀或劍砍來，孩兒被縛不能躲閃，豈不屈死？」余千道：「大爺放心，小的也隨去。倘任大爺認真動手，小的豈肯讓他過勝？」太太道：

❸ 孩兒句後至本回回末，經綸堂本原闕，此據京都東泰山房本補入。

「余千之言不差。」即拿繩子將宏勳背縛起來，余千身藏板斧，同太太走到任正千的房門首。

那時天已三更，太太用手叩門，叫道：「賢契開門。」那任正千此時已經睡醒了，連酒已醒了八九分，晚間持劍要砍駱宏勳之事，盡不知道，都忘記了。聽見師母之聲，連忙起來，不知此刻來到，有何原故，反覺一驚。開了房門，看見駱太太帶領宏勳背縛跪在房門口。駱太太指著宏勳說道：「這個畜生，昨日得罪了賢契，真真罪不容誅。此時老身特的將他縛了前來，悉聽賢契究處，老身斷不有怪！」駱太太這一番言語說了，只見任正千那時：

虎目中連流珠淚，雄心內難禁傷情。

畢竟不知任正千怎樣處治駱宏勳，且聽下回分解。

第十一回　駱宏勳扶櫬❶回維揚

卻說駱宏勳背縛，跪於任正千房門口，駱太太請任正千處治。正千被駱太太提醒，將昨晚之事觸起一二分來，亦記得不大十分明白。一見宏勳跪在塵埃，低首請罪，虎目中不覺流下淚來，連忙扶起，說道：「我與你數年相交，情同骨肉，從無相犯。昨晚雖愚兄粗魯於酒後，亦世弟之所作輕薄，彼此咸當知戒，以後再不許提今日之事。切勿掛懷。」駱宏勳含冤忍屈道：「多謝世兄海量，弟知罪矣。」駱太太亦過來相謝，任正千還禮不迭，分付丫鬟暖酒，款待師母。太太道：「天方三更，正當安睡，非飲酒之時。且老身年邁之人，亦無精神再飲。」任正千不敢相強，親送太太回房安歇，又到宏勳房中坐談片時，方才告別，回房安睡。賀氏接著，道：「此事輕輕放過，只是太便宜了這個禽獸！」任正千道：「殺人不過頭點地，他既自縛跪門，已知理虧。蒙師授業之恩，分毫未報，一旦與世弟較量，他人則道我無情。不過使他知道，叫他自悔罷了。」又道：「明日茶飯，仍照常供給，不許略缺。」說了一會，各自安睡。第二日清晨，任正千梳洗已畢，著人去請駱宏勳來吃點心，好預備王、賀來此會飲。

且說駱宏勳自從夜間跪門回房之後，雖然安歇，因負屈含冤，一腔悶氣，那裏睡得著？翻來覆去，心中自忖道：「今日之事，雖然見寬，乃世兄感父授業之恩，不肯諄諄較量，而心中未免有些疑惑，我

❶ 櫬：音ㄔㄣˋ，棺材。

豈可還在此居住？天明稟知母親，搬柩回南。但只是明日又該世兄擺宴，王、賀來此會飲，必邀我同席，我豈肯與禽獸為友，又不好當面推託，如何是好？」又思道：「我昨日已有傷酒之說，明日只是不起，推病更重，暗叫余千將人夫、轎馬雇妥，急運回南可也。」左思右想，不覺日已東升。猛聽任府家人前來說道：「家爺在書房相請駱大爺同吃點心，並議迎接王大爺、賀舅爺會飲之事。」駱宏勳道：「煩你稟復你家爺，說我傷酒之病，比前更重幾分，尚未起來，實不能遵命。叫你家爺自陪罷。」

家人聞命，回至書房，將駱大爺之言回復任正千。任正千還當駱宏勳因昨日做了非禮之事，愧於見人，假病不起，也就不來強。於是差人赴王府邀請，又分付家中預備酒席。不多一時，王、賀二人已至，任正千迎進客廳，分賓獻茶。王倫問道：「駱賢弟還不出來？」任正千道：「今早已著人邀請，伊說害酒之病，更甚於昨日，尚未起來，不能會飲。他既推託，愚兄就不便再邀了。」王倫聞正千之言，有三分疏慢口聲，知賀氏已行計了。賀世賴怕人見疑，今日也不往後邊會妹子去，只在前邊陪王倫。

不言王、賀三人談飲，且說駱宏勳起得身來，梳洗了，走進太太房中，母子商議回南之計。太太道：「須先通知你世兄，然後再雇人夫方妥。不然先雇人夫，臨行時你世兄必要款留，那時再退人夫，豈不枉費一番錢鈔？」宏勳道：「母親，不是這樣說。先若通知世兄，他必不肯讓我回去。據孩兒之見，暗地余千將人夫、轎馬辦妥，諸事收拾齊備，候世兄赴王家會飲之日，不辭而行，省得世兄預知，又有許多纏擾。即世兄他日責備不辭而行，省得世兄先知不辭之罪，亦無大過。且我們不辭而去，世兄必疑我怪我，或細想前日之事，並想孩兒素日之為人，道孩兒負屈，亦未見得。若念念於此，其事不能分其皂白，孩兒之冤，終不能明。我清白，豈能受此亂倫不美之名乎？」太太聞子之言，道聲：「使得。」遂命余千即時將人夫、轎馬辦的停妥，擇於三月廿八日搬柩回南。

母子商議之時乃廿五日，計算還有三日光景。駱宏勳逢王倫家飲酒之日，推病不去。逢任家設席之時，推病重不起。任正千因他輕薄，也就不十分敬重。賀氏恨不得一時打發他母子、主僕出門。雖是任正千分付茶飯不許怠慢，早一頓，遲一頓，不準其時，駱太太母子含忍。

住了三日，已到廿八日了。早飯時節，任正千已往王家去了。余千遂將人夫、馬匹喚齊，駱太太同宏勳前來告別賀氏。賀氏道：「師母並叔叔即欲回南，何此迅速也？須拙夫回來，親送一送，何速乃爾？」駱太太道：「本該候賢契回府面謝，方不虧禮。但恐賢契知老身起行，又不肯放走。先夫也該回家安葬，犬子亦要赴浙完姻，二事當做，勢不容已，故不通知賢契。賢契回府，拜煩轉致，容後面謝罷。」賀氏恨不得他一時出門，豈肯諄留？遂將計就計，道：「既師母歸心已決，奴家不敢相留。」分付擺酒餞行，與太太把盞三杯。用了早膳，仍將向日進柩之門打開，把駱老爺靈柩移出來，十六個夫子抬起，太太四轎一乘，小丫鬟一乘小轎，外有一二十個扛皮箱包裹。駱宏勳同余千騎馬，前後照應，直奔大道而去。

駱宏勳起身之後，任府家人連忙將後邊大門仍舊砌起，一邊著人到王府通知任正千。任正千正然暢飲，家人稟道：「駱大爺同駱太太方才雇人馬起身回南，特來稟知。」任正千道：「未起身時就該來報，人去之後，來說何用？要你這些無用的狗才何用！」王倫、賀世賴聞駱宏勳主僕起身，滿心歡喜。見任正千責罵家人，乃勸道：「聞得駱宏勳在府上一住二載有餘，大哥待他不薄。今欲回家，早該通知大哥，叩謝一番，才是個知恩之人。今不辭而去，內中必有非禮之為，赧❷於見人。此等人天下甚多，大哥以為失此好友麼？」任正千道：「駱宏勳這個畜生，不足為重！但愚兄受業於其父，此恩未報，故款留師母，以報萬一。今師母去了，愚兄未得親送，是以歉耳。」王倫道：「留住二載，日奉三餐，報師之恩，不為薄矣。今之不送，乃彼未通知之信。彼有不辭之罪大，而哥哥失送之罪小。以後吾等再見駱宏勳，俱莫睬他，自今也不要提他了！」

王倫這些話，說得輕重分明。任正千以為駱宏勳真非好人，遂置之度外，倒與王倫一來一往，其情甚密。逢任家吃酒，一定把任正千灌醉，賀世賴將人、將婦女支開，王倫入內與賀氏頑耍。約略任正千將醒時候，賀世賴又引王倫出來。任府家人也頗知覺，因賀氏平日待人甚寬，近日又知自己非禮，多以銀錢酒食賞他們，正是：

清酒紅人面，財帛動人心。

況這些家人，一則感他平日之恩，二則受今日之賄，那個肯多管閒事？可憐任正千落得隻身獨自，並無一個心腹。

過了幾日，王倫見人心歸順，遂兌了一千兩銀子謝賀世賴。賀世賴道：「門下無業無家，兌這銀子與門下，叫門下收存何處？大爺只寫張欠帖與門下就是了。倘有便人進京，乞大爺家報中通知老太爺一聲，將此銀與門下大小辦一個前程，也是蒙大爺抬舉一番。祖、父生我一場，他老人家也爭爭光，不忘

❷ 赧：音ㄋㄢˇ，羞愧。

大爺之恩。」王倫道：「如此，我代你收著。」寫了一千兩欠帖與賀世賴。王倫笑道：「我與令妹只能相會一時，不能長夜取樂。我想明日連男帶女，一併請來，將花園中空房一間，把令妹藏在其中。到晚，只說賤內苦留不放，明日再回。那時任正千自去，我與令妹，豈不是長夜相聚乎？」賀世賴道：「使得，使得！」

次日差人請任正千，連賀氏大娘一併請來，就說：「後邊設席，家大娘仰慕大娘，請去一會。」家人來到任府，將言稟上。任正千道：「既是同盟兄弟，有何猜忌。」分付賀氏收拾，王府赴筵：「明日，我這邊也前後備席，連王大娘一同請來飲酒。」任正千上馬，先自去了。賀氏連忙梳洗，穿著衣裳，諸事停妥。臨上轎時，叫過心腹丫頭兩個，一名秋菊，一名夏蓮，分付道：「我去王府赴宴，你二人在家，如此如此，我自然抬舉。」他二人領命，賀氏方才上轎去了。

且說駱宏勳回南，因有老爺靈柩，不能快行，一日止行得二三十里路程。臨晚宿住，必得個大客店，方可住得下。在路行了十日有餘，行到山東地方。那日太陽將落，來到濟南府恩縣交界一個大鎮頭，叫做苦水鋪。余千道：「大爺，論天氣，還走得幾里，但恐前邊沒有大店，此地店口稍寬，不如在此住了，明日再行。」駱宏勳道：「天已漸熱，人也疲了，就此歇了罷。」於是眾人看見一個大店，將皮箱包裹俱搬入店內，將老爺的靈柩懸放店門以外，是不能進店的。走至上房坐下，店小二忙取淨面水，駱太太並宏勳淨了面，分付余千叫店內拿酒飯與人夫食用。將上燈時分，店小二拿一支燭臺，點一支大燭，送進上房，擺在桌上，請太太、公子用酒。駱太太母子入席，正待舉杯，只見外邊走進一個老兒來，高聲說道：「嘎呀，駱大爺，久違了！」駱宏勳聽得，舉目一觀，正是：

第十二回　花振芳救友下定興

　　卻說駱宏勳下在苦水鋪上店子內，才待飲酒，只見外邊走進個老兒來，道：「駱大爺，久違了！」駱宏勳舉目一觀，不是別人，是昔日桃花塢頑把戲的花振芳。連忙站起身來，道：「老師從何而來？」花振芳向駱太太行過禮，又與駱宏勳行過禮，禮畢，說道：「駱大爺有所不知，此店即老拙所開。舍下住宅在酸棗林，離此八十里。今因無事，來店照應照應。及至店門，見有棺柩懸放，問及店中人，皆云是過路官員搬柩回南的。老拙自定興縣任府相會，知大爺不過暫住任大爺處，不久自然回南，見有過路搬柩的，再無不問。今見柩懸店門，疑是大爺，果然竟是。幸甚，幸甚！」花振芳分付店小二將此等肴饌撤過，令鍋上重整新鮮菜蔬與他。店小二應諾下去。

　　花老分付已畢，又問道：「任大爺近日如何？可納福否？」駱宏勳長嘆一聲道：「說來話長，待晚生慢慢言之。」花老聞聽此言，甚是狐疑。因駱太太在房，恐途中困乏，不好高談，道聲：「暫為告別，請太太方便，俟用飯之後，再來領教。」駱宏勳道：「稍坐何妨！」花振芳道：「余大叔尚未相會，老拙也去照應照應，就來相陪。」一拱而別。

　　來到廂房，余千在那裏安放行李，答道：「呀，老爹麼？久違了！」花振芳道：「我今若不來店，大駕竟過去了。」余千道：「自老爹任府分別之後，次日，家爺同任大爺赴寓拜謁，不知大駕已行。內中有多少事故，皆因老爹而起，一言難盡，少刻奉稟。」花老愈覺動疑，見余千收拾物件，又不好深問，遂道：「停時領教罷了。」辭了余千，來至鍋上照應菜蔬。不一時，菜飯俱齊。駱太太母子用過酒飯，余千亦用過了。店小二將碗盞傢伙收拾完畢，又送上一壺好茶之後，駱宏勳打開太太行李，請太太安歇。

花老方知太太已睡，走至上房，說道：「因太太在此，老拙不便奉陪，有罪了。」駱宏勳道：「豈敢！」花振芳道：「前邊備了幾味粗肴，請大爺一談。」駱宏勳也要將任正千情由細說，道聲：「領教。」遂同花老來到門面旁一間大房。房內琴棋書畫，桌椅條臺，床帳衾枕，無所不備，真不像個開店之家。問其此房來歷，乃花振芳時常來店之住房也。他若不在此，將門封鎖，他若來時才開，所以與店中別房大不同也。內中設了一桌十二色酒肴，請駱宏勳坐了首位，花老主位。將酒斟上，舉杯勸飲。

三杯之後，花振芳道：「適才問及任大爺之話，大爺長嘆為何？」駱宏勳將因回拜路遇王家百十餘人各持器械，「問其所以，知與足下鬥氣。晚生同任世兄命眾人撤回，伊云奉主之命，不敢自專。晚生同世兄赴王府解圍，不料王倫甚是恭敬，諄諄款留，遂與之拜結。及次日，王、賀來世兄處會飲，將我二人灌得大醉。賀世賴代妹牽馬，王倫與賀氏通姦，被余千聽見」，駱宏勳將前後之事，細細說了一遍。

花振芳聞了這些言語，皆因王家解圍而起，心中自說道：「怪不得余千說皆因我而起。」說道：「王倫那廝，依老拙愚見，彼時就要毀他巢穴。賤內苦苦相勸，說出門之人，多事不如省事，我所以未與他較量。次日趁早起身，急急忙忙，一路動身返舍回來。老漢在家，那裏知道後邊就弄出了這許多事來，真個令人實實難料。大爺，且說這王倫，這個奸賊，真是人面獸心，實屬叫人髮指，可恨之極！大爺請用一杯，老漢還有話說。」說罷，舉杯相勸駱宏勳。彼此相讓，二人對飲。正是有詩為證，詩云：

良友邸旅敘往因，須知片語值千金。
忠肝義膽成知己，永志冰心報友情。
揮洒千金存匹馬，且杯一盞醉張琴。
今朝得敘常年事，方知義友一番心。

花老又道：「大爺隱惡揚善，原是君子為之。但大爺起身之時，也該微微通知，好叫任大爺有些防避。彼一毫不知，姦夫淫婦毫無禁忌，任大爺有性命之憂！」駱宏勳道：「晚生若回去言之，靈柩何人搬送？倘不回去，世兄稍有損傷，於心何忍？」言到此處，駱大爺雙眉緊皺，無心飲酒，只是長吁短嘆。花老勸道：「天下事，有大有小，有親有疏。朋友五倫之末，父母人倫之大，豈有捨大而就小，疏親而為友者也？大爺搬柩回南，任大爺之事，俱放在老拙身上。況此事皆因我而起，我也不忍坐視成敗。計大爺起身日期，至今已有數日，及老拙往定興，又有幾日工夫，不知任大爺性命如何？如老拙到了定興，任大爺性命無傷，老拙包管把姦夫淫婦與他一看，分明大爺之冤，並救任大爺之命。」駱宏勳謝過，重新又飲。又問道：「不知老爹幾時赴定興？」花老道：「救人如救火，豈可遲延！不過一二日，就要起行。」駱宏勳又吃了兩杯，天已二鼓❶，告辭回房去了。花老分付店中殺豬宰羊，整備祭禮，一夜未睡。

及到天明，駱太太母子起來，梳洗方畢，余千來稟道：「花老爹亦有祭禮，擺在老爺柩前，請大爺陪奠。」駱宏勳連忙來至柩前，只見擺列數張方桌，上設剛鬣、柔毛❷，香楮、庶饈❸之儀。花老上香

❶ 二鼓：二更天，約晚上九點至十一點。

奠爵，駱宏勳一旁陪奠。祭奠已畢，駱宏勳重復致謝意，欲趕早起身。花老那裏肯放，又備早席款待。駱宏勳叫余千稱銀四兩，賞與那搬桌運椅之人。吃罷早飯，人夫轎馬預備停當，駱宏勳又叫余千封過房飯銀兩。花老道：「豈有此理！今日老爺仙柩回南，老拙不便相留。今封銀子與我，是輕老拙做不起個地主了！老拙別無盡情之處，小店差一人跟隨大爺，送至黃河渡口。黃河這邊一切使用，並房飯銀兩，俱是老拙備辦。過河以後，大爺再備。」駱宏勳道：「今日無故叨擾，已為不當。路費之說，斷不敢領！」花老道：「我差人相隨，亦非徒備路費。黃河這邊，皆山東地方。黃河相近，路多響馬，黑店甚多。我差人送去，方保無事。我已預備停妥，大爺不必過推。」駱宏勳見花老誠心實意，遂謝了又謝，方上馬而去。

不言駱宏勳起身上路。且表花振芳回店，將事情料理停當，晌午時候上馬而來回家，日未落時，已至自家寨中。進門來見了媽媽，將遇見駱宏勳在店之事，說了一遍。花奶奶道：「你這個老殺才！女兒因他害起病來，不見則已，今既在我店中，還放了他去，是何緣故？」花老道：「你婦人家，不通道理！如駱宏勳一人自來，或同他家太太母子同來，我豈肯叫他匆匆即行？他今搬柩回家，難道叫我將他家棺材留下不成！」花奶奶道：「他如今回家，幾時還來？女兒婚姻，何日方就？」花老笑道：「今日正有一個機會，告你知道。」媽媽忙問其詳。花老將任正千之事說了一遍，又將自己欲往定與救任正千之言，

❷ 剛鬣、柔毛：祭祀所用的豬、羊。禮記曲禮下：「凡祭宗廟之禮，牛曰一元大武，豕曰剛鬣，豚曰腯肥，羊曰柔毛。」鬣，音ㄌㄧㄝˋ，馬、獅子等獸類頸上的長毛。

❸ 庶饈：亦寫作「庶羞」，眾多美味。庶，眾。饈，美味的食物。

又說了一通。又道：「我今將任正千救來，怕他不代我女兒作伐麼？」花奶奶聽了此言，也自歡喜。

花老忙差四人，分四路去請巴龍、巴虎、巴彪、巴豹四人。看官，你說因何差四人去請他弟兄四人？那巴氏弟兄九個，住了九個大寨，連花振芳共十個，周圍有百里遠近。今連夜去請，要到次日飯時，方能齊至，一人如何通得信來？所以差四人前去。巴氏弟兄九個，惟此四人做事精細，故花老差人去請。花老差人之後，用了些晚飯。媽媽將這些說話，又對碧蓮說了一番。碧蓮知任正千同駱宏勳乃莫逆之交，任正千感父救他之恩，「必竭力代我做媒無疑」，心懷一開，病也好了三分。

第二日早晨，巴氏弟兄前後不一，直至飯時，四人方齊。花老備酒飯款待，將下定興救任正千之話說過。又道：「定興往返有千里之遙，豈可空去空回？意欲帶十個幹辦之人，順便看有相宜生意，帶他個把才好。」巴氏弟兄齊聲道：「好！」花老將寨中素日辦事精細、武藝慣熟之人，選個十名，各人收拾行李，暗帶應用之物，期於明日起行。

話不重敘。到了次日，一眾人吃了早飯，花振芳帶領了巴龍、巴虎、巴彪、巴豹，又有十個精細伴當❹，一眾騎了十五匹上好的慣走的騾子，直奔定興大路而來。只因這一去，正是：

定興黎民心膽落，滿城文武魄魂飛。

畢竟不知花振芳一眾人等到得定興怎生救任正千，且聽下回分解。

❹ 伴當：陪伴主人出門的僕從。

第十三回　劫不義財帛巴氏放火

卻說花振芳、巴氏弟兄一眾，自離了酸棗林，在路行程也非止一日。那日來到定興，已四月間。進了西門，已到馬家店外。花振芳倒欲還寓在此，心想：「及今不過個月光景，仍住他店內，他們必定認得，如何是好？倒不若遷於別處住店，恐不乾淨，不若尋個廟宇，便於行事。」直奔南門而來。幸喜離南門不遠有一炎帝❶廟，甚是寬大，閒房甚多。花振芳進內，與住持說了，不過住兩三日就動身，大大給與你個香儀，廟中道人亦賞他五錢銀子。住持同道人甚是歡喜，將後院三間大廟房與他們住，旁邊又有三間敞棚，原是養牲口之所，槽頭現成。

花老一眾將行李取下，搬入住房，十五匹騾子拴在槽旁，又將錢與道人代買草料。道人問道：「老爺們是吃素還是吃葷？吃素，就在我們灶上製辦。吃葷時，那住房北首有一間房，房內鍋灶現成，請爺們自便。」花老見諸事便宜，甚為歡喜，答道：「我們有人辦飯，只是勞你買買罷了。」道人應道：「當得，當得！」拿錢買草料去了。入廟之時，天方日中，眾人在路已吃過早飯，肚不飢餓。花振芳道：「你

❶炎帝：一說炎帝乃黃河流域姜姓部落首領，號烈山氏、厲山氏，與黃帝部落結成聯盟，大戰南方九黎族，擊殺其首領蚩尤。炎黃兩部，為中原各族主幹，故炎帝與黃帝並稱為中原各族的共同祖先。一說炎帝即神農氏，製作耒耜，最早發明農業，並嘗百草，教人治病。

們在此歇息歇息，我先進城，到任府走走，探探任正千消息。」巴氏兄弟道：「你進城去，我在此辦午飯候你。」

花老也不更衣，就是原來的樣子，邁步進城。一直來到任正千門首，看了一看，不如前月來的那般熱鬧。站了半會，並無一人出入，心中疑惑，邁步進門，見一人在門凳上坐著打睡。花老用手一推，道聲：「大叔，醒醒。」那人將眼一睜，問道：「那裏來的？」花老道：「在下山東來的。」那人仔細一看，認得是三月間來拜大爺的花老兒，便說道：「花老師，又來了麼？」花振芳道：「前在此厚擾，今特來謝謝大爺。敢問大爺可在家嗎？」那人道：「不在家，今早赴王府會飲去了。」花老道：「那個王府？」那人道：「是家爺新拜的朋友，乃吏部尚書公子，王倫王大爺家。」花振芳道：「大娘在家麼？」那人道：「大娘有五日不在家了。」花老道：「娘家去了？」那人道：「不是的，在王府赴宴。」花老道：「既是赴宴，那有五日不回之理？」那人道：「花老師，你不曉得，朋友有厚薄不同。家爺與王大爺相交甚契，先前也是男客往來，這半月光景，連女眷也來往了。」花老道：「他家那王大娘也至府上來否？」那人道：「聞得說王大娘有腿痛之疾，難以行走，家爺備席請他，他不能來，所以請我家大娘過去陪伴頑耍，不肯放回。大約是男子相厚，女眷也就不薄了。」花老道：「府上大叔好多哩，今日怎不見人出入？」那人道：「有是有十來個，跟大爺去了兩個，其餘見大爺一見而已。大爺一去一日，更深方回，家中無事，都去閒頑去了。」花老道：「既大爺不在家，在下告別。」那人道：「老師寓在何處？家爺回來，我好稟知。」花振芳道：「方才到此，尚未覓寓。大爺回來，大叔不稟罷了。」那人道：「倘大爺聞知，我豈無過？」花老道：「不妨，即我會見大爺，亦不必提，大爺怎得知道？」

看官，你道花老因何不肯對他說寓所？恐弄出事來，連累炎帝廟的和尚，故不對他說。辭了那人，照舊路回寓。一路上想那門上人的話，一定是駱大爺主僕二人起身之後，百無禁忌，王倫假託妻病，將賀氏接在家中，夤夜暢樂。任正千好酒之人，不知真偽，而為之昧焉。心想：「我今不來則已，既來了，必將姦夫淫婦與他一看，任大爺方信為實，駱大爺之冤始白矣。適言更深方回，我亦等更深時分，不使人知，悄悄入他家內，約任正千同到王家捉姦。」算計已定，來至寓所，巴氏兄弟早將晚飯備妥。共是三桌，巴氏弟兄同花老一桌，寨內十人分兩桌。他寨內規矩，有客在坐，則分上下，花老姊舅同坐，其餘分立兩旁。若無外人，則不分尊卑了，皆同坐同飲。今寓中皆自家人，所以辦三桌，一室合飲。

閒話少敘。眾人用過晚飯，各自起身。花振芳姊舅閒坐，話論任正千之事。那十人餵料的餵料，墊草的墊草，各辦其事。不一時，天已起更，又擺夜酒，也是三桌。飲酒之間，花老道：「我們今番盤費無多，事宜急做。今晚我即進城，相會任正千，看如何做法，我們好速速回去。不然，盤費用完，又要向人借貸。」巴氏弟兄道：「姊夫放心前去，盤費之說，放在我弟兄們身上，不必心焦。」

時至二更，諒任正千亦自回家。花老連忙打開包裹，換了一身夜行衣服，青褂、青褲、青鞋、青褡包，青裹腳。兩口順刀❷，插入裹腳裹邊，將蓮花筒、雞鳴斷魂香、火悶子、解藥等物，俱揣在懷內。外有扒牆索甚長，不能懷揣，纏在腰中。看官，你說那扒牆索其形如何？長有數丈，繩上兩頭，繫有兩個半尺多長的鐵釘，逢上高時，即一手持釘一個，照牆空插入，一把一把登上。如下來時節，用一釘插在上邊，繩子鬆開，墜繩而下。此物一名「扒牆索」，一名「登山虎」，江湖上朋友個個俱是有的。

❷ 順刀：雙刃刀。

花老收拾完全，別了眾人，直至城門。城門已閉，花老將扒牆索齊全取下，依法而行。進得城來，待街上梆響鑼鳴，柵欄關閉，不敢上街，自房上行走。及到任正千家，亦不呼門打戶，從屋上走進來，直至裏面，並不見一些動靜。又走進內院，天井中忽聽呼睡之聲，潛近身邊，此時四月二十上下，微微月色，仔細一看，竟是任正千在房門外放了一張涼床，帶醉而臥，別處並無一人。花老用手推之，推了兩番，任正千朦朧之中，問聲：「那個？」仍又睡了。花老點首道：「怪不得其妻偷人，久自不知。今將他扛送江河之中，他亦未必知道。」又用手著力一推，任正千方醒，喝聲：「有賊！」將身一縱，已離床整七步之遙！花老低低說道：「任大爺，不要驚慌，我乃山東花振芳也。若是盜賊，此刻不但將他銀錢偷去，連你性命都完了。」

任正千聽說是花振芳，雖月光之下看不明白面貌，聲音卻聽得出，連忙問道：「大駕幾時來此？夤夜到舍，有何見教？」花老道：「大爺不要聲張，在下昨午至貴處，連夜到府，來救你性命。」任正千驚問道：「晚生未作犯法之事，有甚性命相礙之由？老師何出此言？」花老道：「駱大爺到那裏去了？」任正千道：「那個輕薄畜生，說他則甚！」花老道：「好人反作歹人，無怪受人暗欺。」遂將王倫、賀氏通姦，書房相戲，反誣他輕薄，無奈自縛跪門，不辭而去，說了一遍。任正千笑道：「此必駱宏勳捏造之言，以飾自己輕薄之意，老師何故信之？」花老道：「因怕你不信此言，故我夤夜而來，與你親眼一看，皂白始分，而駱大爺之冤亦白矣。我也知令正❸夫人在王家五日未回，此刻正淫樂之時。諒你武藝精通，自能登高履險，趁此時，我與你同到王家捉姦。若令正不與王倫同眠，不但駱大爺有誣良之罪，

❸ 令正：亦寫作「令政」，舊以嫡妻為正室，故用為稱對方嫡妻的敬詞。

即老拙亦難逃其愆❹矣！」

任正千被花老這一番話說，才有幾分相信，答道：「我即同老師前去走走。」花老將任正千上下一看，道：「你這副穿扎，如何登得高、上得屋？速速更換。」任正千自王家回來，連衣而睡，靴也未脫，衣也未卸。花老叫他更換，方才進房，脫了大衣，穿一件短襖，褪下靴子，換一雙薄底鞋兒，把帳柱上掛的寶劍帶在腰間。走出房來，同花老正得上屋，只見正南上火光遮天，花老道：「此必那塊失火！」將腳一縱，上得屋來。那火正在南門以外，卻不遠。花老道：「不好了，此火正在我的寓所。大爺少停，我暫回南門，一望即回。」任正千道：「天已三鼓，待老師去而復返，豈不遲了？即老師行李有些疏失，價值若干，在下一一奉上。」花老道：「大爺有所不知，老拙今來，一眾十五人，騎了十五匹騾子，皆是走騾❺，每個價值一二百金，在南門外炎帝廟寓住，故老拙心焦，不得不去一看。」任正千道：「既是老師要去，回來速些才好。」花老道：「就來！」將腳一縱，從屋上如飛而去。

任正千坐在涼床上，細思花老之言，恨道：「如今到王倫家捉住姦夫淫婦，不殺十刀，不趁我心！」在天井中，自言自語，自氣自恨，不言。

且說花振芳來到南門，見城門已開，想道：「自必有人報火。」遂跳下出城，舉目一看，正是火出於炎帝廟中，真正利害。正是：

❹愆：音ㄑㄧㄢ，罪過，過失。

❺走騾：供坐騎的騾子。

第十四回　傷無限天理王姓陷人

　　卻說花振芳看見炎帝廟裏火起，並不見自家一人，正在焦躁，猛聽得口號響亮，心中少安。細聽一聽，在東北樹林之內，相隔有兩箭之遠。邁開大步，直奔樹林而來。進得林中，見巴氏弟兄並寨內十人，連十五頭騾子，俱在其中，又見十五個騾子馱了十五個大箱子。花振芳忙問道：「此物從何而來？」巴氏弟兄道：「老姊丈進城之後，我們又吃了幾杯酒，商議道：『一路行來，並無生意，白白回去，豈不奔走一遭？』細想王倫父是吏部尚書，叔是禮部侍郎，在東京沽官賣爵，也不知賺了多少不義之財！我等又在他家去過，一直走到後邊，五間樓上細軟之物，盡皆搜之。等你多時了。」花振芳又問道：「廟內因何火起？」巴氏弟兄笑道：「只因劫了王倫回來，才交二鼓天氣。若是起身，廟內和尚、道人必猜疑。天明王倫報官，他們必知是我們劫去，恐不乾淨，故此放起一把火，燒得他著慌逃命不及，那裏還管我們閒事。」花老言道：「雖然乾淨，豈不毀壞了廟宇，坑了和尚？」沉吟一會道：「也罷，明日將王倫之物，造一所廟還他，其餘再分用。」巴氏四人道：「那也罷了。」

　　聽一聽，天已四鼓，見城中有騎馬往來者，知是文武官員出城救火。花老道：「再遲，就不好了！趁此你們趕路，我仍進城，同任正千把事做了，隨後趕來。」巴龍道：「我們就是山東路上相熟，直隸地方甚生，你要送我們一送才好。不然路上弄出事來，為禍不小。」花老道：「我與任正千相約，許他看火就回。他如今在天井裏等我，不回去，豈不失信於他？」巴龍道：「此地離山東交界，也只六十里路，此刻動身，天明就入了山東地方，你過午又回此地。任正千怎的將老婆與人頑了半個多月，今一日就受不住了麼？常言道：『先顧己而後有人。』未有捨己從人之理。」看官，花振芳山東、直隸、河南，到處聞他之名，凡路上馬快、捕役❶遇見他的生意，不過說聲「發財」，那個敢正眼視他？那巴氏弟兄，就是山東道上不礙事，這六十里直隸地方竟不敢行，所以諄諄要他送去。花振芳見說得有理，少不得要送送他的。又說道：「要走就走，一時合城官員救火，不大穩便。」眾人解開騾子上路，奔山東去了。

卻說任正千等花振芳往王家捉姦，一等也不來，二等也不來，一直等到五更，東方發白，罵道：「這個老殺才，真個下等之輩！約我做事，直叫人等個不耐煩。天已將明，如何去得？明日遇見，不理他這個老東西！」罵了一會，連衣倒在床上睡了。

當應有事，花振芳同任正千在天井裏說話之時，盡被秋菊、夏蓮兩個賤人竊聽著。賀氏分付，凡家內有甚風聲，速到王府通知。天將發白之時，看見了任正千睡了，二人悄悄的走出，一直跑到王家。他二人隨賀氏走過兩次，知他在花園內宿歇，不必問人，走進房來。王倫已經起去，賀氏在那裏梳洗，見二人進來，賀氏打了個寒顫，問道：「家中有甚風聲，恁❷早而來？」二人道：「娘，不好了，禍事不小！」遂將任正千與花振芳在天井所議之事，一一告知。又道：「正要來此捉姦，忽見南門失火，那花老恐傷他同伴之人並他牲口，暫別大爺，到南門一看即回，叫大爺在天井等他。幸喜皇天保佑，那老兒

❶ 馬快、捕役：均為州縣官衙中負責偵緝逮捕罪犯的差役。

❷ 恁：音ㄖㄣˋ，那麼；這樣。

一去未回。大爺等得不耐煩，東方發白，進房睡了。我二人一夜何曾合眼？看見大爺已睡，連忙跑來稟報。速定良策，不然性命難保。我二人就要回去，恐大爺醒來呼喚。」

賀氏聞聽此一番言語，只見他：

桃紅面變青靛❸臉，櫻桃小口白粉唇。

不由他滿身亂抖，說道：「此事怎了？你快與我請王大爺並賀大爺前來，你們再回去。」秋菊、夏蓮忙到書房，見王倫、賀世賴二人正在說話。一見二人進來，王倫道：「你們來得恁早，想是問娘要錢買果子吃？」二人道：「娘請王大爺與賀舅爺說話。我二人即回，恐大爺呼喚。」說罷，慌慌張張的去了。

王、賀二人見他們神情慌速，必有異事，亦急忙來至賀氏房裏。只見賀氏面青唇白，兩眼垂淚，恨道：「你二人害人不淺！方才兩個丫鬟來說，此事盡被醜夫知之，叫我如何回家？」王倫道：「這是何人走漏消息？」賀氏又將花振芳夜來所議之話，說了一會，道：「天將發白時，醜夫方才睡了，他二人趁空，跑來通知我。好好的日子，你二人弄得我不得好過，連性命都在你們手裏！」只是咽咽啼哭。王、賀二人只落得蹙眉擦眼，低頭頓足，想不出個計來。

正在那裏胡思亂想，忽家人稟道：「大爺不好了！後邊五間庫樓，今夜被強盜打劫去了。」王倫道：「從來福無雙降，禍不單行，正我今日之謂也。」邁步欲往後邊觀看形情，賀氏攔住道：「你想往那裏

❸青靛：即靛青，深藍色。靛，音ㄉㄧㄢˋ。

去？不先將我之事說明，要走，萬萬不能！」王倫立住，無奈何，只得停步，惟長吁短嘆而已。

忽見賀世賴愁眉展放，臉上堆笑，道：「妹子不要著急，王大爺又有喜事可賀！」王倫道：「大禍解釋，其願足矣，又有何喜可賀？」賀世賴道：「大爺失物破財，卻是添人進口。」王倫道：「所添何人？」賀世賴道：「今夜庫樓被人劫去，大爺速速寫下失單，並寫下一個報呈，呈內直指任正千之名，門下速進定興縣，報與馬快。再帶五十兩銀子，將馬快頭役❹買囑，叫他請定興縣孫老爺親往任家起贓。我去之後，妹子亦速速回去，轎內帶些包裹，將值錢小件之物包些，舍妹身邊再藏幾件小東西，都攞在後邊堂樓底下。孫老爺一到，覿見贓物，不怕任正千三個口、五張嘴，也難辯得清白。那時問成大盜，自然正法。舍妹即大爺之人，豈不是添人進口麼？」

王倫聽得此言，心中大喜，說道：「量小非君子，無毒不丈夫。」分付家人快取文房四寶，速開失單，並寫報呈，將偷了去的開上，未偷去的也開上了，一倍開了三倍。賀世賴又催促妹子回去。賀氏道：「我不敢回去，那醜夫性如烈火，一見我回，豈輕放？」賀世賴道：「拿賊拿贓，捉姦捉雙。你一人回去，諒他不能殺你，必要問個端的，然後動手。我這裏甚快，你一到家，我隨後即請孫老爺駕到，管保你無事。」賀氏沒奈何，只得依著哥哥之言，收拾了包裹，身邊又帶了幾件東西。賀世賴將失單、報呈放入袖口內，王倫又拿了五十兩銀子與他。賀世賴又對賀氏道：「我無頓飯光景，即便起身，恐我做事做不完，你先到家吃他之虧。」又向賀氏耳邊說道：「你若到家，必須如此如此，方不費手腳。」賀氏點頭應道：「曉得。」

賀世賴諸事料理妥當，邁步去了。不多一時，走至定興縣衙門，正遇馬快頭役楊幹才進衙門。賀世

❹ 頭役：衙役中的為首者。

賴上前拱了拱手，道：「楊兄請了！」楊幹認得賀世賴，知他近日在王府作門客，答道：「賀相公恁早，往那裏去？」賀世賴道：「特來尋兄說話，請在縣前茶館中坐。」拿了壺好茶，捧了兩盤點心。楊幹道：「相公尋弟，有何話說？」賀世賴在袖中取出失單並報呈，遞與楊幹一看。楊幹一見報呈上直指任正千之名而報，楊幹大驚道：「這個任正千，莫非四牌樓『賽尉遲』麼？」賀世賴道：「正是！」楊幹搖首道：「此人久居定興，世代富豪，且仗義疏財，扶危濟困，人所共知，豈是匪類？相公莫要誣良，不是耍的！」賀世賴道：「王大爺若無實據，豈肯指名妄報？他乃吏部公子，反不知誣良之例？自古道：

人心不可貌相，海水不可斗量。

世上人那裏看得透、論得定？王大爺叫弟今來尋兄，不先報官之意，原知抓賊捕盜乃兄分內之事也。倘若走漏消息，強人躲避，又費兄等氣力。故先通知兄曉。」袖中取出五十兩銀子，大紅封套一個，說道：「這是王大爺薄敬，煩兄將此單拿進宅門，面稟老爺，就請老爺之駕，急赴強人家起贓，遲則費手。」

楊幹見五十兩銀子，就顧不得誣良不誣良，且是他家指名而報，與我何干？假推道：「這點小事，難道不能代王爺效勞不成？只求日後在敝主人之前荐拔荐拔，感恩不淺，怎敢受此重賜？」賀世賴道：「你若不收，是嫌輕了。只把事辦得妥當，王大爺還要謝你哩！」楊幹道：「既如此，弟且收下。賀相公在此少坐，待我進去投遞，並請老爺，看是何說，相公好回王大爺信息。」賀世賴道：「事不宜遲，以速為妙。」楊幹說：「曉得。」急進衙門去了。

來至宅門，將傳桶❺一轉，裏邊問：「那個?」楊幹道：「是馬快楊幹，有緊急事，請老爺面稟。」宅門上知道，逢緊急事馬快要稟，必是獲住了大盜，不敢怠慢，忙請老爺出二堂。楊幹上前磕頭，將報呈、失單呈上。孫老爺一見失主王倫，有幾分愁色，若不代他獲住強盜，就有許多不便。將報呈看完，竟是指名而報。孫老爺忙問楊幹：「這任正千住居何處?」楊幹道：「就在城內四牌樓，聞得贓物尚在未分，請老爺駕，速至彼處起贓。遲恐贓物分過，強人一散，那時又費老爺之心。」孫老爺道：「正是。」分付伺候，再傳捕衙陳老爺同去。

楊幹出來，對賀世賴一一說知。又道：「素知任正千英雄猛勇，我班中之人，未必足用。聞得王大爺府上教習甚多，幫助數名，一陣成功才好。」賀世賴道：「這個容易，許你十名，在三岔路口關帝廟中等候。」說罷，分手而別。賀世賴來到府中，回復王倫，撥了十名好教習，賀世賴領到關帝廟中去了。

且說定興縣孫老爺坐了轎子，帶領楊幹班中三十餘人，捕衙陳老爺騎了馬，亦帶了十數個衙役，一直前行，來到了十字街三岔路口關帝廟中。賀世賴早已迎出來，將十人交付楊幹，一同往任正千家來了。這正是：

英雄含冤遭縲絏❻，奸佞得意坐高堂。

畢竟不知任正千性命如何，且聽下回分解。

---

❺ 傳桶：舊時衙門的大門上，為便於傳遞函件和內外通話所開的小洞。

❻ 縲絏：音ㄌㄟˊ ㄒㄧㄝˋ，捆綁犯人的繩索，借指監獄、囚禁。

第十五回 悔失信南牢獨劫友

卻說賀氏回家，到得家內，不先入住房，到得後邊堂樓底下，將帶來的包裹，並身上所帶的小件東西俱皆藏匿，然後提心吊膽，走進自己臥房。見任正千尚睡未醒，叫道：「大爺，不脫衣而睡，連衣怎得舒暢？大約是昨日醉歸就睡了。這是妾身不在家，就無人管你閒事。」叨叨咕咕自言，把任正千驚醒。一見那賀氏站在面前，不覺雄心大怒，罵道：「賤人，做得好事！怎今日捨得回來了？」賀氏假驚道：「妾被王大娘苦留不放，故未回來，多住幾日。今早諄諄告辭，方得回來，有何難捨之處？」任正千道：「哇，好賤人！你與王倫幹得好事，尚推不知，還敢強辯！」賀氏雙眼流淚道：「皇天呵，屈殺人也！這是那個天殺的，在大爺面前將無作有，挑唆是非，殺人不淺呵！」任正千道：「此時暫且饒你，稍停看你性命可能得活！」怒氣沖冠，往書房去了。秋菊忙送梳妝盒，夏蓮忙送淨面水，俱送至書房以內。任正千帶怒，草草梳洗了，在書房內靜坐。

看官，你說任正千靜坐為何？因他心內暗道：「雖賀氏實有此事，但未拿住，須審他一個口供，方好動手。不然無故殺妻，就要有罪。」正在那裏思想審問之計，鼻中忽聞酒香，回頭一看，見條桌上一把酒壺，一個湯碗。起身向前，用手一摸，竟是一壺新暖的熱酒，說道：「這是那個送來？也未說聲就去了。」遂斟上一碗，口內飲酒，心內想計，不覺一碗一碗，將五斤一壺的燒酒，又吃在肚中。正是：

酒逢暢飲千杯少，悶在心頭半盞多。

一則是早酒不能多吃，二則心中發惱又易醉，任正千不多一時，酒湧上來，頭重眼花，遂隱几而臥。這壺酒，正是賀世賴臨行在賀氏耳邊所說之計也，叫賀氏到家，暗暗命丫鬟送酒一壺。知任正千乃好飲之人，未有見而不飲，將他灌醉，則易於捉拿了。

且不言任正千書房醉睡，且說孫老爺帶領捕役人等前來。離任家不遠，楊幹稟道：「二位老爺，駕在此少停，待小的先到強人家內觀看動靜，並打探強人現在何處，再來請老爺駕往。不然一眾齊至，恐強人知覺，則有預備。小的素知強人了得，恐怕驚動逃走。」孫老爺道：「速去快來！」楊幹邁開大步，來到任家門口，問門上道：「任大爺起來否？」門上人認得是縣裏馬快楊幹，忙答道：「楊大哥，那裏來的？」楊幹道：「弟有一事，特來拜託任大爺。」門上人道：「家爺起卻起來了，聞得在書房中又飲了五斤一大壺燒酒，大醉伏桌而睡。既楊兄有事相商，我去稟聲。」楊幹連忙禁止道：「弟也無甚要緊事，既大爺醉睡，不便驚動，再來罷。」將手一拱，去了。回到孫老爺前稟道：「小的訪得強人正在大醉，伏桌而臥，請老爺駕速行。」

楊幹同合班人各執撓鉤長杆，王家教習各執棍杖鐵尺在前，孫、陳二位老爺乘轎馬隨後，到了任正千家門口。楊幹稟道：「二位老爺，駕在門外少坐，待小的先進，獲住強人，再請老爺進內起贓。」孫老爺分付：「謹慎要緊！」楊幹答道：「曉得！」於是率領一眾人等，直奔書房而來，任府家人，見一個捉一個。離書房尚有數步之遙，早聽得呼聲如雷。楊幹等在門外站立，用兩把長鉤在任正千左右二腿肚上著力一鉤，十個人用力往外一扯，任正千將身一起，大叫：「何人傷我！」話未說完，「咕咚」倒地，可憐兩個腿肚，鉤了有半尺餘長的傷口，鉤子入在肉內。任正千才待抬身要起，早跑過十數個人，捺伏身上，那棍杖、鐵尺似雨點打來：

可憐虎背熊腰將，打作寸骨寸傷人。

初時任正千還想掙扎起來，未有一盅茶時節，只落了哼喘而已。楊幹諒他不能得動：「不必深打了，快請老爺進來起贓。」外邊著人請孫老爺，內裏賀氏已知任正千被捉，早把帶來的包裹打開，並身邊帶來的小件東西，盡擺在堂樓以後。孫老爺進在裏邊，一一點明上單，又把各房搜尋，凡有之物，盡皆上單。任正千乃定興縣第二個財主，家中古物玩器，值錢之物甚多，盡為贓物了。大東大西，則入單上，金銀財寶並小件東西，被搜檢之人掖的掖、藏的藏，連捕衙陳老爺亦滿載而歸。起贓已畢，孫老爺分付將強人家口盡皆上索，計點十數個人，並兩個丫鬟、賊妻賀氏，別無他人。孫老爺道：「帶進內衙聽審。」硃筆寫了兩張封皮，將任正千前後門封了，把鄉保❶鄰右俱帶至衙門聽審。分付已畢，坐轎回衙。

那任正千那裏還走得動？楊幹拿了一扇大門，把任正千放上，四人抬起，赴衙前來。孫老爺進了衙門，坐了大堂，分付帶上強人，將任正千抬到二堂，連門放下。孫老爺問道：「任正千，你一伙共有多少人？怎樣打劫王家？從實說來，省得本縣動刑。」任正千虎目一睜，大罵道：「放你娘的屁！誰是強

❶ 鄉保：即鄉約、地保，均為鄉中小吏。

盜！」孫老爺分付：「掌嘴！」下邊連聲吆喝二聲，連打二十個嘴巴。孫老爺又問道：「贓物現在那裏，還要抵賴誣說？」任正千道：「你是強盜！今日帶了多人，明明抄擄我家，反以我為強盜！」孫老爺又分付：「掌嘴！」又是二十個嘴掌。任正千只是罵不絕口。孫老爺分付：「抬夾棍來！」話不重敘，一夾一問，共夾了三夾棍，打了二十杠子。任正千昏醒幾次，仍罵道：「狗官，我今日下半截都不要了！即今你乃剐了我去，想任爺屈認強盜之名，萬萬不能！」

孫老爺見刑已用足，強人毫無口供，再若酷刑，則犯揭參❷。遂分付：「帶賊妻賀氏。」賀氏聞喚，移步上堂，口中唧噥道：「為人難得個好丈夫，似我這般苦命，撞了個強盜男人，如今出頭露面，好不惶恐死人也！」說說走走，來至堂上，雙膝跪下，說道：「賀氏與老爺磕頭。」孫老爺問道：「賀氏，你丈夫怎麼打劫王倫？一伙多少人？從實說來，本縣不難為你。」賀氏道：「老爺！堂上有神，小婦人不敢說謊。小婦人計嫁他三年，一進門，兩月光景，丈夫出門有兩月，回來帶了許多金銀財寶，並衣服首飾等物。小婦人問他，這些東西從何而來？他說，外邊生理賺了錢，代小婦人做的。彼時小婦人只見他空手獨去，並無貨物，那裏生意做來？就有幾分疑忌。新來初嫁，亦不好說他。後來，或三月一出門，或五月一出門，回來都許多東西。又漸漸有些人同來，都是直眉豎眼，其相怕人，小婦人就知他是此道了。臨晚勸他道：『菜裏蟲菜裏死，犯法事做不得，朝廷的王法森嚴，我們家業頗富，洗手罷。』反惹他痛罵一場。小婦人若要開言，他就照嘴幾個巴掌。小婦人後來樂得吃好的，穿好的，過了一日少一日，管他則甚！晚間來了幾個人，都說是他的朋友。小婦人連忙著人辦了酒飯款待，天晚留那幾個住宿，小

❷ 揭參：揭發；參劾。

婦人也只當丈夫在前陪宿。誰知到半夜時節，聽得許多人來往走動，又聽口中說道：『做八股分罷。』一人說：『平分才是！』小婦人就知那事了。各人睡各人的覺，莫管他，惹氣淘。不料，天明就弄出這些事來了！」轉臉向任正千道：「聽我的話，早些丟手，卻不好！那別人分了分了走開，落得好。你隻身受罪，還不說出他們名來，請老爺差人拿來同受！可憐父母皮肉，打得這個樣子，叫你妻子疼也不疼？不能救你！」又朝著孫老爺磕了個頭，雙眼流淚，叫聲：「青天老爺！筆下超生，開我丈夫一條生路，小婦人則萬世不忘大德！」任正千冷笑道：「多承愛惜，供得老實！我任正千今日死了便罷，倘得雲散見天之日，不把你這淫婦碎屍萬段，不趁其心！」

孫老爺又叫帶他家家人上來。家人稟道：「小的從未見主人作匪，即有此事，亦是暗去暗來，小的等實係不知，只問主母便了。」賀氏在旁又磕了個頭，叫聲：「老爺明鑒！小婦人是他妻子，尚不知其詳細，這家人、丫鬟怎得知情？望老爺開恩。」孫老爺見賀氏一一招認，也就不深究別人。叫刑房❸拿口供單來看，與賀氏所供無異，遂為監票，將任正千下禁，家人、奴僕釋放，賀氏叫官媒婆❹管押。

那孫老爺又將鄰右鄉保喚上，問道：「你等既係鄉保鄰右，里中有此匪人，早已就該出首❺。今本縣已經捉獲，你等尚不知覺，自然是同弊通情！」鄰右道：「小的等皆係小本營生，早出晚回。任正千乃富豪之家，小的雖為鄰居，實不通往來。伊家人尚然不知，況我等外鄰！」鄉保道：「任正千雖住小

❸ 刑房：衙門中掌理刑事案件的分署，此處指刑房書吏。
❹ 官媒婆：官府中的女役，負責女犯的看管解送等事。
❺ 出首：檢舉；告發。

的坊內，素日從無異怪聲息。且盜王倫之物並無三日五日，或者著些空漏，小的好來稟告。乃昨夜之事，天明就被拘，小的如何能知？」孫老爺見他們謊無半點，又說得入情，俱將眾人開釋。分付贓物寄庫，審定口供，再令失主來領。發放已畢，退堂去了。

卻說王倫差了一個家人，拿了個世弟名帖進縣，說：「賀氏有個哥哥在府內作門客，乞老爺看家爺之面，將賀氏付他哥子保領，審時到案。」知縣不敢不允人情，遂將賀氏准賀世賴領去。賀世賴仍帶到王倫之家，日夜同樂，真無拘束了，這且不提。

再講花振芳送巴氏弟兄到了山東交界，抽身就回。因心中有事，往返一百二十里路，四更天起身，次日早飯時仍回在定興縣。昨日寓所已被火焚，即不往南門，順便在北門外店內歇下。住了一個單房，討了一把鑰匙自管。連忙吃了早飯，邁步進城，赴四牌樓而來。花振芳只恐失信於朋友，還當任正千既知此事，今日必不與王倫會飲，自然在家等候，所以連忙返至任正千門首。抬頭一看，只見大門封鎖，封條是新貼的，漿面尚未大乾。心中驚訝道：「這是任正千大門？昨日來時，雖然寂寞，還是一個好好人家。半夜光景，難道就弄恁大事情，硃筆封門？」想了一會，又無一個人來問問。

無奈何，走到對面雜貨店中，將手一拱，道聲：「請了！」那櫃上人忙拱手問道：「老客下顧小店麼？」花老道：「在下並非要買寶店之貨，卻有一事，走進寶店，敢於借問一聲，那對過可是任正千大爺家？」那人聽得，把花老上下望了又望，把手連搖了兩搖，低低說道：「朋友，快些走，莫要管他甚麼任正千不任正千的！你虧是問我，若是遇見別人，恐惹出是非來了！」花老道：「這卻為何？請道其詳。」那人道：「你好嚕嗦，教你快走為妙，莫要弄出事來連累我！」花老道：「不妨，我乃過路之人，

第十六回　錯殺姦西門雙掛頭

話說那人被花振芳再四相問，方慢慢說：「你難道不認識字？不看見門都封鎖了？請速走的為妙。」花振芳大叫道：「我又未殺人放火，又不是大案強盜，有何連累，催我速走？若不說明，我就在此間一日！」那人蹙額道：「我與你素日無仇，今日無冤，此地恁些人家，偏來問我！」無奈何，將昨夜王倫被盜，說是任正千偷劫，指名報縣之事說了，道：「天明孫老爺親來，率領百餘人至其家，人贓俱獲。將我們鄰右俱帶到衙門，審了一堂，開釋回來。雖未受刑，磕了三兩頭，你今又來把苦我吃！」

花振芳聞聽此言，虎目圓睜，大罵道：「王倫匹夫，誣良為盜，該當何罪！」那櫃上人嚇得臉似金紙，唇如白粉，滿身亂抖，深深一躬，說道：「求求你，太歲爺饒命！」花振芳又問道：「任大爺可曾受過了刑法麼？」那人道：「聽得在家一拿時，已打得寸骨寸傷，不能行走。及官府審時，是我等親眼看見的，又是四十個掌嘴、三夾棍、二十杠子，直至昏死幾次。」花振芳道：「任大爺可曾招認麼？」那人道：「此番重刑，毫無懼色，到底罵不絕口，半句口供也無。把個孫知縣弄得沒法，將他收禁，明日再審。」花振芳大笑道：「這才是個好漢！不愧我輩朋友也。」將手一拱，道聲：「多承，驚動！」大邁步的去了。那櫃上人道：「阿彌陀佛！凶神離門。」忙拿了兩張紙，燒在店門外。

卻說花振芳問得明明白白，回至店中，開了自己房門，坐下想道：「我來救他，不料反累他。昨日他們不劫王倫，任正千也無今日之禍。眾人已去，落我隻身，無一幫手，叫我如何救他？」意欲回轉山東，再取幫手，往返又得幾日工夫，恐任正千再審二堂，難保性命。躊躇一會，說：「事已至此，也講不得了！拚著我這條老性命，等到今夜三更天氣，翻進獄中，馱他出來便了。」算計已定，拿了五錢銀子，叫店小二沽一瓶好酒，製幾味肴饌，送進房來，自斟自飲。吃了一會，將剩下的肴酒收放一邊，臥在床上，養養精神，瞌睡片時。

不覺晚飯時候，店家送進飯來，花振芳起來吃了些飯，閒散閒散，已至上燈時候。店家人又送盞燈進來，花老又叫取桶水來，將手臉淨洗淨洗，把日間餘下酒肴，重復拿來，又在那裏自斟自飲。只聽店中也有猜拳行令的，也有彈唱歌舞的，各房燈火明亮，吵吵鬧鬧。天交二鼓，漸漸靜雅，燈火也熄了一大半。花老還不肯動身，又飲了半更天的光景，聽聽店中毫無聲息，開放房門，探頭一望，燈火盡熄。花老回來打開包裹，仍照昨日裝束，應用之物，依舊揣在懷中。自料救了任正千出來，必不能又回店中，將換下衣服緊緊的捆了一個小捲，繫在背後。出了房門，回手帶過。雙足一蹬，上了自己的住房，翻出歇店，入了小徑之路，奔進城而來。

過了吊橋，挨城牆根邊行走，走至無人之處，腰間取下扒牆索，依法而上。仍從房上行至定興縣禁牢，坐在號房喘吁，睜眼四下觀看，見號房❶甚多，不知任正千在那一號裏，又不敢叫喊。正在那裏觀望，忽聽更鑼響亮，花老恐被看見，遂臥在房上，細看乃是兩個更夫，一個提鑼，一個執棍。花老道：「有了！須先治此二人，得了更鑼，好往各號聽訪任正千囚身之所。」躊躇已定，聽得二人又走回來。

❶ 號房：號子，即監房。

花老方看他歇在獄神堂❷內檐底下，在那裏唧唧噥噥的閒談。他悄悄走到上風頭，將蓮花筒取出，雞鳴斷魂香燒上，又取一粒解藥，放在自己口中，然後用火點著香，順風吹去。聽兩個噴嚏，就無聲了。花老輕輕一縱，下得房來，取出順刀，一刀一個，結果性命。非花老嗜殺，若不傷他，恐二人醒來，找尋更鑼，驚動旁人，無奈何才殺了兩更夫。

後稍停一停，持鑼巡更，各處細聽。行至老號門首，忽聽聲喚：「噯呀！疼殺我也！」其聲正是任正千之聲。花老道：「好了！在這裏了！」用手在門上一摸，乃是一把大鼻鎖。聽了聽堂上更鼓，已交四更一點。花老將鑼敲了四下，趁鑼音未絕，用力將鎖一扭，其鎖兩段。又將鑼擊了四下，借其聲，將門推開。進得門來，懷中取出悶子火一照，幸喜就在門裏邊地堂板上睡著，兩邊盡是暖隔❸。其餘的罪囚，盡在暖隔之裏，獨任正千一人睡居於此。項下一條鐵繩，把頭繫在梁上，手下帶副手肘❹，腳無腳鐐。

見任正千哼聲不絕，二目緊閉。花老一見如此形情，不覺虎目中掉下淚來，自罵道聲：「總是我這個匹夫、老殺才，害得他如此！」又想道：「既係大盜，怎不入內上串？」翻復一思：「是了，雖然審過，實無口供，恐一上串，難保性命。無口供而刑死人命，問官則犯考參❺。諒他寸骨寸傷，不能脫逃，故不大上刑具，拘禁於此，以待二堂審問。真假其便也！」遂走近任正千耳邊叫道：「任大爺，任大爺！」

---

❷ 獄神堂：設在監獄中的神堂，供奉獄神。又稱獄神廟、獄神祠。犯人入獄、起解，都要拜祭獄神。

❸ 暖隔：疑即暖閣，本指為防寒取暖而在大房間中隔出的小間，這裡指監房中隔出的小間囚室。

❹ 手肘：把雙手固定在胸前的鐵製刑具。

❺ 考參：考核官員業績，做出相關處罰。

任正千聽得呼喚，問道：「那個？」花老道：「是我花振芳來了。」任正千道：「既是花老師前來，何以救得我？」花老道：「我來了多時，只因不知你在那一號中，尋訪你到此時。你要忍耐疼痛，我好救你。」花老遂拔出順刀，那刀乃純鋼打就，削鐵如泥，在鐵繩上輕輕幾刀，切為兩段。將任正千扶起，連手肘套在自己頸下，花老馱起，出了老號之門，奔外行來。凡登高縱跳，原是隻身獨自，花老雖然英雄，背上馱著一個丈二身軀大的漢子，又兼禁牢牆甚高大，如何能上得去？花老正在急躁，抬頭一看，那邊牆根倚靠了一扇破門。走向前來，用手拿過，倚在那獄神堂牆邊，用盡平生之力，將腳在門上一點，方縱上獄神堂的屋上，履險直奔西門而來。

到了城牆以上，花老遍身是汗，遍體生津。把任正千放下，任正千咬牙忍齒，也不敢作聲，花老在一旁喘息喘息。此時，聽得堂上已交四鼓三點，將交五鼓，花老向任正千耳邊低低說道：「任大爺在此少歇，待老拙至王倫家，將姦夫淫婦結果性命，代你報仇泄恨何如？」任正千道：「好是甚好，只是晚生在此，倘禁役知覺，追趕前來，晚生又不能動移，豈不又被捉住？」花老道：「我已籌算明白，你我出禁之時正在四鼓，到得五鼓，不聞鑼鳴，內中禁卒並守宿人等，方才起身催更。及見更夫被殺，又不知是那一號走了犯人，再用燈火各號查點，追查至老號，方知是你走脫。再赴宅門，通稟官府，吹號齊人，四下奔找。大約做完套數，將近要到發白時候。任大爺在此放心，我去去就來。」說罷，仍到房上去了。

王倫家離西門不遠，花老且是熟的，不多一時，進了王倫家內。前後走了共一十二進❻的房子，但不知王倫同賀氏宿於何處。自悔道：「我恁大年紀，做事魯莽，倒不在行！不該在任大爺面前許他殺姦，

❻ 進：平房的一宅之內分前後幾排的，一排稱為一進。

此刻知他在那塊落地？今若空手回去，反被任正千笑話。」遂下得房子，在天井挨房細聽。聽至中院廂房以內，有二人言語，正是一男一女聲音。男的道：「我還要頑頑。」女的道：「你先已鬧過半夜，一覺尚未睡醒，又來鬧人！」男的說：「我因你不知擔了多少驚，受了多少怕，方才得弄到一塊。若不盡興，豈肯饒你？」女的說：「你莫說大話嚇我，我也不怕！」那花老聽得，說道：「此必王倫、賀氏無疑矣！」懷中取出蓮花筒，將香點著，從窗眼透進煙去，只聽得一個噴嚏，那男的就不動了。女的說：「你可醜呵！本事那裏去了？」又聽得一個噴嚏，女的也無言語。花老思想道：「若從門內而入，恐驚別房之人。」拔出順刀，將窗槅❼花削去幾個眼，伸手把腰閂拔出，窗槅推開，上得窗臺，用手將鏡架兒提在一邊。走近床邊，取火一照，看見男女上下附合一處。用順刀一切，二頭齊下，血水控了控，男女頭髮結了一處，提在手中，邁步出房。仍從房上回來。

至任正千面前，道聲：「恭喜，恭喜！任大爺，代你伸過冤了！」把刀放下，把兩個人頭往地下一丟。任正千道：「多謝老師費心！再借火悶一照，看看這姦夫淫婦。」花老懷中取出了火悶一照，任正千道聲：「錯了！這不是姦夫淫婦之首。」花老聽說不是，又用火悶一照，自家細細一看，王、賀二人並不是的，花老俱皆認得，真殺了個錯！花老遂將他二人在房淫樂之聲，又告訴一遍：「我竟未細看，連忙割了頭來。此時已交五鼓，我若回去，再去殺他二人，恐天明有礙。我們暫且回去，饒他一死。但這兩個人頭丟在此處，天明就要連累下邊附近之人。人家含冤受屈，必要咒罵。丟於何處，方無連累於人？」抬頭四處一看，看見西門城樓甚高，且是官地：「我將此人頭掛在獸頭鐵鬚上，則無害於別人

❼ 窗槅：即窗格，窗上的格子，上面糊紙或紗以擋風，亦指窗扇。槅，音ㄍㄜˊ，隔斷板。

了！」即忙提頭走到城樓邊，將腳一縱，一手扳住獸頭，一手向那鐵鬚上拴掛。

且說城門下邊一個人家，販賣青菜為生。聽得天交五鼓，不久就開城門，連忙起來，弄點東西吃了，好出城赴菜園販菜，來城裏趕早市。在天井中小便，仰頭看看天陰天晴，一見城樓獸頭上吊著個人，尚在那裏動彈，大叫一聲，說：「不好了！城門樓上有人上吊了！」左鄰右舍也有睡著的，也有醒著的，聞此一聲，各各起身，開門瞧看。花老聽得有人喊叫，連忙將頭掛下，跳下來，走到任正千面前，道聲：「不好了，人已驚著，我們快走要緊！」

聽得那城門上一片喊聲，嚷道：「好可怪！方才一個長大人吊在那裏，如今怎了？只搭兩個人頭葫蘆在那裏飄蕩！我們上去看看！」眾人齊聲道：「使得，使得。」皆邁步上城而來。及至城牆以上，離樓不甚高遠，看親切，大叫道：「不好了！竟是兩個血淋淋的兩個頭！」門兵、鄉保俱在其中，天已發白，忙跑上縣前稟報。

及至衙門，只聽得吹叭唎嗚，房頭齊點人犯，不知為何。問其所以，說禁牢內今夜四更，殺死兩個更夫，並劫去大盜任正千，已分付不開四門，齊人捉拿劫獄人犯。門兵、鄉保又將西門現掛兩個人頭在上稟報，孫老爺又聞此言，道：「這又不知所殺何人？速速捉拿，遲恐逃走。」於是滿城哄動，無處不搜，無處不找。正是：

殺人英雄早走去，捕捉人後瞎找尋。

畢竟不知城門不開，花振芳同任正千從何處逃走，未知性命如何，且聽下回分解。

第十七回　駱母為生計將本起息

卻說花振芳西門掛頭驚動眾人，連忙鬆開扒索，將任正千繫下，然後自己亦墜繩而下。又將任正千馱在背後，幸其天早，城河❶邊水雖未涸盡，而所存之水有限，不大寬闊，將身一縱，過了城河。走了數里遠近，見已大明，恐人看見任大爺帶著刑具，不大穩便。到僻靜所在，用順刀把手肘削斷。將自己衣服更換了，應用之物並換下衣服打起包裹，復將任大爺背好。行至鎮市之所，只說個好朋友偶染大病，不能行走。遂雇了人夫，用繩床❷抬起，一程一程奔山東。

如今且表城裏邊定興縣知縣孫老爺，分付關城門，搜尋劫獄之人，並殺人的兇手。到了早飯以後，毫無蹤跡，少不得開放城門，令人出入，另行票差馬快捉人，在遠近訪拿。城門所掛之頭，令取下來，懸於西門以下，交付門軍看守，待有苦主來認頭時稟報本縣，看因何被殺，再攔捉審問便了。但禁內更夫屍首，令本戶領回，各賞給棺木銀五兩。這且按下不表。

再講王倫早起，起來梳洗已畢，就在賀氏房中，請了賀世賴來吃點心。正在那裏說說笑笑，滿腔得意，家人王能進來，稟道：「啟大爺得知，方才聞得今夜四更時分，不知何人將禁中更夫殺死，把大盜

❶ 城河：護城河。

❷ 繩床：一種可以摺疊的輕便坐具，以板為之，以繩穿織而成。

任正千劫去。天明時，西門城樓獸角鐵鬚之上，掛了兩個血淋淋人頭，係一男一女。合城的文武官員，並馬快捉人，各處搜尋，至今西門尚未開。」王倫道：「西門所掛人頭，此必姦情，被本夫殺死，亦不該掛在那個落地。但反獄劫任正千的，卻是何人？」賀世賴道：「門下想來，此必是山東花振芳了。前次約他同來，因見火起而去。昨日聞任正千在獄不忿，黃夜入禁牢，殺更夫以絕巡走，後劫獄任正千，無疑矣！」王倫道：「向在桃花塢見花振芳乃山東穿扎，必山東人也，但不知是那府那縣。今日獲住便罷，倘拿不住，叫老孫行一角文書，到山東各府州縣，去訪拿這老畜生！」

正在議論，猛見兩個丫鬟跑得喘吁吁的來說道：「大爺不好了！今夜不知何人將五姨娘殺死，還有一個男人同在一處，亦被殺死，總不見有頭。稟大爺定奪。」王倫、賀世賴同往一看，卻是兩個死屍在一處，俱沒有頭。著人床下搜尋亦無，細觀裀褲鞋襪等物，卻不是別人，竟是買辦❸家人王虎。見王倫發恨道：「家人欺主母，該殺，該殺！」二人仍回到賀氏房中，王倫少不得著人去將兩個人頭認來：「省得現於人眼，萬人瞧，使我面上無色。」賀世賴止道：「不可，不可！大爺不必著惱，又是大爺與舍妹萬幸也！」王倫同賀氏問道：「怎麼是我二人之幸？」賀世賴道：「此必是來殺你二人，誤殺他兩個人，亦是任黨無疑。殺去之後，教任正千一見，不是你二人，故把頭掛在那個所在以示勇。」

王倫仔細一想，一毫不差，轉覺毛骨酥軟。又道：「此二人屍首，如何發放？」賀世賴道：「這有何難！一個是你小，無有父母一個，是你遠方娶之妾。那一個，又是你的家生子❹。大爺差人買口棺木，

---

❸ 買辦：官府或豪富人家中管採購、辦雜務的人。

❹ 家生子：奴婢在主家所生的子女。

就說今夜死了一個老媽，把棺木抬到家裏，將兩個屍首俱入在裏面，抬到城外義塚❺地內埋下。把家內人多多賞他們些酒食，再每人給他幾錢銀子做衣服穿，不許傳出，其事就完了。那孫知縣自然分付看頭人招認。況此刻天熱，若三五日無人來認，其味即臭難聞，必分付叫掩埋。未有苦主，即係遊案，慢慢捕人。大爺今若差人去認頭，一則有人命官司，二則外人都知道主僕通姦，豈非自取不美之名？」王倫聽賀世賴句句有理，一一遵行。果然四五日後，其頭臭味不堪，門下無人出入，門軍進衙來稟知知縣知道，分付：「既無苦主來認，此必遠來順帶掛在於此，非我地方之事，即速掩埋。」看官，凡地方官最怕的是人命盜案。門軍隨即便埋了，知縣樂得推開，他只上緊差人捕捉劫獄之案了。

以上按下任正千之事，此回單講駱宏勳自苦水鋪別了花振芳，到黃河渡口，一路盤費俱是花老著人隨管。駱宏勳稱了二兩銀子，送他買酒吃，叫他回去多多上復花老爹：「異日相會面謝罷！」那人回去。駱大爺一眾渡了黃河而走，非止一日。那日來到廣陵，管家的家人出城迎接，自大東門進城。到了家內，老爺的靈柩懸於中堂，合家大小男婦掛孝，叩過頭，又與太太、公子叩頭已畢，速備酒飯管待人夫腳役，賞銀各人不得少把，余千一一稱付。眾人吃飯以後，收拾繩杠，各自去了。老爺柩前擺設幾味蔬菜，母子二人又重祭一番。已畢，用過晚飯，各自安歇。

次日起身，各處請僧道來家做佛事。駱宏勳正待分派家人辦事，門上稟道：「啟大爺，南門徐大爺來了。」駱宏勳正欲出迎，徐大爺來了。駱宏勳迎請客廳坐下。徐大爺道：「昨日舅舅靈柩，並舅母、表弟駕回府，實不知之，未出郭遠迎，實為有罪！今早方得其信，備了一份香紙，特來靈前一奠。」駱

❺ 義塚：收埋無主屍骨的墳場。塚，音ㄓㄨㄥˇ，墳墓。

宏勳道：「昨日回舍，諸事匆匆，亦未及即到表兄處叩謁，今特蒙光降，弟何以克當！」吃茶之後，徐大爺至老爺柩前行祭一番，又與舅母駱太太見過禮。駱太太看見徐大爺身軀，方面大耳，相貌魁偉，心中大喜，說道：「愚舅母向在家時候，賢甥尚在孩提。一別數年，賢甥長此人物，令老身見之甚喜。」徐大爺道：「彼時表弟年一十一歲，今亦長成大器，若非家中相會，路遇還不認得哩！」駱宏勳道：「好快呵，計一別若干年矣！」敘話一會，擺酒後堂款待。

列位，你說這徐大爺是誰？歷居南門，祖、父皆武舉生員。其父就生他一人，名喚苓，表字松朋，乃駱氏所生，係駱老爺外甥，駱宏勳之嫡親姑表兄弟。他自幼父母雙亡，駱老爺未任之時，一力扶持。駱老爺定興赴任，意帶他同去，但他祖父遺下有三萬餘金的產業，他若隨去，家中無人照應，故爾在家，囑住一個老人家在家幫理，請師教訓。這徐松朋天性聰明，駱老爺赴任之後，又過了三年，十八歲時就入了武學。本城楊鄉宦見他文武全才，相貌驚人，少年入泮❻，後來必要大擢❼，以女妻之，目下已二十六歲了。聞得舅舅靈柩回來，特備香楮來祭。是日，駱宏勳留住款待了中飯方回。以後你來我往，講文論武，甚是投合。

駱宏勳在家住了四月有餘，與母親商議，擇日將老爺靈柩送葬。臨期，又請僧道念經超度，諸親六眷、鄉黨鄰里都來行弔，徐松朋前後照應。至期，將老爺靈柩入土，招靈回家。三日後，駱宏勳至門謝孝❽。謝孝已畢，則無正事。三日五日，或駱宏勳至徐松朋家一聚，或徐松朋至駱家一聚。

❻ 入泮：古代學宮前有泮水，故稱學校為泮宮，學童入學為生員稱為「入泮」。泮，音ㄆㄢˋ，學宮前的水池。

❼ 擢：音ㄓㄨㄛˊ，提拔；提升。

一日無事，駱宏勳在太太房中閒坐，余千立在一旁，議論道：「我們在外，數年之間，揚州也不知窮了多少人家，富了多少人家。某人素日怎麼大富，今竟窮了。某人向日只平平淡淡，今竟成了大富。」駱宏勳說道：「古來有兩句話說得好，道是：

古古今今多更改，貧貧富富有循環。

世上那有生來長貧長富之理？」余千在旁邊說道：「大爺、太太在上，若是要說，論到世上的俗話，原說得不錯，道是：

家無生活計，吃盡斗量金。

你看那有生活的人家，到底比那清閒人家永遠些。」駱太太道：「正是呢，即今我家老爺去世，公子清閒，雖可暖衣糊口，但恐久後有出無入，終非永遠之業。」余千道：「大爺位居公子，難幹生理。據小的看來，或三千金，亦不零沽賣發，我揚州時興放賬，二分起息，一年有五六百金之利。大爺經管入出賬目，小的專管在外催討記看。我上下家口，不過二十來人，其利盡足一年之費。青蚨❾飛復，豈不是個長策？」太太大喜道：「余千此法甚善。我素有蓄資

❽ 謝孝：孝子到弔唁的親友家行禮致謝。

三千兩，就交余千拿去生法。」余千道：「遵命！」遂同大爺定了兩本簿子。

外人聞知駱公子放銀，都到駱府中來借用。余千說與他，駱宏勳就與他。余千說不與他，駱宏勳也不給。以此屈奉余千者甚多。臨收討之日，余千一到，本利全來，那個敢少他一錢五分？因此余千朝朝在外，早出晚回，無一日不大醉。駱大爺因他辦事有功，就多吃幾杯，亦不管他。

一日，徐大爺來，駱大爺留他用飯，席設在客廳出檐以下。其時九月重陽上下，菊花正放，一則飲酒，二則玩賞天井中洋菊。日將落時，猛見余千自外東倒西歪而來，徐大爺笑道：「你看，余千今日回來尚早。」駱大爺道：「你未看見那個鬼形麼？他是酒吃足了，故此身回來得早些。」二人談論之間，余千走至面前，勉強顛了一顛身子，說道：「徐大爺來了麼？」徐松朋道：「我來了半日，你今日回來得早呀！」余千道：「不瞞徐大爺說，今日遇見兩個朋友，多勸了小的幾杯，不覺就醉了，故此回來得早些。」徐大爺道：「你既醉了，早些回房睡去罷。」余千道：「徐大爺與大爺在此吃酒，小的正當伺候，豈有先睡之理？」徐大爺道：「我常來此，非客也，何必拘禮。」駱宏勳冷笑道：「自己看看自己的樣子！還要伺候人？須要兩個人架住你，你方站得穩。還不回去睡覺，在此做甚麼！」余千聞主人分付，不敢做聲，應道：「是。」高一腳低一腳，往後去了。

進得二門時，聽得房上「嘩咯咯」一聲響亮，余千醉眼朦朧，抬頭一看，見一大毛猴在房上面，正是一陣黑風。余千正走，便大喝一聲，聲如雷響，是一樣相似，道：「孽畜！往那裏走，我來擒你了！」

---

❾ 青蚨：傳說中的飛蟲，似蟬而稍大，子母相依，以蟲血塗於錢幣，錢自飛來。後以青蚨作為錢的代稱。蚨，音ㄈㄨˊ。

第十八回　余千因逞勝履險登高

卻說駱宏勳同徐松朋二人在廳上飲酒，正談著余千吃了酒回來，就醉得這般光景。正說得高興，忽聽得有人喊叫，是余千的聲音，因此二人即忙忙起身，一同走至二門內。只見余千已撩起衣、捲起袖，正要上房。駱宏勳大喝一聲：「匹夫！做甚麼？」余千道：「才有一妖精從房上去了，小的欲上房去拿他。」駱宏勳道：「那裏這些鬼話說？平地下都立不住，誰曾還想登高？是不要性命了！還不速速睡了。」余千無奈，只得把衣袖放下，進房睡了。

徐、駱二人回轉廳上，談笑余千見鬼。駱宏勳道：「酒不可不吃，亦不可多吃，作事到底不得清白。弟因在定興縣時大醉一次，被人相欺，至今刻刻在念，不敢復蹈前轍。」徐松朋道：「誰敢相欺？」駱大爺將桃花塢相會花振芳，次日回拜，路遇王家解圍，與之結義，王、賀通姦，賀氏來房調戲，世兄醉後仗劍相刺，自縛跪門，不辭回南；路宿苦水鋪，又遇花振芳，責弟不通知世兄，世弟反害了他，我意欲復返定興縣，花振芳責弟，他代我去救世兄；重新擺祭柩前，又差人送柩至黃河渡口，以防不測，並管盤費，前前後後，說了一遍。又道：「至今半載有餘，毫無音信，不知世兄近來作何光景？此皆因一醉之過也。」徐松朋道：「還有這些情由！」

正談論間，聽得外邊人有聲喧嚷。徐、駱同至大門，問道：「外邊因何喧嚷？」門上人回道：「欒御史家的馬猴掙斷了繩索，在屋上亂跑，才在對過房上過去，眾人捉看的，因此喧嚷。」駱大爺道：「原來如此。」向徐大爺道：「余千所說，大約也就是這孽畜了。我們還去吃酒，管他則甚。」二人又回到席上，飲了片時，徐松朋走進門告別了太太，又辭了駱宏勳回家。

次日早旦，駱宏勳起身吃了早飯，家中無事，正欲赴徐松朋處閒談，猛見徐松朋走進門來，笑嘻嘻的道：「聞得平山堂觀音閣洋菊茂盛，賞觀之人正多。我已備下酒飯，先著人擔赴平山堂等候，特來邀表弟前去閒散閒散。」駱大爺應道：「正欲到表兄處閒遊，如此甚好。我們也不騎牲口，步行去罷。」徐大爺道：「余千在家麼？也叫他去走走。」駱宏勳道：「他終日絕早就出去了，此時那還在家？」徐大爺道：「他既然不在家中就罷了，我二人早些去罷。」於是二人出了大門，竟往那四望亭大路奔西門而來。

離四望亭半里多地，人已塞滿街道，不知何事。只聽人都言：「若非是他，那個能登高履險？」一個道：「他乃有名的多賂膊，武藝其實了不得！」又一個道：「惜乎人太多了些，不能上前看得親切。」又一個道：「莫說十兩銀子叫我去拿他，就先兌一百兩銀子，我也不能在那高處行走！」徐、駱二人聽得「多賂膊」三字，暗暗想道：「又是余千在那塊逞能了！」分路前走，將至四望亭不遠，只見一個大馬猴，從街南房房上跳過四望亭來。眾人吆喝道：「余大叔，猴子上了四望亭了！」話猶未了，只見余千上衣盡皆脫去，赤露身體，亦從街南房上跳過四望亭來。

駱宏勳一見余千似凶神一般在那裏捉猴，說道：「表兄在此少停，待弟過去，將那匹夫叫他下來，把他呼喝一番，打他兩個掌嘴，因何在此現醜！」徐大爺連忙攔阻道：「使不得！人人有面，樹樹有皮。

他必眾人前誇口，方才上去捉拿。若今在眾人面前打他，叫他以後怎麼做人？愚兄素亦聞他之名，馬上馬下都好，只是未曾親見。」用手拉著駱宏勳，叫聲：「表弟你過來，我尋個相熟人家，借塊落地，略站一站，讓愚兄先看他的縱跳何如。」遂過四望亭約有一箭之地，尋個相熟的酒店，二人站在房門張看。

只見余千在四望亭頭層上捉拿。余千走至南邊，猴子跑到西南上了，余千正在尋找，眾人大叫道：「余大叔，猴子在西南上了！」余千又走向西南，將轉過樹角，猴子看見，「喇」一聲，早到北邊角上了。余千又看不見他在何處。話不可重敘。未有三五個回轉，把個余千弄得面紅眼圓，滿身是汗。那猴子乃天生野物，登高履險，本其質也，余千不過是練就的氣力，縱跳怎能如那猴子容易？三五個盤轉，不覺喘吁起來，遍體生津。早間在眾人前已誇下口，勢必要捉到孽畜，怎好空空的下來！心中焦躁，所以二目圓睜，滿面通紅，還在那裏勉強追趕。徐、駱二人看見余千此等光景，代他發躁。

忽聽得後邊一派鸞鈴響亮，二人回頭一望，乃是五男六女，騎十一匹騾子，吆喝喊叫前來。離酒店不遠，被看捉猴子之人擠滿街道，不能前進。駱大爺仔細一看，連忙往店內一縮。徐大爺問道：「因何躲避？」駱宏勳道：「這十一位之中，我認得七個。」徐大爺道：「那是何人？」駱大爺道：「那五個男子，年老者即我所言花振芳，其餘四位，是他舅子巴龍、巴虎、巴彪、巴豹。六個女的，那個年老的是花振芳的妻子，年少的是花振芳的女兒，四位中年的，卻認他不得。」

徐大爺聞聽得是花振芳，遂正色說道：「你甚無禮！聞你時常說舅舅靈柩回南之時，路宿此人店中，重辦祭禮，柩前奠祭，不惟本店房飯錢不收，且黃河路費，盡是此人管待，你受他之情，不為薄矣。今日至此，該就迎上前去，你又不是管待不起之家，如何躲避起來？幸而我與你是姑表兄弟，不生異想。

倘若朋友之交，見你如此情薄，豈肯與你為友也？」駱大爺道：「非是這樣講，其中有一隱情，表兄不知。」徐大爺道：「且說與我聽聽。」駱宏勳道：「向在任正千處議親，弟言已曾聘過，他說既已聘過，情願將女兒與弟作側，弟言孝服在身，不敢言及婚姻，他方停議。今日同來，又必議親無疑。弟故此避之，豈有懼酒飯之費乎？」徐松朋道：「姻事允否，其權在你，他豈能相強？今日若不照應，終非禮也。」駱大爺道：「表兄言之有理。弟諒他今日之來，必至我家中，何待迎留？我們今日也不上平山堂去罷，表兄同弟回家候花振芳便了。」徐大爺道：「這個使得。一發看他拿了猴子，再回去不遲。」二人重復站立在店門口張望。

只見花振芳一眾牲口還在那裏，不能前進。聽得花振芳大叫道：「讓路，讓路！」誰知眾人只顧看捉猴子，耳邊那裏聽見？花振芳又大叫道：「諸位真個不讓麼？」眾人道：「我勸你遠走幾步，從別街轉去罷。我們都是大早五更，吃了點東西就來到此間，連中飯都不肯回去吃，好容易占的落地，怎的就叫人讓你？不能讓，不能讓！」花老道：「你真個不讓？我就撒馬沖路哩！」眾人道：「你這話，只好唬鬼。那三歲娃子怕，唬我們不能！」花老回首向自家人道：「俱將牲口拔回，撒一回馬，與他們看看！」眾人答道：「曉得，曉得！」這十一匹騾馬俱轉回倒走。只因這一回：

北客含怒沖街道，南人懼怕讓街衢❶。

畢竟不知花振芳真個撒馬不撒馬，且聽下回分解。

---

❶ 衢：音ㄑㄩˊ，四通八達的道路。

第十九回　十字街前父跑馬

卻說花振芳十一個人將騾馬轉回，離四望亭百十多步遠，各把馬繩勒了一勒。花老在前，十人隨後，大喝一聲：「馬驚了！」十一匹牲口放開，如飛的跑來。一眾看的人，一見來勢兇猛，那個不顧性命？一聲喊：「讓他過去！」一個個面黃唇白，遍體出汗，睜眼罵道：「好一眾狠騷奴，大街以上，當真撒起馬來了！幸虧我等讓得速。」

不講眾人背後暗罵，且說花老一馬跑至四望亭左邊，將馬收住，抬頭一看，上邊捉猴之人乃是余千。只見他通身流汗，滿口喘吁，細看神情，且是勉強。花老對自家一眾人說道：「看余大叔光景，是拿不住這畜牲了。我們不到便罷，今既到此，何不看個明白？著個人上去，代捉下來。」眾人道：「使得，使得！但不知這猴子是誰家的？我們難道替他白拿不成？」花老道：「正是哩，待我問來。」遂大叫道：「誰是猴子的主人家？」連問兩聲。

只見那街北兩間空門面中，坐著兩個少年，旁邊站了十數個官家❶。內有一位少年站起身來，走到門首問道：「你問猴子的主人則甚？」花老道：「請問一聲，還是有謝儀❷，還是白拿？」那少年道：

❶ 官家：對官吏、尊貴者及有權勢者的尊稱。

❷ 謝儀：謝禮；酬金。

「朝廷也不白使人，那有白捉之理？有言在先，若能捉住，謝銀十兩。」花老道：「十兩銀子，那裏顛得上手？如肯加添，我們著個人上去捉拿。」那少年道：「總是十兩，分文不添。」只見坐著那位少年道：「也不一定，看你那一個上去，因人加添。」花老道：「講明謝儀，但憑尊駕叫那一個上去。」那少年用手指著花碧蓮道：「他上去捉時，謝儀加倍，足紋銀二十兩，餘者是十兩。」花老道：「只是我們牲口無處安放。」那少年道：「這個容易。」分付家人拿鑰匙：「將對過街南房子開了，叫他們歇歇何妨。」家人聞命，不敢怠慢，遂將對過房子開了，花老一眾人將牲口牽進。

你說那兩位少年卻是何人？一位是西臺❸御史欒守禮之子，名瑛，字叫一萬，年紀約有一十四五。其人生性奸險，為人刻薄。因家內馬幫中看馬的猴子跑了，願出十兩銀子令人捉拿。眾人撮弄余千上去，欒一萬也隨來觀看。四望亭在左邊相近的房子有許多關了，還有三間空門面，帶了十數個家人、一個幫閒，坐在那裏觀看。你說那個幫閒是誰？姓華名多士，字叫三千，本城人也，善諂媚。欒一萬喜他奉承，故收在家，做個幫閒。正同欒一萬看余千捉猴，忽聽問猴子的主人，華三千忙出來相問。花老嫌銀子少，還要加添，華三千不敢作主，只是不添。欒一萬早看見一眾之內，有個少年女子生得俊俏，故出來啟唇答話，指著花碧蓮上去，情願加添銀子十兩。街南房子遂叫人開了，讓他們暫歇。公子性格，只圖樂意暢懷，那在乎十兩銀子？

且說花老一眾將牲口牽進房來，包裹行囊卸下，房內桌椅板凳現成，眾人坐下。花老道：「女兒今

---

❸ 西臺：御史臺的通稱。宋陸游老學庵筆記卷六：「唐人本謂御史在長安者為西臺，言其雄劇，以別分司東都，事見劇談錄。本朝都汴，謂洛陽為西京，亦置御史臺，至為散地。以其在西京，亦號西臺，名同而實異也。」

日少不得上去，代余大叔把個猴子捉下，一則顯顯本事，二則落他二十兩銀子。」花碧蓮聽說叫他上去捉猴，心中暗想道：「爹爹好沒正經，今日來此，所為何事？叫我出乖露醜！那駱公子即住居城內，倘被他看見，知他歡喜我登高不歡喜我登高？這親事，又不能妥諧了。」意欲不奉承，又恐違了父命，只得勉強應道：「是了。」

花奶奶看見女兒皺著眉頭，有些懶怠，卻不曉得女兒心中懼怕駱公子不悅他登高之意。遂指著老頭兒罵道：「老匹夫，老殺才！幾十年未見銀子了！女兒病體治好，又叫他上去捉猴！」花老因一時高興逞能，隨口就應了，著碧蓮上去，今被媽媽一場責罵，才想起女兒抱病始痊，自悔道：「真個我粗率，不該應他。今若再與他說換人去捉，反惹他笑我女兒無能。怎樣處法才好？」坐在一旁想法。

看官，你說花碧蓮因何抱病？自在定興縣會見駱公子，議親不諧，回家就得了大病。及父親救了任正千，受傷過重，只望養好了他的棒瘡，代他作伐，誰料三月始痊。且任正千生於富貴之家，從無受過這宗屈氣苦惱，棒傷痊後，又發起病症來了。花碧蓮見他病勢長久，自己焦躁，又犯了舊病。任正千病才好些，花振芳料他不能同下揚州，求了任正千一封書子，內代碧蓮作伐。花老夫婦同巴氏弟兄夫婦八人，帶了花碧蓮下揚州，一則議親，二則慰女兒心懷。只因來至四望亭，見余千捉拿不下，山東人生性耿直，即代他焦躁起來，所以要著人幫他去捉。被媽媽責備一番，又不好更換人，心想：「我去同那少年人商議，不知可能？」坐在那裏思想。

想了一會，向媽媽說道：「我既出口叫女兒上去，又怎好換人？我去與那少年商議，說女兒患病未痊，恐力不足，另外著人幫幫罷了。」花奶奶道：「你去與他商議。」花老遂走到街北，說道：「猴子的主人，我有一句話商議。非我更改前言，亦非我女兒不能捉拿，但我欲另外著一個人上去幫幫，不知使得否？」欒一萬未曾回言，華三千道：「若加幫手，還是謝銀十兩了。」欒一萬連忙攔住華三千，低低附耳說道：「原不過為要那女子上去，以暢我心，何必諄諄較量謝儀？」說道：「不管他有幫手無幫手，只要那女子上去就罷了，不短他的銀子！」花老道：「那個自然。」

仍回街南內，向媽媽說道：「已與他商議定了，許我們著個幫手，不知那個上去幫幫哩？」花媽媽道：「還有那個？就是我上去罷了。」於是母子二人，俱將大衣卸下，穿著內裏短襖，俱用汗巾束腰扎妥，買了幾樣點心，沖了壺茶，吃了上去。花碧蓮向父親說道：「爹爹，買幾個樹果來。」花振芳遂著巴龍買了些栗子、核桃、棗梨等物件，進房來交與碧蓮。碧蓮揣在懷中，花奶奶也揣了些。花老將牲口、行李交與巴氏妯娌看守，向巴氏弟兄說道：「我等隨去，在四望亭四面站立，好指示猴子方向。他母子在上，又容易捉拿些。」

說罷，花老在前，花奶奶在後，碧蓮在中，巴氏弟兄兩邊護衛，吆喝道：「諸位讓路，我們上去捉猴哩！」此刻的人比先前更多，聽說他是捉猴之人，只得讓路開來，由他上去。未知捉得著捉不著，且聽下回分解。

第二十回　四望亭上女捉猴

卻說花振芳等行至四望亭邊，看見余千還在那裏勉強捉拿，花振芳素知余千愛褒貶他，方才大聲說道：「余大叔請了！這小小物件，怎勞大叔費此精神？休說一個，就是十個，也不用大叔拿得。請下來歇息片刻，談講談講，等我著娃子上去，代大叔捉下來罷。」余千在上邊，捉又捉不住，要下又不好下來，正在著急，聞得花振芳在下替他分解，將計就計，著眼往下一望，叫道：「花老爹，你幾時來的？」雙腳一跳，下得亭來，到花振芳跟前來說道：「巴爺昆玉❶，奶奶姑娘，都在此地哩麼？獻醜了！」花振芳道：「這小小孽畜，怎當得余大叔捉拿？正是割雞焉用牛刀！在下久未與大叔相會，特請下來談談，著小女上去代大叔拿下來罷。」又道：「俺的兒，上去罷！」

只見花碧蓮一縱，早上了四望亭頭一層。眾看的人齊聲喝彩道：「這個上法，千古罕聞，難得，難得！」花碧蓮上得亭來，猴子正在裏面，被花碧蓮一驚，猴子跳上四望亭的二層。花碧蓮稍停一停，將身一縱，也上了二層。花奶奶看見女兒上了二層，遂腳一縱，也上了四望亭的頭層。聽見眾看的人又喝彩道：「恁大年紀的老人家，尚有如此氣力，真一個老強盜了！」花振芳見他母女二人俱各上去，遂同

❶昆玉：對別人兄弟的美稱。清潘永因宋稗類鈔五博識：「陸士衡兄弟產於昆山，後人因稱兄弟為昆玉，言其如昆山之玉也。」

了余千等六人，分在四面站立。

且說花碧蓮在二層上，將懷中的果子取出一把，望猴子跟前撒去，坐在上面也不驚覺他。那猴子一見了果子，用手掌拾起，口內食嚼，吃盡之時，花碧蓮又撒一把，猴子又在那裏拾吃。花碧蓮慢慢挨近，離得二三尺遠近，猴子驚躲，南邊去了。花碧蓮被牆遮蔽，不知猴子的去向。巴龍站在南面，吆喝道：「猴子在南面了！」花碧蓮轉過南邊，仍將果子撒了一把，猴子又在那裏拾吃。花碧蓮挨近身邊，那猴子又驚跑別處，又看不見了。

看官，那猴子若不是被余千捉驚了的，此刻花碧蓮這般拿法兒是易捉。那花振芳同余千站在下面，大叫道：「猴子在北邊去了！」花碧蓮轉向北邊。那猴子跳上頂層，花碧蓮亦上頂層。幸喜上邊無有牆壁遮眼，花碧蓮心生一計，道：「須將這畜生挨在角上，叫它無處可跳，方能擒住。」懷中又取一把果子，撒在東北角尖上。那猴子見有果子在上，遂往東北角上拾果子吃。花碧蓮悄悄挨近猴邊，正待伸手去捉，猴子見有花碧蓮擋在右邊，無空逃走，那畜生發急一跳，欲從這花碧蓮頭上跳過。不料這四望亭多年未曾修理，木料朽爛，灰磚張開，花碧蓮同猴子俱墜下來了！

眾人齊道：「不好了，掉下人來了！」花碧蓮從上掉下，花振芳同余千並巴氏弟兄俱皆驚無措，花碧蓮自料性命難保。只見四五叢人之外，有一少年人叫一聲：「還不救人，等待何時！」將身一縱，跳過來，將花碧蓮雙手接住，抱在懷中，坐在塵埃。眾人齊道：「難得這個英雄，不然要跌為肉泥！」花振芳同眾人跑過來一看，接住花碧蓮者，不是別人，正是駱宏勳大爺。

花振芳謝道：「難得大爺救命之恩！」用手摸摸，花碧蓮口已無氣。花振芳大哭道：「我兒無氣了！」駱大爺道：「莫驚慌，姑娘不過驚唬太甚，必無礙性命，倒不要驚動他，稍停片刻，自然醒轉。」花振芳又用手一摸，竟還有氣，方才改憂作喜，道：「奶奶，不妨，不妨！駱大爺真乃救命的恩人了！」仰頭朝花奶奶說道：「女兒還有氣，你還不下來，在上頭等甚麼？」

那花奶奶見女兒上了頂層，他就上在二層，預備猴子下來他接捉。及見亭角同女兒墜地，早唬得皮麻骨酥，站立不住，坐二層上發抖不止。只聽得老頭兒說道「女兒有氣」，方才魂魄入竅，跳下亭來，走至女孩兒跟前，見駱大爺抱在懷中，遂謝了又謝，叫聲：「碧蓮，駱大爺是你的恩人！」回頭看那猴子，已跌為肉餅。巴氏弟兄也因知此信，都來瞧看。

有頓飯時節，花碧蓮口中微微有氣，花老夫婦齊聲叫道：「碧蓮，醒上來，醒上來！駱大爺抱住你了，不然與那猴子一樣！」又道：「駱大爺抱了這半日，遍身流汗了，你速速醒來，醒來！醒來好叫駱大爺歇息歇息！」此時，花碧蓮已醒了八九分，耳中聽得爹娘俱說，多感駱大爺相救，已經抱了這半日，又說他遍身流汗，還只當爹娘寬他之心，那裏就有這宗相巧之事：「我今墜下，偏偏駱公子在此救我命乎？」看自己身子，不像在地上，似乎在人身上般，遂暗暗將眼睜將開，真是駱公子抱在懷中！故意將眼合上，只做不醒神情，將身子向駱大爺身上，又貼了兩貼。正是：

雖然不曾同歡樂，暫臥懷中也動情。

駱宏勳同徐松朋二人，因見花碧蓮母女二人上亭捉猴子，亦挨近前來觀望。一見了花碧蓮墜下，出手救人要緊，那還顧得男女之別？自四五人後跳過來，用手接住花碧蓮。有頓飯之時，後覺得花碧蓮身子比先活動些，只是將身子貼靠。眾目所視之地，不由得滿面發赤，說道：「花老爹，令愛有幾分醒轉，快尋一張床來，抬至舍下，溫飲些薑湯，再為調養。」花奶奶看見女兒顏色已變過來了，亦看見女兒身子貼靠著駱大爺，也覺不好意思，低低說道：「兒呀，此乃人眼關係之所，不要叫人看出。」花碧蓮故作始醒之態，將身放開。花振芳早把繩床備妥，鋪上行李，把碧蓮抱上，著人先抬赴駱府。花奶奶同巴氏弟兄四人先隨去了。花振芳走至街北門面內，望那二位少年之人說道：「猴子的主人家，把銀子來！」

且說欒一萬看見花碧蓮墜下，猴子也跌死，心中說道：「因為二十兩銀子，把個如花似玉的女子斷送了，分釐不要少給他。」遂停了片時，見駱宏勳接住，花碧蓮醒轉，他就兜起不良之心，向華三千說道：「我原說他捉住猴子給銀二十兩，今將猴子跌為肉餅，豈肯還給銀子與他？」華三千道：「待他來討時，說與他聽便了。」

正在議論之間，花振芳進來要銀子。二人同道：「先前原講過，捉住猴子，謝銀二十兩。今猴子自墜跌死，非你等捉住，還要甚麼銀子！」花振芳笑道：「此何言也？適才小女墜下，若非駱大爺接救，別有性命之憂。雖未捉住，非小女不能捉，奈亭角不堅，故而一同墜下。不然，豈不拿住了？即今小娃子適才損命，我也無別說，也只要得你二十兩銀子，難道叫你償命不成？這二十兩銀子，是要把我的。」欒一萬道：「我那猴子，原價一百兩銀子，我不尋你，就是萬幸，今反來問我討銀子？也罷，除了二十兩之外，淨找我八十兩好細絲紋銀！」華三千大叫道：「好癡人呀，你不曉得大爺的利害哩。你不知者不道罪，今既對你說了，速速去罷。」花振芳道：「放你娘的狗臭騾子屁！就是朝中的太子，許我的，

第二十一回　釋女病登門投書再求婿

卻說花振芳用手將欒一萬、華三千輕輕捉住，欒府眾人一個個擦掌摩拳，走上前動手。門外巴氏弟兄、余千俱怒目豎眼，亦欲進門相助。那華三千生得嘴乖眼快，被花振芳一把捉過，已是痛苦難過，眾管家上來幫助動手之時，早看見門外有四五條大漢，皆是丈餘身軀，直眉豎眼，含怒欲進，料想這幾個家人，那是他的對手？連忙使個眼色與欒一萬，又開口道：「老爹莫動手，方才說的是頑話，老爹就認起真來了，那有白使人不把銀子之理？」欒一萬亦會其意，急忙喝住家人：「莫要動手！」眾家人聽主人之命，卻不上前，巴氏弟兄、余千亦就不進來了。花振芳聞得他說給銀，也就不大難為他二人，說道：「我原是要的銀子，既把銀子，我不犯白與你們淘氣。」欒一萬道：「聞得你上邊人生性耿直，故此言戲之，你當真信以為實了。」分付家人，速速稱二十兩銀子給他。家人遂稱二十兩銀子，送與花振芳。花振芳接了，同巴氏弟兄、余千赴駱大爺家去了。不提。

再表欒一萬被花振芳這一提，疼痛不待言矣，更兼又被這一番羞辱，其實難受。花振芳去後，遂與華三千商議道：「我們回家，將合府之人齊集，諒這老兒不過在城外歇住，我著他們痛打他一番，方出我中心之恨也。」華三千道：「方才門下因何使眼色與大爺？那門外還站了四五個丈餘身材的大漢，俱皆怒氣沖冠，欲要進來幫打的神情。幸而我們回爐的快，不然我二人那個吃住他一拳？門外四五個人之中，門下認得一個，其年二十上下的一人，乃駱遊擊之家人余千也。想是這一眾狠人，在此與駱家有些認識，不然駱宏勳因何接救他女兒？余千又因何來相幫打？他們既然相會，駱宏勳必留他家去了，那裏還肯叫他們下店？大爺方才說，回家齊了合府之人與他廝打，動也動不得！這一伙人，門下不知他怎樣就與駱家相熟？如今必到駱家，他家自然相留。那駱宏勳英雄不必言矣，只他家人余千那個匹夫，門下是久知他的利害，乃有名的『多胳膊』。非是誇他人之英雄，滅大爺之銳氣，即將合府之人，未必是余千一個人之對手！」

欒一萬道：「如此說來，我就白白受他一場羞辱罷了？」華三千道：「大爺要出此氣不難，門下還有個主意，俗語說得好：

強中更有強中手，英雄隊內揀英雄。

天下大矣，豈一余千而已？大爺不惜金帛，各處尋壯士英雄，請至家內，那時出氣，方保萬全。」欒一萬道：「那非一時之事，待我訪著壯士，這老頭兒豈不回去了？」華三千道：「這伙狠人雖去，但駱宏勳、余千不能就去。就在他兩個人身上出氣，有何話講！」欒一萬聞華三千之言，諒今日之氣必不能出了，只得含羞忍辱回家，俟訪著壯士，再講出氣。這且不表。

再說駱宏勳自放下花碧蓮，隨同徐松朋回家中，分付家內預備酒飯等候。又請至內堂，又稟知駱太太，說花家母女同巴氏妯娌四人俱至揚州。又將「捉猴子，花碧蓮受驚，現用床抬，不久即至我家，望母親接迎」的話說了。駱太太感花振芳相待厚情，何嘗刻忘？今聞得他母女同來，正應酬謝，連忙出迎。花奶奶一眾早至駱府門首，駱太太接進後堂，碧蓮姑娘連床亦抬進後堂。花奶奶、巴氏妯娌俱與駱太太見過了禮，駱太太向花奶奶又謝了黃河北邊的厚情，駱府侍妾早已捧上薑湯前來。

巴氏妯娌將碧蓮扶起，花奶奶接過薑湯，與碧蓮吃了幾口，將眼睜開問道：「此是何所？」眾人齊應道：「好了，好了！」花奶奶道：「你已到了駱大爺府上了。」駱太太道：「此乃舍下。姑娘心中妥定些了？」碧蓮道：「此刻稍安，望太太恕奴家不能參拜。」駱太太道：「好說，姑娘保重身體要緊。」花奶奶向碧蓮說道：「我兒，你尚不知，今日若非駱大爺接救，你身已為肉餅，稍停起來叩謝。」駱太太道：「既係相好，何敢言謝！但姑娘墜亭之時，恰值吾兒在彼，此天意也。俟姑娘起來，謝神要緊。」仍將碧蓮安妥床上，大家過來坐下獻茶。看官，那碧蓮不過受了驚恐，一時昏迷，在四望亭墜下，落在駱大爺懷中，已醒人事。只因花奶奶低低那幾句言語，道著了心病。雖係母女，此事亦要避忌，故不好突然就站起，只推不醒，及至駱府，方作初醒之態。這且不必提起。

卻說花振芳討了銀子，心中焦著女兒，隨即就同巴氏弟兄、余千到駱府而來。及至駱府門首，駱宏勳、徐松朋俱立在門前等候。花振芳進得門來，也不及問名通姓，就問道：「我兒在何處？」駱宏勳道：「抬進後堂。舍下別無他人，家母與老爹已見過二次，請進內堂，看看令愛何妨。」花振芳道：「老拙亦要叩見老太太。」巴氏弟兄亦有甥舅之情，也同進內。徐松朋、駱宏勳相陪花老，來至後堂，早見女兒已起來，同坐在那裏吃茶，花振芳心才放下。花振芳率眾與駱大爺的母親見禮，彼此相謝。花振芳問媽媽道：「女兒叩謝過駱大爺否？」花奶奶道：「將才起來謝過太太了，待你回來，再謝大爺。」花振芳讓駱大爺進內，叫碧蓮叩謝，駱宏勳那裏肯受禮？花振芳無奈，自家代女兒相謝。

駱宏勳請至客廳，眾人方與徐松朋見禮，分坐獻茶。花振芳向駱宏勳問道：「這位大爺是誰？」駱宏勳道：「乃家表兄徐松朋。」花老又向徐松朋又是一拱手：「維揚有名人也，久仰，久仰！」徐松朋道：「豈敢，豈敢！常聞舍表弟道及老爹姊舅英勇，並交友之義，每欲瞻仰，奈何各生一方，今晤臺面，大慰平生。」花振芳道：「彼此，彼此！」

駱宏勳分付擺酒，不多一時，前後酒席齊備，共是四席。後二席自然是花奶奶首坐，不必細言。前廳兩席，花振芳首坐，巴龍二席，巴虎、巴彪、巴豹序次而坐。徐松朋、駱大爺兩席分陪，駱宏勳正陪在花振芳席上。三杯之後，駱宏勳問道：「向蒙搭救任世兄，至今未得音信，不知世兄性命果何如也？」花振芳遂將那任正千赴王倫家捉姦，因失火回寓，次日進城，任正千被王倫誣為大盜，已下禁中，晚間進監劫出，到王倫家殺姦，西門掛頭，後回山東；將巴氏昆玉盜王倫之財，並自己相送、失信之事就不提了，恐駱宏勳憎惡，則難於議呈親事；將任大爺受傷過重，三個月方好，現染瘟疾，尚未痊愈，前後說了一遍。

徐、駱二人齊聲讚道：「若非老爹英雄，他人如何能獨劫禁牢？任世兄之性命，實在是老爹再造之恩也。」花振芳道：「任大爺亦欲同來，奈因病久未痊。值老拙來時，付書一封，命老拙面呈。」遂向褡包內取出，雙手遞奉。駱宏勳接過，同眾人拆開一看，其書略曰：

分袂❶之後，懷念至深，諒世弟進祉納福❷，師母大人康健，併合府清吉，不卜可知矣。茲瀆者❸，向受姦淫蒙蔽，如臥甕中，反誣弟為非，真有不貸之罪！而自縛受屈，不辭回府，皆隱惡之心，使兄自省之深意也。但弟素知兄芥偏塞，略不自悟，呼吸與鬼為侶。又蒙駕由山東，轉邀花老先生俯救殘喘，感囑花老先生面達。再祈，花老先生諄諄託兄代伊令嬡作伐，若非賤恙未痊，畢竟來府面懇。今特字奉達。又非停妻再娶，乃伊情願為側，此世弟宜為之事。再者，虞有娥皇、女英❹，漢有甘、縻二婦❺，古之賢君，尚且有正有側，何況今人為然？伏冀念數年相交，情同骨肉，望賞賜薄面，速求金諾，容日面謝，不一。此宏勳世弟文几❻，世愚兄任正千具。

駱大爺將書札看完，書後有議親之事，怎好在花老當面言之？不覺難色形之於外面。徐松朋看見駱宏勳觀書之後，有此神情，不知書中所云何故之事，至席說道：「書札借我一觀。」駱宏勳連忙遞過。徐松朋接來一看，方知內有議親之話，料此事非花、駱當面可定之事也。將書遞與駱大爺收過，徐松朋道：「請飲酒用飯，這事飯後再議。」眾人酒飲足時，家人捧上飯來，大家吃飯已畢，起身散坐吃茶。值駱大爺後邊照應預備晚酒之時，徐松朋道：「適觀任兄書內，乃與令嬡作伐，其事甚美。但舍表弟其

❶ 分袂：離別。袂，音ㄇㄟˋ，衣袖；袖口。

❷ 進祉納福：迎祥得福，問候祝頌之詞。祉，音ㄓˇ，福。

❸ 茲瀆者：謙詞，意思是「如今冒昧寫信給你」。瀆，音ㄉㄨˊ，輕慢；冒犯。

❹ 虞有娥皇、女英：虞，即帝舜，因其先國於虞，故稱虞舜。娥皇、女英，虞舜之妻，帝堯之女。

❺ 甘、縻二婦：即甘夫人、縻夫人，蜀漢昭烈帝劉備之妻。

❻ 文几：供讀書作文的几案。亦為文人間的書信用語，猶足下。

性最怪，守孝而不行權。稍停待我妥言之。」花振芳大喜道：「賴徐大爺玉成！」

不多一時，駱宏勳料理妥當，仍至前廳相陪談笑。徐松朋邀坐外邊，說道：「表弟亦不必過執，眾等不遠千里而來，其心自誠，又兼任世兄走書作媒，且他情願作側室，就應允了，也無其非禮之處。」駱宏勳道：「正室尚未完姻，而預定其側室，他人則談我為庸俗，一味在妻妾上講究了。」徐松朋道：「千里投書，登門再求，花老爹之心甚切，亦愛表弟之深也。何必直性至此？還是允諾為是。」駱宏勳即刻說道：「若叫弟應允萬不能，須待完過正室，再議此事可也。」

徐松朋看事不諧，遂進客廳，低低回復花老道：「方才與舍表弟言之，伊云正室未完，而預定其側室，他人則議他無知。須待他完過正室，再議此事。先母舅服制❼已滿，料舍表弟不久即赴杭州入贅。回揚之時，令嬡之事自妥諧矣！」花振芳見事不妥，自然不樂，但他所言合理，也怪不得他。且聞他不久即去完娶，回來再議，亦不為晚。道：「既駱大爺執此大理，老拙亦無他說。要是完姻之後，小女之事，少不得拜煩玉成！」徐松朋道：「那時任兄貴恙自然亦痊，我等大家代令嬡作伐，豈不甚好？」花振芳道：「多承，多承！」

天色將晚，駱府家人擺下晚酒，仍照日間序坐飲酒。席中講些槍棒，論些劍戟，甚是相投。飲至更餘，眾人告止。徐松朋家內無人，告別回去，明日早來奉陪。駱宏勳分付西書房設床，與花老姊舅安歇。他們各有行李鋪蓋，搬來書房相陪。

一夜晚景提過，第二日清晨，眾人起身，梳洗方畢，徐松朋早已來到。吃過點心，花老見親事未妥，

❼ 服制：指服喪。

第二十二回　受岳逼翻牆行刺始得妻

卻說濮天鵬自幼父母皆亡，還有一個同胞弟，名行雲，字天雕。弟兄二人遊蕩江湖，習學一身武藝，槍刀劍戟躐❶縱等技，無所不通。原籍金陵建康❷人也，後來遊蕩到鎮江府龍潭鎮上，與人家做了女婿，連弟天雕亦在那岳家駐扎。

那濮天鵬自幼在江湖上遊蕩慣了的，雖在岳家，總是遊手好閒，不管閒事。老岳恐他習慣，他日難於過活，遂對他說道：「為人在世，也須習個長計生意，乃終身活命之資。你這等好閒慣了，在我家是有現成飯吃，現成衣穿，倘他日自家過活，有何本事？我的女兒難道就跟著你忍飢受餓罷？我今把話說在前頭，須先掙得百十兩銀子，替我女孩兒打些簪環首飾，做幾件粗細衣服，我方將女兒成就。不然，那怕女兒長至三十歲，也只好我老頭兒代你養活罷了。」

那濮天鵬其年已二十三四歲的人，淫欲之心早動，見他妻子已經長成人，明知老岳家那裏圖他的百十兩銀子東西，是立逼他能掙錢而已。濮天鵬自說道：「我也學了一身拳棒，今聽得廣陵揚州地方繁華富貴甚多，明日且上揚州走走，以拳為業，一年半載，也落他幾兩銀子。那時回來，叫老岳看看我濮天

❶躐：音ㄌㄧㄝˋ，攀高跳躍。
❷金陵建康：即今江蘇南京。

鵬，也非無能之人，又成就了夫妻，豈不是一舉而兩得？」籌算已定，遂將自己衣服鋪蓋打起一個包袱，次日辭了老岳，竟上揚州而來。

到了揚州，在小東門覓了一個飯店歇下，住了一日。次日早飯之後，走到教軍場❸中看了一看，其地寬闊，遂在演武廳前擺下一個場子，在那裏賣拳。四面圍了許多人來瞧看瞧看，俱說道：「這拳頑得甚好，非那長街耍拳可比。」怎見得？有幾句拳歌為證：

開門好打鐵門開，打開緊閉虎牢關。抬腿進步踢十環，抹眉搏臉向陽勢，金雞獨立華山拳。前出勢，蛟龍出水。後躲閃，餓虎下山。

濮天鵬在那裏頑拳之時，恰值華三千與人說話回來，也在那裏觀看。只看見濮天鵬丈餘身軀，拳勢步步有力，暗道：「此人可稱為壯士了。」就急忙回至欒府，來見欒一萬道：「大爺，適才門下回來，路過教場，看見一個賣拳之人，丈餘身軀，拳勢又好，有凜凜威風。看他拳棒，不在余千之下。大爺如欲雪四望亭之恥，必在此人身上。大爺可速叫人請來商議。」欒一萬自從四望亭捉猴回家，無處不尋訪壯士，總未得其人。今知壯士就在咫尺，心中甚是歡喜。忙分付家人速到教場，將那賣拳大漢叫來。

家人領大爺之命，不多一刻，將濮天鵬請來。進得客廳，與欒一萬見禮。欒一萬也回了一禮，與濮天鵬一坐。欒一萬問道：「壯士上姓大名？那方人氏？有何本事？」濮天鵬道：「在下姓濮名萬里，字

❸ 教軍場：即教場，檢閱、操練軍隊的場所。

天鵬，係金陵建康人也，今寄居鎮江。馬上馬下，縱躍登跳，無一不曉。」欒一萬道：「我有一事與你相商，不知你可能否？」濮天鵬道：「大爺請道何事？」欒一萬道：「本城駱遊擊的家人余千，其人兇惡異常，我等往往受他欺辱，竟不能與之為敵。今請你來，若能打他一拳，我就謝銀一百二十兩，打他兩拳，我謝銀二百四十兩。不拘拳腳，打他一下者，一百二十兩，越多越好！記清數目，打過之後，到我府內來領。」

濮天鵬聞得此言，心內暗自歡喜：「我弄他一拳，這個老婆就到手了。」遂滿心歡喜，即刻應承道：「非在下誇口，自己也遊頑兩省，從未落人之下。但不知其人住居何處？在下就去會他。只恐打得多了，大爺倘變前言，那時怎了？」欒一萬道：「放心，放心！你如打得他十拳，我足足謝你一千二百兩，分釐不少！」華三千道：「今已過午，不必去了。明日早到教場，仍以賣拳為名，余千是走慣那條路，他見頑拳棒者，他再無不觀看的。我亦在旁站立，他走來時，指示與你。你用語一鬥，他即來。那時與你比較，你如比他高強，即是你該發財了。」於是，整備飲酒款待濮天鵬。此時天晚回寓。

第二日清早，濮天鵬又至欒府，相約了華三千同到教場，仍在昨日賣拳之所踏下場子，在那裏頑耍。今日與昨日不同，昨日不過是自家頑拳走勢，空拳央人湊錢。今日是要與余千賭勝，他就不肯先用力氣，不過在那裏些微走兩個勢，出兩個架子。正在那裏吆喝走勢，余千同兩個朋友，閒遊來至教場。眾看的人一見余千，大聲叫道：「余大叔，你來看看這位朋友的好拳棒！」那余千但逢聞那裏有人頑拳，豈有不看之理？遂走至場中觀看。

華三千使了個眼色與濮天鵬，濮天鵬早已會意，知道余千到了，乃站住說道：「我聞得揚城乃大地方，城內有幾位英雄，特來貴地，會會他怎樣三頭六臂的人物？今已來了三日，並無一人敢下來頑頑，竟虛名非實在也。」眾人向余千道：「余大叔，你看他輕我們揚州，竟無人敢與他頑頑。余大叔何不下去？我們大家也沾光沾光。」余千道：「江湖上頑拳棒者，皆是如此說法，倒莫怪他，由他去。」濮天鵬道：「我非那江湖上賣拳者可比，不是出口妄言，誆人錢鈔！先把醜話說在頭裏，有真本事者，再來頑頑，若假盜虛名之輩，我小的是不讓人的！從來聽得說：

當場不讓父，舉手豈容情？

那時弄得歪盔斜甲，枉損了他素日之虛名，莫要後悔！」

余千聞得此言，直是目中無人，遂下場來，答道：「莫要輕人！小弟陪你頑頑。」濮天鵬道：「請問尊姓大名？」余千道：「我是余千。」濮天鵬道：「有真實學問，就來頑頑。若是虛名，請回去，莫傷和氣。」余千將衣一卸，交給熟悉之人收管，喝道：「少要胡言！」丟開架子，濮天鵬出勢相迎。一來一往，也走了十數個過遛，濮天鵬毫無空偏。濮天鵬見余千勢勢皆奇，暗說道：「怪不得欒家說他兇狠異常！」

一個過遛，濮天鵬想銀子的心重，也不管他有無空，待余千過去，他背後使了個「夜馬上槽」，一個飛腳，照余千後心踢來。余千雖是過遛，卻暗暗著個眼，望後見濮天鵬飛腳一來，將身一伏，從地腳下往後邊一閃，早閃在濮天鵬身後，右腳一個掃腿，正打在濮天鵬右脅，只聽「噯喲」，喀噗一聲，跌在圈子外來。余千進前來，用腳踏住，將濮天鵬右腿提起，說道：「你這匹夫，往那裏去！」舉拳就打。濮天鵬大叫一聲：「英雄且請息怒，不要動手！倘若打壞，叫我如何回南京見人？」余千見他可憐，說道：「原來是個外路人，饒你性命。你過來，穿了衣服！」與眾人一同俱散了。

卻說這濮天鵬爬起身來，收了場子，面帶羞容，即穿上衣服，敗興而回欒府。見了欒一萬道：「余千實是個英雄，在下想來，明敵非他對手，求大爺指示他的住處，夜晚至其家，連駱宏勳一併結果性命。一則雪大爺向日之恥，二則報我今日之恨。」欒一萬道：「伊父係遊擊之職，亦是有餘之家，高垣大廈，臨晚關門閉戶，你怎能進去？」濮天鵬道：「我會登高履險，那怕他高牆深壁，豈能抗我？只求晚間著人領赴宅邊，借利刀一口，必不誤事。」欒一萬聞他能登高，心中甚喜，說：「你若能將他主僕二人結果性命，我謝你足紋五百兩。」又整備酒飯款待濮天鵬。及至更餘時分，欒一萬差人領濮天鵬前去，外付快刀一把。濮天鵬同欒府家人來至駱府，欒府家人自回去了。

濮天鵬抬頭觀看，見他左首廂房不大高，將腳一縱，上得房來。見駱宏勳在書房捲棚底下閒步，房內燈火甚明，暗喜道：「這廝合該命絕！」將身一跳，跳在駱宏勳背後立住，不吆喝，舉刀就砍。且說駱宏勳正在那裏閒步，忽見燈火一晃，似乎有人避光，也回首一看，早見一人，手中不知所持何物打來。駱宏勳好捷快！將身往旁邊一閃，左腳一抬，踢在那人脅上，「咕咚」一聲，跌倒在地。一個箭步走上，用腳踏住，喝聲：「好強人！敢黑夜來傷吾也。」

余千醉夢之中，聽得駱大爺喊叫之聲，連忙起身，趕赴前來。看見大爺踏一人在地，余千忙將燈一照，認得是日間賣拳之人，大罵道：「匹夫！我與你何仇又何恨？日間與我賭勝，夜間又來行刺，料你性命可能得活？」將濮天鵬之刀，拿過來就要下手。那濮天鵬在地下叫聲：「英雄饒命！我也無仇恨，也非強盜，只因被人所逼，圖財而來。」駱宏勳止住余千，道：「且叫他起來，料他也無甚能，叫他將實言說來，我便饒恕。若不實言，再處他未遲。」

駱太太聽得兒子這邊捉住了刺客，帶幾個丫鬟點燈，也到廳相問。濮天鵬起來，聞說是太太前來，遂上前叩拜，將他岳丈相逼他百十兩銀子的衣服首飾，方將女兒成就的事說了，道：「因此來揚城叫場賣拳，被欒府請去，煩我代他雪四望亭之恥，倘能打大叔一拳，則謝我銀一百二十兩。小人不知高低，妄想謝儀，日間與余大叔比試，敗輸蒙饒。小人回至欒府，欒一萬又許我五百兩謝儀，叫我來府行刺，又被獲捉。總是小人該死，望英雄饒恕。」

駱太太聞他因妻子不能成就，故而圖謝到此行刺，其情亦良苦矣。成婚助嫁，功德甚大，他才言百金足用，亦有限事也。說道：「你既因親事求財，也該做正事，怎代人行刺，行此不長俊之事？」向駱宏勳道：「娘已六旬年紀，今日做件好事，助他白銀一百二十兩，叫他將夫妻成就了，也替我積幾年壽。」駱宏勳奉了母命，遂取一百二十兩有零銀子，交付濮天鵬。濮天鵬接過，叩謝過太太，向駱大爺叩謝，又與余千也謝了不殺之恩。說道：「自行非禮，不加責罰，反贈其銀，以成夫婦之事，此恩此德，我濮天鵬就結草銜環❹，難報大爺！他日倘至敝處，再為補報罷了。」說畢告辭。余千開放大門，送他

❹ 結草銜環：比喻受人恩惠，感激圖報。結草，用春秋魏顆事，見左傳宣公十五年，魏顆將父親愛妾另行嫁人，未遵遺命使其殉葬，後此妾的亡父為女兒報恩，將地上野草纏成亂結，絆倒魏顆的敵手。銜環，用漢楊寶事，見後漢書楊震列傳，楊寶救一黃雀，夜有黃衣童子以白玉環四枚贈與楊寶，稱此環可保恩人子孫世代潔白，身居高位。

出去了。

駱太太向駱宏勳說道：「此事皆向日捉猴，花老索銀之根，如今都結與你身上了。今日幸喜知覺得早，未遭其害。倘欒家其心不死，還要受他其害。我心中欲要叫你赴他處，暫避一避才好。」只因這一去：

避奸惡命子赴贅，報恩義代婿留賓。

畢竟不知駱太太命大爺赴何處躲避，且聽下回分解。

第二十三回　中計英雄龍潭遭逢傑士

卻說駱太太贈了一百二十兩銀子與濮天鵬，濮天鵬叩謝去了。駱太太向宏勳說道：「世上冤仇宜解不宜結，今雖未遭毒手，恐彼心不死，受其暗害。你父親服制已滿，正是成就你的親事之日，你可同余千赴杭入贅，省得在家惹事，與他鬥氣。」駱宏勳道：「明日再為商酌。」於是各歸其房安歇。

次日起來，著人將徐大爺請來，把夜間濮天鵬行刺、被捉贈金之事，訴說一遍。徐松朋道：「幸而表弟知覺，不然竟被所算。」駱宏勳又將「母親欲叫我赴杭躲避」之話，也說了一遍。徐松朋道：「此舉甚妥，一則完了婚姻大事；二則暫避奸怒，兩便事了。」駱宏勳道：「我去也罷，只是母親在家，無人照應。」徐松朋道：「表弟放心前去，舅母在家，愚表兄常來安慰就是了。」駱宏勳同徐松朋又與駱太太議了片時，擇了起行日期。駱太太又煩徐大爺開單，頭面首飾、衣服等物，路遠不便多帶，些微見樣開些，也有二十多兩銀子的東西。駱太太將銀取出，單子亦交付余千辦。

余千領命，三二日內俱皆辦妥，打起十數個小小包袱。臨行之日，駱大爺並余千，又打兩副行李。徐大爺又來送行，駱宏勳又諄諄拜託徐大爺照應家事，徐松朋一一應承。著十數個夫子，挑起包袱，駱宏勳拜辭母親，帶了余千，同徐大爺押著行李出南門而去。及至徐大爺門首，分付余千押行李先出城雇船，就留駱宏勳至家內，又奉三杯餞行酒。立飲之後，二人同步出城，來至河邊，余千已雇瓜州划子❶，已將行李搬上。駱宏勳辭過表兄，登跳而上，徐松朋亦自回城，船家拔橛❷開船。

揚州至瓜州江邊，只四十里路遠近。早茶時候開船揚州，至日中到江邊。船家將行李包袱搬至岸上，余千開發船錢，早有腳夫來挑行李，駱大爺、余千押赴江邊，有過江船來搬行李。只見那邊來了一隻大船，說：「今日大風，你那小船如何過得江？莫搬行李，等我來罷。」那小船上的船家回頭一看，認得是龍潭鎮上船，滿臉陪笑道：「這位大爺過江。」那大船之人，下來搬行李物件，向著余千道：「這位大爺過江？」余千道：「不論大船小船，我都不管，只是就要過江的，莫要上船遲延。」船家道：「那個自然。」不多一時，把包袱俱下在船內以下，上面鋪下船板，駱大爺同余千進來坐下。

天已過午，其風更覺大些。余千道：「該開船了。」船家道：「是了，我等吃了中飯，就開船了。」停了片刻，只見船家捧了一盆面水送來，道：「請大爺淨淨面，路上好行江。」駱宏勳道：「正好。」余千接進艙來，駱宏勳將手臉淨過，余千也就便洗了洗手臉。船家又送進一大壺上好細茶來，兩個精細茶杯。余千接過，斟了一杯，送與大爺。駱宏勳接過，吃了一口，其味甚美，向余千說道：「是的，大船壯觀，即這一壺茶可知。」話猶未了，船家又捧了一個方托盤，上面熱燙燙九個大碗，乃是燒蹄、煨雞、煎魚、蝦脯、甲魚、麵筋、三鮮湯、十絲菜、悶蛋之類，外有一人提了一個錫飯罐、兩個湯碗，送進飯來，擺在船中一張小炕桌上，說道：「請大爺用中飯。外有六碗頭，與大叔用的。」

❶ 瓜州：又稱瓜埠洲。在江蘇邗江縣南、大運河分支入長江處。與鎮江市隔江斜對，乃長江南北水運交通要衝。划子：泛指小船。

❷ 橛：音ㄐㄩㄝˊ，木橛子；短木樁。

駱宏勳同余千清早吃了許多點心，肚中並不餓，意欲過江之後再吃午飯。今見船家送了一席飯菜，又有一桌下席進來，對余千道：「既他置辦送來，少不得領他的。不過過江之後，把他幾個銀子罷了。」船內無有別人，叫盛飯，用了兩碗，余千也吃了幾碗飯。吃畢之後，船家進來收去，又送進一壺好茶。吃茶之時，天色已晚。茶後，余千道：「駕掌，慮都用過飯了，該開船過江了。」駕掌答道：「大叔，未見風息，比前更大些，且是頂風。江面比不得河，頂風何能過得？待風一調，用不得一個時辰，即過去了。大叔急他怎的嘎？」余千看了一看，真個風色更大，也不敢諄諄催他開船。

到日落時，那風不見停息，只見船家又是一大托盤，捧進六碗飯菜，仍擺在小桌上，又叫聲：「請爺用晚飯。」駱宏勳道：「不用了，方才吃得中飯，心中納悶，肚內不餓。蒙送來，再用些罷。」同余千又些微用了些。船家仍又收去，又是一壺好茶來。余千又叫：「船家，天已晚了，趁此時不過，夜間如何開船？」船家道：「大叔放心，那怕他半夜息風，我們也是要開船的。」不多一時，送進一枝燭臺，上插一枝通宵紅燭，用火點著，放在桌上。跟手又是九大盤，乃是火肉、雞炸、鯽魚、爆蝦、鹽蛋、三鮮、瓜子、花生、蒲薺之類，一大壺木瓜酒，兩個細磁酒杯，擺在桌上，又叫聲：「請用晚酒。」駱宏勳打算不過多給他兩把銀子，也不好推他，同余千二人坐飲。

余千道：「諒今不能過江，少不得船上歇宿。小的細想，過江之船，那裏有這些的套數？恐非好船。大爺也少飲一杯，我們也不打開行李，就連衣而臥，又將兵器放在身邊。若是好船呢，今日用他兩頓飯一頓酒，過江之後，多稱兩把銀與他。果係不良之人，小的看他共有十數個騷人，我主僕亦不懼他。只是君子防人，不得不預為存神！」駱宏勳道：「此言有道理。」略飲幾杯，叫船家收去。余千又道：「看光景，是明早過江了。」船家道：「待風一停，我等就開船。大叔同大爺若愛坐呢，就在船中坐待。倘若困倦，且請安臥。」余千道：「但是風一定時，就過江要緊，莫誤我們之事。」船家道：「曉得，曉得！」

余千揭起兩塊船板，將兩副行李、兩口寶劍、兩柄板斧俱拿上來，仍將船板放下，拿一副行李放在裏邊，駱大爺靠倚。余千把船門關閉，將自己行李靠船門停放，自己也連衣倚靠。駱大爺身邊兩口寶劍，自家身邊兩把板斧，暗想道：「就是歹人，也著從船門而入，我今倚門而臥，怕他怎的！」因此放心與駱大爺倚靠一會，不覺二人睡了，直至次日天明方醒。

余千睜眼一看，船內大亮，連忙起來，喚醒大爺。開船門探望一回，不是昨日灣❸船所在，怎移在這裏來？船家笑道：「已過江了，大叔還不知麼？」余千聞得已過江，遂走船門仔細一看，卻在江邊這邊。進船回駱大爺道：「夜間已經過江，我等尚不知道。」駱大爺道：「既已過江，船駕掌叫來，問他船飯錢共該多少，稱付與他，我們好雇杭州長船。」余千遂將船家喚進，問：「船飯錢共該多少？稱給你們，我好雇船長行。」那船家笑答道：「大叔把的多，我們也說少。要得少，大叔也說多。離此不遠，有一船行主人，我同大叔到他那行內說，應給多少，爭不爭，自有安排。且大爺與大叔還要雇杭州長船，就便行內寫他一隻，亦是便事。」駱宏勳聞他之言，甚是合宜，說道：「我們的包裹行李無人挑提，如何是好？」船家道：「那個自然是我們船上人挑送行李，難道叫大叔打挑不成？」駱宏勳見船家和氣，說道：「如此甚好。」於是，起船板，將包袱搬出，十數個船家扛起，奔行而去。

❸ 灣：在河灣處繫船停泊。

駱大爺身佩二劍，與余千隨後緊跟。走了許久，余千想道：「船行自然開在江邊，走了這半日，還不見到？」心中狐疑，問那扛包袱的人，道：「走了這半日，怎還不見到？」那人道：「快了，快了，不久就到的。」走過三二里路的光景，轉過空山頭，方看見一座大莊院。及至門首，扛包袱之人一直走進去了。駱宏勳、余千隨後也至門首，抬頭往門內一張，心中打了一個寒噤，將腳步停住，道：「今到了強盜寓內了！」

只見那正堂與大門並無隔間，就是這樣一個大空房子，內中坐了有七八十個大漢，盡是青紅綠紫藍五色面皮，都是長大身材。早看見門外二人，伊談笑自若，全然不睬。駱宏勳對余千道：「既係船行，則是商貿人等，怎麼有這惡面皮之人？必非好人，我等不可進去！」余千道：「我們包袱行李已被他們挑進去，若不進去，豈不白送他了？事已到此，死活存亡，也說不得了，少不得進去走走。」主僕二人邁步進門。

那門下坐的人只當看不見，由他二人走進了二門。見自己包袱在天井以外，挑包袱之人，一個也看不見。抬頭一看，只見大廳之上，就有張花梨木的桌子，兩把椅子，並無擺設。余千道：「大爺在廳上坐坐，等他行主。」駱宏勳走上廳來坐下，余千門外站立。等了頓飯時候，見內裏走出兩個人來，余千問道：「行主人怎還不出來？」那兩人道：「我主人才起來哩。」竟往外邊去了。又等了頓飯之時，裏邊有一人走出來，余千焦躁道：「好大行主！我等來了這半日，怎這等大模大樣怠慢客人？」那個人道：「莫忙呀！我主人才在裏面梳洗哩。」說了一句，也往前邊去了。候了半日之後，裏邊又走出一個人來，余千大怒道：「從來沒見一個船行主人做這些聲勢！若不出來，我就搬行李走了！」那人道：「我主人吃點心，就出來了。」亦赴前邊去了。駱宏勳意欲走罷，又無人挑擔包袱。

自天明時來到，直等到小中時分，聽得裏邊一人問道：「魚船上送魚來否？」又聽一人回道：「天未明時，他就送了三十擔菜到。」那人道：「不足中飯菜用。分付廚下再宰九十個雞，百十個鴨，添著用罷！」駱宏勳、余千二人聽得此言，暗驚道：「這是甚等人家？共有多少人口？三十擔，尚不足用一頓飯菜，還宰雞鴨添用！」正在驚時，只見四五個人扛著物件，一個人肩扛一個大銅算盤，一個人手拿二尺餘長一把琵琶戥子❹，兩個人同抬一把六十斤的鐵夾剪❺。算盤、戥子放在桌上，夾剪掛在壁上。一人說道：「老爺出來了。」

駱宏勳、余千望外一看，只見一人有六十多歲年紀，臉似銀盆，其細嫩可愛，有一丈三尺長，身軀魁偉，頭戴一個章丘氈帽❻，前面釘了一顆兩許重一個珍珠，光明奪目，身上穿一件玫瑰紫的棉襖，外有一件深藍杭綾面子、銀紅湖縐❼裏子的大衣，也不穿在身上，肩披背後，腿上一雙青緞襪、玄緞鞋，也不拔上，趿在腳邊，一步一步上廳來。也不與駱宏勳見禮，亦不與他答話，將身子斜靠在花梨方桌上，一個驕傲氣象！又見扛包袱的船家十數人進來，站於門旁。那行主罵道：「幾時上得船？船上怎樣款待？共幾位客人？細細說來！」

也不知船家與行主是何算法，且聽下回分解。

---

❹ 戥子：一種小型的秤，用來稱金、銀、藥品等分量小的東西，最大單位以兩計，最小以釐計。戥，音ㄉㄥˇ。
❺ 夾剪：夾取物件的工具，形似剪刀，無鋒刃，頭寬而平。
❻ 章丘氈帽：章丘，在今山東濟南東，古有「鐵匠之鄉」之稱，鐵匠多戴氈帽。
❼ 湖縐：產於浙江湖州的絲織品，練染後表面起明顯縐紋，故名。

第二十四回　酒醉佳人書房窺視才郎

　　卻說行主與船家說：「共幾位客人？」船家用手指著駱宏勳、余千道：「客人只這兩位，是昨日中飯時上船。上得船時，一盆淨面熱水。」那行主拿過算盤，打上一子。船家又道：「中飯九碗。」那人又打上五個子。船家道：「飯後細茶一壺。」又打上一個子。「晚飯六碗。」又打了五個子。船家道：「飯後細茶一壺。」又打上一子。「晚酒九盤肴饌。」又打上三個子。船家說：「算盤上共打了一十二個，用三個一乘，共是三十六個子。」那主人道：「沒有多少，酒、飯、菜、茶水，共該銀三百六十四兩，船腳❶奉送。」

　　駱宏勳只當取笑。那人將眼一睜，說道：「那個取笑？這還是看臺駕分上，若他人，豈止這個價錢！」駱宏勳看他竟是真話，帶怒道：「雖蒙兩飯一酒，那裏就要這些銀兩？倘盤川❷短少，是何以償還？」那人道：「這倒不怕的，如銀子短少，就將行李照時價錢留下。」駱宏勳、余千見說惡言，豈不是以勢欺負？那裏容納得住，將身一縱，到了廳上，便怒目而視，大喝道：「好匹夫！敢倚眾欺寡，你看俺主僕二人，更是受欺之人否？」

❶船腳：即船費。

❷盤川：旅費，也稱「盤纏」、「盤費」、「川資」。

那個六十多歲老兒就向自家人說道：「生人來家，你們也該預備兵器才是，難道空手淨拳？如今他們發怒，叫老漢如今倒也無奈何，權以桌子作兵器。」遂下一隻桌子，輕輕拿起，在廳上上七下八，左插花右插花，使得風聲入耳。頑了一會，仍將桌子放在原處。又道：「再舞一回夾剪罷。」遂將六十多斤一把鐵夾剪拿起，亦是上下左右前後舞了一會，仍放在原處。駱宏勳、余千暗道：「桌子、夾剪，約略都有六十餘斤，這老兒舞得風聲響亮，料二人性命必喪於此！」

但見那老兒放下夾剪之後，走至捲棚以下，向駱宏勳、余千拱著手道：「駱大爺、余大叔，莫要見笑，獻醜，獻醜！」駱宏勳聞得呼姓而稱，乃說道：「素未相會，如何知我賤姓？」那老兒道：「我雖未會臺駕，而小婿實蒙大恩。」駱宏勳驚問道：「不知令婿果係何人？」那老兒道：「即刺客濮天鵬也。」駱宏勳主僕聞說是濮天鵬之岳，心始放下。遂說道：「向雖與令婿相會，實在邂逅之交，未曾得談，請問尊姓大名？」那老兒道：「天井中豈是敘話之所，請進內廳，坐下奉告。」駱宏勳終懷狐疑，那裏肯隨他進內？那老兒早會其意，又道：「駱大爺放心，若有謀財害命之心，昨夜在船時，早已動手。雖賢主僕英勇，豈能奈船漏之何也？」駱宏勳細想：「此言實無害我之心，如有歹心，這老兒英雄，並門面中那些豪傑，早已將主僕拿住，豈肯與我敘話？」遂放開膽量，隨他進內。余千恐主人落單，遂緊緊相隨。又走進兩重天井，方到內客廳。

駱宏勳抬頭一看，琴棋書畫，古董玩器，無所不備，較之前邊，真又是一天下也。進得廳內，二人方才行禮，禮畢分賓主而坐，早有家人獻茶。茶畢，駱宏勳道：「請問老爹上姓大名？」那人道：「在下姓鮑，單名一個福字，賤字賜安。原係金陵建康人也，今寄居在此。在下年已六十一歲，亡室已死數年，只有小女一人，名喚金花，年交十七歲，頗通武藝，捨不得出嫁人家，招了一個女婿濮天鵬。在下見他在外遊手好閒，無有養身之技，故我要他百金聘禮，方與之成親。不料他前赴揚州賣拳，又被奸人欒一萬請去代伊雪恥。這個冤家，不知高低，也不訪問賢主僕是何等之人，便滿口應承。日間曾在教場與余大叔比武，已經敗興，就該知道。總因愛財心重，夜間又到尊府行刺，又被大爺獲住。不惟不加罪責，反賜重財，以成婚姻大事，此恩無由得報。自小婿回來之日，在下即叫人在府上探信，聽得大爺期於昨日起身，赴杭招親，必在此地經過。親身向前敘留，諒大駕必不肯來相會。故此，想法請至舍下，代小婿以報大恩。進門又不敢明言，故出大言相問，以觀賢主僕之膽氣如何。身居虎穴，並無懼色，尚欲爭鬥，真名不愧矣！小女小婿成親數日，特請大爺來吃杯喜酒。」

駱宏勳聞了這些言語，方釋疑惑之心。問道：「濮姑爺現在那裏？」鮑賜安道：「近聞北直新選了個嘉興知府，不知是那個奸臣之子，不日即至此地。不瞞大爺說，凡遇奸臣門下之人，或新赴，或官滿回家，從未叫他過去一個！因此信不真，恐傷於忠臣義士，故叫小婿前去打探。已去了兩日，大約明日也就回來了。」

鮑賜安見余千還侍立駱宏勳之旁，不覺大笑道：「大叔真忠義之人也！我將實言直說了一遍，他還寸步不離。好癡子，還不放心前邊坐坐去？只管在此，豈不站壞了？」余千道：「不妨的。」鮑賜安分付人來，將余大叔留在前邊坐去。又對余千道：「余大叔，你到前邊，只可閒談取笑，切莫講槍論棒。你先進門時，也看見前面那些人的嘴臉了，其心都狠得緊哩！細話我慢慢的再告訴你。」已有人將余千引到前邊去了。駱宏勳又問道：「方才老爹出來之時，說三十擔魚尚不足一飯之用，敢問府上共有多少人口？」鮑賜安才待奉告，見家人已捧早飯上來，鮑賜安連忙起身讓座，駱大爺坐的客位，鮑賜安坐的主席。余千前邊自有人管待，不必深言。

且說鮑賜安同駱宏勳飲酒之間，鮑賜安道：「方才說三十擔魚不足一飯之菜，這倒也非妄言。實不瞞大爺說，在下自二十歲就在江邊做這道生意，先也只是隻把船，有十數人，小船上有三四人，折算起來，也有七八十人。你來我去，不能全在家中。如全來家，真不足一飯之用。舍下現在人口，我與小女兩個，家內計用男女四十個，還有先大爺進門看見的那一百聽差之人。長吃飯者，共一百四十二口。那裏能用這些魚？不過借些言語，動大爺之心耳。」一問一答，鮑賜安應答如流，真博古通今之士，無一不曉。駱宏勳暗想道：「此人惜乎生於亂世，若在朝中，真治世之能臣也。」

用飯之後，駱宏勳欲告辭赴杭，鮑賜安道：「大爺此話多說了！不到舍下便罷，既來舍下，豈肯叫匆匆就去之理？就在舍下住得十日半月，也不誤贅親之事。待小婿回家，同小女出來叩謝。」駱宏勳道：「我若在府上久住不赴杭，則恐家母心懸。」鮑賜安道：「這個容易，大爺寫書一封，內云在舍留頑。在下差一人送至揚州府上，老太太見書，自然放心了。」駱宏勳見他留心誠切，遂修書一封，又寫一信與徐松朋，交付鮑賜安。鮑賜安接去，叫一聽差人，明日早赴揚州投下。

鮑賜安又整備晚飯款待，臨晚又擺晚酒。飲酒之間，駱宏勳問道：「山東振芳花老爹認得否？」鮑賜安道：「他乃旱地響馬，我乃江河水寇。倘旱道生意趕下水，他就通信讓我。若江河生意登了岸，我就通信讓他。不獨相認，且是最好弟兄。」駱宏勳遂將桃花塢相會，與王倫爭鬥，王、賀通姦，任世兄被誣，花老爹劫救，復下揚州說親，四望亭捉猴，索銀結仇，前後說了一遍。鮑賜安道：「花振芳姊舅本來英勇過人，吾所素知。」

鮑賜安又敬駱宏勳酒，駱大爺酒已八分，遂告止。鮑賜安道：「既大爺不肯大飲，亦不敢諄敬。」遂分付內書房張鋪，將駱大爺包袱行李都封鎖空房裏邊，另拿鋪蓋應用。家人秉燭，鮑賜安請駱宏勳進內，又走了兩重院子，方到內書房，裏邊床帳，早已現成。駱大爺請鮑老爹後邊安息。鮑賜安遂辭了出來，問家人道：「余大叔床鋪設於何處？」家人道：「就在這邊廂房裏，余大叔已醉，早已睡了。」鮑賜安道：「他既安睡，我也不去驚動他。」

走回後邊，見女兒鮑金花在房獨飲等候。一見爹爹回來，連忙起身，問道：「駱公子睡了麼？」鮑賜安道：「方才進房，尚未安睡，叫我進來，他好自便。」對金花道：「這駱宏勳不獨武藝精通，而且才貌兼全，怪不得花振芳三番五次要將女兒嫁他。我兒你若不定濮天鵬，今日相會，亦不肯放他。」又道：「女兒你可歸房去罷，為父亦要睡了。」鮑賜安說了，即便安睡。鮑金花領了父命，邁步出門。鮑賜安將門關閉，上床安臥。

且說鮑金花回至自家臥房，因新婚數日，丈夫濮天鵬被父差去，今在父親房中自飲了幾杯悶酒，不覺多吃了幾杯，有八九分醉意。細想：「父親盛誇駱公子才貌武藝，又道花振芳三番五次要女兒嫁他，自然是上等人物。但恨我是個女流，不便與他相會。」又想道：「聞得他今赴杭贅親，被父親留他下來，他豈肯久住於此？待他明日起身去了，我不得會他之面。似這般英雄，才貌兼全之人，豈可當面錯過？」躊躇一番，道：「有了，趁此刻合家安睡，我悄悄前去偷看，果是何如人也。倘他知覺，我只說請教他的槍棒，有何不可！」這佳人算計已定，邁動金蓮，悄悄往前去了。正是：

第二十五回　書房比武逐義士

卻說鮑金花悄悄的來到前邊，到駱宏勳宿房以外。見房內燈火尚明，而房門已閉，怎得能看見駱宏勳之面？欲待推門，男女之別，夤夜恐礙於禮。欲待轉回，又恐他明日赴杭，則不能相見。因多吃了幾杯酒，面皮老些，膽氣大些，上前用手推門，竟是閉著的。

且說駱宏勳自鮑老去後，在房中坐下，想起今日之事好險！若非贈金一舉，今日落在他家，怎能保全性命？以後出門，勿論水陸，務要認人要緊。又想道：「這鮑老兒世上人情無一不通，及至談論，直長人學問。」想了一會，起身將門閂上，坐在床邊卸脫鞋襪。正脫下一隻襪子，只聽房門響亮，似有人推門。忙問道：「何人推門？」鮑金花答道：「是我。」駱宏勳聞得是婦女聲音，心中驚疑，道：「聞得鮑老家只有父女二人，其餘者皆婢奴也。今夤夜到此，卻是何人？」又問道：「我已將睡，來此何事？」鮑金花道：「奴乃鮑金花也。聞得駱大爺英勇蓋世，武藝精奇，奴家特來領教。」宏勳聞得是鮑姑娘，不敢怠慢，連忙將脫下那隻襪子又穿上，起身將衣服整理整理，用手將門開放。

鮑金花走進門來，將駱宏勳上下一看，見他真個好個人品！怎見得模樣？有詩為證，詩曰：

虎背熊腰丈二軀，堯眉舜目貌精奇。

今朝翩翩佳公子，他年凌閣❶定名題。

駱宏勳舉目一觀，見鮑金花生得不長不短，中等身材，其實生得相稱。怎見得？亦有幾句詩讚為證，詩曰：

淡掃梨花面，輕盈楊柳腰。
滿臉堆著笑，一團渾是嬌。

鮑金花進得門來，向駱宏勳說道：「拙夫蒙贈重賄❷，我夫妻恩心不忘。今特屈駕至舍，以報些須，大爺請臺坐，受奴家一拜！」宏勳道：「向與濮兄初會，不知鮑府乘龍❸，多有怠慢。毫末之助，怎敢言惠？今蒙老爹盛饌，於心實在不安，叩拜二字，何以克當？」宏勳正在謙遜，鮑金花早已拜下，宏勳頂禮相還。拜過之後，兩邊分坐。鮑金花道：「今大駕到舍，奴特前來，一則叩謝前情，二則欲求一教，不知大爺吝教否？」宏勳道：「尊府乃英雄領袖，姑娘武藝精通，怎敢班門弄斧？」鮑金花道：「久聞

❶ 凌閣：即凌煙閣。唐太宗貞觀十七年（西元六四三年），繪二十四功臣圖像於凌煙閣，太宗親為之贊，褚遂良題閣，閻立本畫。

❷ 賄：財物。

❸ 乘龍：即乘龍快婿，用以稱譽別人的女婿。

大名，何必過謙！」

鮑金花舉目看見書房門後，倚著兩條齊眉短棍，站起身來，用手拿過。遞與駱宏勳一條，自持一條，諄諄求教，駱宏勳不好過辭。此時正是十月中旬，月明如晝，二人同至天井中比武，你來我去，你打我架。他二人此一番，正是：

英女卻逢奇男子，才郎月下戰佳人。

正是男強女勝，你誇我愛。比較多時，駱宏勳暗道：「怪不得伊父稱他頗通武藝！我若稍怠，必被這個丫頭取笑。諒他必是瞞父而來，今日此戲，何時為止？不免用棍輕輕點他一下，他自抱愧，自然回去了。」躊躇已定。

又比了片時，駱宏勳覷個空，用棍頭照金花左手腕上一點。一則宏勳也多吃了幾杯，心中原欲輕輕點他一下，不料收留不住，點的重了些。二則鮑金花亦在醉中，又兼比跳一陣，酒越發湧上來了，二目昏花，不能躲閃。值駱宏勳來，不閃不躲，反往上迎你，只聽嬌聲嫩語，道聲：「娘喲！」手中之棍，不能支持，掉落在地，滿面通紅，往後去了。駱宏勳連忙說道：「得罪，得罪！」見鮑金花往後去了，自悔道：「他女子家是好占便宜的，今不該點他一下。倘明日伊父知之，豈不道我魯莽？」遂將鮑金花丟下之棍拾起，拿進房來，倚於門後，反手將門閉上，坐在床邊自悔。

且說鮑金花回至自己房中，將手腕揉擦，半日疼痛少止。燈下看了一看，竟變了一片青紫紅腫，心中發怒道：「這個畜生，好不識抬舉！今不過與你比試頑耍，怎敢將姑娘打此一棍！明日他人聞知，豈不損了我之名聲？」恨道：「不免乘此無人知覺，奔前邊將這個畜生結果了性命，省得他傳言！」遂拿了兩口利刀，復奔前邊而來。

看官，這鮑金花自幼母親去世，跟隨父親過活，七八歲上就投師讀書，至十三四歲時，詩詞歌賦，無所不通。因人大了，不便用師，就在家中習學女紅針指。他父親鮑老，乃係江湖中有名水寇，天下來投奔他者多。凡來之人，不是打死人的兇手，即是大案逃脫強盜。進門之時，鮑賜安就問他會個甚麼武藝，或云槍云劍，都要當面舞弄一番。鮑金花相傍父親，見有出奇者，即傳他。那人知道他是老爹的愛女，誰不奉承？個個傾心吐膽相授，因此鮑金花十八般武藝，件件精通。今日若非酒醉，駱宏勳怎能取他之勝？故他心中不肯服輸，特地前來。此一回來，非比前番是含羞偷行，此刻是帶怒明走。

駱宏勳尚在床邊坐著，只聽得腳步聲音，又似婦女行走之態，非男子之腳步，心內猜疑，道：「難道又是這個丫頭不服輸，又比較高低不成？」正在猜疑，只聽房門一聲響亮，門閂兩段，鮑金花手持兩口明晃晃的刀，闖進門來，罵聲：「匹夫！怎敢傷吾？」舉刀分頂砍來。幸而駱宏勳日間所佩之劍，臨晚解放床頭，一見來勢兇惡，隨手掣劍遮架。

駱宏勳跳到天井，一來一往，鬥了多時。駱宏勳想道：「怎麼我這等命苦至此，出門就有這些阻！他今倘若傷我之命，則死非其所。我若傷他，明日怎見伊父？」只見鮑金花一刀緊似一刀，駱宏勳只架不還。自更餘鬥至三更天氣，駱宏勳又想道：「倘若廂房余千驚起，必來助我。那個冤家一怒，則要殺人，那有容納之量？不免我往前院退之，或者女流不肯前去，也未可知。」且戰且退，退出兩重天井，到了日間飯店內廳。鮑金花那裏肯捨？仍隨來相鬥。

駱宏勳看見客廳西首有一風火牆❹，牆頭不高，不免登房躲避，諒他必不能高上。遂退至牆頭，跳上屋上。鮑金花道：「匹夫！你會登高，諒姑娘不能登高？」也將金蓮一縱，上了房子賭鬥。駱宏勳跳在這廳房屋上，鮑金花隨在這廳房屋上。駱宏勳縱在那個屋上，鮑金花也隨那個屋邊。計房也跳過了四五進，到了外邊群房。真個好一場大鬥！刀去劍來，互相隔架。有詩為證，詩曰：

刀劍寒風耀月光，二人賭鬥逞剛強。
宏勳存意惟招架，鮑女懷嗔下不良。

且戰且避，駱宏勳低頭望下一觀，看見房後竟是空山了。見山上茅草甚深，自想道：「待我躥在草內隱避，令他不見，他自然休歇。」遂將腳一縱，下得房來。且喜茅草雖深而道隱，遂隱於其中。鮑金花才待隨下，心內想道：「他隱於內，他能看見我，我卻看不見他，倘背後一劍來，豈不命喪他人之手？」說道：「暫饒你這匹夫一死！」

見他方從房上跳進裏邊去了，駱宏勳步出草林，道：「這是那裏說起！」欲待仍從原房回去，又怕那個丫頭其心不休。約略天已三更餘時，不若乘著這回月色，在此閒步，等至天明，速辭鮑老，去赴杭州為要。但不知此山是何名色，且聽下回分解。

❹ 風火牆：人字形坡頂房屋兩端的山牆，一般高出屋面三至六尺，有防止火災蔓延的作用。

第二十六回　空山步月遇聖僧

卻說駱宏勳遂在空山以上步來步去，只見四圍並無一個人家居住，遠遠見黑影裏有幾進房屋，月光之下，也看不甚分明，似乎一座廟宇。山右邊有一大松林，其餘者一片草茅。轉身觀山左邊，就是鮑老住宅。前後仔細一看，共計前後一十七進。心內說道：「鮑老可稱為巨富之家！我昨日走了他五六重天井，還只在前半截。昨日聞得他家長住者，也有一百四十二口，這些房屋覺乎太多，正所謂富潤屋、德潤身❶了！」

正在觀看之時，耳邊聽得呼呼風響，一派腥膻，氣味難聞。轉臉一望，只見一隻斑毛吊睛大蟲，直照松林去了。駱宏勳見了，毛骨悚然，說道：「此山那裏來此大蟲？幸虧未看見我，若被他看見，雖不怎樣，又費手腳！」未有片時，望見一人手持鋼叉，大踏步飛奔前來。駱宏勳道：「賊寓那有好人！此必剪徑❷之人，今見我隻身在此，前來劫我。」遂將兩把寶劍惡狠狠的拿在手中等候。

及至面前一看，不是劫徑之人，見是一位長老。只見他問訊說道：「壯士何方來者？怎麼黌夜在此？豈不聞此山之利害乎？」宏勳舉手還禮，說道：「長老從何而來？既知此山利害，又因何黌夜至此？」

❶ 富潤屋德潤身：語出大學，意思是富裕足以令居室生輝，德行足以令自身進益。

❷ 剪徑：攔路搶劫。

那和尚道：「貧僧乃五臺山僧人，家師紅蓮長老。愚師兄弟三人，出來朝謁名山，過路於此。聞得此山有幾隻老虎，每每傷人。貧僧命二位師弟先去朝山，特留住於此，以除此惡物也。日日夜間在此尋除，總未見他。適才在三官殿廟內以南，遇見一隻大蟲，已被貧僧傷了一叉。那孽畜疼痛，急急跑來，貧僧隨後追趕，不知此畜去向。」

駱宏勳方知他是捉虎聖僧，非歹人也。遂說道：「在下亦非此處人氏，乃揚州人，姓駱名賓侯，字宏勳。」指著鮑賜安的房屋道：「此乃敝友，在下權住彼家，今因有故來此。」那長老道：「向年北直定興縣有一位駱遊擊將軍駱老爺，亦係廣陵揚州人也，但不知係居士何人？」駱宏勳道：「那是先公。」和尚復又回說道：「原來是駱公子，失敬，失敬！」宏勳道：「豈敢，豈敢！適才在下見隻大蟲，奔入樹林內去了，想是長老所趕之虎也。」那和尚大喜道：「既在林中，待貧僧捉來！公子在此少待，貧僧回來再敘說。」說罷，持叉奔林中而去。駱宏勳想道：「素聞五臺山紅蓮長老有三個好漢徒弟，不期今日得會一位，真意外之幸也。」

正在那裏得意，耳邊又聽得風聲牘吹，還只當先前之虎又被和尚追來，舉目一看，又見兩隻大蟲在前，一位行者❸在後，持了一把鋼叉，如飛趕來。那兩隻大蟲急行，吼叫如雷，奔入先前宏勳躲身一片茅草穴中。駱宏勳驚訝道：「幸我出來，若是仍在裏邊，必受這孽畜之害。」

只見那位行者追至茅草穴邊，叉杆甚長，不便舞弄，將叉一抛，抖個碗口大小，認定虎脅下一下，虎的前爪早早舉起。他復將身一縱，讓過虎的前爪，照虎脅下一拳，那虎「咕咚」臥地，復又大吼一聲，後

❸ 行者：佛教語，即頭陀，行腳乞食的苦行僧人，亦泛指修行佛道之人。

爪蹬地，前爪高高豎起，望那行者一撲。又轉身向左一撲，向右一撲，虎力漸微。早已被那行者趕上，用腳踏住虎頸，又照胸脅下三五拳，虎已嗚呼哀哉！那行者又至茅草穴邊拾起鋼叉，照前投刺。只見那隻大蟲又吼的一聲，躥出草穴，往南就跑。行者亦持叉，追之三五步，將叉擲去，正插入虎屁股以上。大蟲吼的一聲，帶叉前跑，行者隨後向南追趕去了。宏勳暗驚道：「力擒二虎，真為英雄！可見天下大矣！小小空山，一時而遇這二位聖僧，以後切不可自滿自足，總要虛心謙讓為上也。惜乎未得這位聖僧上下。」

正在讚美，又見先前那個和尚，一手持叉，一手拉著一隻大蟲，走將前來，道聲：「駱公子，多謝指引，已將這孽畜獲住了！駱公子請觀一觀。」宏勳近前一看，就像一隻水牛一般，其形令人害怕。遂讚道：「若非長老佛力英雄，他人如何能捉！」和尚道：「阿彌陀佛！蒙菩薩暗佑，在此三月工夫，今始捉得一隻。還有兩個孽畜，不知幾時才得撞見哩。」駱宏勳道：「適才長老奔樹林之後，又有一位少年長老，手持鋼叉，追趕二虎至此，三五拳已打死一隻。」用手一指，說道：「這個不是？那隻腿上已經中了一叉，帶叉而逃，那長老追趕南邊去了。惜乎未問他個上下。」和尚大喜道：「好了，好了！他今也撞見那兩個，完我心願。」駱宏勳道：「長者亦認識他麼？」和尚道：「他乃小徒也。」

正敘話之間，那行者用叉叉入虎腹，叉杆擔在肩，擔了來了。和尚問道：「黃胖，捉住了麼？」那行者道：「仗師父之威，今日遇見兩個大蟲，已被徒弟打死了。可惜那隻未來，若三個齊來，一併結果了他，省得朝朝尋找。」和尚道：「那隻我已打來，這不是麼！」那行者道：「南無阿彌陀佛！虎的心事了了。」和尚道：「駱公子在此。」行者道：「那個駱公子？」和尚道：「定興縣遊擊將軍駱老爺的公子。」行者忙與駱宏勳見禮。和尚道：「駱公子既與鮑居士為友，因何夤夜獨步此山？」駱宏勳即將與鮑金花比武變臉，越房隱避之事說了一遍，道：「欲待翻房回去，又恐金花醉後，其心不休，故暫步行於此，以待天明，告辭赴杭。不料幸逢令師徒，得遇尊顏。」和尚道：「三官殿離此不遠，請至廟中，坐以待旦，如何？」駱宏勳道：「使得。」和尚肩背一隻大蟲，這行者又擔兩隻猛虎，駱宏勳隨行。

不多一時，來至廟門，和尚將虎丟在地下，腰內取出鑰匙，開了門，請駱大爺到了大殿坐下。黃胖將虎擔進後院放下，又走出，將門前一虎亦提進，仍將廟門關閉。和尚分付黃胖道：「煮上斗把米的飯，白菜蘿蔔，多加上些作料，製辦兩碗。我們出家人，駱大爺他也不怪無菜，胡亂用點。」宏勳一夜肚中正有些飢餓，說道：「在下俗家，長老出家，在下尚未相助香資，那有先領盛情？」和尚道：「此米麵柴薪，亦是鮑居士所送。今雖食貧僧之齋，實擾鮑居士也。」駱宏勳又道：「既蒙盛情，在下亦不敢過卻。此時只得我三人，何必煮斗米之飯？」和尚道：「這不過當點心！早晚正飯時，斗飯尚不足小徒一人自用哩。」駱宏勳道：「此飯量，足見此人伏虎如狗也！」黃胖自去下米煮飯做菜，不待言矣。駱宏勳道：「適才山前也未請問長老賢師的法號，望乞示知。」和尚道：「貧僧法名消安，二師弟消計，三師弟消月，小徒尚未起名，因他身長胖大，他姓黃，遂以黃胖呼之。」

且不講駱宏勳同消安二人談敘，且說余千醉臥，一覺睡至三更天氣方醒，自悔道：「該死，該死！今日初至鮑家，就吃得如此大醉，豈不以我為酒徒！且大爺不知此刻進來否？我起來看看。」爬將起來，走出廂房。先進來時，雖然有酒，卻記得大爺床鋪在於書房。房內燈火尚明，房門亦未關閉，邁步走進，並無人在內，還只當在前邊飲酒未來。又走向內廳，燈火皆熄。驚訝道：「卻往何處去了？」又回至內書房，仔細一看，見床上有兩個劍鞘，驚道：「不好了！想這鮑賜安終非好人，自以好言撫慰，將我主僕調開，夜間來房相害。大爺知覺，拔劍相鬥。但他家強人甚多，我的大爺一人，如何拒敵？諒必凶多吉少。」遂大聲吆喝，高聲喊道：「鮑賜安老匹夫！外貌假仁假義，內藏奸詐，將我主僕調開，夜間謀害。速速還我主人來便了，不然，你敢出來與我鬥三合！」他從書房外邊，一直吵到後邊。有詩讚他為主，詩曰：

為主無蹤動義肝，卻忘身落在龍潭。
忠心耿直無私曲，氣沖星月令光寒。

卻說鮑賜安正在夢中，猛然驚醒，不知何故有人喊叫，忙問道：「何人在外大驚小怪？」余千道：「鮑賜安，老匹夫，起來！我與你鬥他幾合，拚個你死我亡！」鮑賜安聞得是余千聲音，心中大驚，自說道：「他有個邪病不成？我進來時，他醉後已睡，此時因何吵罵？」連忙起身穿衣，問道：「余大叔已睡過，如何又起來？」余千道：「不必假做不知！我主人遭你殺害，休作不知，快些出來拚幾合！」鮑賜安聞說駱大爺不知殺害何處，亦驚慌起來，忙把門開了，走出來相問。余千見鮑賜安出來，趕奔上前，舉起雙斧，分頂就砍。正是：

因主作恨拚一命，聞友著驚失三魂。

畢竟鮑賜安性命如何，且聽下回分解。

第二十七回　賜安尋友三官廟

卻說余千一見賜安走出來，趕奔前來，舉起雙斧，分頂就砍。賜安手無寸鐵，見來勢兇猛，將身往旁邊一縱，已離丈把多遠。賜安說道：「余大叔，且暫息雷霆，我實不知情由，慢慢講來。」余千道：「我主僕二人落在你家裏，我先醉臥，我主人同你飲酒，全無蹤跡，自然是你謀害來，你只推不知！好匹夫，那裏走！」邁步趕來。

只見鮑金花手執雙刀，從房裏躥將出來，喝道：「好畜生，怎敢撒野！你主人以棍傷我手腕，你今又以斧傷我父。莫要行兇，看我擒你！」迎住余千，二人在天井中刀斧交加，大殺一陣。

鮑賜安見女酒尚未醒，聽見女兒說以棍傷他手腕，一定是女兒偷往前邊，計較比試之時，被駱宏勳打了一下。素知女兒從不服輸，變臉真鬥，駱宏勳乃是精細之人，不肯與他相較，隱而避之。遂遠遠的向著余千打了一躬，說道：「我老頭兒實在不知，乞看我之薄面，暫請息怒，待我找尋大爺要緊。」又喝金花道：「好大膽的賤人，還敢放肆！」余千見鮑老陪禮，又喝罵女兒，遂兩下收住兵器。

賜安問女兒道：「你方才說駱大爺棍傷手腕，你把情由慢慢講來。」鮑金花含怒道：「女兒聞他英名蓋世，特去領教。他不識抬舉，大膽一棍，照我手腕傷之，至此疼痛難禁，已成青紫。又被女兒持刀爭鬥，伊越房逃入空山去了。女兒之氣尚未得出，余千這畜生反來撒野，待我先斬其僕，後斬其主！」

說畢，又舉刀，又要爭鬥。鮑老大喝道：「好賤人，還不回房，等待何時？駱大爺係何等英雄，不肯與你諄諄計較，豈懼你而避！但空山之上，有三隻大蟲，往往傷人。駱大爺如有些損傷，叫我怎見天下之義士！」金花被父禁責，含怒回房。

余千聞說空山有三隻大蟲，大爺躲避其山，必然性命難保。不由的大怒，罵道：「明明同心共害，做出這些圈套！我總與你拚了這條性命罷了！」鮑賜安道：「大叔錯想了，我若有心相害，你先醉臥之時，久已謀害了，還待你醒來？我們閒話少說，莫要耽誤了時刻，速速著人上山，找尋大爺要緊。倘有不測，大叔再罵不遲。」余千道：「且容你去尋找，如有損傷，回來再與你講！」

余千這一吵鬧，後邊所用四十個男女，前面聽差的一百英雄，俱皆驚起問信。鮑賜安帶了二十個聽差之人，放開大門，往空山而來。前頭後頭，左左右右，尋找了兩個周圍，不見蹤跡，心中甚是驚慌。又想道：「即被大蟲之害，到底有點形跡。且駱大爺英明之人，即遇見隻大蟲，也未必就遭其害。」尋來找去，天色已將發白，來到三官廟前，鮑賜安道：「有了消息了，消安師徒夜夜在山捕虎，再者，見人必然動問，或者知道駱大爺去向，亦未可知。等我問他一問。」遂上前敲門。黃胖在廚煮飯，消安起身開門。一見鮑賜安一臉愁容，帶領了二十餘人，忙問道：「老師，今夜遇見一人否？」消安道：「莫非駱公子麼？」鮑賜安大喜道：「正是。」消安道：「現在殿上吃茶呢。」鮑賜安一眾人進內，消安將門關閉。

來至大殿，駱宏勳早已迎出。鮑賜安向宏勳謝罪：「小女無知，多有冒犯，幾乎把老拙唬死！」駱宏勳道：「山中步月，幸遇長老師徒，又蒙賜齋，故未回府，使老爹受驚，有罪，有罪！」鮑賜安道：

「我所懼者非別，此山有幾隻大蟲，恐驚大駕。」駱宏勳遂將消安師徒英勇，世上罕聞說了。消安道：「蒙菩薩暗中護佑，故而擒之，非愚師徒之能也！」

正說之間，黃胖飯菜已熟，捧上大殿，鮑賜安同食些須。吃畢之後，鮑賜安道：「惡蟲已獲，賢師徒慈願已遂，真喜事耳。舍下今備菲酌，請法駕過舍，一則與老師賀喜，二則與駱大爺相談。」消安道：「愚師徒戒葷已久，恐席上不便。」鮑賜安道：「曉得，曉得，自有素筵款待。」又道：「虎肉乞賜些須，另外庖製，奉敬駱大爺。」消安道：「有有有！後邊現臥三隻，愚師徒要他無用。居士令人剝下皮來，盡皆取去。」鮑賜安命隨來之人，拿利刀刺剝，後邊拿去。邀消安、駱宏勳先行。消安又分付黃胖：「等候大蟲剝完，鎖上殿門，再赴居士家領齋。」說罷，二人同鮑老出廟而行，直望鮑府而來。駱宏勳在路暗想：「余千這個匹夫，難道醉死了？鮑家許多人來尋我，反不見他！」

及至鮑家莊上，天已早茶時候。過了護莊橋，只見余千手持雙斧，在大門外跳上跳下，在那裏辱罵。駱宏勳道：「這匹夫，早晨又吃醉了！不知與何人爭鬧？」鮑賜安道：「夜間若非老拙躲閃得快，早為他斧下之鬼。」將「夜間吵罵，至後邊我房外，我方知道，問其所以，方知小女得罪，大駕躲至空山，恐大蟲驚嚇大駕，哀告余大叔暫且饒恕，讓我帶人尋找，倘有不測，殺斬未遲，他老人家才放我出來」之話，說了一遍。又道：「至今不見大爺回來，只當大爺有傷，故又跳罵了。」駱宏勳道：「有罪，有罪！待我上前，打這畜生！」鮑賜安道：「我與大爺雖初會日淺，實不啻久交，那個還記怪不成？正是余大叔忠義過人，膽量出眾。非老拙自誇，即有三頭六臂之徒，若至我舍下，也少不得收心忍氣。余大叔今毫無懼怕，尚拚命報主，非忠義而行麼？且莫攔他，他看見大爺駕回，自不跳罵了。」

離莊不遠，余千看見駱大爺同二人回來，滿心歡喜，住了跳罵，遂垂手侍立等待。三人走到門首，鮑賜安向余千道：「余大叔，你令主人今日好好的在此，你可饒了我老頭兒命罷。」余千道：「該死該死！得罪得罪！」亦隨了進來。三人到了內客廳，重又見禮，分賓主而坐，家人獻茶。吃茶之時，黃胖同了剝皮人眾俱進來，擡了多少虎肉。鮑賜安將黃胖師父請上客廳序坐，分付將虎肉擡進廚房烹調，又分付另製備一桌潔淨齋飯。分派已畢，陪人坐談。駱宏勳道：「空山甚小，且遠江不遠，人煙閙雜之所，如何存得三隻大虎？」鮑賜安道：「此虎來日不久，約計三個年頭，乃柴船上帶來一隻雌虎，至此卸柴，彼躲避下來。那知他腹內懷孕，後來生下兩隻小虎，因此共成三隻。今被二位老師盡獲，除此一方之害，功德無量矣。」

正敘談之間，門上人進來稟道：「啟老爺得知，看遠遠來了六騎牲口，花振芳老爺姊舅五人，還有一位黑面紅鬚，卻不認得，將近已到莊前，特稟老爺知道。」鮑賜安大喜道：「來得正好，大家一會，亦可謂英雄聚會了。」便問消安師道：「山東花振芳，老師可曾會過否？」消安道：「雖未會面，卻聞名久矣。」鮑賜安道：「那一位黑面紅鬚，卻是那個？」駱宏勳道：「既與花老爹同來，必是世兄任正千了。」鮑賜安道：「這定是任大爺無疑矣。消安師少坐，我同駱大爺出迎。」消安道：「既是二位出迎，我師徒豈有坐待之理？大家同去走走。」於是四個人同至大門。究竟不知會見有何話說，且聽下回分解。

第二十八回　振芳覓婿龍潭莊

話說四人同至鮑府大門，早見六騎牲口已過護莊橋，離莊不遠。花老一眾見鮑、駱同兩個和尚出來，遂各下了牲口，手拉絲韁，步行至門。任、駱相見，各各洒淚。眾人揖讓而進，至內廳，各自見禮，分坐獻茶。花振芳向駱宏勳道：「昨日同任大爺至府，聞老太太說大駕前日赴杭，即欲就回家。老太太諄諄賜宴，又將徐大爺請來作陪。昨晚家報到府，方知大駕留於鮑府，今早趕奔前來一會。」駱宏勳道：「前路過此地，蒙鮑老爺盛情，故而在此。不知老爹至舍，失迎失迎！」鮑賜安、任正千、花振芳、消安師徒、巴氏弟兄，彼此通名道姓，各道些「聞名」、「久仰」的言語。

敘談已畢，家人稟告：「虎肉已熟，肴饌素齋俱已齊備，請老爺安席。」鮑賜安分付拿酒，設了三席，兩席葷席，一席素席。首坐花振芳，二坐任正千，三坐巴龍，四坐巴虎，五坐巴彪，六坐巴豹，七坐駱宏勳，主席是鮑賜安相陪。消安師徒，俱在素席。酒過數巡，肴上幾味，只見葷席上，家人捧上了兩大盤虎肉。花老問起來歷，鮑賜安將昨晚睡後，「小女與駱大爺比武，駱大爺躲讓空山，相遇消安師徒，力擒三虎，今夜我至三官廟，相邀來舍」情由，說了一遍。又道：「任大爺同巴氏賢昆仲，老拙相請，還怕不至！只你這孽障，腿偏長，今日弄一稀爛之物，並不能偏你。」花老道：「這還算你孝順我老人家！尚未至，你就辦此異味候我。」大家笑了一回。虎肉比羊肉更膻，任、駱二人不過些微動動，則不能吃了。他六位英雄吃了兩盤，又添兩盤，好不利害。三隻虎，被鮑賜安家中一頓食，早已完了。

酒飯已畢，大家起來散坐。花振芳同鮑賜安走至這一邊，遂將今來特為女兒姻親之話，告訴一番，叩煩鮑賜安同任正千作伐，鮑賜安應允。遂與任正千約同做媒，同邀駱宏勳至外言之。駱宏勳道：「我向日已經回過，待完過正室之後再議，今日怎又諄諄言之？」任正千道：「世弟不知，花小姐感你四望亭救命之恩，立誓終身許你。見你不允，一口氣悶於心中，又兼四望亭驚嚇過，回家得了大病，無拘寤寐之間，總言世弟大恩難報。花老夫婦見女兒終身決意許你，寬慰女兒道，得愚兄病好，央我作媒，保親必成。花小姐知愚兄與世弟不啻同胞，言無不聽，以此稍開心懷，而病勢可痊。今值愚兄賤恙痊可，攜同巴氏昆仲，不辭千里而來，三議其親，世弟從之為是也。」鮑賜安道：「任大爺之言，甚是有理。且天下英士多多，花老父女之意，在大駕身上，三番二次，登門相求，此乃前緣天意也，駱大爺當三思之。」駱宏勳道：「蒙情做媒，二公之意不薄我矣。但妻妾之事，非我志也。煩二公轉致花老爹，或桂家女兒今日死了，我則聘他女兒為妻。如今，叫我應允，萬萬不能。諄言回復！」同進客廳。

鮑賜安請出花振芳，先將駱宏勳決絕之言相告。把個花振芳氣得面黃唇白，說道：「這個小畜生，好不識抬舉！你既不允，諒我女兒必是一死。我女既死，我豈肯叫你獨生？我將十三省內，弄十三件大案在小畜生身上，看他知我的利害！」鮑賜安忙止道：「不可，不可！若此一舉，令愛皆有損命之憂！既愛之人，又何忍殺他？小小年紀，又是公子性格，那裏比得你我，經過大敵。依我之見……」便附花老之耳說道：「此事須如此如此，這般這般，就把他擺布了，那時不怕他不登門求親！兩命無虧，終成好事。據你看，使得使不得？」花振芳聞得鮑老之言，改憂為喜，說道：「此計甚妙！」二人復又來至客廳，與眾談論自若，一毫不形於色。

及至中飯時節，又擺中飯，仍是兩席葷，一席素，一同飲酒。飲酒之間，鮑賜安向花振芳道：「你向日在定興，怎樣劫救任大爺？你可從頭細細稟我知道，如若有功，自有重賞。」花振芳道：「我的兒，聽我道來！」遂將二更相約捉姦，回廟看火失信；次日任正千大爺被誣，夜間劫救；及至西門，復奔王倫家殺姦，一時慌迫，竟錯殺二人；西門掛頭，被人看見，急墜下城，雇夫子抬至山東，說了一遍。消安極口稱讚，道：「難得，難得！」

鮑賜安冷笑道：「據你說得津津有味，似個獨劫禁牢，今古罕有之事。依我評來，有頭無尾，有始無終，裁打一百個嘴掌！」花振芳道：「你說我怎有頭無尾，有始無終？」鮑賜安道：「侍立一旁，聽我老人家教訓！若說殺姦錯誤，因時迫忙，這不怪你。只是既然知錯，後仍該將姦淫殺來。」花振芳道：「你知其一，不知其二。掛頭之時，天已發白。若再復殺，王家人等，豈不知覺了！我有何懼？而任大爺身帶重傷，現臥城腳的，若被捉，豈不反害任大爺了？」鮑賜安道：「放屁！胡言！想等到天明事重，而殺姦事輕！這半年光景，還是日迫時促？你就該仍到定興，將姦淫殺了，任大爺之冤始出，這就算有始有終也。劫牢之後，定興自然差人趕拿，因你膽小，不敢再到定興縣了。你且說，我說的是與不是？」

花振芳自想道：「彼時之迫，後來也該再去，怪不得今日這個老兒責備。」說道：「真正我未想得到此，不怪你責。」鮑賜安笑道：「你既受教就罷了。任大爺與你相好，今日我既相會，也就不薄。前半截你既做了，後半截該是我辦了。我明日到定興走走，不獨將姦夫淫婦殺之，還要將王倫家業，盡皆盜來，以補任大爺之原業。」任正千道：「晚生何能？承二位老師關切，雖刻骨難忘！」花老道：「任大爺且莫謝他，只見他的口，未見他的手！待他一一照言做了，再謝他不遲。」鮑賜安道：「我二人拍掌為賭，我能如言一一做來，你當著眾人之面，磕我四個頭。若有一件不全，我亦當眾人之面，磕你四個頭。何如？」

二老正要拍掌，只見外邊又走進二位英雄，眾人皆站起身來相讓。鮑賜安道：「不敢驚動，此乃小婿濮天鵬。」濮天鵬一見駱宏勳在坐，連忙上前，相謝贈金之恩。駱宏勳以禮相答。又問：「那位英雄是誰？」濮天鵬說道：「此乃舍弟濮天雕也。」宏勳立身，見了禮。花老姊舅、消安師徒，素日盡皆認得，不要通名道姓，不過說聲：「久違了！」任正千乃係初會，便見禮通名。弟兄二人與眾分賓主坐下兩席。

鮑賜安問道：「探聽果係何人？」濮天鵬道：「乃定興縣人氏，姓王名倫，表字金玉。父是現任吏部尚書，叔是現任禮部侍郎。因蔭襲而得職，出任嘉興府知府。眷屬只帶了一個愛妾賀氏，餘者奴婢十數人，家人倒有二十多丁。早飯時尚在揚州，大約今晚必至江邊。故速速回家，稟爹知道。」任正千聽得「愛妾賀氏」四個字，不覺面上發赤起來。鮑賜安得意道：「花振芳，你看我老人家的威力如何？正要打算尋他，不料他自投我手，豈不省我許多工夫？且先將姦淫捉獲，後邊再講盜他家財。」又對濮天鵬道：「任大爺、駱大爺，乃是世兄弟，駱大爺又是你之恩人，一客不煩二主，吃飯之後，少不得還勞賢婿過江，將姦淫捉來。只對水手說，至江心不必動刀動槍，將漏子拔開，把一伙男女送入江中。要把姦夫淫婦活捉將來，叫任大爺處治。任大爺之怨氣，方才得伸，而駱大爺之恩，你亦報答了也。」濮天鵬滿口應承。任、駱二人回道：「濮姑爺大駕方回，又煩再往，晚生心實不安，奈何？」鮑賜安道：「當得，當得！」眾人因有此事，都不肯大飲，連忙用飯。

吃飯之後，濮天鵬起身，要往後邊去。鮑賜安叫回，道：「還有一句話對你講，『君子不羞當面』，你曉得昨晚金花前來與駱大爺比試？」便細告訴濮天鵬一遍：「我此刻當面言明，他不過來叨駱大爺之教，並無他意，勿要開日後夫妻爭競之門。此乃我女之短。」濮天鵬滿面帶紅，往後去了。有詩為證，詩曰：

愛婿須同嫡子看，只因女過不糊含。
今朝說破胸襟事，免得夫妻後不安。

到了後邊，夫妻相見。自古道新婚燕爾，兩相愛慕，自不必言矣。濮天鵬見天色將晚，恐誤公差，雖然是難捨難分，不敢久戀。遂連忙來至廳前，告別眾人，趕過江不言。

且言鮑賜安向眾人道：「諸公請留於此，專候佳音。」又分付濮天鵬道：「千萬莫逃脫姦淫！」濮天鵬答應：「曉得！」獨自出門，過江去了。正是：

得意老兒授計去，專候少婿佳音來。

畢竟王倫、賀氏被濮天鵬捉來否，且聽下回分解。

第二十九回　宏勳私第救孀婦

卻說鮑賜安遣了濮天鵬去後，大家敘談了一會，將晚，又擺夜宴。眾人皆因有此事，總不肯大飲，鮑賜安亦不諄勸。消安師徒告別回廟。鮑賜安分付列鋪，盡皆此地宿歇。

次日起身，用了些點心。及早飯時節，又排早筵。飲酒之間，鮑賜安得意道：「此時小婿也該回來了。」又叫花振芳道：「此刻小婿捉了姦夫淫婦回來，任大爺之事，也算完了一半，所缺者家業未來。你先與我老人家磕兩個頭，待復了任大爺之家業，再磕那兩個頭。」花振芳道：「昨日原說定興做了這些事，我才算輸。今他自來，就便捉擒，非你之能也，何該磕頭之處？」鮑賜安道：「該死！這牲口，事還在那裏未來，今就改變了！」任大爺道：「二位老師所賭者，乃晚生之事，理應晚生叩謝。」

大家在談論，只見濮天鵬走進門來。鮑賜安忙問：「事體如何？」濮天鵬道：「昨晚過江，等至更餘，總不見到。遂著人連夜到揚州打探。回來說，南京軍門係他親叔，昨日早飯後，自儀徵到南京拜親，從那一路往嘉興去了。故今早過江，來稟老爺知道。」鮑賜安聞得此言，好不掃興！緊皺眉頭，不言不語，坐在一邊思想。花振芳道：「幸而方才我未磕頭，倘若磕了頭，我老人家的債，也是惹不得的！一本三利，還未必是我心思。想你過於說滿了！」鮑賜安道：「你且莫要笑，既然說出，一定要一一應言。不過他二人陽壽未終，還該多活幾日。終是我手中之物，還怕他飛上天去？為今之計，無有別說，賢姊舅還有昨日所言之事，請駕自便。任大爺、駱大爺同小婿兄弟二人，再帶十個聽差的，坐大船二隻伺候，同到嘉興走走。我素知嘉興府衙左首，有個普濟庵，甚是寬闊。你眾人到嘉興之時，將船灣在河口，你等十五人借庵歇宿，以便半夜捉住姦夫淫婦上船，將他細軟物件，一併帶著。屈指算來，往返也不過十日光景。」又道：「任大爺莫怪我說，你進城時候，將尊容略遮掩些，要緊，要緊！恐他人驚疑。」

說話之間，飯已捧來，大家用過。花老姊舅告辭，鮑賜安也不留他。花振芳向任正千說道：「任大爺嘉興回來之日，返回舍下，就說我等不日亦回。」又附耳說道：「到家只說那事已成，莫使我女兒掛懷。」任正千點頭道：「是！」又向鮑賜安耳邊說道：「嘉興回來，就叫任正千回山東去，省得在此漏信。」鮑賜安答道：「曉得！」一拱而別。駱宏勳也只當他們各有私事，毫不猜疑。

回至廳上，商議在嘉興之事。鮑賜安叫了自家兩隻大船，米麵柴薪，帶足來回的動用，省得下船辦買，公人看出被捉。各人打起各人包裹，次日絕早上船，趕奔嘉興去了。

及至嘉興北門外，將船灣下，帶了幾個行李，餘者盡存船上。一直來至府衙左首，果有一個大廟，門額上一個橫匾，上有三個金字「普濟庵」。眾人進內一看，廟宇雖大，卻無多少僧人。只有一個和尚，兩個徒弟。徒弟俱皆小哩，不過二十上下。外有一個燒火的道人。濮天鵬稱了三兩銀子的香資，外賞了道人五錢銀子，借了他後邊三間廂樓住歇。吃食盡都在外邊館內包送，又不起火，和尚、道人甚是歡喜。

濮天鵬故作不知，問和尚道：「府太爺是那裏人氏？」和尚道：「昨日晚上到的任，說姓王，聞是北直人，未曾細問是那一府那一縣。貧僧出家人，也不便諄諄打聽他。」濮天鵬聞得王倫已進了衙門，心中甚喜。臨晚之間，大家用了晚酒，各各上床睡臥，養養精神。諒王倫昨日到任，衙門中自然慌忙，一時不能安睡，專等三更時分，方才動手。眾人雖睡，皆不過是連衣而臥，那裏睡得著？

駱宏勳之床，正對著樓後空窗。十月二十邊，起更之時，月明如晝。駱宏勳看見樓後一家人家天井之中站著一條大漢，有丈餘身軀，褡包緊繫腰中，在那裏東張西望。暗道：「此必是強盜，要打劫這個人家了。」停了一停，又見一女人走出來，向那個大漢耳邊悄悄說話。駱宏勳道：「此又不是強盜，又是姦情之事，必無疑矣。無論姦情、強盜，管他做甚麼！」

及至天交二鼓初點時候，只聽得一婦人大叫道：「殺了人了，快快救命！」駱宏勳將身坐起，說道：「諸位聽見麼？」眾人道：「何事？」駱宏勳道：「方才在樓窗，看見下面那個人家天井站了一條大漢，東張西望，料他是個偷雞摸狗之輩。後邊又來了一個婦人，在那大漢身邊說了幾句言語，我又料是姦情，莫要管他。此刻下邊喊叫救命，非姦情即強盜也。可恨！盜財可以，怎麼傷起人來了？」濮天鵬道：「我們之事要緊，駱大爺莫要管他。」駱宏勳復又臥下。又聽那婦人喊道：「世上那有侄子姦嬸娘的？求左鄰右舍速速搭救，不然竟被這畜生害了性命！」駱宏勳聞得此言，翻身而起，說道：「那有見死不救之理！」濮天鵬攔阻不住。

駱宏勳上了樓窗，將腳一跳，落在下邊房上，復又一跳，跳在地下。聽得喊叫之聲，就從腰門邊走至門首。其門卻是半掩半開，門外懸著布帘。用手掀起，只見那大漢裏面騎著一個婦人，在地亂滾，烏雲散亂，赤身無衣。宏勳一見大怒，右腳一起，照那大漢背脊上一腳。那漢「噯喲」一聲，從婦人頭上跌過，睡臥地下。宏勳才待上前踏他，余千早已跑過，騎在那大漢身上，舉拳而打。任正千、濮天鵬等俱進房而來。那婦人連忙爬起來，將衣服穿上，散鬢挽起，向駱大爺雙膝跪下，說道：「蒙救命之恩，殺身難報，願留名姓，讓小婦人以便刻牌供奉！」駱宏勳道：「不消。你且起來，將你情由訴與我聽。」

那婦人站起身來，說道：「小婦人丈夫姓梅名高，自幼念書無成。小婦人娘家姓修，嫁夫三年。丈夫與我同年，皆二十二歲。不幸去年十月間，丈夫一病身亡。」用手指著床上睡的二周歲一個小娃子，說道：「就落了這點骨血！」又指著地下那個大漢，說道：「他係我嫡親的侄子梅滔。今日陡起不良心腸，想來欺我。小婦人不從，他將我按在地下，欲強姦與我。小婦人喊叫，得蒙恩人相救，無愧見丈夫於泉下矣。」余千聞了他這些話，大罵道：「滅倫孽畜，留他何用？今日打死便了！」舉起拳頭，雨點相似打來。梅滔在地下哀告道：「望英雄拳下留命！小人實無心敢欺嬸母，有一隱情奉告。」駱宏勳禁止余千：「打且住了，聽他說來。」余千停拳。

梅滔怎當得？被余千打得渾身疼痛難禁，撐爬了半日，方才爬起身來，說道：「諸位爺，聽小人稟告，小人自幼父母雙亡，孤身過活，不敢相瞞，專好賭博，將家業飄零。前日又輸下了數兩之債，催逼甚急，實無償還。嬸娘雖在孀居，手中素有蓄積，特來懇借。嬸娘絲毫不拔，小人硬自搜尋，嬸娘則大聲喊叫，小人恐怕人來聽見，故按在地下，以手按口，使他莫喊之意，那有相欺滅倫之心！此皆嬸娘誣捏之言，望諸位爺莫信。」

駱宏勳等聞梅滔之言，似乎入情入理。說道：「你問他要，他既不與，你只好慢慢的哀求。你如此硬取，似乎非禮，就將嬸娘赤身按地？」修氏道：「恩爺莫要信他一面之辭。今日被爺將他痛責，結仇更深。恩爺去後，我母子料難得活之理！」遂將床上那個娃子一把抱起，哽咽的痛哭。

駱宏勳心內道：「若將這漢子放了，我等回寓，恐去後婦人母子遭害。若將他打死，天明豈不是個

第三十回　天鵬法堂鬧問官

卻說余千聽得有人打門，問道：「你等何人？」外邊應道：「我等本坊鄉保。因新太爺下車❶，恐誤更鼓，在街催更。聞梅家喊叫，故來查問。」駱宏勳答道：「他係鄉保，正好將梅滔交與他，修氏母子，自然得命了。」余千將門開了，走進四五個人。駱宏勳將前後之事，說了一遍。鄉保說道：「這個滅倫的畜生！交與我們，等天明送到嘉興縣，憑縣主老爺處治。」眾人將梅滔帶往那邊去了。

宏勳等俱要回廟，修氏又跪謝道：「懇求恩公姓名！」駱宏勳見他諄諄，遂道：「我乃揚州人氏，姓駱名宏勳是也。」遂將「自前門廟內而來，及至樓上而下，來此救你」的話，說了一遍。正說話間，聽得已交五更。濮天鵬道：「我們走罷。」眾人辭別修氏，從前門由曲巷回廟。回至廟內，濮天鵬道：「此時已是五鼓，人皆睡醒，今日莫要下手了。只要事情做得停當，多住一日不妨。」大家盡皆睡了。

且講修氏自眾人去後，坐在床上悲嘆，把個丫頭叫起，這丫頭名叫老梅。叫老梅起來燒些清水，將身上沐浴一番，天已五鼓，那裏還能睡覺？走至家堂神前，焚了一爐高香❷，祝告道：「願菩薩保佑駱恩人朱衣❸萬代，壽祿永昌。」又在丈夫靈前垂淚道：「你妻子若非恩人搭救，必被畜生強污。我觀駱

---

❶ 下車：指官吏到任。

❷ 高香：祭祀或敬神時燒的最好的線香。

恩人非庸俗之流，他年必要榮耀。你妻子女流之輩，怎能酬他大恩？你陰曹，諸事暗佑他要緊！」

正在祝告之間，不覺腹中疼痛，心中說道：「一定是他那畜生將我赤身按地，冒了寒氣了。」連忙走至床邊，和衣臥下，叫老梅來代他揉擦。一陣重一陣，疼了三五陣，只聽下邊一陣響亮，漿包開破，滿床盡是漿水。修氏不解其意，又疼了一陣，昏迷之間，竟生下了一個五六個月的小娃子！別無他人，只有一個丫頭老梅在旁代為收拾。修氏自醒轉來，心中驚異，道：「此胎從何得來？」幸虧沒有別人在此，連忙收拾，叫老梅將死娃子放入淨桶中端出。賞了老梅二百文錢，叫他莫要說出，自家睡在床上驚異。

卻說丫頭老梅，其年二十歲，與梅滔私通一年，甚是情厚。雖是今在修氏房中之人，而心專向梅滔。二人每每商議，老梅道：「今雖情愛，終是私通，倘二娘知道，那時怎了？諒二娘亦是青年孀婦，豈有不愛繁華風月？你可硬進強姦，倘若相從，你我他皆一道之人，省得提心吊膽。且二娘手中素有蓄積，弄他幾兩，你用用也好。」故駱宏勳看梅滔在天井之中，有一女人向他耳邊說話，正是老梅。及眾人按打梅滔，並交與鄉保，老梅暗自悲傷，不能解救。今見修氏生下私娃，滿心歡喜。安放修氏臥床，偷步出了門來，尋找梅滔商議私娃之事。

且說梅滔那裏真係鄉保帶去？乃是他幾個朋友日間約定，今晚要向他嬸娘硬借，倘若吵鬧起來，叫他們進去解勸。眾人聞得裏面喊叫，故假充鄉保，將梅滔帶去，弄酒他解悶。天明謝別回家，去自家門首不遠，正撞著老梅慌慌張張而來，看見了梅滔，問道：「你怎麼回來了？」梅滔將日間所約朋友之語，

---

❸ 朱衣：大紅色的公服，代指入仕、升官。

告知與老梅一番。老梅道：「你這冤家，該先告訴我！我只當真是鄉保帶去，叫我坐臥不寧。今特前來尋你。」在梅滔耳邊說道：「你去之後，二娘腹內疼痛，三兩陣後，生下一個五六個月的小娃子，叫我丟在淨桶之內。又賞了我二百個錢，叫我不要說出。二娘現在床上安睡，我手裏今有此事報你知道。」梅滔聽了，心中大喜，道：「這個賤人，今日也落在我的手裏！我指報昨日打我那個人做姦夫，現有私娃為證。撂在何處？又可惜不知那人姓名。」老梅道：「自你去後，二娘諄諄求他留名。他說是揚州駱宏勳，私娃放在淨桶中，特來與你商議。」梅滔大喜道：「你速速回去，莫要驚動他人，我即赴縣衙報告。」老梅暗暗回家。

梅滔邁步如飛，跑到縣衙，不及寫狀，走進大堂，將鼓連擊幾下。裏邊之人忙問道：「因何擊鼓？」梅滔道：「小人孀母修氏，孀居一年，昨晚產下五六個月私娃。小人與他爭論，不料姦夫揚州駱宏勳，寓居府衙左首普濟庵中後邊廟樓居住，聞得事體敗露，自樓上跳下，反將小人痛打。看看身斃，小人苦苦哀求，方才饒恕。似此敗門傷化，倚兇毆人之事，望大老爺速速差人拿獲，以正風化。遲則姦夫脫逃。」內宅門忙將此事稟過嘉興縣吳老爺。吳老爺籤筒取了四根板籤，用硃筆標過，差快二名，速至普濟庵，將駱宏勳並本廟住持和尚、修氏、老梅，並私娃一案拘齊聽審，將老梅、梅滔押在外邊伺候。

不多一時，眾人齊上衙前，余千早將原差兩個巴掌打回。駱宏勳攔阻道：「今日若不到案，反令他道我懼罪不前，不分皂白了。從來說，『是虛是實，不得欺人』，不走是真才實料，怕他怎的！」故同原差至縣。原差進內，通知人犯俱齊，內宅門稟過老爺。不多時，聽得裏面雲板❹一響，幾聲吆喝，吳老

❹ 雲板：扁長鐵片，兩端鑄為雲形，多用做報時、報事的器具。

爺坐了大堂，分付將駱宏勳姦夫帶上。

駱宏勳不慌不忙，走至大堂上，謹遵法堂規矩，朝上跪下。吳老爺問道：「怎樣與修氏通姦？從頭說來！」駱宏勳道：「小人揚州人氏，修氏乃嘉興人，相隔幾百里，怎能與他通姦？昨日方至嘉興，入借寓普濟庵中，半夜間聞得修氏喊叫救命，世上那有見死不救之理？遂至其家，走進房門，見一條大漢騎在婦人身上。那婦人赤身露體，臥於地上亂滾。小人用腳將那大漢踢倒，問其由頭，方知是他嫡侄，欲欺孀母。後被本坊鄉保叫門，將梅滔領去，小人即回廟中安歇。他事非我所知。」

吳老爺道：「帶梅滔上來！」問道：「你這奴才！你自滅倫，反怪別人為姦。」梅滔道：「他被小人捉住，與孀母約定此言，但只私娃可知了！」

吳老爺又喚和尚問道：「你是個出家人，怎麼與他牽馬？駱宏勳他與你多少銀子？在你廟中住了多少日子了？從實說來！」和尚道：「僧人乃出家人，豈肯做這造孽之事？姓駱的一眾人，有十數個，昨日午後才到僧人廟中。通姦之事，僧人實不知情。」

吳老爺又喚修氏，問道：「你與駱宏勳幾時通姦的？從實說來，免受刑罰。」修氏道：「小婦人一更天氣已經脫衣安睡，梅滔這個畜生，推進門來，欲行滅倫之事。小婦人不從，他將小婦人按捺在地，強而為之。小婦人喊叫，幸虧駱恩人相救。素日亦無會面，那有姦情之事？」

吳老爺又喚丫頭老梅，問道：「你主母與何人往來，自然不能瞞你，從實說來。」老梅道：「家爺在世，是有名氣的，家業頗有，親戚朋友，往來甚多，婢子那能多記？」吳老爺道：「我不問你家那些人。我問你家主母與何人情厚，往往進主母房中走動？」老梅道：「並無他人情厚。」用手一指駱宏勳：

「就是見他往往走動，說他是主母姑表弟兄。別事婢子不知。」

吳老爺又問修氏道：「你還有何說？」修氏道：「此必梅滔相教之言，老梅依他偽話，老爺不要屈人！」吳老爺道：「你丈夫死去一年，此胎從何得的？還敢強辯！」修氏道：「此胎連小婦人亦在驚疑，不知因何而得？」吳老爺大怒道：「那有無夫而孕？若不動刑，料你不招！」分付將修氏拶❺起來。一呼百應，一時拶起。修氏道：「便將雙手斷去，也不肯恩將仇報！」一連三拶，未有口供。

又問駱宏勳道：「你到底幾時通姦？一一說來。」駱宏勳又將前詞說了一遍。吳老爺說：「把鄉保喚上來！」問道：「你等昨夜果將梅滔領來麼？彼時他如何吵鬧的？」鄉保道：「小人並不知道，何曾有領梅滔這話？」駱宏勳在旁，回道：「昨夜不是這人領去的，老少不等些，有五六個人，稱是鄉保，小人亦不認得。特的打門相問，聞得嫡侄欺姦嬸母，特帶了去，今早來稟老爺處治。」吳老爺大怒道：「即此虛言，可知姦情是真了。若不動刑，諒你必不肯招！」分付兩邊抬夾棍上來，下邊連聲答應，把夾棍抬上堂上。

正待上前來拉駱宏勳動刑，只見一人跑上堂前，將用刑之人三拳兩腳，打得東倒西歪。遂將夾棍一分三下，手持一根，在堂上亂打。又聽見一人大叫道：「誣陷好人為姦，這種瘟官，要他何用？代百姓除此一害！」只聽眾人答應：「曉得！」滿堂上不知多少好漢，也有拿板子的，也有拿夾棍的，還有將桌子踢倒，持桌腿的，亂打一番：

❺ 拶：音ㄗㄢˇ，用刑具夾手指。

欲將酷刑追口供，惹得狠棒傷身來。

畢竟不知何人在堂亂打，亦不知吳老爺性命如何，且聽下回分解。

第三十一回　為義氣哄堂空回龍潭鎮

卻說嘉興縣吳老爺，正分付人抬夾棍夾駱宏勳，余千跑上堂來，把用刑之人三拳兩腳，打得東倒西歪。又將夾棍劈開，手持一棍，在堂上亂打。濮天鵬大喝一聲：「爾等還不動手，等待何時！」任正千、駱宏勳，並帶來的十幾個英雄，各持棍棒亂打一番。濮天鵬兄弟，直奔暖閣❶來擒問吳老爺。吳老爺見事不好，抽身跑進宅門，將宅門關閉。眾書辦❷、衙役人等，乖滑的，見勢兇惡，預先跑脫。恃強者，還在堂上吆喝禁止。餘者盡被余千等十五位英雄打得臥地而哼。

濮天鵬恐再遲延，城門一閉，守城兵丁來捉，則不能安然回去，到家必受老岳的悶氣。說道：「還不出城，等待何時？」大家聽得，各持棍棒打出頭門，照北門大道而行。行至普濟庵將行李取出，棍棒拋棄，各持著自用的器械，奔北門行走。這些英雄，皆怒氣沖天，似天神模樣，那個還敢上前攔阻？一直出了北門，來到自己船上，合水手拔錨開船，上龍潭去了。

且說嘉興縣衙門中，眾人去了半日，有躲在班房❸中之人，聽得堂上清靜，唯有一片哼聲，方才大

❶ 暖閣：此指官署大堂設案之閣。
❷ 書辦：管辦文書的屬吏，亦泛指掌管文書翰墨的人。
❸ 班房：衙署、府第的差役值班之所。

膽走出房來。一看，見眾人已去，走去開了暖閣門，稟知：「凶人已去，請老爺出堂。」吳老爺重整衣冠，復坐大堂，道：「這些強徒往那裏去了？」有人稟道：「方才出北門上船去了。」吳老爺道：「駱宏勳是揚州人，自然是仍回揚州，本縣隨後差人行文，赴揚州捉他未遲。其餘人犯，現住何處？速速齊來問供。」眾衙役領命，往衙外齊人。堂上受傷之人，過來稟道：「小的頭已打破。」那個說：「小的肋骨踢折了。」吳老爺道：「每人賞銀二兩，回家調理。」

發放受傷人畢，姦情人犯拘齊。吳老爺喚上修氏，問道：「你若實說與駱宏勳幾時通姦，本縣自然開脫與你。你若隱而不言，這番比不得先前了！你可速速招認，本縣把罪歸與駱宏勳一人，好行文書去拿他，毫不難為你。」修氏道：「實與駱宏勳無私，叫小婦人怎肯相害？」吳老爺分付：「著實拶這奴才！」又是一拶三收，修氏昏而復醒，到底無有口供。

吳老爺自道：「若不審出口供，怎樣行文拿人？修氏連拶九次，毫無招供，這便怎了？」又想道：「總在和尚身上追個口供罷了。」遂喚和尚問道：「你廟中所寓一班惡人，其情事不小。據本縣看來，真是一伙大盜。既在廟中歇息，你必知情。或姦情，或強盜，你說出一件，本縣即開放與你。若不實說，仔細你兩隻狗腿！」和尚道：「實係昨日來廟，別事僧人不知。」吳老爺大怒：「若不夾你這禿囚，諒你不肯招出！」正是：

可憐佛家子，無故受非刑。

一收一問，和尚不改前供。吳老爺也無奈何，只得寫了監帖，將和尚下監，修氏交官媒人管押，老梅令梅滔領去，私娃子用竹桶盛住，寄了庫，待行文捉拿駱宏勳再審。發放已畢。

既今日哄堂之事難瞞府臺太爺，命外班伺候，親自上府衙面稟。來至府前頭門之外，下轎步行，宅內家丁投遞手本。王倫問道：「何縣稟見？」家丁回道：「嘉興縣在外伺候。」「傳他進來。」裏邊傳出「面見」，吳老爺來至二堂，參見已畢，王倫命坐，問道：「貴縣今來有何事講？」吳老爺道：「卑職今日審一件姦情，姦夫駱宏勳，他一黨有十數餘人，大鬧卑職法堂，將書役人等打得頭青眼腫。卑職若不速避，亦被打壞。特稟公祖❹大人知道。」王倫聽得「駱宏勳」三字，即打了一個寒噤，假作不知，問道：「駱宏勳那裏人氏？」吳老爺道：「他是揚州人氏。」王倫道：「揚州離此不遠，速行文書捉拿要緊。有了駱宏勳，餘眾則不難了。」吳老爺領命一躬，回衙連忙差人赴揚。這且不提。

卻說鮑賜安在家同女兒閒談，道：「嘉興去的人，今晚明早也該回來了。」金花道：「等賀氏來時，女兒也看看他是何等人品，王倫因他就費了若干的精神。」鮑賜安道：「臨行我叫他們活捉回來，我還要審問審問，叫他二人零零受些罪，豈肯一刀誅之，便宜這姦夫淫婦麼？」正談之間，家人稟道：「濮姑爺一眾回來了。」鮑賜安道：「我想他們也該回來了。」鮑金花興頭勃勃，隨父前來觀看賀氏，閃在屏門以後站立。

鮑賜安走出廳，向任、駱二位道：「辛苦，辛苦！」又問濮天鵬，濮天鵬遂將嘉興北門灣船，借寓普濟庵，原意三更時分動手，不料左邊人家姓梅嫡侄強姦孀娘，駱大爺下去搭救，次日拘訊，硬誣駱大

❹ 公祖：士紳對知府以上地方官的尊稱。對地位較高者，亦稱老公祖、大公祖、公祖父母。

爺為姦夫，欲加重刑，我等哄堂回來，未及捉姦夫淫婦之事，說了一遍。鮑賜安道：「這才算做好漢！若叫駱大爺受他一下刑法，令山東花老他日知之笑殺！似此等事，你多做幾件，老夫總不貶你。只是有此哄堂一舉，嘉興諸事防護嚴了，一時難以再去。待寧靜寧靜，你再多帶幾個人同去走走罷了！」

鮑金花在屏門後「喇」的一笑，說道：「自家怕事，倒會笑旁人！」鮑賜安道：「我怎麼怕事？」金花道：「山東花叔叔不能二下定興，捉殺姦淫，你笑他膽小，今日你因何不敢復下嘉興？又說甚麼稍遲叫旁人再去，唯你值錢，別人都是該死的？」鮑賜安道：「這是連日勞碌了姑老爺的大駕了，姑奶奶心中就不喜歡。連你都笑起來了，明日花振芳越要笑話。拚著這老性命，明日就下嘉興走走何妨。」

任、駱二位見他父女二人上氣，忙解勸道：「日月甚長，何在一時？俟寧靜寧靜再去，方保萬全。」鮑賜安道：「二位大爺不知，我這姑奶奶自幼慣成的。今日這就是算得罪他了，有十日半月的咒罵，還不肯饒我哩！我在家中也難過，趁此下嘉興走走，一則代任大爺報仇，二則躲躲姑奶奶！還少不得請二位大駕，並余大叔同去頑頑。今番多帶十來個聽差的，連私娃一案人，都帶他來，我要審他的真情，那修氏到底有個姦夫！」

任、駱二人並濮天鵬兄弟齊說道：「修氏連受三拶，總無口供。看這光景，真無姦夫。」鮑賜安笑道：「駱大爺同濮天雕尚未完婚，小婿雖然成親而未久，任大爺亦未經生育，故不深明此中之理。老夫一生，生了十數餘胎，只存小女一人，那有不夫可成孕者？我說眾位不信，待把一眾盜來，當面審與諸位看看！」

對濮天鵬道：「煩姑爺到後邊，多多拜上姑奶奶，將我出門應用之物，與我打起一個包裹，我明日就辭他眼了。家內之事，拜託賢昆仲二位料理。我想嘉興縣既知駱大爺是揚州人，哄堂之後，必定是到揚州捕捉。你到江邊囑咐擺江船上，凡遇嘉興下文書者，一個莫要放過才好。倘若過去，揚州江都縣必差人赴駱大爺府上捉人，驚嚇了老太太，則我之過。」濮天鵬兄弟一一領命。鮑賜安就叫兩隻大船，裝載米麵柴薪帶足。聽差百十人中，揀選了二十個能手，各打包裹。今日之事提過。第二日清晨，大家上船，又往嘉興。

下文書之人，真一個不能過去。凡衙門之人，出門就帶二分勢利氣象，船家不問他，他自家就添在臉上，自稱道：「下文書的！」使船家不敢問他討船錢。那些船家聽濮天鵬分付後，逢有下書之人，連忙單擺他，速過江心，船漏一抽，翻入江心。嘉興縣見去人久不回來，又差人接催，及到江邊，仍然照前一樣。嘉興離揚州雖無多遠，其信不能過江。也不必多言。

再說鮑賜安兩隻大船，又到嘉興。因前日灣船北門，今日在西門灣下。臨晚，鮑賜安將夜行衣服換上，應用之物，俱揣入懷中，亦不過火悶子並雞鳴奪魂香、解藥等類，兩口順刀插入腿中。那二十位英雄，亦各自裝扮停當。起更之後，鮑賜安告辭任、駱二人，帶領眾人趁此城門未閉，欲進府前來捉王倫、老梅。不知好歹如何，且聽下回分解。

第三十二回　因激言離家二鬧嘉興城

話說鮑賜安告別眾人，趁城門未關，就便而入。進城之後，鮑賜安分別眾人：「我們不可一同而行，恐怕人看出破綻，總約在普濟庵後邊樓上取齊。」大家分散而行。

鮑賜安走至普濟庵門口，見山門未閉，尚自開著，隨步進去。只見廟內甚是冷清，絕無一人。直至後廚房中，方見兩個小和尚，同個道人在裏面吃晚飯。一見鮑賜安進來，見他穿扎怪異，連忙向前問道：「臺駕是那裏來的？到此何幹？」鮑賜安道：「金陵建康來的，素常與此廟住持相認，特來一望。」那道人云：「老和尚昨日因件官司受了夾棍，現在禁中。」鮑賜安道：「我特來望他，不料不能相會。」懷中取出三兩一錠銀子，遞與小和尚道：「你且收起，明日看些酒，奉送與你師父食用，也是與我相交一場。」小和尚同道人相謝，斟了一杯便茶，送與鮑賜安。鮑賜安接茶在手，問道：「老師父因何官司，受此酷刑？」道人回道：「老爹，你不知。」遂將前事說了一遍。鮑賜安道：「其餘人犯現在何處？」道人云：「修氏交官媒管押在他家，老梅交梅滔亦領在家，私娃用竹桶盛住寄了庫，就是我家老和尚入禁在監，待揚州府拿到哄堂人犯，一齊再審。」鮑賜安問得明明白白，遂辭了小和尚、道人，邁步出門。小和尚相送，一拱而別。

鮑賜安轉過後邊僻靜落地，將腳一縱，上了小房子，復身又一縱，上了廂樓。一看，那二十位英雄早已都在樓上。見老爹進來，俱各起身。鮑賜安道：「天氣尚早，我們且再歇息片時再做事方妥。」大家俱在樓上坐下。坐了一會，聽得更交二鼓三點，外邊人腳稍定。鮑賜安道：「你們莫要全去，只有五六人隨我下去，捉一個，提上一個，都放在樓上。等人犯齊全，我自有道理。」眾人領命。隨下五六個人，俱在房上等候。

鮑賜安到了梅家天井之中，聽了一聽，那婦人在房中啼哭，知是修氏。聞聽那間房內兩個婦人說道：「天已二鼓，老娘娘你睡罷。我們也不知該了甚麼罪，白日裏一守一天，夜晚間還不叫人睡覺哩。」鮑賜安道：「此必是官媒了。」取出香來點著，自窗眼透進。耳邊聽得兩個噴嚏，則無怨恨之聲。還聽這邊房內呱呱哭泣，又從這邊窗眼透進香火，又聽得連兩噴嚏，又無哭聲了。拔出順刀，將門撥開，火悶一照，見桌上銀燈現成，用火點著一看，床上睡著兩個婦人。本待要傷他性命，也不怪他，也是奉官差遣，由他罷了。走至這邊房內一看，見一婦人懷中抱著一個孩子，床杆上掛著一條青布裙子並幾件衣服。揭起被一看，那婦人竟是連小衣而睡著。那修氏自梅滔想姦之後，皆是連小衣而臥。鮑賜安將床杆上所掛衣裙盡皆取下，連被褥一併捲起，挾至小房邊。房上之人看見老爹回來，將繩兜放下，鮑賜安將修氏母子放入兜中，上邊人提在房上，樓上人又提上樓，打開被褥，代他母子穿衣。凡強盜之家，規矩甚嚴，那怕就是月宮仙子，也不敢妄生邪念。

不講房上穿衣服，且說鮑賜安又往後邊走。到得後院，又聽一人說道：「再待揚州拿了駱宏勳到日，少不得還審二堂。似此敗壞門風之婦，留他做甚！將他改嫁，倒得這份家私，又是我執管了。待他們臨出之時，只叫他穿起隨身衣服，其餘者盡是我的，給你穿用，也省得再做。」又一婦人道：「二娘待我甚好，只因你這個冤家，生生將他弄出梅門，我心中有些不忍。」鮑賜安聽得明白，此是梅滔與老梅了。隨即取出香來，亦從窗眼透進，連聽兩個噴嚏，則無聲息。將門撥開，走近床邊，火悶一照，兩人一頭同睡。鮑賜安已將他衣服取下，連被一併捲起，又挾至前邊小房間，仍用繩兜提上樓去。鮑賜安亦隨上來，也著人代他穿了衣服，捆做四捆，令聽差十人先至船上。

鮑賜安帶了十人，直奔嘉興縣來。到了庫房以上，將瓦揭去五路，開了一個大大的天窗。鮑賜安坐在繩兜之中，著人繫下。將火悶一照，見東北牆角倚靠一個竹桶。料必是私娃子，用手拿過，走至繩兜邊，仍坐其中，將繩一扯。上邊人即知事已做妥，連忙幾提，提將上來，仍回普濟庵歇息。歇息片時，鮑賜安道：「你們將此竹桶先帶回去，我獨進府衙，捉拿姦夫淫婦。得手，我自將二人捉上船去。倘若驚動人時，我亦有法脫身。你們莫要進來催我，人多反不乾淨。」眾人領命，拿了竹桶，俱回船不提。

且說鮑賜安獨走到府衙房上，走過大堂，到了宅門。宅門以上看了看，天井之中，燈火輝煌。仔細望下一看，見兩廊下有十餘張方桌，桌上有多少不一，約略有四五十人，在那裏鬥牌的、下棋的、飲酒的、閒談的，廳柱上掛著弓箭，牆壁上倚著槍棒。鮑賜安坐在房上，想道：「難道王倫曉得我來，特令這些人在此防備？倘有一些驚覺，這些人大驚小怪的，雖不怎樣，又不能捉拿姦淫了。須將這些人先打發了才好。」遂將懷中帶來之香盡皆取出，約略有二三十枝，兩頭點著。心想：「坐在上風頭熏他迷的，雖不能盡皆上香，熏倒幾個人，少幾個人。」算計已定，取出火悶來，暗暗點著香頭。又恐火悶子火大，被人看見，想又收起，用那點著之香，來點那未著者，用口低低吹去。

看官，你說那些人因何至此？自駱宏勳哄堂之後，嘉興縣稟過王倫。王倫回府，與賀氏商議道：「今駱宏勳同一班惡人至此，皆因你我而來，不意昨夜竟做此事，未及下手，以後不可不防。」遂即分付三班衙役，每晚要三十人輪流守夜，又向嘉興縣每晚要二十個人，共是五十個。王倫亦不難為他們，每晚一人賞大錢一百，酒肉各一斤。叫愛賭者賭，好酒吃酒，只是不許睡覺。

那晚再說飯酒桌上一人起身小便，走至牆之腳下，才解褲子，猛聽得房子上有人吹氣。定睛抬頭一看，黑影影有一人在那裏吹火。這人也不聲張，回至廊下，拿了一支鳥槍，將藥放妥，火繩❶藏在背後，仍舊走至小便之所，槍頭對準房上之人，將火繩拿過，藥引一點，一聲響亮，廊上之人，俱立起身來相問。拿槍之人說道：「方才一人在房上吹火，被我一槍，不見動靜，快拿火來看一看！」

卻說鮑賜安正在房上吹火，不料下邊有人看見，只見火光一亮。鮑賜安在江湖上是經過大敵的，就怕是鳥槍，將身一伏，睡在房子上，那槍子在身上飛過。鮑賜安嚇得渾身是汗，自說道：「幸喜躲得快！不然竟有性命之憂。」又聽眾人要執燈火來瞧，自思：「還怕下邊還有鳥槍！」不敢起身，遂暗暗抬頭一看，見眾人各執兵器，在天井之中慌亂。又見一人扛了一把樓梯，正要上房子來看。鮑賜安用手揭了十數片瓦，那人正要上梯子之中，用手打去，「咕咚」一聲，翻身落地，那個還敢上來？齊聲喧喝道：「好大膽強盜！還敢在房上揭瓦打人哩！」

不多一時，府衙前後人家盡皆起來，聽說府衙上有賊，各執器械前來救護，越聚越多。鮑賜安道：「約略有五更天氣，還不早些出城，等待何時？」又揭了一二十片瓦在手，大喝一聲：「照打！」撒將下去，又打倒四五個人。鮑賜安自在房子上奔西門而去。看看東方發白，滿城之人，家家起來觀看。鮑

❶ 火繩：槍炮的引火繩。

賜安走到這邊房上，這家吆喝道：「強盜在這裏了！」行到了那裏，那裏喊叫道：「強盜在這裏了！」白日裏比不得夜間容易躲藏，在房子上走多遠，人都看見。那鮑賜安想了想，倒不如在地下行走，還有牆垣遮蔽。將腿中兩把順刀拔出在手，跳下來從街跨走。

正行之間，城守營領兵在後追來。鮑賜安無奈，見街旁有一小巷，遂進小巷內。那兵役人等截住巷口，鮑賜安往巷內行了半箭之地，竟是一條死巷，前無出路，兩旁牆垣又高，又不能躥跳得上。心中焦躁，惡狠狠持著兩把順刀，大叫道：「那個敢來！」眾兵役雖多，奈巷子褊小❷，不能容下多人。鮑賜安持刀惡殺，竟無一人敢進巷中。站了半刻，外邊一人道：「他怎的拿瓦打人？我們何不拿梯子上屋來，亦揭瓦打他。」眾人應道：「此法甚好！」鮑賜安聽得此言，自道：「我命必喪此地了！」正是：

他人欲效揭瓦片，自己先無脫身計。

不知鮑賜安性命如何，且聽下回分解。

---

❷ 褊小：狹小；狹窄。褊，音ㄅㄧㄢˇ，狹小。

第三十三回　長江行舟認義女

卻說鮑賜安在巷內聞得要揭瓦打來，甚是焦躁。忽見牆腳以下有亂磚一堆，離地又堆了二尺餘深，用腳一點，使盡平生之力，上了高房。向下一望，見各街上人皆站滿，無處奔走，回頭一望，見房後就是通水關的城河，所站之房即是人家的河房❶。鮑賜安大喜道：「吾得生矣！」照河內一跳，自水底行走，直奔水關而去。眾人道：「強盜投河，快拿撓勾抓撈！」

且說鮑賜安自水底行至水關門，閘板阻路，不能過去。心中想道：「但不知閘板上塞否？倘若空一塊，我則容易過去了。」又不敢出水來瞧看，恐怕岸上人撓勾抓住。在內摸著板竅，用力一掀，竟未上全，還有一板之空，慢慢側身而過。出了水關門，便是城外了，鮑賜安方才放心。意欲出水登岸行走，頭乃冒出水來，恰恰河邊是個糞坑，有一人在那裏撈糞。一見水響，只當是個大魚，用糞勺一打，正砍在鮑賜安左額以上，砍去一塊油皮。鮑賜安本待出水結果這廝性命，又恐城內人追趕前來，忍痛後仍從水底行走。略離西門不遠，方才登岸。

城河離官河❷不遠，行至河邊，仍下河內。行至自家坐船，腳著力一蹬而上。眾水手說道：「老爹

❶ 河房：河、湖旁邊的房屋。

❷ 官河：運河。

為何從水內而來？」鮑賜安搖手禁止道：「莫要說著！莫使任、駱二位知之，見此光景取笑。」使個眼色與水手，速速拔錨開船。自己暗暗入船，將濕衣脫去，換了一身乾衣。十月天氣，在水中倒也罷了，出水之後反覺寒噤起來了。令人燒了一盆炭火，烘了寒衣。取出手鏡一照，左額上砍了一寸餘長的血口。連忙取出些刀傷藥敷上，以風帽蓋之。收拾停妥，方走過這邊船來。

進了官艙❸，任、駱二人連忙相迎，問道：「老爹幾時回來？」鮑賜安將前前後後說了一遍，把氈帽一揭，道：「時運不通，又遇見這個瘟騷母，照在下左額下打了一糞勺，方才敷上藥。」任正千謝道：「因晚生之事，使先生有性命之憂，又受此傷，雖肝膽塗炭，亦不能報！」鮑賜安道：「我前日原說寧靜寧靜再來，方才妥貼。不料小女相逼，忿怒而來，又成徒勞。我料王倫終飛不出吾之手，遲早不等，後邊少不得三下嘉興來罷。」船家知老爹今日受驚，辦了幾個盤子，暖了一壺好酒，送入船來，與老爹壓驚。鮑賜安同任、駱二位談飲。

卻說嘉興城中，將四門關閉，諒強盜不過是在河內，多叫撓勾抓撈。天明時，嘉興縣吳老爺來見王倫。王倫道：「本府衙內捉了一夜強盜，難為貴縣此刻才來！」這吳老爺一躬到地，說道：「卑職衙門亦有強盜，庫房上揭一大片瓦，將私娃子竹桶盜去，別物一些未動。卑職親令人修補，完了時來參見，是以遲遲。」王倫道：「別物不失，而強盜私娃，此人必是哄堂一黨人了。」話猶未了，官媒婆來告道：「今夜將老梅、梅滔並修氏母子盜去！」王倫道：「亦是這大盜！貴縣速速行文到揚，捉這駱宏勳要緊！」吳老爺道：「卑職已差幾次人去，總未見回來，不知是何緣故？」王倫道：「再揀揀幹者，差幾

❸ 官艙：客船中的正艙。

從未見不夫而成胎者。善善問你們，你也不說！」分付：「拶起來！」兩旁答應：「得令！」任、駱二人低低說道：「他也有夾棍、拶子不成?!」降目一觀，只見旁邊走過二人，一人將修氏兩手拿住，一人將修氏雙手合在一處，把自己的麵杖粗的五個指頭，夾住修氏十指，用力一拶，修氏喊叫不絕。

鮑賜安又問道：「姦夫是誰?從實招來！」修氏道：「實係沒有，望老爺饒命！」鮑賜安分付：「再拶！」那人又用力一拶，修氏昏倒船中。鮑賜安分付：「鬆刑。」那人把五個指頭鬆放，修氏醒了，片時，哭訴道：「實無姦夫，叫小婦人怎麼說法?」鮑賜安分付將修氏暫送那隻坐船官艙：「以待我審過梅滔再問。」修氏道：「乞老爺天恩，小婦人兒子年方兩周歲，乞付小婦人自餵養。」鮑賜安分付把他兒子付他。下邊走過幾個人來，鮑賜安道：「莫要餓壞了。」下邊人領命，遂將他母子送上那隻坐船。

鮑賜安分付帶過梅滔、老梅上來。下邊又將鎖伏板揭起，將二人提進船中。梅滔一見駱宏勳在坐，諒今日難保性命，只得跪下哀告道：「望老爺饒命！」鮑賜安道：「嫡嬸何異於母，你怎敢起不良之心?」梅滔道：「只因借貸不給，強取是實，無滅倫之意。」鮑賜安分付：「夾起來！」下邊走過幾人，把梅滔按伏船中，一人合起碗大兩個拳頭，向梅滔孤拐❺上一搠。梅滔大喊道：「望老爺鬆刑，容小人細訴。」鮑賜安道：「鬆刑，叫他說來。」梅滔道：「丫頭老梅，乃嬸母房中之人，小人與他私通一年，恐嬸娘知之見罪，二人商議，諒嬸娘幼年孀居，亦必愛樂風月之事。約定那日嬸娘脫衣睡時，老梅暗開房門，小人逼進行姦。不料嬸娘不從，大聲喊叫，驚動駱大爺解救。」鮑賜安道：「彼時不傷你性命，就該感及駱大爺之恩，次日反誣駱大爺為姦夫，又是因何?」梅滔道：「天明時老梅前來，說我嬸娘夜

❺ 孤拐：即腳踝，腳腕兩邊突起的部分。

間產下一娃。小人欲報夜間相打之恨，故至縣報告。總是小人該死，望老爺饒恕一二！」鮑賜安向丫頭老梅罵道：「壞事賤人！我昨夜在你房外，聽得你自道二娘待你甚好，就該以德報德，怎反咬人行姦，以仇報之？」分付：「拶起來！」亦照修氏一般，拶了三拶，老梅喊叫不絕。鮑賜安將二人仍下悶頭❻，亦賞點稀粥與他度命。

及到晚飯時候，大家用了飯。鮑賜安道：「倘若前日寓遠些，也不聽見此事，修氏之命，實駱大爺再造之恩。而修氏在嘉興縣堂上受刑，總不肯玷辱駱大爺，亦還有良心人矣。我觀他年紀不過二十上下，生得倒也乾淨，我今作媒，與駱大爺做一個室。」向任正千道：「任正千大爺，你說使得麼？」任大爺道：「實好，實好！」駱宏勳不覺滿面發赤道：「今若做此事，將前日相救之情，置之東流也！他人必說我晚生非正人也。」鮑賜安道：「既駱大爺不願收他為側室，今將令修氏陪宿，以報救命之恩，非為過也。」說罷，將駱大爺硬推過那隻船上，以入官艙與修氏同宿。不知修氏從否，且聽下回分解。

❻悶頭：即悶艙，這裏即前文所言鎖伏板之下的暗艙。

第三十四回　龍潭後生哭假娘

話說鮑賜安將駱大爺送過船來，送入官艙，回手帶過船門，以鎖鎖之。不表。且說修氏懷抱其子，正在那裏悲淒，忽見駱大爺進船，連忙站起身來，問道：「恩爺來此，有何話說？」駱大爺聽得修氏相問，滿面通紅，無言可答，只得實告道：「鮑老爺作媒，叫我收你為妾，我不肯應允。他又說，既不肯收你為側室，叫你今日陪宿，以報我前日之恩。生生將我送進船來。」修氏聽得此言，雙膝跪下，唬得魂飛天外，二目垂淚，哀告道：「我梅氏乃良善之家，丈夫念書之子，永訣之時，執妾手相告道：『婦人以貞節為重，如念我三年夫妻之情，我死之後，望賢妻撫養孤兒。我雖在九泉之下，感恩無盡矣！』言猶在耳，何曾刻忘？今爺有救命之恩，若不相從，是為忘德。背夫不仁，忘恩無義，此不仁不義，天地豈肯覆載我乎？今在恩爺臺前，解下腰帶，自盡船中，使無愧婦德，敢見丈夫於泉下矣！」又抱過那兩周歲娃子，向駱大爺磕了一個頭，道：「妾死之後，望恩爺將此子帶至府中，以犬馬養之，妾夫妻銜結❶相報！」說罷站起，解下繫腰汗巾，正待尋死，駱宏勳急忙上前解救。修氏只當駱大爺真有邪念，前來拉扯，大怒道：「方才叩謝，已算報過大恩！你尚不知止，還要前來相戲！」用手向駱大爺臉上一把，抓了四五個血口。

---

❶ 銜結：即結草銜環。

只聽船外鮑賜安稱讚道：「這才算得一個節婦！」遂開了船門，同任正千走進，見駱宏勳面帶血跡，說道：「得罪，得罪！」又向那修氏道：「駱大爺是個坐懷不亂❷的奇男子，花振芳將女兒登門三求，尚且不允，今日豈有邪念？是我料駱大爺青年俊雅，又兼有恩於你，故試你貞節爾。我同任大爺在外聽得明白，先以禮善求之，後以手惡拒之，以死報夫，那有私情之理！奈我等才疏學淺，不明此理。我今年近六旬，只有小女一人，意欲認你為義女，同到我家過活，將你兒子撫養成人，再立事業。不知你意下如何？」修氏聞得此言，連忙叩謝，在船中拜了四拜，認為義父。鮑賜安分付眾人：「俱以大姑娘呼之。」又分付：「將私娃桶存好，後來遇見那才高學廣、博古通今之士，方能明白此案。」這且不表。

再說鮑賜安分付開船，在路非止一日。那日到了龍潭，鮑賜安同任、駱二位先至莊上，令人抬轎一乘，將修氏母子抬到家中，把前後事情，告訴金花小姐一番。鮑金花見修氏生得聰俊，甚是可愛。且修氏小字素娘，家人、奴婢皆以「素姑娘」呼之。鮑賜安分付將老梅、梅滔俱下在後園地窨之中，每日以稀粥兩餐，與他度命，以待明公審問。

鮑賜安走至大門，問門上人道：「家內可有甚人來否？」門上人稟道：「昨日山東花老爹從早過來，分付小的，等老爹回來，避著任、駱二位道知，說寧波之事已做過了，老爹自然明白。因老爹與任、駱二位爺同來，故未稟知。」鮑賜安想道：「寧波之事既做，這老兒必上揚州，也不過幾日就有信來。生法即叫任正千回山東去才好。」

---

❷坐懷不亂：春秋魯國柳下惠夜宿城門，遇一無家女子，恐其凍傷，而使坐於己懷，以衣裹之，經宿而不及於亂。後形容男子正派，雖與女子同處而無惑亂。

臨晚吃酒之時，鮑賜安道：「本意代任大爺捉姦雪恨，不料兩下嘉興，俱是勞而無功。我料今後嘉興防護更自加緊，一時不可再往，須待兩三月才可前去。」任正千道：「雖未成功，而老先生之意，已待晚生不淺矣。事原不可太急，前蒙花老先生所囑，晚生也要回山東通信，暫為告別。」鮑賜安道：「既是如此說道，我也不敢諄留了。大駕在此不在此，得便我即將姦淫捉來，請大駕至此處治便了。」駱宏勳道：「晚生在府坐擾一月，明日亦要告辭，動身赴浙。」鮑賜安道：「你也要赴浙？只是二位一時都要起身，奈老拙寂寂寞寞。待任大爺先起行之後，稍遲駱大爺再定起行日期罷。」一夜提過不表。

次日清早，任正千告別，起身回山東。鮑賜安留駱大爺再住三兩日，許他赴浙。駱宏勳亦不好諄諄別去，只得又住了兩日。那日晚飯時候，那鮑賜安陪著駱大爺正在用晚飯，門上人進來說道：「啟上老爹，門外來了一人，口稱道是駱大爺家人，名喚駱發，有緊要事要見駱大爺。小的不敢擅自叫他進來，特稟老爹知道。」鮑賜安已明知是花振芳又做了那一件事，故此今駱府差人來通知，遂向駱宏勳問道：「君家府中可有此人否？」駱大爺道：「原有這個小廝。」分付余千：「你出去看來，果是駱發，令他進來見我。」

余千領命，去不多時，同了駱發大哭而進。駱大爺急忙問道：「何事？」駱發走向前來，磕了一個頭，站立一旁，說道：「昨日午時，接得寧波桂太太書信一封，云於二十日之前，半夜之間，來了一伙強盜，並無偷盜財帛，只把小姐殺死，將頭割去。桂老爺見小姐被殺哀慟，過了五日，桂老爺因思小姐，吐血身亡。我家太太聞知，悲痛不已，意欲今早著人來此通知大爺，不料今夜太太所住堂樓以上，急然火起，及救熄火時，太太已焚為炭！徐大爺書信一封。」雙手遞過。

駱宏勳先聞桂府父女相繼而亡，已傷慟難禁。及聽母親被火燒死，大叫一聲：「疼死我也！」向後邊便倒，昏迷不醒。走過余千、駱發，連忙上前扶住呼喚。過了半日，醒轉過來，哭道：「養兒的親娘呀！怎知你被火焚死！養我一場，受了千辛萬苦，臨終之時，未得見面，要我這種不孝之人，有何用處！」哭了又哭。鮑賜安勸道：「駱大爺莫要過哀，還當問老太太骨骸現在何處？徐大爺既有字來，亦當拆看。只是哭了，也是無益！」

駱大爺收淚，又問駱發道：「太太屍首，今現在何處？」駱發道：「火起未有多時，南門徐大爺前來相救，及見太太燒死，說大爺又不在家，恐其火熄之後，有人來，看太太骨炭臥地，不好意思。徐大爺遂買了一個磁罈，將太太骨炭收起。我家堂樓已被燒去，無有住房去放。徐大爺自抱太太骨罈，送至平山堂觀音閣中安放。又不知大爺還在龍潭，還是赴浙去了，意欲回家速速修書，差人通稟。不料平山堂以下，欒家設了一個擂臺，見徐大爺臺邊走過，臺上指名大罵。徐大爺大怒，縱上擂臺，比試半日，未見勝敗。誰知徐大爺一腳空蹬，自跌下來，將右腿跌折，昏迷在地，小的等同他家人拿棕榻抬至家中。徐大爺不能修書，請了旁邊學堂中一個先生，才寫了這封字兒。中飯時，小的在家中起身，故此刻才到。」

駱宏勳將信拆開一看，與駱發所言無二。這駱宏勳就要告別奔喪。鮑賜安道：「老太太靈罈，已有徐大爺安放廟中。大爺今日回府，也是明日做事，明日到家，也是明日做事。今日已晚，過江不是頑的，明日清早起身為是。」駱宏勳雖然奔喪急如火焚，怎奈天晚，難於過江，也無奈何，只得又住一晚。思想母親劬勞❸之恩，不住的哀哀慟哭。

鮑賜安也不回後安睡，在前相陪，解勸道：「駱大爺，你不必過哀。我有一個朋友不久即來，他得異人傳授，炮製得好靈丹妙藥，就是老太太骨炭，桂小姐無頭，點上皆可還陽。若來時，我叫他搭救老太太、桂小姐便了。」駱大爺滿口稱謝。余千在旁道：「他既有起死回生之術，何不連桂老爺一併救活？」鮑賜安道：「他是吐血而死，血氣傷損，怎能搭救？」余千暗道：「砍去頭者豈不傷血？燒成炭豈不損傷血？偏說可救！而吐血死者，屍首又全，反說不能救，我真不解是何道理也。」又不好與他爭辯，只自家狐疑罷了。鮑賜安又對濮天鵬道：「你明日同駱大爺過江走走，親到老太太靈前哭奠一番，謝謝太太之恩。」濮天鵬道：「我正要前去。」

次日天明，鮑賜安分付拿鑰匙開門，將駱大爺包袱行李一一交明，著人搬運上船。駱宏勳謝別，鮑賜安送出大門，駱、濮等赴江邊去了。正走之間，只見後邊一個人如飛跑來，大叫：「濮姑爺，請慢行！老爹有話相商酌。」正是：

懼友傷情說假計，獨悲感懷道真情。

畢竟不知鮑賜安有何話說，且聽下回分解。

❸ 劬勞：勞累；勞苦。典出詩經小雅蓼莪：「哀哀父母，生我劬勞。」劬，音ㄑㄩˊ，勞苦。

第三十五回　鮑家翁婿授秘計

卻說駱宏勳同濮天鵬正行之間，只見後邊一個人飛跑前來：「請濮姑老爺回去，老爹有要緊話相囑。」濮天鵬向駱宏勳道：「大駕先行一步，弟隨後就來。」將手一拱，抽身回莊。進了內莊，鮑賜安見濮天鵬回來，說道：「我有句話告訴你。」遂將花振芳因求親不諧，「欲丟案在駱宏勳身上，謀之於我」的話說了一遍，說道：「我恐駱大爺幼年公子，那裏擔得住？是我叫他將桂小姐、駱太太都盜上山東去，不怕他日後駱大爺不登門相求。今日殺頭火焚者，俱是假的。雖如此，而駱大爺不知其假，母子之情，自然傷痛。我故著你陪去，將此真情對你說知，你只以言語解勸，使他莫要過傷。切不可對駱大爺說出此言，以敗花老爹之謀計也。」又拿銀二十兩，交付與濮天鵬，帶去備辦祭禮。濮天鵬一一領命，又復出門，趕奔江邊，與駱大爺一同上了過江船。駱宏勳問道：「適才老爹相呼，有何分付？」濮天鵬道：「因起身慌速，忘卻辦祭之資，故喚我回去，交銀二十兩與弟帶來。」駱宏勳道：「勞臨大駕，已感情不盡，何必拘乎辦祭禮否？鮑老爹可謂精細周全之人。」

未有下午時候，已至揚州。駱宏勳向余千道：「這太太靈罈安放平山，我們也不回家去了，進南門先到徐大爺家。一者叩謝收骨之恩，二者看問徐大爺腿傷如何，三者將包袱寄在他家，我好上平山堂奔喪。」余千聞命，同駱發二人照應人夫，將包袱擔往徐大爺家。

進城之時，來往行走之人，一見了這余千回來，大家歡喜道：「多胳膊回來了！明日我們早些吃點飯，上平山堂去看打擂臺去。」又一個人道：「他家主母被火燒死，今日回來，豈不料理喪事？那有工夫去打擂臺！」這人道：「你那裏知他的性格？其烈如火！他家主母靈罈，現安放平山堂觀音閣中，自然要隨主人往觀音閣去。設擂臺之處，乃必由之路。一過觀音閣下，他若看見此擂臺，忙裏偷閒，也要上去頑頑！我打算三日不做生意，明日我家表嫂生日，我也不去拜壽，後日再補不遲。」那人說道：「明日是我姨娘家滿月，也不去恭喜了，陪你去看看余老大打擂臺罷！」

不講眾人算計偷工夫看打擂臺，且說余千等押著行李，進了南門，不多一時，來至徐大爺家門首。進門到了內書房，看見徐大爺仰臥在棕榻上。徐松朋一見余千押著許多行李進來，知表弟駱宏勳來了。忙問道：「你大爺現在何處？」余千走向前來請過安，道：「小的同駱發押行李，大爺同濮大爺在後，少刻即到。」徐松朋道：「那個濮大爺？」余千低低說道：「就是向日刺客濮天鵬，乃是鮑賜安之女婿。因感贈金之恩，聞老太太身亡，特來的，前來上祭。」徐松朋道：「既有客來，分付廚下，快備酒席。」又分付挪張大椅子，拿兩條轎杠❶，自己坐在椅上，二人抬至客廳。

正分付間，只見駱大爺同濮大爺已走進來。駱宏勳一見徐松朋，不覺放聲大哭，雙膝叩謝。徐松朋因腿疼不能攙扶，忙令家人扶起，說道：「你我姑表兄弟，應該如此，何謝之有！」濮天鵬道：「在下濮天鵬，久仰大名，未得相會，今特造府進謁。」徐松朋道：「恕我不能行禮，請入坐罷。」濮天鵬道：「不敢，驚動了。」濮天鵬道：「駱大爺請坐。」駱宏勳正在熱孝，不敢高坐，余千早拿了個墊子放在

❶ 轎杠：轎身兩旁的粗木棍，用於抬轎子。

地下。駱宏勳就要奔喪，徐大爺道：「這等服色，怎樣去法？倘若親家知你已到，隨去上祭，如何是好？今日趕起兩件孝衣，明日我同你前去。」駱宏勳聞得此言有理，分付余千速辦白布。徐松朋道：「何必又買？我家現成有白布。」分付家人到後邊，向大娘說將白布拿兩個出來。又差一個人，多叫幾個成衣❷來趕做。拿布的拿布，叫成衣的叫成衣，各自分辦，不必細說。

不多一時，酒席完備。因駱宏勳不便高坐，令人拿了一張短腿滿洲桌子來，大家同桌而食。駱宏勳細問打擂臺之由，徐松朋道：「愚兄將舅母靈罈安放觀音閣，回來正從欒家擂臺前過，聞得臺上朱龍吆喝道：『聽得揚州有三個狠人，駱宏勳、徐松朋並余千，英雄蓋世，萬人莫敵。據我兄弟看來，不過虛名之徒耳。今見那姓徐的，來往自臺邊經過，只抱頭斂尾而行，那裏還敢正眼視我兄弟也！』老表弟，你想，就十分有涵養之人，指名辱罵，可能容納否？我遂上臺比試，不料蹬空，將腿跌傷。回家請了醫生醫治，連日搽的敷藥，十分見效，故雖不能行走，卻坐得起來，也不十分大痛。愚兄細想，欒一萬設此擂臺，必是四方邀之，總知你我是親戚，故指名相激。」

余千在旁，聞了這些言語，氣得眼豎眉直，說道：「爺們在此用飯，待小的到平山堂將他擂臺掃來，代徐大爺出氣！」駱宏勳驚喝道：「胡說！做事那裏這等魯莽，慢慢商酌。」徐松朋道：「此言有理。我前日亦非輸與他，不過蹬空自墜。現今太太喪事要緊，待太太喪事畢後，我的腿傷也好時，再會他不遲。」余千方才氣平。臨晚，徐大爺分付：「多點些蠟燭，叫成衣連夜趕做孝衣兩件，明日就要穿的。」大家飲了幾杯晚酒，書房列鋪，濮天鵬、駱宏勳安歇，徐松朋仍然椅子抬進內堂。

---

❷ 成衣：裁製衣服的匠人。

次日起來，吃過早飯，裁縫送進孝衣。駱宏勳穿了一件，余千穿了一件，白廠衣❸濮天鵬翻個套裏。熱喪不便乘轎坐馬，濮天鵬相陪步行，出西門望平山堂而去。徐松朋實不能步行，他坐了一乘轎子，隨後起身，又著人挑擔祭禮奠盒，辦了兩桌酒席，往平山堂而來。駱宏勳同了濮天鵬步出西門，只見來往之人，一路上不脫，及至平山堂，經過擂臺，那看的人有數千上萬。一見駱宏勳等行來，人人歡喜，個個心樂，道：「來了！來了！」擁擠前來，不能行走。余千大怒，走向前來，喝道：「看擂臺是看擂臺，到底要讓條大路，與人行走！」眾人見他動怒，皆懷恐懼，隨即讓條路。余千在前，濮天鵬、駱宏勳二人隨後，來到了觀音閣。徐大爺早打發人把信，和尚已經伺候。

駱大爺到了老太太靈罈面前，雙膝跪下，兩手抱住靈罈，哭道：「苦命親娘呵，你一生慣做好事，怎麼臨終如此淒慘？怎的叫你孩兒單身獨自，倚靠何人？」余千亦在旁邊跪下，哭道：「老太太呵，出去時節，還憐我小的無父無母之人！」主僕二人跪地，哀哀慟哭。把個陪客濮天鵬也掉下淚來。他雖是個假的，而他主僕卻是真哭。濮天鵬暗想道：「怪不得花振芳與老岳這兩個老孽障都無兒子！好好的人家，叫他二人設謀定計，弄得披麻戴孝，主哭僕嚎。欲將真情說出，恐被俺那個絕子絕孫的老岳知道，又要受他的悶氣！」只得硬著心腸，走向前來勸道：「駱大爺不必過哀，老太太已死不能復生，保重大駕身子要緊。」正勸之間，徐松朋轎子到了，叫人將祭禮奠盒設在靈前，亦勸道：「表弟莫哭，聞得親朋知你回來，都辦香紙來上祭，後邊就到了，速速預備。」

未有片刻，果來了幾位親朋，靈前行祭。駱大爺一旁跪下陪拜。徐松朋早已分付靈旁設了兩桌酒席，

---

❸ 廠衣：斗篷；披風。

凡來上祭之人，俱請在旁款待。共來了有七八位客人。拜過，天已中午。徐松朋道：「別的親友尚未知表弟回來，請入席罷。」

濮天鵬想道：「我來原是上祭，今徐大爺催著上席，世上那有先領席而後上祭之理？還是先行禮方是。但不知是誰家的個死乞婆❹，今日也要我濮天鵬叩頭！」心中有些不忿，欲之不行禮又無此理，心中沉吟不定，進退兩難。不知行禮否，且聽下回分解。

❹ 乞婆：討飯婆，多用作詈詞。

第三十六回　駱府主僕打擂臺

話說濮天鵬行祭禮，又不服氣，欲要不祭，又無此理，只得耐著氣，走向駱太太靈前行禮。駱大爺道：「隔江渡水，濮兄駕到，即此感情之至。怎敢又勞行此大禮？」徐松朋道：「正是呢，遠客不敢過勞，只行常禮罷。」濮天鵬將計就計，說道：「既蒙分付，遵命了。」向上作了三揖，就到那邊行禮坐席去了。

駱宏勳心中暗怒道：「這個匹夫，怎個這樣大法？若不看鮑賜安老爹份上，將他推出席門，連金子也不收他的！」余千發恨道：「我家太太贈你一百二十兩銀子，方成全你夫妻。今日你在我太太靈前哭奠一番，才是道理。就連頭也不磕一個，只作三個揖就罷了？眾客在此，不好意思，臨晚眾客散後，這件事兒，打他兩個巴掌，方泄我心頭之恨！」

這邊坐席，自有別人伺候，余千怒氣沖沖的，走到東廊之內坐下。有一個小和尚捧了一杯茶來，道聲：「余施主請茶。」余千接過吃了，小和尚接過杯子，余千問道：「我家太太靈罈放在你廟中三日，可有人來行祭否？」小和尚道：「未有人來。」余千道：「就是徐大爺一家，也未有別處？」小和尚想了一想道：「就是徐大爺那日送太太回去之後，有一頓飯光景，來了四五個人，都笑嘻嘻的道：『這是駱太太之靈，我們也祭一祭。』並無金銀冥錠、香燭紙錢，就是腿中草紙幾張，燒了燒。」余千道：「那人多大年紀？怎樣穿扎？」小和尚道：「五人之中，年老者有六十年紀，俱是山東人打扮。」佘千道：「燒紙之時，可聽他說些甚麼話來？」小和尚道：「他只說了兩句，道：『能令乞婆充命婦，致使親兒哭假娘。』」

佘千聞了這言語，心中暗想道：「這五個人，必是花振芳姊舅了。拿草紙行祭，又說道『乞婆充命婦，親兒哭假娘』之話，罈內必非太太骨炭。想前日龍潭臨行這時，那鮑賜安說他有一個朋友，可以起死回生，今日濮天鵬行祭之時，又作三個揖而不跪拜，種種可疑，其中必有原故。待我走到那邊，將靈罈推倒，追問濮天鵬便了。」遂走到靈案之前，將靈罈子抬起，往地下一摜，跌得粉碎。

駱大爺一見佘千摜碎母親骨罈，大喝一聲：「該死畜生！了不得！」上前抓住，舉拳照面上就打。徐松朋亦怒道：「好大膽的匹夫！該打，該打！」濮天鵬心下明白，知道佘千識破機關，故把骨罈摜碎。連忙上前架住駱宏勳之手，說道：「駱大爺你見佘千摜罈，如何不怒？但是，莫要屈打佘大叔，我有隱情相告。」駱大爺道：「現將我母親骨罈摜碎，怎說屈打了他？」濮天鵬道：「此非老太太的骨炭，乃是假的！」徐、駱二人驚異道：「怎知是假的？」濮天鵬遂將鮑、花二老所定之計，說了一遍，又道：「特叫小的相陪前來，恐大駕過哀，有傷貴體，令我解勸。如若是真的，我先前祭奠之時，如何只揖而不拜？」徐松朋又問佘千：「你何以知之？」佘千又將小和尚之話，說了一遍。駱宏勳方知母親現在山東，遂改憂為喜。徐松朋亦自安樂，分付家人多燉些美酒，大家暢飲一回。駱大爺更換衣巾，與眾人同飲。大家談論花振芳愛女太過，因婚事不諧，真費了這些手腳。親鄰們席罷，俱告別而回。

徐松朋乃在廟中檢點物件，半日不見佘千。駱宏勳連忙呼之，不應，著人出廟尋找。回來家人回道：

「已上擂臺了！」徐松朋皺眉道：「濮兄同我表弟前去看看余千，或贏或輸，切不可上臺。待回家商議一個現成，再與他賭勝敗。」駱大爺與余千雖分主僕，實在情同骨肉。聞他上了擂臺，早有些提心吊膽。遂同濮天鵬來至擂臺右首站立，只見余千正與朱龍比試。怎見得？有詩歌一個為證：

行者出洞頭一沖，二郎雙鐧要成功。
叱高吒下之勾勢，下撲英雄理雄風。
入水走脫沙和尚，六路擒拿怪魔熊。
兩人曾把沖雲去，個個猶如行雨龍。

比鬥多時，余千使個「雙耳灌風」，朱龍忙用雙手分架。不料余千左腿一起，照朱龍右脅一腳，只聽得「咕咚」一聲，朱龍跌下擂臺，正跌在濮天鵬面前。濮天鵬又就勢一腳，那朱龍雖然英雄，怎當得他二人兩腳？只落了仰臥塵埃，哼哼而已。那臺下眾人看的，齊聲喝彩道：「還是我們余大叔不差！」余千滿腔得意，才待下臺，只見臺內又走出一個人，大喝道：「匹夫休走！待二爺與你見個高下！」余千道：「我就同你頑頑！」二人又丟開了架子。只見：

迎面只一拳，崩對不可停。
進步撩抬打，頸將十字撐。

虎膝伏身重，蜂目快如風。
白鵝雙亮翅，野雞上山登。

比較多時，余千使個「仙人摘桃」，朱虎用了個「兩耳灌風」，這乃是余千之熟著，好不捷快！用手一分，這右腳一起，正踢在朱虎小腹，「噯呀」一聲，又跌下臺來，正跌在駱大爺面前。駱大爺便照大腿上，又是一腳踢去，朱虎喊聲不絕。欒家著人將朱龍、朱虎盡抬回去了。眾人又喝彩道：「還是余大爺替我們揚州人爭光！」

余千在上得意，又道：「還有人否？如還有人，請出來，一併頑頑！」只見臺內又走出一個人，也有一丈身軀，卻骨瘦如柴，面黃無血，就像也害了幾個月的傷寒病才好的光景，不緊不慢的說道：「好的都去了，落我個不濟事的，少不得也要同你頑頑。」

駱大爺暗道：「打敗兩個，已保全臉面，就該下來，他還興氣逞強！」眾目所視之地，又不好叫他下來，只得由他。徐松朋雖在廟中等候，而心卻在擂臺以下，不時著人探信。聞得打敗兩個，說道：「余千已有臉面了！」又聽說余千仍在臺上，戀戀不捨，徐松朋道：「終久弄個沒趣，就罷了。多著幾個人探信，不時與我知道。」

且說余千見朱彪是個癆病鬼的樣子，那裏還放在心上？打算著三五個回合，又用一巴掌，就打下臺去了。誰知那朱彪，生得瘦弱之人，兄弟四個人之中，惟他英雄，自己練就的手腳，被他著一下，則筋斷骨折。余千拳腳來時，他不躲閃，反迎著隔架。比了五六個回合，余千仍照前次用腳來踢，被朱彪用手照余千膝蓋上一斬，余千喊叫一聲，跌在臺上，復又滾下臺來。駱宏勳同濮天鵬、徐府探信之人，連忙向前扶架。那裏按扶得住？可憐余千頭上有黃豆大的汗珠子，二目圓睜，喊叫如雷，在地下滾了有一間房的落地，眾人急忙抬進了觀音閣。

且說欒一萬、華三千二人俱在臺內觀看，只見朱彪已將余千打下擂臺，向朱彪道：「臺底下站的那個方面大耳者，那即是駱宏勳。那旁站大漢，即是向日拐我的寶刀之濮天鵬。何不激他上來比試？」朱彪聽得駱大爺亦在臺下，大叫道：「姓駱的，你家打壞我家兩個人，我尚且不懼。我今打敗了你家一個人，你就不敢上來了？非好漢也！」

駱大爺本欲同濮天鵬回觀音閣看余千之腿，同徐大爺相商一個主意，再來復今日之臉面也。忽聽臺上指名而辱，那裏還能容納得住？遂自將大衣脫下，用帶將腰束了一束。濮天鵬見了駱大爺要上臺的光景，連忙前來勸解。駱大爺大叫一聲：「好匹夫，莫要逞強，待爺會你！」雙腿一縱，早已縱上臺來，與朱彪比試。正是：

英雄被激將臺上，意欲替僕抱不平。

畢竟不知駱大爺同朱彪勝敗如何，且聽下回分解。

第三十七回　憐友傷披星龍潭取妙藥

卻說駱宏勳跳上擂臺來，與朱彪走勢出架。走了有二十個回合，不分勝負，你強我勝，臺下眾看的人，無不喝彩。怎見得二人賭鬥？有西江月為證，詞云：

二雄臺上比試，各欲強勝不輸。你來我架似風呼，誰肯毫絲差處。
我欲代兄復臉，他想替僕雪辱。倘有些兒懈怠空，霎時性命難顧！

二人鬥了多時，朱彪故意丟了一空，駱宏勳一腳踢來，朱彪仍照膝下一斬，駱宏勳大叫一聲，也跌下臺來，亦同余千一樣，在地下滾了一間房子大的地面。濮天鵬同徐松朋家探信之人，連忙抬起，赴觀音閣去。朱彪見濮天鵬亦隨眾人而去，在臺上吆喝道：「姓濮的，何不也上來耍耍！」濮天鵬道：「今日免鬥。」

回到廟中，聽得駱大爺同余千二人喊叫不絕。天已下午，徐松朋道：「在此諸事不便。」借了和尚兩扇門，雇了八個夫子，將他主僕二人抬起。原來自擯鐔之後，徐松朋早已令人回家，備馬前來，以作回城騎坐。濮天鵬騎了一匹馬，徐松朋仍坐轎，從西門進城。

來至徐松朋家，分付速備薑湯，並調山羊血，與他主僕二人吃下，盡皆吐出。徐松朋道：「參湯可以止疼，速煎參湯拿來！」吃下去亦皆吐出。駱宏勳主僕二人，疼的面似金紙，二目緊閉，口中只說：「沒有命了！」徐松朋又叫人脫他的靴子，腿已發腫，那裏還能脫得下來？徐松朋分付拿小刀子，劃開靴襪一看，二人皆是傷在右腿膝蓋以上，有半寸闊的一路傷痕，其色青黑，就像半個鐵圈砍在腿上一般。徐松朋又著人去請方醫科來，方先生來到一看，道：「此乃鐵器所傷。」遂抓了兩劑止疼藥，煎好服下，仍然吐出。二人只是喊叫難熬。徐松朋看見如此光景，湯水不入，性命難保，想起表兄弟情分，一陣傷心，不由的落下淚來。

濮天鵬見駱宏勳主僕不能復活，心中甚為不忍，怨恨老岳道：「都是這老東西所害，弄得這般光景！若無假母之喪，駱家主僕今日也不得回揚，那有此禍？」遂向徐松朋道：「家岳尚有極好跌打損傷之藥，且是敷藥，待我速回龍潭取來，並叫老岳前來復打擂臺。我知他素日英雄，今雖老邁，諒想朱彪這廝，必不能居他之上。」徐松朋道：「如此甚好，但太陽已落，只好明早勞駕前去。」濮天鵬道：「大爺！救人如救火，駱大爺主僕，性命只在呼吸之間，我等豈忍坐視？在下就要告別。」徐大爺道：「龍潭在江南，夜間那有擺江船隻在？」濮天鵬道：「放心，放心！容易，容易！即無船隻，在下頗識水性，可以浮水而過。」徐松朋道：「濮兄交友之義，千古罕有。」分付速擺酒飯，待濮天鵬用過起行。濮天鵬道：「在下是八十年之餓鬼，即龍肝鳳心、玉液金波❶，也難下咽矣。」說罷，將手一拱，道聲：「請了！」邁步出門，奔走到江邊。

---

❶ 玉液金波：喻美酒。金波，酒名。

瓜州划子天晚盡皆收纜，那裏還有船行？濮天鵬恐呼喚船隻，耽擱工夫，邁開虎步，自旱路奔行。心急馬行遲，日落之時，在徐府起身，至起更時節，就到了江邊，心中還嫌走得遲慢，在江邊大聲喊叫：「此處可有龍潭船隻麼？」連問兩聲。臨晚，船家見沒有生意，盡脫衣而睡。聽得岸上有人喊叫，遂問道：「是濮姑爺麼？」濮天鵬應道：「是我。」遂即跳下了船。船家尚未穿齊衣服，濮天鵬自家拔錨，解脫了纜，口中道：「快快開船！」船家見姑爺如此慌速，必有緊急公務，不敢問他，只得用篙撐開船。幸喜微微東北風來，有頓飯時候，已過長江。濮天鵬分付道：「船停在此等候，少刻還要過江哩。」遂登岸，如飛的奔莊去了。

來到護莊橋，橋板已經抽去。濮天鵬雙足一縱，躥過橋，到了北門首，連叩幾掌，裏邊問道：「是那個敲門？」濮天鵬道：「是我。」門上人聽得是姑爺聲音，連忙起來開了大門。濮天鵬一溜煙的往後去了。門上人暗笑道：「昨日才出門的，就像幾年未見婆娘的樣子，就這等急法！」仍又將門關上。

且說濮天鵬往後走著，心內想道：「此刻直入老岳之房，要藥是有的，若叫他去復打擂臺，必不能。這事須先到自己房中，與妻子商議商議，叫他同去走走。這老兒有些溺愛女兒，叫他幫著些才妥。」算計已定，來至自己房門，用手打門。鮑金花雖已睡了，卻未睡著，聽得叫門，忙問道：「是誰？」濮天鵬道：「是我。」鮑金花聽得丈夫回來，忙忙喚醒了丫鬟，開了房門，取火點起燈來。鮑金花一見丈夫面帶憂容，忙問道：「你同駱宏勳上揚州，怎麼半夜三更，隔江渡水而回？」濮天鵬坐在床邊上，長嘆一聲，不由的眼中流淚。

鮑金花見丈夫落淚，心中驚異，連忙披衣而起，問道：「你因何傷悲至此？」濮天鵬道：「我倒無有甚事，只是你才提起『駱宏勳』三字，我想他主僕去時，皆雄赳赳的漢子，此刻湯水不入，命係風燭，好傷悲也！」鮑金花問其所以，濮天鵬將他主僕打擂受傷，湯水不下，喊叫不絕，命在垂危之事說了，又道：「我念他向日贈金，你我夫妻方得團圓，此恩未報，特的前來取藥。又許他代請你家老爹赴揚州擂臺，爭復臉面。我要自請老爹，老爹必不肯去，故先來同你商議。你速起來，去見老爹，幫助一二。」金花道：「你來取藥罷了，又因何許他請老爹上揚州？你吃過飯否？」濮天鵬道：「余、駱二人要死不活，那有心腸吃飯？徐松朋卻備了酒席，是我辭了，急忙回來。」金花道：「癡子！只顧別人，自家就不惜了麼？餓出病來，那個顧得你！桌上茶桶內有暖茶，果盒內現有茶食，還不連忙吃點，再辦飯你吃。」濮天鵬道：「救人如救火，你快點起來，我自己吃罷。」鮑金花也念駱宏勳贈金之恩，遂穿衣而起。濮天鵬些須吃了八塊茶食，同著妻子到鮑老房內來。

濮天鵬執燈在前，鮑金花相隨於後。走到房門，連叩幾下，鮑賜安問道：「是那個？」濮天鵬道：「是我。」鮑賜安道：「濮天鵬回來了麼？」濮天鵬道：「方才回來。」鮑金花道：「爹爹開門。」鮑賜安道：「女兒還未睡麼？」金花道：「睡了，才起來的。」鮑賜安遂起身開了門。濮天鵬將拿來的燭臺放在桌上，鮑賜安問道：「甚麼緊急事情，半夜三更回來？」濮天鵬將余千識破機關，攢碎靈罈；上擂臺打敗朱龍、朱虎二人，又同癆病鬼朱彪比試，被他將右腿膝蓋下打了一下，跌下擂臺；又指名辱激駱宏勳，駱宏勳忿怒上臺，亦被他照右腿膝下打了一下，其色青黑，滴水不入，看看待死，說了一遍。又道：「聞得我家有極效損傷藥，煩我回來取討。徐松朋叫我轉致老爹，說駱宏勳與老爹莫逆之交，欲請老爹到揚州，替駱大爺復個臉面。」

鮑賜安冷笑道：「煩你回來取藥，這個或者有過。我素聞徐松朋乃文武兼全之人，怎好對你說『到家將令岳請來，代打擂臺復勝』？是你見朱彪將駱宏勳主僕打壞，心中不忿，在徐松朋面前，說你回來取藥，並叫我赴揚州打擂臺。你想，駱家主僕皆當世之英雄，尚且輸與他，似我這等年老血衰，如何鬥得過他？我與你何仇何隙，想將我這付老骨頭送葬揚州？萬萬不能！快些出去！要藥，拿些去，叫我上揚州，休提！讓我睡覺。」

濮天鵬雖係翁婿，其實若父子，又被其岳說著至病，一言不強辯。聞得催他出門，讓他睡覺，真個低著頭，灰心喪氣，向外就走，真走得門外。鮑金花同丈夫來至房內，見父親責備丈夫，丈夫一言不敢強辯，心中早有三分不快。又聞丈夫被催趕出門，丈夫真個低著頭望外行走。心中大怒，一把將丈夫後衣抓住，往裏一扯。不知有甚麼正經話說，且聽下回分解。

第三十八回　受女激戴月維揚復擂臺

話說鮑金花見丈夫被說出來，心中大怒，將丈夫後領一把抓住，往裏一拉，抱怨道：「我說不來的好，你要來，惹得黃瓜、茄子說了一大篇。駱宏勳是你家的親兄、從弟、姑舅、兩姨麼？人家好好的赴寧波完姻，偏要留住人家。設謀定計，甚麼親娘假母，哄得人家回去奔喪，弄得不死不活，受罪哩！倘若死了，到閻羅王面前，你也不是局內人，還怕他攀你不成！何苦受這些沒趣？明日連藥也不必送，各人吃了各人的飯，管他則甚！弄出夾腦❶、傷寒來，值多少哩！」鮑金花裏打外敲，抱怨丈夫。

鮑賜安道：「我又得罪姑老爺了，惹得姑奶奶動氣，怕姑老爺惱出傷寒病來，值我罪小的？我老頭兒狗命，連分文不值。我想，既得罪姑奶奶，家中又是難過，拚著這條老命，上揚州走走罷了。等我到揚州，被朱彪打下擂臺跌死之後，姑奶奶我與你父女一場，弄口棺材收收屍，莫用板暴露，惹人笑話！方才聽姑老爺說，救人如救火，連夜趕去才好。只是夜間那裏有船隻過江？」濮天鵬道：「我已分付下一隻船在江邊等候了。」鮑賜安嘆道：「你看，夫妻兩個做就圈套，拿穩叫我老頭兒去的，不然，船都預備現成？」

鮑金花連忙代老爹取拿應用物件，濮天鵬連忙代老爹打起行李，並多包些損傷藥。收拾齊備，鮑賜

❶ 夾腦：呆子；瘋癲。

安將聽差之人點了二十名，跟隨前去。分付道：「待我上擂臺之時，你們分列在擂臺兩邊，倘朱彪打我下臺，你們接我一接，莫要跌壞了膊腿，老年弄個殘疾！」眾人笑道：「據老爹之英勇，斷不至此！」鮑賜安道：「聖人說得好，人無遠慮，必有近憂！」又把濮天雕請來，囑咐道：「我上揚州，多則五日，少則三日，即回家中。小事你同嫂嫂自主，倘有大事，差人去通報我知道。」濮天雕領命。諸事分派已畢，點起兩個大燈籠，同濮天鵬並二十個聽差之人，直奔江邊而來。

來至江邊，上了先來之船上。船家見老爹過江，那個還敢怠慢？起錨的起錨，扳棹的扳棹，將船撐開。總是駱宏勳主僕災星該退，濮天鵬來時是東北風，此刻又轉了西南風，往返皆是順風，江中無甚耽擱。到了江北岸，船家見到河邊灣的瓜州划子，都是認得。遂叫了四隻船，許他幾錢銀子，每船四個抬夫，老爹二十二個人分坐四船，奔到揚州而來。

五更三點，已至揚州南門。看城門未開，遂將船腳稱付船家。在船上停坐了片時，聽得城裏發擂放炮，開放城門，鮑賜安等開門而進。濮天鵬認得路，走在前引路。來到徐府門首，用手敲門。徐松朋家因駱宏勳主僕病危，眾人一夜俱皆未睡，聽得有人拍門，連忙相問。濮天鵬道：「是我，龍潭取藥回來了。」家人急報徐大爺，徐大爺大喜道：「這才算做個患難扶持之友！」忙發鑰匙，將大門開了。濮天鵬一眾人等走進來，徐松朋見了二十多人之中有一年老者，有一丈二尺身軀，諒必是鮑賜安了。連忙說道：「恕我腿疼，不能起迎。」鮑賜安慌忙走進，說道：「不敢，不敢！不知大駕受傷。前日即欲同駱大爺前來看望，奈舍下俗事匆匆，不能脫身，故著小婿前來候安。昨晚又聞駱大爺主僕受傷甚重，舍下有配製之藥，每每見效，今特送藥前來，並候貴體。」徐松朋道：「賜藥足矣，又勞大駕披星戴月而來，使愚表兄弟何以克當！」彼此說了幾句套話。

鮑賜安聽得那邊兩隻棕榻上哼聲不絕，問道：「此即駱大爺臥榻麼？」徐松朋道：「正是。」鮑賜安走近床邊，將駱宏勳一看，只見他二目緊閉，面似金紙，連叫幾聲，駱宏勳只哼不應。轉臉又見余千亦然。鮑賜安道：「快拿麻油來。」親自將藥包打開，將藥調敷，掀開二人之被，敷於傷處，仍又將被蓋好，令他出汗方好。仍與徐松朋說道：「此藥屢次見效，輕者至頓飯光景，即可痊愈。駱大爺主僕受傷過重，大約早飯時節，包管止痛，就可起來，中飯時節，復自如初，與好人一般。徐大爺連日傷痕何如？」

徐松朋道：「疼也不大疼了，起也起得來，就是不敢行走。」鮑賜安道：「有藥在此，何不也敷上些？亦請安睡安睡，出一身汗就好了。」徐松朋道：「賢翁婿在此，無人相陪，待舍表弟傷好之後，我再敷藥罷。」鮑賜安道：「若拘此禮，又非相好了。但願諸位傷痕速好，好商議復打擂臺。大駕只管敷藥去睡！有酒有肴，勞駕拿來，我們自家會吃會飲，何必要你陪客？」徐松朋見鮑賜安說話爽快，甚是歡喜，道：「既蒙原諒，遵命，遵命。」分付再拿一張棕榻鋪設於此，又分付預備上一席、下四席，共五桌酒席。諸件分付已畢，自家才敷藥上床而睡。鮑賜安翁婿一席，帶來的二十位英雄在對廳四桌自飲。

未有半個時辰，徐松朋已醒，覺得腿上毫不疼痛，起身行走如舊，極口稱讚道：「鮑老爹此藥真仙方也！」駱宏勳、余千正在睡熟，耳邊猛聽得徐松朋口中呼叫「鮑老爹」稱謝，掀起被來，坐於床上，睜眼一看，正是徐松朋同鮑賜安翁婿一席談心。徐、鮑、濮三人見他主僕坐起，連忙走近身邊相問。駱宏勳道：「鮑老爹幾時至此？」徐松朋將濮天鵬夜回龍潭取藥，並請鮑老爹戴月披星而來，醫治我等傷痕之事說了，又道：「我已行走如初，因你二人傷重，是以不能行走。」駱宏勳謝道：「晚生何德？致使老爹爹黉夜奔忙，何啻重生父母！」余千亦謝道：「待小的起來與老爹爹磕幾個頭罷！」鮑賜安道：「疾疾扶持，朋友之道，何謝之有！」余千道：「小的腿已不疼了，待小的走到平山堂，與那癆病鬼拚個死活。」駱宏勳抱怨道：「你這冤家，還不知戒！只因你性急魯莽，弄得我主僕之命，在於旦夕。若非濮兄見愛，鮑老爹相憐，此刻命歸陰世矣！」

鮑賜安道：「余大叔，你莫性急，豈肯白白罷了？大家商議一個主意。我既到此，拚著一個老命，也少不得要會他一會。我料他擂臺上今日必無人了。欒家設此擂臺，原是為四望亭之恨，今既將賢主僕打傷，又知徐大爺前已跌壞，料無人與他比較了。我們即便復臉，也不是暗暗前去，必須曉諭眾人得知，使臺下多人觀看觀看才好哩。明日是要去的。再停一停，等余大叔起來，奔教場轅門口，轉到鈔關便了。一路遊玩，再從欒家門前經過，使眾人知道你的腿好，必要復打擂臺，明日好來觀看。」徐松朋深服其言，令人拿點湯水點心，放他主僕床上食用。二人食了些須，仍然安息。

這邊桌上已擺早茶，徐松朋相陪他翁婿二人。徐松朋道：「請問老爹，舍表弟主僕到底是何傷？」鮑賜安道：「此非器械所傷，乃手傷也。用缸桶盛鐵沙三斗，幼年間以手向沙內播操，久則成功。人遭一下，筋痳骨酥，此打名為『沙手』。」徐松朋問道：「老爹幼亦曾練過否？」鮑賜安道：「練是練過，今已年邁，但不知還服用不服用？」

飯畢之後，天已正午，余千早已起身，穿了鞋襪，向鮑賜安謝過。說道：「小的要遊玩去了。」鮑賜安道：「方才醫好之腿，當要小心行走要緊！」余千答道：「曉得。」說罷，出門去了。

且說朱彪將駱家主僕打下臺來，欒一萬甚是歡喜，知駱家並無他人，同了朱彪、朱龍、朱豹、華三千等亦回家，請醫調治朱龍、朱虎之傷，分付盛筵與朱彪賀功。朱彪甚為得意，說道：「非在下誇口，駱家主僕今受我一斬，少則三個月，多則半年，方能行動。」欒一萬道：「我所恨者，是這兩個匹夫。今被打傷，已出我心之氣。明日也不必上臺去了，大家在家，看醫治兩兄之傷，並喚名班做戲，賀三壯士之功。」華三千道：「大爺且莫得意，駱家主僕從不受人之氣，豈肯白白受我們之辱麼？他們相認英雄甚多，自然勾兵取救，幾日內還要復臉的。」朱彪道：「那怕他勾那三頭六臂之人來，我何懼乎！」欒一萬聞他言語強壯，甚是相敬。

及至次日中飯以後，門上人來稟道：「小的方才見余千雄赳赳的過去，怒狠狠的向我家望了幾眼。」欒一萬道：「胡說！昨日打下臺去，疼痛難禁，在地下滾了間把房子地面，親見眾人抬去，如何今日就好了？」朱彪道：「莫非今夜疼死了，來此顯魂？」門上人道：「青天白日，滿街人行走，鬼就敢出來了？他方才過去，大爺與三壯士如有不信，何不請出去，等他回來看一看。」欒一萬道：「也說得有理。」遂同朱彪兄弟們走到大門，未出屏門❷，余千行走轉來，眾人一看，正是余千，行走如舊。欒一萬冷笑道：「昨日三壯士說，少則三月，多則半年，方能行走。今一夜即愈，是多則半日，少則三時了。」朱彪滿面發赤，恨道：「明日再上擂臺，必要送他殘生！」

不講朱彪發恨，且說余千晚間回來，鮑賜安問道：「都走到了麼？」余千道：「都走過了。欒家門口，我走了兩三個來往。」眾人大喜道：「擺宴！」大家用過，各自安歇。

❷屏門：這裡似指由四扇或更多可開啟的門組成的屏壁，位於大門與正院之間，有屏風的作用。

次日眾人起身，梳洗已畢，吃了點心，稍停，又擺早飯。吃飯之後，鮑賜安令人到街坊探望探望，可有往平山堂看打擂臺之人。去人回來稟道：「上平山去者，滔滔不絕。」鮑賜安道：「我們也該去了。」徐松朋備了四騎牲口，鮑老翁婿，徐、駱弟兄四個騎坐，那二十個英雄、余千一眾相隨。大家仍出西門，直奔平山堂而來。離平山尚有一里之遙，鮑賜安抬頭一看，見東南大路上來了兩騎牲口，上邊坐著一男一女。鮑賜安仔細一看，大叫一聲：「不好了！」正是：

知女平素好逞勝，驚父今朝喊叫聲。

畢竟不知鮑賜安所見何人、大驚甚故，且聽下回分解。

第三十九回　父女擂臺雙取勝

卻說鮑賜安同徐、駱、濮三人行到平山堂不遠，抬頭見東南大路上來了兩騎牲口，一男一女，不是別人，正是女兒金花同了濮天雕。鮑賜安暗想道：「我的女兒是個最好勝的人，他今到此，我若勝了朱彪，則無甚說。倘若輸時，他怎肯服氣？必定也要上臺。他是女兒家，倘有差池，豈不見笑於大方？」所以大叫一聲：「不好了！女兒同濮天雕都來，家中何人照應？」濮天雕未曾回言，濮天鵬早已看見，心中怨道：「你來做甚？」徐松朋、駱宏勳齊說道：「姑娘來揚走走甚是，老爹何必抱怨？」說說行行，兩邊馬匹俱到總路口，各各跳下牲口。徐松朋與駱宏勳上前見禮，又與濮天雕見過。徐松朋道：「請姑娘到舍下去罷。」鮑金花道：「我今特來觀看擂臺，俟看過之後，再造府謁見大娘罷。」濮天鵬抱怨濮天雕道：「你今真不該同他前來。」濮天雕道：「嫂嫂要來，我怎攔得他住？」鮑賜安道：「既來了，說也無益。」低低又向濮天雕道：「我將嫂嫂交與你，他有些好勝，千萬莫叫他動手動腳。」濮天雕答應。

到了擂臺，徐家的家人將牲口俱送觀音閣寄下，跟老爹來的二十個英雄，遵老爹之命，分列兩旁站立。濮天雕同嫂嫂站立擂臺之右，徐、駱因有男女之宜，同鮑賜安俱在擂臺之左。濮天鵬本欲與妻、弟站立一處，恐徐、駱暗地取笑，也隨在左邊站下。

只見朱彪在臺上說道：「打不死的匹夫，並大膽的英雄，再上來陪咱頑頑！」鮑賜安腳尖一點，早上了擂臺，慢慢的說道：「只是我年老了，拳棒多時不頑，恐不記得套數，手腳直來直去。壯士讓我三分老，我就陪你胡亂頑頑。」朱彪將鮑賜安上下一看，身長腰大，甚是魁偉，約有六十來歲。答道：「既上臺來，自然武藝精奇，何必過謙！」鮑賜安道：「我今日與你商議明白，我想白打沒有甚麼趣味，必須賭個東道，方得有精神。」朱彪道：「要賭個甚麼東道？」鮑賜安道：「也不可大賭，賭五百兩銀子罷。」朱彪聽說五百銀子，就不敢應承，口中只得打發。欒一萬在臺內早已聽見，若不應承，令下邊人取笑，裏邊應道：「就賭五百兩銀罷了。」隨捧出十大封來，放在桌上。

鮑賜安在當中取了二封，看了一看，卻是足紋。說道：「我自路過，未帶得這些銀子，拿件東西質當，晚間不贖，就算抵值東道。」朱彪道：「你是何物質當？」鮑賜安將頭上帶的頂氊帽取下，道：「就是他質當，如何？」朱彪發笑道：「還是真頑，還是取笑？」鮑賜安道：「誰與你取笑？誰不真頑？」朱彪正色道：「既不取笑，你那個氊帽能值幾何？就當五百兩銀子麼？」鮑賜安將帽前釘的那顆珍珠指道：「他也不值五百銀子麼？」朱彪不識真假，還在那裏講究。臺內欒一萬早已望見，那顆珍珠有蓮子大的，光明奪目，論時價真值足紋千金，今當五百，有何不可！遂著人出臺道：「三壯士，就是那帽子，當五百多兩！」

銀子、帽子，俱擱在一張琴桌之上。講究自了，鮑賜安方才解卸大衣，緊束腰帶。二人丟開架子，在上比武。朱彪欺他年老，意欲三五步搶上，就要打發他下臺。正懷這個主意，朱彪一拳緊一拳，鮑賜安只是招架而不還，口中唧唧噥噥的道：「先說過讓我個『老』，動了手，就不是那話了！五百銀子，眼看著是輸了。」

徐、駱二人並余千在下低低說道：「你看鮑老爹只有招架攔擋，莫不真要敗輸？」濮天鵬道：「諸公不知，家岳慣用誘敵之法，待朱彪力乏之時，才待他動手腳哩！」真個未有一個時辰，朱彪使了睹氣力，絲毫未傷鮑老爹，拳勢漸漸鬆下來了。鮑賜安見朱彪些須力盡光景，遂抖擻精神，使起拳勢。朱彪力盡，那裏還招架得住？鮑賜安迎面一個沖手，朱彪用手一架，誰知鮑賜安沖手是假，引朱彪來架時，他即將身一伏，用手撞入朱彪襠中，兩邊一擠，朱彪「噯呀」一聲，跌下臺去。可憐朱彪，在地下滾了有兩間房子大的地面。鮑賜安道：「也抵得過前日滾的地面了。」方走到琴桌邊，將氊帽戴上，又將衣服並十封銀子抱起，跳下臺來。

徐、駱二人迎上，稱讚道：「恭喜，恭喜！」鮑賜安道：「託庇，託庇！僥倖，僥倖！」徐松朋令人將銀子接過，才待要穿大衣，又聽得臺上有人喊叫道：「那老兒莫要穿衣，待四爺與你頑頑輸贏！」鮑賜安聽得有人喊叫，向臺上一望，見一人有一丈三尺餘長的身軀，體闊腰圓，豹頭環眼，就像一個肉寶塔。鮑賜安道：「我就與你頑頑，再贏你五百兩，一總好買東西吃。」大衣交與自家人收了，正要復上擂臺，只見女兒金花已躥上臺去了。鮑賜安道：「不好了！我原怕他好勝，今已上去，如何是好？」抱怨濮天雕道：「我將嫂嫂交給與你，你怎還讓他上去？」濮天雕道：「嫂嫂並無言語，一躥即上，如何攔住他？」

不說鮑賜安抱怨濮天雕，且說鮑金花站立在臺上，啟朱唇，露銀牙，嬌聲嫩語，喝罵道：「夯物❶！

❶ 夯物：蠢人；笨貨。夯，音ㄅㄣˋ，同「笨」。

肉貨！怎敢欺吾老父？待姑娘與你比較個輸贏！」朱豹聽他稱著「老父」，一定是他女兒。心中想道：「我今不打他下臺，只在臺上弄倒他，雖不能怎樣，豈不把他父親羞他一場？強於打他十倍。」算計已定，說道：「你乃女流之輩，若打下臺去，跌散衣衫，豈不羞死！早早下去，還是你那該死的父親上來見個高低。」鮑金花道：「休得胡言，看我擒你！」二人動手比試。

金花乃眾名師所授之技，拳拳入妙，勢勢精嚴。朱豹且身大粗夯，金花十拳就得他八拳。怎奈金花乃嬌弱女子，身小力薄，拳頭打在朱豹身上，就如蚊蟲叮了一口，如何打得開？越打越朝前進，鮑姑娘反朝後退。鮑賜安見光景不好，叫道：「女兒下來罷！還是我上去。」鮑金花乃好勝之人，眾目所觀之地，怎肯白白下來？直見朱豹漸漸擠在西北角以上，身後只落得一二尺地面。濮天鵬雖然說不出來，心中卻捏著兩把汗。鮑賜安躁得頭上汗珠亂滾。

且說鮑金花見自家身後無餘地，少時難站，前有朱豹，心中甚為焦躁，若不與他強擋，必被他擠下臺去。將身一伏，假作跌倒之勢，朱豹認以為真，彎腰用手來按，不料金花就地一躥，意欲從他身上躥過。鮑金花在家內就打算來打擂臺的，腳下穿了一雙鐵跟鐵尖之鞋。卻好朱豹按空，從頭上過去，鮑金花縱起，他亦站起身來攔截，鮑金花兩隻鞋尖，正正踢在朱豹兩眼之內，鐵尖將眼珠勾出來了。朱豹疼痛難禁，心中昏亂，向前便倒，跌下臺來。鮑金花金蓮一縱，也隨下臺來，意欲再踢他兩腳。鮑賜安連忙禁止道：「何必趕盡殺絕！」鮑金花方才止住。兩旁之人，個個伸舌，稱讚道：「真女中之英雄也！」

欒一萬共請了四個壯士，兩次打壞了二雙，好不灰心喪氣！金銀花費多少，羞辱未消絲毫，還要代他醫治傷痕。分付家人將朱彪、朱豹抬回家去。徐松朋滿腔得意，分付家人將牲口牽來，留濮天雕、鮑金花一同進城。余千滿面光輝，陪著那二十位英雄步行回家。正是：

鞭敲金鐙響，人唱凱歌回。

來至門首，徐大娘將金花留進後堂款待，徐、駱前廳相陪。這且不表。

且說那欒一萬回至家中，聽得朱氏弟兄不是這個哼，就是那個喊，哼聲不絕，心中好不氣悶。向華三千說道：「速速叫人將擂臺拆來，大材大料搬回家來，小件東西，布施平山堂那個廟裏罷。」華三千答道：「不拆留他何用！」朱龍、朱虎前日受傷，雖然還疼痛，到底還好些。耳中聽得欒一萬同華三千打算去拆擂臺，朱龍說道：「勝敗乃兵家之常事，欒大爺何灰心如此？」欒一萬道：「賢昆仲俱已受傷，一時怎能行動？我欲拆了擂臺。」朱龍道：「駱家主僕前日也曾受傷來，怎又請人復擂？難道我弟兄就無處請人麼？」

欒一萬道：「但願你賢昆仲們有處勾兵，前來復此擂臺，以雪我們弟兄之恥。但不知你欲請何人至此？亦不知此所請之人，今現住居於何處？」欒一萬他心中受此羞悶，恨不得即時有人前來復此擂臺之恨，聽得朱龍、朱虎所言，故爾急忙動問。正是：

欲思報復前仇恨，故特追尋請甚人。

只見那朱龍不慌不忙，說出這個人來。不知後事如何，且聽下回分解。

第四十回　師徒下山抱不平

話說欒一萬問朱龍所請何人，朱龍道：「我欲請者，乃吾師也。姓雷，名勝遠，他在峨眉山出家。」欒一萬冷笑道：「峨眉山在四川地方，離此有幾千里路途，往還要得半年工夫！」朱龍道：「目下卻不在峨眉山，現在南京靈隱寺❶內做方丈。大爺備上禮物四色，愚弟兄寫一封書，懇求大爺差兩個能幹之人，連夜趕到南京。吾師若見愚兄弟之書，自然前來，不過五六日光景。吾師一到，必然可出大爺之氣，並復愚兄弟之臉。」欒一萬因此擂臺已花費了無數銀子，發恨道：「再用一萬銀子罷了！」說道：「壯士作速修書。」又分付備了四色禮物，都是出家人所用之物。朱龍煩華三千代筆，朱龍說一句，華三千寫一句，亦不過是連激帶哀之詞。不多一時，書禮俱已辦齊。

欒一萬道：「我方才見那打擂之男女，皆非揚州人氏，倘得雷道長請來，這老兒動身回去，豈不徒勞乎？」即向華三千道：「老華，你先到徐家通個信，使他莫要回去才好。」華三千本不敢去，今奉東家之命，暗想道：「養軍千日，用在一時，怎好推辭？若去呢，別人猶可，就是余千這廝，有些難見。倘若見面，就吃他一個下馬威，莫說一拳一腳，即一彈指，我就吃飯不甜！」又不好推辭，只得勉強應

❶ 南京靈隱寺：靈隱寺，又名雲林寺，始建於東晉咸和元年（西元三二六年），地處浙江杭州西湖以西。此稱「南京」，地理錯訛。

道：「使得，使得。」遂穿了衣服，往徐家而去。

來至徐府門首，向門上人說道：「煩大叔通稟一聲，就說欒府門客華三千求見。」門上人聽說，只得進內通報。徐大爺正陪著眾人飲酒，忽見門上人進內，問道：「有何事情？」門上人稟道：「欒家門客華三千特來求見。」徐大爺眉頭一皺，說道：「他來何事？」余千在旁侍立，聽得華三千在外，說道：「這個孽障！專會搬弄是非，他來必無好事。爺們不必叫他進來，待小的走出去，兩個巴掌，打他回去！」鮑賜安道：「兩國相爭，不斬來使。他既來，必有話說。且叫進來，看他說些甚麼。」徐松朋道：「有理，有理。」分付門上叫他進來，門上人領命出去。駱宏勳恐余千粗魯，囑咐道：「人來我家，雖非好人，亦不可得罪。你且出去，不必在此，亦不可在外多事。」余千見主人如此分付，只得出去，站在二門，怒形於色。

門上人復領華三千進來，行至二門，見余千那個神情，華三千早已戰戰兢兢。行至跟前，拱手陪笑道：「余賢叔在此麼？」余千也不相還，大聲道：「我今日不耐煩說話！」華三千滿臉陪笑，走過去了。

進得客廳，見三人共桌而食。濮天鵬因向日在欒家會過，少不得同徐松朋微欠其身，道聲：「你來了麼？請坐。」華三千意欲上前行禮，徐大爺道：「不消了。華兄日伴貴客、出入豪門，今至寒門，有何見教？」華三千道：「敝東著門下造大爺貴府，有一句話奉稟，今日擂臺上，令友老先生父女武藝超群，令人愛慕，但恨相見之晚。本欲請駕過去一談，諒令友同大爺必不肯下降。今雖打傷朱氏弟兄，掃了敝東擂臺，不惟不怨，而反起敬重之心。敝東還有一個朋友，頗通武藝，五七日間即到，意欲還要討教令友，又恐令友回府。特令門下前來請問，不知令友可能容留幾日否？」

徐松朋聞得此言，甚為煩難，暗想道：「若不應允，他必取笑我有懼怕之心。若應之，又恐鮑賜安道今日代我們復臉，已盡朋友之道，難道只管在此，替我們保護不成？」口中只是含糊答應，不能決定。鮑賜安早已會意，遂說道：「我已知其意也。令東見今日掃了他的擂臺，心中不服，又要請高明，要得幾日工夫。猶恐請了人來，那時恐我回去，故先使你來絆住我，然後才去請人。那怕是臨潼鬥寶伍子胥❷，東洋鬧海李哪吒❸，拚著老性命，也要陪他頑頑。這也不妨，但我只許你十日工夫，十日內請了人來便罷，若十日之外，我即起行，那時莫說我躲而避之！」華三千道：「如此說，我就回復敝東便了。」徐松朋道：「我不送。你回去，就將此話回復令東。」

華三千起身出來，看見余千還在那二門站立。華三千多遠的笑嘻嘻的叫道：「余大叔，因何不裏邊坐坐？只管在此，豈不站壞了？」余千道：「各人喜好不同，與你何干？我先就對你說過，我不耐煩說話，你苦苦纏我怎的！」華三千連聲道：「是！」走過去了，暗念一聲：「阿彌陀佛，闖過鬼門關了！」方才放開膽，大步走出徐家之門回家。

欒一萬正在廳上候信，一見華三千進來，問道：「事體可曾說明？」華三千捏造一片虛詞，做作自家身份，答道：「門下一到徐家門首，徐松朋聞得我到，同駱宏勳連忙迎出大門，揖讓而進，余千捧盤獻茶。門下將大爺之言說過，那老兒亦在其坐，當面說明，他在此等候十日，若十日外，他就回家去了。

❷ 臨潼鬥寶伍子胥：春秋時秦穆公邀請十七國諸侯至臨潼赴會，各出傳國之寶比鬥，贏者為王，輸者為臣，楚國伍子胥舉鼎示威，制服秦穆公。元雜劇、明清傳奇、京劇等，均有此劇目。

❸ 東洋鬧海李哪吒：故事詳見封神演義第十二至十四回。

門下料南京往返，十日工夫綽綽有餘，遂與定期。大爺可速速著人赴南京要緊！」欒一萬遂差欒勤、欒幹兩個家人，將書札禮物下船動身。按下不言。

且說鮑賜安在徐府用過晚飯，意欲叫女兒連夜回家，徐大爺那裏肯放？說道：「姑娘今日至揚，明日叫賤內相陪，瓊花觀、天寧寺各處遊玩兩天，再回府不遲。那有個今來今去之理？」鮑賜安道：「雖如此說，舍下無人，駱大爺深知。」駱宏勳道：「雖然如此，天已晚了。」亦不敢叫女兒起行。一宿晚景已過。次日早飯後，鮑金花辭謝徐大娘，又辭別父親。鮑賜安道：「還是你叔嫂先回去，到家小心火燭，要緊，要緊！若有大的事情，著人來此通我知道。我在此，十日後就回來了。」濮天鵬亦分付妻、弟二人，濮天雕同鮑金花一一領命。又辭過徐、駱二人，出門上馬，回龍潭去了。

鮑賜安在徐府一住六日。華三千通信，約定明日早赴平山堂比試。徐松朋報與鮑賜安，鮑賜安就許他明日上平山堂。徐松朋又差人打探欒家所請何人。去的人回來稟道：「今日才到，外人還不知他的姓名。就看見一老兩少，三個道士。」鮑賜安道：「不用說了，此必南京靈隱寺的雷勝遠了。」徐、駱問道：「老爹素昔認識否？」鮑賜安道：「雖未會面，我卻聞名，倒也算把好手。」徐、駱又問道：「天下好漢甚多，老爹素知道，到底算那人為最？」鮑賜安道：「狠人多得緊哩。我所知者，山東花老姊舅，還有胡家回活閻羅胡理、金鞭胡璉，並駱大爺空山所會者消安師徒。」遂把消安師徒力擒三虎之事，說了一遍，徐松朋甚為驚異。鮑賜安道：「他還有兩個師弟，一名消計，一名消月，比消安還覺英雄，惜乎我未會過。聞得他三師弟消月，能將大碗粗的木料，手指一捏，即為粉碎。我每想會他一會，卻無此緣。」這一日，談了一日。

次日早飯後，徐、駱、鮑、濮四人各騎牲口，余千陪那二十個人仍是步行。來至平山堂，牲口扣在觀音閣中，眾人步行來至擂臺邊。只聽得旁邊看擂的眾人道：「來了，來了！還有一位女將，怎不見來？」鮑賜安舉目向臺上一觀，只見一位老道士，六旬以上年紀，丈二身軀，截眉暴眼，雄赳赳的坐在一張椅上，聞得下邊人說：「來了，來了！」知是敵家到來，遂立起身來，將手一拱，道：「那一位是前日掃擂臺的英雄？請上臺來一談。」

鮑賜安聞得臺上招呼，將腳一縱，上得臺來，答道：「不敢，就是在下。前日僥倖。」道士道：「請問檀越❹上姓大名？」鮑賜安道：「在下姓鮑名福，賤字賜安。」道士道：「道友莫非龍潭鮑檀越麼？」鮑賜安道：「在下便是。」道士暗想道：「果然名不虛傳，怪道朱龍徒兒非他對手。」鮑賜安道：「仙長尊姓何名？」道士道：「貧道姓雷，名勝遠。」鮑賜安道：「莫非南京靈隱寺雷仙長麼？」道士道：「貧道正是。」鮑賜安道：「久仰，久仰！」雷勝遠道：「四個小徒不識高低，妄自與檀越比較，無怪受傷。又著人請我前來領教，不知肯授教否？」鮑賜安道：「既不見諒，自然相陪。」於是二人各解大衣，緊束腰絲，讓了上下，方才出勢。

看官，凡有實學，並經過大敵，皆以謙和為上，不比那無本之學，見面以言語相傷。何為英雄？有詩為證：

實學從來尚用謙，不敢絲毫輕英賢。

❹ 檀越：即施主，梵語音譯。

舉手方顯真本事，高低自分無惡言。

雷、鮑二人素皆聞名，誰肯懈怠？俱使平生真實武藝，你拳我掌，我腿你腳，真正令人可愛。有詩為證：

一來一往不相饒，各欲人前逞英豪。

若非江湖脫塵客，堪稱擎天架海梁。

二人自早飯時候，鬥至中飯時節，彼此精神加倍，毫無空漏。正鬥得濃處，猛聽得臺下一人大叫：「二位英雄，莫要動手！我兩人來也。」正是：

臺上儒道正濃鬥，擂下釋子來解圍。

不知臺下何人喊叫，且聽下回分解。

第四十一回　離家避奸勸契友

卻說鮑、雷二人正鬥在熱鬧之間，臺下一人大叫：「二人莫動手，我師徒二人來了！」鮑賜安、雷勝遠雖都聽得臺下喊叫，但你防我的拳，我防你的手，那個正眼向下觀望？消安連叫兩聲，見他二人都不歇手，心中大怒，喝道：「如不歇手，看我亂打一番！」將腳一縱，上了臺來，將身站在臺中，把他二人一分。鮑賜安一見是消安，又仗了三分膽氣。雷勝遠亦認得是五臺山消安，乃說道：「師兄從何而來？」消安道：「法弟現在江南空山之上三官殿居住。昨日聞得鮑居士在揚州掃了擂臺，欒家人請人復擂，恐鮑居士有傷，特攜小徒前來幫助。不意是道兄，都是一家，叫我助誰？故上臺來解圍。」

雷勝遠、鮑賜安二人棋逢敵手，各懷恐懼之心，又盡知消安師徒之利害，樂得將計就計，問道：「既蒙師兄見愛，敢不如命！」各人穿起大衣。鮑賜安邀消安同下擂臺，雷勝遠亦要邀欒家去敘談。消安素知欒家乃係奸佞之徒，怎肯輕造其門？遂辭道：「法弟還有別話與鮑居士相商，欲回龍潭，不能如命。」雷勝遠料他與鮑賜安契厚，亦不諄留。

消安同鮑老下了擂臺，駱宏勳、徐松朋、濮天鵬三人迎上，各自見禮。鮑賜安又謝他師徒相關之情。消安師徒出家人，從不騎牲口，故此大家步行進城，奔徐松朋家來。到了客廳，重新見禮。徐松朋分付預備一桌潔淨齋飯。不多一時，葷素筵席齊備，客廳上擺設二桌，消安師徒一桌，鮑、徐、濮、駱一桌。

對廳上仍是四席，那二十個英雄分坐，余千相陪。酒飯畢，鮑賜安告辭。徐松朋道：「今日天晚，明日回府罷。」於是睡下。

臨晚，大家設筵，眾人暢飲一回。飲酒之間，鮑賜安向駱宏勳道：「欒家這廝，今又破財失臉，結怨益深。」駱宏勳道：「正是。」鮑賜安道：「你駱大爺還有包涵之量，余大叔絲毫難容，互相爭鬥，必有一傷。據我愚見，不可在此久住，暫往他處遊玩遊玩，省了多少閒氣。且老太太並桂小姐俱在山東，大駕何不往花振芳家走走？母子相逢，妻妾聯姻，三美之事也。成親之後，大駕再回揚州，妻必隨行。花振芳只有此一女，豈忍割舍？必隨而來維揚住家。花振芳離了山東，巴氏弟兄則不能撐持，亦必棄家而來矣。花老姊舅，皆當世之雄豪，駱大爺則不孤。既不孤，又何怕奸佞之謀害也？」

駱宏勳道：「老爹此言，甚為有理。但晚生一去，彼必遷怒家表兄，叫表兄一人何以禦之？」徐松朋答道：「表弟放心前去，愚兄有一善處之法。表弟起身之後，我則赴莊收租，在莊多住幾日。欒家請來之人，自然散去。非懼彼，實有遠奸佞結怨之意耳。」鮑賜安大喜，道：「徐大爺真可謂文武全才！即此一言，誠是為立身待人之鑒也。」遂議定鮑老爹翁婿、消安師徒明日回龍潭，駱大爺主僕後日往山東，徐大爺後日赴莊收租。飲足席散，各自安歇。

次日早飯後，鮑賜安、消安告辭，徐大爺令人將十封銀子取出，交與鮑賜安。鮑賜安大笑道：「前日與朱彪打賭時，原說買東道吃的。我僥倖贏他，該買東道。我等共食，今已在府坐擾數日，還算不得麼？」徐大爺道：「如此說，老爹輕晚生作不起了地主？即使買東道，也用不了這些，還是老爹收去。」鮑賜安道：「如此說，那有帶回之理？只當用不完，餘者算我一分贐儀❶，送與駱大爺主僕一路盤費，何如？」消安道：「此銀諒鮑居士必不肯收。徐、駱二位檀越，恭敬不如從命罷。」駱、徐又謝過。鮑賜安等四人，帶領二十位英雄回龍潭去了。

眾人去後，駱宏勳置了幾色土儀，收拾行李。徐松朋又將鮑老五百銀子捧出，叫駱大爺打入包裹，以佐路費。駱宏勳道：「弟身邊赴寧將盤費一毫尚未動著，要他何用？」徐大爺道：「此是鮑老爹贐儀，表弟應該收用。」駱宏勳見如此說，就拿了一封，打入包裹。余千仍將餘者送入徐大爺後邊收了。一宿提過。次日起早，駱大爺主僕奔山東一路而去。徐大爺亦交帳目，後日家務事畢，帶了兩個家人，上莊去了。

不提鮑賜安回龍潭，不表徐松朋上莊，且說駱大爺主僕二人，在路非止一日。那日行至苦水鋪，向日靈櫬回南之日所宿花老之店，余千還識得，一直走進店門。櫃上人及跑堂的，亦都認得，連忙迎接，說道：「駱姑爺來了，快些打掃上房，安放駱姑爺行李。」牽馬拿行李，好不熱鬧興頭。駱宏勳進了上房坐下，早有人捧了淨面水，又是一壺茶。廚房殺雞宰鵝，煨肉煎魚，不多一時，九碗席面擺上。余千是六碗葷素，另外一席。

駱宏勳道：「一人能吃多少？何必辦這許多！」櫃上人親來照應，說道：「不知姑爺駕到，未預備得齊整，望姑爺海涵。」駱宏勳道：「好說。」又問道：「老爹可在家麼？」那人道：「前日在此過去的，已下江南，親請姑爺去了。難道姑爺不曾會見麼？」駱宏勳道：「水路上面，恐行遲慢。我自家中起早❷，騎了自家牲口，從西路而來。」那人道：「是了，老爹前說從東路下揚州，故未遇見。」駱宏

❶ 贐儀：臨別贈送的禮物或路費。贐，音ㄐㄧㄣˋ。

勳道：「老爹自去，還是有同伴者？」那人道：「同任大爺、巴家四位舅爺，六個人同行。」駱宏勳道：「此地離寨還有多遠？」那人道：「八十里。此刻天短，日出時起身，日落方到。」駱宏勳道：「還是大路，還是小路？」那人道：「難走，難走，名為百里酸棗林，認得的，只得八十里。不認得的，走了去又轉來，就走三天，還不能到哩！姑爺，明日著一路熟之人送姑爺去。」駱宏勳道：「如此甚好。」吃飯之後，又用了幾杯濃茶，店小二掌燈進房，余千打開行李，駱宏勳安睡。

次日起身梳洗，用了些早點起身。店內著一人騎了一頭黑驢子，在前面引路。走了二十里之外，方入棗林地面。無數棗樹，卻不成行，或路東一棵，或路西一棵，栽得亂雜雜。都是些彎彎曲曲的小路，駱宏勳同余千未有三五個轉彎，就分不清東西南北了。駱宏勳問那引路之人道：「此非山谷，其路怎麼這樣崎嶇？」那人道：「治就的路徑，令生人不能出入，只有死而不能生。」余千驚訝道：「怎樣分別？」那人道：「余大叔同姑爺係自家人，小的不妨直告。棗林周圍一百里遠近，故名之酸棗林。只看無上梢之樹，向小路奔走，便是生路。逢著有上梢，並路徑大者，即是死路。」那余千又問道：「怎麼小路倒生，大路倒死呢？」那人道：「小路是實，大路卻有埋伏，乃上實而下虛。下挖幾丈深坑，上用秫秸❸鋪攤，以上以土蓋之。生人不知，奔走大路，即墜坑中。」

說說行行，前邊到了一個寨子。駱宏勳舉目一看，有數畝大的一片樓房，皆青石到頂的牆壁。來到護莊橋邊，那引路之人跳下驢子，問道：「姑爺，還是越莊走，還是穿莊走？」駱宏勳道：「越莊怎

---

❷ 起早：走陸路。

❸ 秫秸：音ㄕㄨˊ ˙ㄐㄧㄝ，摘了穗的高粱稈。

樣？」那人道：「此寨乃巴九爺的住宅。越莊走，從寨後外走，到老寨有五十里路程。穿莊走，後寨門進去，穿過九爺寨不遠，又是七爺寨了。過了七爺寨，又到了二爺寨。過了二爺寨，就是老寨，只有三十里路。不知姑爺愛走近？走遠？」

駱宏勳恨不得兩脅生翅，飛到母親跟前，遂說道：「誰肯捨近而求遠？但恐穿莊驚動九爺，未免纏繞，耽誤工夫。」那人道：「姑爺不知，進了寨子，在群房之中火巷裏行走，九爺那裏得知道！」駱宏勳道：「既如此，繞莊耽擱，穿莊走罷。」那人道：「請姑爺、余大叔下來歇息歇息，待小的進去，先拿鑰匙，開了寨門，讓姑爺好行。」駱宏勳道：「使得，你去以速為妙，且不可說我從此而過。」那人道：「曉得，曉得！」將驢子拴扣在路旁樹上，這路從左首旁邊走進去了。

駱大爺、余千俱在此地下馬來，也將馬拴在樹上。余千又把坐褥拿下一床，放在護莊橋石塊以上，請大爺坐下等候。一等也不來，二等也不來，巳時❹到莊，未時❺不見來開寨門。他主僕二人俱是早起吃過東西，此時俱肚中微微有些餓意。駱宏勳道：「我觀此人說話甚是怪異！其相幹辦，作事怎樣這等懈怠？一去就不見回來？」余千道：「想是他的腹中餓了，至相熟的人家尋飯吃去了。」

正說話之間，猛聽寨門一聲響亮，駱大爺抬頭一看，寨門兩扇大開，走出了三四十個大漢，浩浩蕩蕩，各持長大棍，分列寨門之外，按隊而來。駱宏勳心中暗想道：「此事甚是詫異，不曉何故？」要知後事如何，且聽下回分解。

---

❹ 巳時：上午九點至十一點。

❺ 未時：下午一點至三點。

第四十二回　惹禍逃災遇世兄

話說駱大爺見寨門大開，走出三四十個莊漢，各持長棍，分列左右，眾人各執兵器呆站。駱宏勳不知何故，遂同余千各掣出兵器在手。又停片時，裏邊又走出一人，有二丈身軀，黑面紅髮，年紀約有十六七歲，手拿一條熟銅大棍，大聲叫道：「駱宏勳，我的兒！你來了麼？小爺等你多時了！」走過護莊橋，舉棍照駱大爺就打。

駱大爺將身往旁一閃，那棍落在地下，打了有三尺餘深。那大漢見棍落空，撥起棍來，又分頂一棍，駱大爺往後一退，棍又落在地下，亦打有三尺多深。駱宏勳暗想道：「倘躲不及，撞在棍上，即為粉碎。還不下手，等待何時？」那大漢見兩棍落空，躁得暴跳如雷，心想：「分頂打去，他又躲閃。這一棍，腰下打去，看他往何處去躲避？」遂將棍平打起來，照腰打去。駱大爺見他平腰打來，想道：「兩旁無處躲避，後退，棍長恐退不出，不如向他懷中而進。即打在身上，亦不大狠。」遂一個箭步，躥進大漢懷中，手中寶劍，照心一刺。那大漢「噯呀」一聲，便倒臥塵埃，全然不動彈。只聽寨門兩旁那些大漢大叫一聲：「不好了，小爺被駱宏勳刺死！快報與九爺！」

駱宏勳就知道是巴九之子，自悔道：「早知是巴家之子……他夫妻知道，豈肯干休？強龍不壓地頭蛇。」余千道：「既刺死了，速速商議。我主僕二人，怎能敵他一莊之眾？速上馬奔花家寨要緊！花老爹雖不在家，花奶奶自然在家。」駱宏勳道：「此言有理。」各解轡繩，急登上馬，加鞭而行。

看官，巴九之子巴結，素日並未與駱宏勳會面，有何仇恨？今日舉棍傷他，是何原故？他與花碧蓮同年，一十六歲，生來身大腰粗，黑面紅髮，有千斤膂力，就是其性有些癡呆。巴氏九雄，只有此一子，因新年往姑娘家拜節，會見表妹花碧蓮，回家告訴父母，欲要聘花碧蓮為妻。巴氏夫妻亦愛甥女生得人品俊俏，武藝精奇。巴九邀八位哥哥與花振芳面講，其母馬金定相約八位嫂嫂，與花奶奶面前懇求親事。花振芳看妻弟之情，花奶奶亦看弟婦之面，皆不可一時間回絕，心中有三分應允之意。惟有花碧蓮立誓不嫁這呆貨，是以未諧親事。花老見女兒成人，該當婚配，若在寨內選一英雄招贅，又恐呆貨看見吃醋，故帶著女兒遠方擇婿。及盜了駱太太、桂小姐來，料親事必妥。巴九夫妻在家談論，道駱宏勳不日即來。誰知被這呆貨聽去，瞞著父母，要暗將駱宏勳刺死。遂將寨內之人揀選大漢三四十個，著二十個立越莊路上，著二十個在穿莊路上，日日等候。

今日這呆子正在大門河旁，忽見苦水鋪店內之人來，問道：「來此何幹？」那人不知，就說道：「駱姑爺昨晚至店，今日欲進老寨。小的領路，前來討鑰匙開寨門。」這呆好不利害，恐此人走漏消息，照耳門一掌，那人嗚呼哀哉。遂著人到越莊路上，喚回那二十個人來。行已半日工夫，才開寨門。從來說大漢必呆，他所揀選之四十個人，都有些呆。若有一個伶俐者，駱宏勳刺死巴結之時，只著一個人入寨內報信，餘者前來圍住，駱宏勳主僕怎能得脫？幸虧是些呆子，四十個人同進寨內報信，他主僕無有攔阻，所以逃脫。巴九夫婦聽得兒子被駱宏勳刺死，大哭一聲：「痛死我也！」哭了一場，說道：「這廝不能遠去，分付鳴鑼，速齊嘍羅，四路分散，拿住碎屍萬段，代吾兒報仇！」

且說駱宏勳、余千二人奔逃，忽聽得鑼聲響亮。余千道：「大爺，速走些些！鑼聲響亮，是巴九齊人追趕我等！」駱大爺道：「路甚崎嶇，且是不知南北東西，向何處而走？」余千道：「先曾聽得那引路之人說道，無上梢樹，即是生路，我們只看無梢之樹行走，自然脫身。」余千在前，駱大爺道：「諒是。」漸漸不聞鑼聲響亮，駱大爺道：「就此走遠了！」方才放心。那巴九夫妻各持槍刀，率領眾人，分作四隊，料駱宏勳仍向苦水鋪逃走，四班向南追趕。駱大爺主僕雖不認得路徑向北奔，入奔花家寨，所以聽得鑼聲漸漸遠了。

卻說駱大爺雖然聽得鑼聲漸遠，而實在路徑，不知向西北走才是花家寨正路，他主僕早不分東西南北。走一陣，又向西行一程，自未時在巴家寨起身，坐在馬上不住加鞭，走至日落時，略約走了有五十里，總不見到老寨。明知又走錯了路徑，二人腹中又餓，余千道：「我們已離巴家寨有五七十里之遙，諒他一時也趕不上我們。看前邊可有賣飯之家，吃點再走。」駱大爺道：「我肚中也甚是飢餓。」二人加鞭奔馳，行到黑影已上，總未看見一個人來往。

正行之間，對面也來了一匹馬，馬上坐著一個人，後隨一人步行。至對面已經過去，那人轉過馬頭，問道：「前面騎馬者，莫非余千麼？」駱宏勳同余千聽此一聲，又驚又喜，喜的是呼名相問，必是平日相識。驚的是離巴家不遠，恐是巴家有人追趕前來。遂問道：「臺駕何人？」那個人細看，叫道：「這一位好像世弟駱宏勳麼？」駱宏勳聞他以世弟相稱，答道：「正是駱宏勳。」那人遂跳下馬來，駱宏勳主僕亦下了馬。駱宏勳忙問道：「大哥是誰？」那人道：「吾乃胡璉也。向在揚州從師學藝，在府一住三年。世弟尚小，輕易不往前來，所會甚少。余千到廳提茶送水，認得甚熟。彼時甚小，而體態面目終未大變，我遂有些認得。」

駱宏勳、余千彼時七八歲，諸事記得，仔細一看，分毫不差，正是世兄胡璉。搶步上前見禮，胡璉道：「近聞世弟與花振芳聯姻，不久即來招贅。愚兄蓄意至花家寨相會，不料途中相會！但不知你主僕奔馳，欲往何處？」駱宏勳將伊設謀，母、妻盜至山東，揚州奔喪，與欒家打擂臺，蒙鮑賜安相勸，恐小弟在家內與欒家結仇，叫我再往山東花家老寨拜見母親，並代議招贅之事，說了一遍。

胡璉道：「倒未知師母大人駕已來此，有失迎接。今世弟走錯路徑了，花家寨在正南，你今走向西北了。」駱大爺道：「路本不熟，又因路上惹下一禍來，忙迫之中，錯而又錯。」胡璉忙問道：「世弟惹下甚麼禍來？」駱宏勳又將路過巴家寨，刺死巴九之子，前後說了一遍。胡璉大驚道：「此禍真非小也！巴氏九人，只此一子，今被你刺死，豈肯干休？且巴家九弟婦馬金定，武藝精通無比。作速同我回家，商議一個主意要緊！」駱宏勳主僕猶如孤鳥無棲，一見世兄，如見父母一般，連聲道：「是！」遂上了牲口同行。

走來了有二里之遙，到了一個莊院，下了牲口，走進門來，至客廳見禮獻茶。胡璉說道：「苦水鋪至此，一路並無飯店，想世弟腹中飢餓。」分付道：「速備酒飯。」駱宏勳道：「多謝世兄費心也。」不一時，酒飯捧出，胡璉相陪，入坐對飲。余千別廳另有酒飯款待。飲了數杯之後，駱宏勳告止，胡璉道：「也罷了，世弟途路辛苦，亦不敢勸多飲。」駱宏勳才吃了一碗飯，將才動箸，胡璉大叫一聲：「不好了！」說道：「你有萬世不孝之罵名！」駱宏勳放下碗箸，連忙站起身來，問道：「世兄怎樣講？」胡璉愁眉皺額，跌腳捶胸。只因：

第四十三回　胡金鞭開嶺送世弟

卻說駱宏勳正在用飯之際，胡璉大叫一聲：「不好了！」遂放下碗筷，忙問：「何也？」胡璉蹙額皺眉，頓足捶胸，說道：「你主僕今日逃脫，巴九夫妻追趕不上，師母同世弟婦在花家寨，難免他不知道，必率人奔花家寨捉拿，師母並桂小姐還有性命否？」駱宏勳聽拿師母並小姐，不由嚎啕慟哭，哀求道：「世兄差一個路熟之人，相引愚弟直奔花家寨前去，情願與他償命，不叫他難為母親！」胡璉見駱宏勳哀慟，又解勸道：「此乃愚兄過慮，巴家夫婦正在慟子之時，意不及此，亦未可知。若有此想，此刻師母早被捉去矣。此地離花家寨還有五十里，即世弟趕去，已是遲了。你且放心，待愚兄著一個人前去討信，不過三更天，便知虛實。」駱宏勳道：「往返百里之遙，三更時怎能有信？」

胡璉道：「世弟不知，我有一個同胞兄弟，名理，生得不滿七尺身軀，若論氣力，千斤之外；如講英雄，萬夫難敵。今年二十七歲了，人多勸他求取功名。他說：『奸黨當道，非忠良吐志之時。為人臣必當致身❶於君，倘做一官半職，倒受他們管轄，何如我遊蕩江湖，無拘無束！』與花振芳、巴氏九雄有一拜之盟。三年以前，在胡家回開張一個歇店，直正商賈並忠良仕宦歇住店中，恭恭敬敬，絲毫不敢欺。若是奸佞門中之人，入他店中，莫想一個得活！財帛貨物留下，將人宰殺，剮下肉來，切成餡子包

❶ 致身：本意指獻身，後代指出仕。語出論語學而：「事父母能竭其力，事君能致其身，與朋友交言而有信。」

饅首。因此人都起他一個混名，叫做『活閻羅』。還有一件贏人處，十月天氣，兩頭見日，能行四百里路程。我著人到店叫來，世弟以禮待之，他即前去，不過三更天氣，可以回來。」

駱宏勳道：「常聽鮑老爹道及大名，卻不知是世兄之令弟也。」胡璉道：「莫非龍潭之鮑賜安麼？」駱宏勳道：「正是。」胡璉道：「我亦知他的名，實未會面。」即叫一個家人，分付道：「有我方才騎來之馬，尚未下鞍，速速騎去，到二爺店中，就說我有一要事，請二爺回來商量。」

家人領命。去不多時，回來說道：「二爺已到莊前。」話猶未了，胡二爺已走進門來。駱宏勳連忙起身見禮，禮畢分坐。胡理道：「此位仁兄是誰？」胡璉道：「即我家師駱老爺公子駱宏勳也。」胡理復又一躬，道：「久仰，久仰！」又問道：「哥哥呼喚，有何話說？」胡璉將駱宏勳路過巴家寨，刺死巴九之子，前後之事，說了一遍。胡理搖頭道：「巴氏九人，只此一子，巴九嫂馬金定，還是了得！」胡璉道：「因懼他利害，故請賢弟來商議。」胡理道：「巴氏有結盟之義，駱兄有世交之誼，我兄弟均不相助就是了。」胡璉道：「不是叫你助我、助他！現今駱師母寄居花家寨花振芳處，今日巴家夫妻趕不著世弟，他們必奔花家寨生捉師母。別人去，一時不得其信，駱世弟意欲煩你走一遭。」駱宏勳欠身道：「聞得世兄有神行之能，意欲拜煩打探虛實。弟無他報，總叩頭相謝罷了！」胡理本不欲去，因奉兄之命，又兼駱宏勳其情可憐，遂答：「效勞何妨！」胡璉分付：「拿酒來與二爺，助助二爺腳力！」胡理道：「吃酒事小，駱兄事大。大哥你且同駱世兄飲酒，待去來再飲。」約略天有初更，胡理說聲：「去也！」邁步出門。

駱宏勳連忙起身相送，及至門外，早不知胡理去向，暗道：「真奇人也！」復走進房。胡璉道：「我同世弟慢慢而飲。」一壺酒尚未飲完，只聽得房上「咕咚」一聲而下，胡璉問道：「甚麼響？」外邊答道：「是我。」走進門來，乃胡理回進寨內，正打三更。駱宏勳連忙起身迎接。胡理道：「駱世兄放心，老太太並桂小姐安然無事。巴九哥夫妻卻至老寨，雖為老太太、桂小姐，令岳母苦勸，九哥夫妻絲毫不容，多虧碧蓮動怒，要賭鬥。巴九哥無奈，回家要遍處追尋世兄報仇。」又道：「駱兄，莫怪我說，令老太太、桂小姐安然無事，皆碧蓮之力也。他日完娶，切莫輕他。」

又向胡璉道：「大哥，方才巴氏姐姐相囑，說花振芳已下江南，駱兄不可入寨，恐巴九哥復去尋鬧，無人分解，叫我兄弟二人代駱兄生法。弟思想一路，並無萬全之策，大哥有甚主意否？」胡璉想了一想：「別無良策，駱世弟還是回南為妥。我寨所在，與巴家寨相隔不遠，來往不斷人行。我料明日巴家，必有人來此路追尋。若來時，可對他怎講？說世弟在此，自然不可。若回不在，日後必知，知道必遷怒於我。難道怕他不成？只是好好寨鄰，又有一盟之義，豈不惡失了！如惡失他，有益於世弟，倒也不妨，實無益也。世弟回南，快相約了鮑賜安至此，我兄弟同去，與他們弟兄一講，此仇方能解釋。只是一件，回南之路，飛不過他巴家寨，如何是好？」

胡理道：「這個不難，叫駱兄走長葉嶺可也。」胡璉道：「此路好！奈多日無人行走，恐內中有毒蟲。」胡理道：「有法，有法！拿一根竹子，將竹劈破，駱兄主僕各持一根，分草而行，此名為『打草驚蛇』。」駱宏勳道：「素知長葉嶺乃是通衢大路，二兄怎說多日不行？」胡理道：「駱兄不知，當初長葉嶺原是通衢大路，只因苦水鋪花振芳開了店口，把我胡家回生意，總做了去。是咱不忿，用石塊將長葉嶺砌起，說那條路出了大蟲，不容人行走。近來，客商官員先從我店過去，然後才到他那邊。如今令人用鐵鋤撬扛，將嶺口搬開，亦不過三四里路，就出嶺口。前邊有一界牌，字是石刻。奔東南，行八十里即黃花鋪。鋪上皆是官店，並非黑店。黃花鋪，乃恩縣、歷城兩縣交界。住一宿，問人回南路，依他指引。不可到界牌奔西北去，那是通苦水鋪去的大路。」

駱宏勳恐記不清白，叫余千細細聽著。胡璉道：「並非我催逼世弟，要走，趁夜行，方免人之耳目也！」駱宏勳一一領教。胡璉又拿出些乾麵，做了些鍋餅，裝在褡包以內，以作這八十里之路飯。駱宏勳告辭起身，胡璉兄弟二人相送，帶了三四十嘍兵，送到長葉嶺口，令人將石塊搬開路徑，俱已搬完。駱宏勳重又相謝，上馬持竹，分路而行。天已五鼓時，可憐二人深草高藤，撞臉搠❷腮，真個是路上捨命，一直前行。宏勳去後，胡璉仍令嘍兵將嶺口砌上，回去不提。

且說駱家主僕二人，走至日出時，方出山口。舉目一觀，真有一個界字石牌。記得胡理說向東南走去，方才是生路。定了定神，方奔東南大路而行。雖然還是有草，較之山口，短矮了許多，易於行走了。行至中飯時候，路上漸漸有人行走。余千跳下了牲口，向人拱手：「借問黃花鋪還有多遠？」走路人答道：「三十里就是。」駱宏勳道：「也走過一半多了。」二人下馬，將牲口歇息歇息，取出鍋餅吃了幾個，方才又上馬。走到了日落時候，方到了黃花鋪。舉目一看，真個好地方。怎見得？有臨江仙一首為證：

來往行人不斷，滔滔商賈相連。許多扛銀並挑錢，想必是販巧貨，賺大利，滿載萬倍錢。

---

❷ 搠：音ㄕㄨㄛˋ，扎；刺。

油鹽店說秤準，早飯店言碗滿。名糟坊❸報條寫大□❹，歇店掛燈籠，酒鋪戲館豎望杆。

駱宏勳主僕聽胡家兄弟說過，此地皆是官店，遂放心大膽，道：「進了宿店罷。」況天又晚了，二人只得走入店門。正是：

兩眼不知生死路，一身又入是非門！

又兼他主僕二人，辛苦一夜無眠，不便辦買別物，店中隨便菜飯食用些須。二人打開行李，解衣而睡，次日好趕早奔路。

事不湊巧，半夜之間，天降大雨。天明時，主僕起來，見雨甚大，不便起行。又兼昨夜辛苦，身子甚是疲倦。命余千稱幾錢銀子，叫店小二割一方肉，買兩隻雞鴨，煎些湯水吃吃。余千遂稱了一塊銀子，有六錢重，叫店小二割一方肉，買兩隻雞鴨，沽了三斤陳木瓜酒、作料等物。北方雞鴨魚肉甚賤，只用了四錢多銀子，餘者交還。余千道：「不要了，你拿去買酒吃罷。只要你烹調有味，明日起行，還有賞賜呢。」店小二深感之至，滿心歡喜，用心用意，飯菜辦弄。

駱宏勳因昨日進店天晚，未曾看明黃花鋪的街道，趁菜未好，走至門面中間，向外觀看。合當有事，

❸糟坊：釀酒作坊。

❹□：此缺字經綸堂本、東泰山房本均模糊不清，不擅改。

對過是公館，駱宏勳在店門時，恰值公館中官府出來送客，駱大爺不以為意，看了一會，仍回房內來。你說對過公館中官員是誰？乃定興縣賀氏之兄賀世賴也。自花振芳劫任正千、西門掛頭之後，王倫放了嘉興府，留下一封信字，叫他進京見他父親王懷仁。懷仁見他兒子信內云家中收過他足紋一千兩，又係他的妾兄，叫大小與他一個前程。王懷仁遂查山東歷城縣少了一個主事，將賀世賴名字補上。賀世賴遂赴任歷城縣做主事。做了三日，歷城縣尹病故，軍門大人委賀世賴暫署縣印，以主事代行縣事，在黃花鋪公館。這日，有臨界恩縣唐建宗來拜，他送出門，看見駱宏勳在對面店門站立。回來叫過個班頭，分付道：「對過店中一位少年，本廳有些認得，好似揚州駱宏勳模樣。你暗暗過去，私問店主人。果是揚州駱宏勳，必然還有一個家人，名叫余千。若主人說果是此人，可分付店主人莫要放他去了，本縣有話與他說。若是走漏消息，走脫二人，本縣只向店內要人！」

班頭領命，過去一問，果是揚州駱宏勳帶一家人余千，是昨日日落之時入店，原是說今早起身，因降大雨，是以未行。班頭暗對店家說道：「我家老爺認得此人，有話與他說。叫你莫要放他起身，倘走漏消息，去了此人，只在你店中追究！」說罷，竟回公館去了。正是：

滿天撒下鉤和線，從今釣出是非來。

畢竟不知此去好歹如何，且聽下回分解。

第四十四回　賀世賴歇店捉盟兄

卻說班頭說罷，回了公館去。店家捏著兩把汗，祝告道：「但願老天爺多降幾天大雨，令他們不能起身，我之福也。」

不表店家祝告天地，且說值日班頭回至公館，見了本官，將話告復。賀世賴分付外班侍候坐轎，回拜恩縣唐老爺。唐老爺出迎，見禮分坐。獻茶之後，賀世賴道：「晚生今來謁見堂翁❶，還有一件緊急大事相商。」唐建宗道：「寅兄❷有何事情，請道其詳。」賀世賴道：「黃花鋪乃晚生與堂翁雙縣分界，今來兩個大盜，現在廖家宿店內歇住。晚生公館中衙役稀少，不敢動手，恐驚他逃走。特來相告堂翁，協同兩縣人役前去，方保萬全。」唐建宗道：「寅兄訪得確的，方可動手。若是誣良，干係你我考成❸。」賀世賴道：「定興縣劫牢，搶出大盜任正千，嘉興府哄堂，盜去私娃，實盡是此人。晚生認得最真最切，怎得錯誤！」唐建宗見他說得真實，地方內來了大盜，怎好推辭不拿？遂差馬快三四十個人，協同賀世賴十數個衙役，各執棍杖、鐵尺、撓鉤、長杆，一哄到了飯店中來。

❶ 堂翁：明清時縣裏屬員對知縣的尊稱。

❷ 寅兄：同僚之間的敬稱。

❸ 考成：定期考核官吏政績。

且說店小二將雞鴨魚肉都做停當，一盤捧進房來，余千擺列桌上。駱宏勳面朝裏背朝外，坐下食用，亦命叫余千過來同吃。余千說道：「這黃花鋪乃來往大道，士人君子甚多，倘看見主僕共桌而食，暗地必定取笑。大爺用過，小的再用。」余千見外邊雨稍住，遂至後園出大恭去了。

且說兩縣人役走進店門，使了一個眼色與店家。店家會意，指引駱宏勳住房。眾人走至門外，看見強盜裏面食用，暗暗將撓鉤伸進，照駱宏勳腿肚一鉤，用力一摔。可憐駱宏勳無意提防，連桌椅盡皆拉倒。又跑進十數人，按伏身上，棍杖、鐵尺，雨點打來。未有幾時，遍身皆傷。駱宏勳只當巴家趕來，倒不料官兵捉拿。先還撐持，後來只落了哼哼而已。眾人見他不能動手，即刻將手鈕腳鐐套帶。

卻說余千出完了恭，才待回房，只見店小二躲躲藏藏，一臉驚慌之色，迎上前來，低低道：「大叔不可前去，你家駱大爺，已被官兵捉去了！」余千驚問道：「何處官兵？因何事件？」店小二道：「是歷城縣賀世賴老爺來拿去的。所來之人，皆是馬快，各持長杆、撓鉤，說是你大爺是大案強盜，不刻就來拿你大叔了。小的先承送酒菜，故才冒險前來通信。倘被看見，受累非小！」說罷，抽身而去。

余千想道：「大爺已經被捉，落我一人，怎擋他兩縣之眾？今若回去，是魚自投羅網了。不如逃走，再生別法，搭救主人。」不覺眼中落下淚來，道：「我主僕今朝正是：

破屋又遭連夜雨，行船偏遇打頭風。

大爺呵，莫道余千忘恩負義，畏刀避劍，背主而逃呀！叫小的一人無法救你，速回江南通知徐、鮑，好來搭救。」將腳一縱，跳過群牆，放開虎步如飛，而向東南奔走不提。

且說眾馬快將駱大爺上了手鈕腳鐐，找尋余千不見，就知走脫，只得將駱宏勳解赴恩縣衙門。賀世賴隨後坐轎，亦到恩縣，與唐建宗會審。坐了二堂，分付將強盜帶上來。馬快將駱大爺抬至堂上，臥在地下，還不知因何緣故。唐建宗是主，不好相僭，讓賀世賴先問。賀世賴向駱宏勳道：「狗強人！恃強逞勇，無法無天，今日怎也犯在我手裏？可能得活哩！」唐建宗聽了這樣問詞，明是借公報私口聲，並非審問強盜了，就有幾分疑惑，心想：「且聽強盜回說甚麼。」

駱宏勳雖被衙役打狠，此刻也有幾分蘇醒。聞得上邊聲音相熟，抬頭一看，不是別人，乃是定興賀世賴也。不覺雄心大怒，用手一指，罵道：「我當是誰！原來是你這個烏龜忘八麼！」賀世賴大喝道：「好大膽的強人，敢罵本縣！」分付掌嘴。衙役才待上前，唐建宗禁止道：「莫要動手，待我問來。」大喝一聲道：「你今既被獲捉了，就該斂氣服罪，也少受些刑法，怎大膽辱罵問官？」駱宏勳道：「我無犯法之條，不知因何捉拿，亦又不知此官為誰？」唐建宗道：「本縣是恩縣，賀老爺是歷城縣，黃花鋪乃兩縣分界，故我二人會審。你一伙共有多少人？怎樣劫得定興監牢？從實說來，本縣不動大刑難為你了。」

駱宏勳道：「老爺不知，小人父親在定興縣做遊擊，在任九年，一病身亡。城內有一個富戶任正千，幼從先父習學槍棒，感父授業之恩，款留我母子在家居住。」手指賀世賴道：「他的妹子賀氏，原是江陵院中一個妓女，他亦隨妹在院捧茶送酒。我世兄任正千，在江陵院中會見他妹子，愛其體態妖嬈，不惜三百金，代他贖身，接至家中為妻。賀世賴亦隨至世兄處管事。後因賭錢輸下債，無錢償還，將世兄客廳中銅火盆盜走去，被世兄遇見，逐出門庭，永不許上門。他流落在城隍廟中抄寫籤詩，適值王倫求籤，他代講籤詩。王倫中意，喚至家中，做個幫閒朋友。後因西門解圍，我四人結拜，豈知這畜生代妹牽馬之心！將我二人灌醉，令王倫進內與賀氏通姦，又被我家人佘千撞見，因此結仇。我隨父柩回南後，又聞王倫被盜，硬誣任正千為匪，後來不知何人，劫獄救出了。王倫竟把賀氏接去為妾。想必是王倫用了手腳，代他幹辦了這個前程。今日相遇，又想謀害小的！老爺細思此事，便知真偽。」

賀世賴聽他將半世醜態盡皆說出，只氣得暴跳如雷，將驚堂一拍，分付：「抬夾棍來！夾這個狗強盜，自然招出真情！」下邊衙役，連聲答應。唐建宗禁止道：「不可亂動！」便叫聲：「賀寅兄，駱宏勳今日又破了案，又無贓證，何能就動得大刑？暫且收禁，俟拿住佘千，再一同審。」即寫監票，把駱宏勳送入監中。又分付禁役，不要上大刑具。

唐建宗分付將飯店家廖大帶上來，問道：「此二人何時在店中來的？可還有作伴人否？」廖大稟道：「昨日日落時進我店中的。只此二人，並無別的形跡。」唐建宗即分付店家：「無你大事，回去罷。以後下人，務須留心查詰來歷，不可混下。」廖大磕了個頭，應聲：「是。」感激大恩而去。

唐老爺又令呈口供單來看，與駱宏勳口言無異。賀世賴亦要看看，唐老爺恐他看見上面皆是辱恥於他之言，怕他扯碎，故不與他看，遂放入袖中，說道：「寅兄，看他怎的？弟這邊收存一樣。但今日之事，將來必干考成。寅兄作速通知令妹丈王大爺，代你我做個手腳為要。駱宏勳既係遊擊之子，自有三親六眷，怎肯受此屈氣也！」賀世賴被唐建宗說著他的病根，閉口無辯，遂告辭帶愧而回。

看官，唐建宗因何以口供單為至寶，不與賀世賴看？他是個進士官兒，律例甚通，誣賴平人為盜，妄動大刑，則該削職。若誤拿而不動刑，不過罰俸，所以他禁止，不叫動刑。又料駱宏勳必不服氣，倘若告了上司狀子，他有口供單為憑，其罪皆歸賀世賴了。這也不提。

卻說余千跳過牆來，一路煙向東南跑去，腳不停留。跑至中飯時候，約略有三十里路程，前來到一個大松林。余千走入裏面，在那石香爐上坐下，肚中還是昨日晚間進店之時吃的東西，今日天降大雨，地有泥污，不住腳的跑到中飯時候，肚中飢餓，腳又疼痛，身上分文未帶。正是：

無論英雄豪傑客，也怕遭逢落難時。

此刻余千真無奈何，欲回江南通信與徐、鮑二處，因相隔路有千里，身邊未帶分文。欲回黃花鋪打探主人信息，又恐賀世賴捉去，主僕二人，盡死於無辜。左右思想為難，不如解下腰帶，自縊而死林中，省得受這苦處。才待解帶，心中又想道：「我若死於此地，主人那裏知道？還只說我忘恩負義，背主而逃。罷，罷，罷！不如我返回黃花鋪，自投囹圄❹，死於主人之側，以見我余千那是無情人也！」主意已定，遂邁步出了松林，仍望回黃花鋪而來。

日落時，離黃花鋪不遠，後邊來了一匹牲口，上坐一個和尚。人遲馬快，不多一時，趕過余千，回首將余千一望，勒住馬頭，回身叫道：「你不是余千麼？」余千雖然行路，卻低頭思想主意，並未看見。忽聽有人呼他之名，且疑官差捕捉人等，心中打了一寒噤。正是：

❹ 囹圄：音ㄌㄧㄥˊ ㄩˇ，監獄。

第四十五回　軍門府余千告狀

卻說余千將到歷城縣，後邊來了一騎牲口，人行得遲，馬又行得快，趕過余千。余千見馬上坐著一個和尚，將余千一望，轉過馬來叫道：「這不是余千麼？」余千聞叫，抬頭一看，不是別人，卻是駱宏勳之嫡堂兄，名賓王❶，向年做過翰林院庶吉士❷，因則天娘娘淫亂，重用奸佞，他就棄職，隱在九華山❸，削髮為僧來。素與狄仁傑❹王爺甚是契厚。狄仁傑現任山東節度使，賓王他今日五臺山進香回來，

❶ 駱賓王：婺州義烏（今浙江義烏）人，唐初詩人，與王勃、楊炯、盧照鄰合稱為「初唐四傑」。武則天光宅元年（西元六八四年），徐敬業起兵討伐武則天，駱賓王起草了著名的討武曌檄，其中「一抔土之未乾，六尺之孤安在」兩句，傳誦一時。徐敬業兵敗之後，駱賓王下落不明，或說為亂軍所殺，或說遁入空門。

❷ 翰林院庶吉士：翰林院，始設於唐，是以文學供奉宮廷的官署。長官為掌院學士，屬官有侍讀、侍講、修撰、編修、檢討，統稱翰林。庶吉士，明代設置，專屬翰林院，成績優良者分別授以編修、檢討等職，其餘則為給事中、御史，或出為州縣官，謂之「散館」。

❸ 九華山：在今安徽青陽西南，與山西五臺山、浙江普陀山、四川峨眉山並稱為中國佛教四大名山。

❹ 狄仁傑：生於唐貞觀五年（西元六三〇年），卒於武則天久視元年（西元七〇〇年），唐初名臣。曾任掌管刑法的大理丞，以清廉著稱。武則天時期，身居宰相之職，對弊政多所匡正，勸說武則天迎接廬陵王李顯回宮，立為皇嗣，有再造唐室之功。

路過歷城縣，將欲一拜。遇見余千，故呼名相問。

余千認得是賓王和尚，即雙膝跪下，口稱：「大爺爺不好了！大爺今在歷城縣被人誣良！」駱賓王道：「何人相誣？」余千將定興縣王倫、賀氏通姦，並花振芳盜老太太，路中刺死巴九之子，胡璉開路送行，昨晚進店，天雨阻隔，賀氏之兄賀世賴現為歷城縣主，看見我主僕在店，差人以強盜捉去，小的越牆而逃，已至三十里之外，復轉自投，意欲同死，前後之事，細細說了一遍。駱賓王道：「余千你果有真心救我之弟，隨我同進狄千歲衙門，即便稟明，自然有救。」余千滿心歡喜，駱賓王叫道：「需要改裝。」便將衣與余千，扮做道人。包袱內現有乾糧，余千吃了些，跟了賓王進城。

賓王來至節度衙門，下了牲口，命外班通報，說九華山駱和尚稟見。外班稟了宅門，宅門又稟狄仁傑。狄仁傑聽說賓王和尚至此，連忙分付請見。宅門上傳於外班，外班來至大門，說聲：「請進。」駱賓王在前，余千在後，進了宅門。狄千歲早在堂上，二人相見禮畢，分賓主坐下，各敘寒溫。狄仁傑道：「一別日久，甚為渴想，今瞻尊顏，大快愚懷！」駱賓王道：「貧僧隱居荒山，千歲位居三臺❺。每欲進謁，未得其便。今五臺山進香回來，聞得千歲榮任山東，特來叩賀。」仁傑道：「豈敢，豈敢！」談論一會，進內書房擺齋，狄仁傑相陪用齋。那跟來的道人，亦有家人相邀，另有齋飯管待。吃飯之後，又安排夜宴，余千門外侍立。

狄公飲酒之間，向賓王道：「先生抱濟世之才，藏隱山林，真為可惜！常聞治極生亂，亂極生治。

❺ 三臺：即三公，古代中央三種最高官銜的合稱，唐宋沿東漢之制，以太尉、司徒、司空為三公；明清沿周制，以太師、太傅、太保為三公。

當今之世，已亂極矣，而治將生焉。先生若肯離卻佛門，仍歸俗世，下官代為啟奏，同朝拱扶社稷，以樂晚年，何如？」賓王道：「千歲美意，已銘於心。但是貧僧已脫紅塵，久無心於富貴。」狄公又道：「素知先生道及尊府，乃係獨門，而人丁甚少。先生今日出家，尊府又少一個，其子孫怎能昌盛也？」賓王聽說「人丁」二字，不覺眼中流出淚來。

狄公忙問道：「先生因何落淚？」賓王道：「適聞千歲言及舍下人丁，貧僧覺慘。舍下歷代單傳，惟先祖生先父、先叔二人。先父又生貧僧，先叔生一舍弟，名賓侯。貧僧出家，所仗奉祀祖先者，有舍弟賓侯。不料今日途中相遇家人余千，言及今日早飯後，被歷城縣縣官硬誣為盜，拿入縲絏。貧僧嘆家門不幸，人口伶仃，何至於此也？是以墜淚。」狄公道：「歷城縣縣官前日已故，尚未題補，現今委主簿賀世賴代行，他怎無故硬誣平人為盜？」賓王道：「今隨貧僧來者，即是舍弟家人余千也。因主被誣，他無依無棲，走路痛哭，貧僧見之不忍，故帶他同行。前後之事，他盡知之。」又叫余千過來：「將大爺之事，細細稟上千歲。」

余千走進門來，雙膝跪下，慟哭不止。狄公道：「你莫哭，且起來，將前後事情，說我知道。」余千磕了個頭，爬起身來，立在旁邊，將任正千留住，往桃花塢遊春，王倫與賀氏通姦，主人不辭回南，花振芳求親不諧，怒盜主母，鮑賜安勸主避禍，山東招贅，路過巴家寨，誤傷巴九之子，夜宿黃花鋪，遇了賀賊誣良，從頭至尾，說了一遍。

狄公道：「駱先生莫怪我說，令弟既係宦門之子，應當習學正業，好求取功名，怎與這水旱二寇來往？我每欲捉拿這兩個強人，未為有便。」余千又跪下告道：「小的主人，原是習文講武，求取功名，因父喪未滿，在家守制❻。與花、鮑二人相交，亦非奸意。」又將桃花塢遊春時相遇花振芳，始結王、賀之恨，捉刺客贈金之舉，方交鮑賜安，故有哄堂之行，說了一遍。又說道：「且花、鮑二人，皆當世之英雄，非江湖之真強盜也。所劫者，皆是奸佞，所敬者，咸係忠良。每恨於無道之秋，不能吐志，常為之吁嗟長嘆。」狄公聞余千甚是讚花、鮑有忠義之心，觸起迎主還朝之念，素知這二人手下有無數英雄，欲得他歸順，以作除奸斬佞之用。

又向駱賓王道：「余千適言嘉興哄堂案內，有梅修氏不夫而成胎之故，此何說也？」賓王道：「古亦有斯事也。或目觸形而成胎，或餐食而有孕，所生之子，非英才蓋世，即成佛作仙，名曰『仙胎』。雖然，古今不多有之事也，人見之，不得不疑耳。」狄公道：「下官學淺，不知古來那個是不夫而孕者，望先生為有證之。」賓王道：「王禪鬼谷成孕❼，甘羅❽食露成像，皆其驗也！」狄公又道：「有夫無夫，何以分之？」賓王道：「如真無夫之胎，其子生下，雖有筋骨，其軟而不硬，後五七歲時，方能行走。」狄公滿口稱讚道：「真可謂博古通今之士，不愧翰林之職也！」

狄公又道：「下官意欲叫余千明日往江南，差一旗牌❾，持我令箭，隨他偕去，將水寇鮑福並私娃

---

❻ 守制：即守喪，遵行居喪制度。守制期內，謝絕應酬，不得應考、婚嫁，現任官則須離職。

❼ 王禪鬼谷成孕：王禪，即鬼谷子，又名王詡，號玄微子，戰國時期楚國人，縱橫家鼻祖。鬼谷，一說乃地名，為王禪隱居之地；一說其母吞奇穀而生子，故稱鬼谷子。

❽ 甘羅：戰國時期楚國人，秦相甘茂之孫。十二歲時為呂不韋門客，出使趙國，不費一兵一卒為秦贏得十六座城池，被秦王拜為上卿。

❾ 旗牌：即旗牌官，傳遞號令的軍吏。

一案，一併提來，下官面審。令弟之事，叫余千寫一狀子，我明日升堂放告⑩，叫他在外喊叫，我准他狀子，自有道理。」余千道：「小的回南，倘賀世賴謀害主人，如何是好？」狄公道：「我收你狀子，批准候鮑福一併訊究。賀世賴誣良，已為犯官，我亦差人管押。本藩親提之事，那個敢害你主人！」余千方才放心。

天色已晚，狄公回後，駱賓王寫了一張狀子，交給余千，叫他明日趕早出府，莫使他人知覺，衙外伺候。余千一一領命。心中焦躁，思念主人，一夜何曾合眼？天明時，開了宅門，余千走出，趕奔道人寓所，將衣帽換過，同至衙前。道人獨自報名進去了，余千獨自在外伺候。

只聽得三聲炮響，鼓樂齊鳴，不多一時，那狄千歲升堂放告。余千即大叫：「冤枉！求千歲爺作主！」話猶未了，只聽得兩旁一聲吆喝，四個旗牌官如狼似虎，跑至余千跟前，一把抓住，提到堂上，繩捆索綁，要打一百例棒。才待舉棒，狄公將頭一搖，旁邊人道：「你免打。」下邊答應一聲，就不打了。狄公問道：「你是那方人氏？何不在地方官衙門伸告，反到本藩衙門亂喊？可有狀子麼？」余千告道：「小的有狀在懷。」狄公分付放綁，下邊遂將余千放了。余千跪下，將懷中狀子取出，頂在頭上。堂吏接著，放在公案，狄公舉目一看，其略曰：

具狀人余千，年二十三歲，係江南揚州府江都縣人氏。為贓官誣民，借公報私，叩求憲提訊事：

⑩ 放告：州縣官府坐衙受理案件俱有定期，稱「放告」。

竊身主人駱宏勳，老主係原任定興縣遊擊之職，在任九年身故。在任之日，有一任正千，從老主習學多年。後因老主去世，任大爺因素有師生誼情，留主母與小主人在彼家居住，與伊妻兄賀世賴相認。恨伊人面獸心，見財忘義，欲圖王姓之財帛，不顧兄妹之倫理，代妹牽馬，與王姓私通，被身撞見，於是起隙。身主避嫌，告辭回南。制滿贅親，路宿黃花鋪，不意賀世賴蒞任歷城主簿，代行縣事，仗倚目前威勢，以報他年私恨。協同鄰界恩縣唐建宗，率領虎狼之眾，誓捉離鄉之弱民，硬誣以定興反獄，搶去大盜之罪；嘉興劫庫，盜去私娃之愆。夫反獄事件，身主絲毫不知；私娃案件，頗曉其情。因路過嘉興，借宿普濟庵中，夜聞梅修氏喊叫救命，身主搭救情實。而盜私娃，乃龍潭之鮑福，因狐疑不去之胎，盜來以追其實。不意修氏，真無夫而有孕。鮑福現今收為義女，養活在家，以待明公而為之剖斷焉。身主亦實未之同事奸惡。以實有之事，而硬罪未作之人，酷刑嚴拷，放置囹圄。離鄉弱民，怎抗邑嚴之勢？藩王畿內，又豈容奸惡橫行！情急冒死具稟，伏望藩王千歲駕前恩准提訊！庶奸惡知警，而弱民超生矣。頂感⓫上稟。

狄公看完了狀子，問了幾句口供，遂拔令箭一枝，命旗牌董超。董超聽見點差，答應一聲，當堂跪下。狄公道：「與你令箭一枝，速到鎮江府丹徒縣，提捉水寇鮑福，當堂回話。並提私娃家梅修氏、梅滔等人犯，一同候訊。」

董超先還當個美差，好不歡喜，及聽見叫他下江南提水寇鮑福，癡呆在地，半日不應。狄公道：「本

⓫ 頂感：即頂禮感恩。

藩差你，你怎半日不應？欲違本藩之差？」董超道：「旗牌怎敢違差？但提那龍潭鮑福，乃多年有名水寇。屢次有官兵前去捉，只見去，而不見回來。旗牌無兄無弟，只此一人，可憐現有八十二歲老母在堂，旗牌今日去了，何人侍奉晚年？望千歲爺施格外之恩，饒恕殘喘，合家頂感！」

狄公道：「你只管放心前去，本藩將你交與一個人保護。」遂喚余千。余千朝上爬了幾步，狄公道：「你既要代主伸冤，必要鮑福到案，方能明白。今將董超交你同去，至龍潭將鮑福提來。董超好生回來，你主人的冤仇自伸。董超有傷，你也莫想得活。」余千應道：「千歲，差官但放在小人身上，包管無事。」董超雖聞此言，終有些膽寒，但奉千歲差遣，怎敢推委？恐觸本官之怒，少不得領下令箭，即同余千回家收拾行李。狄公又拔令箭一枝：「去把賀世賴拿下，亦交恩縣唐建宗管接，候本藩提審。」分付已畢，退堂，仍與駱賓王相談，不提。

單言那恩縣唐建宗接了軍門令箭，連忙帶人役至賀世賴公館，將賀世賴拿下，亦看押在獄神堂中。又分付放了駱宏勳的刑具，不可缺了他的茶飯，恐誤大人提審。駱宏勳方知余千告了軍門狀子，稍放心懷。

且說董超同余千至家收拾，家中妻妾、兒女並八旬老母，俱皆痛哭，同出來託余千。余千道：「請太太並大娘放心，包管無事。諸事總在我身上，不要耽心。」董超無奈，只得收拾行李，辭別母、妻，同余千奔江南而去。未知此去吉凶如何，且聽下回分解。

第四十六回 龍潭莊董超提人

卻說董超辭別母、妻，同余千奔江南而去，在路非止一日。那日來到龍潭，余千乃是熟路，引董超直奔龍潭莊。來到護莊橋，董超立住身，道：「余大叔，你先進去，咱家在此等候大叔。將話說明，你親自出來喚我，我才進莊，若別人相喚，就是強盜了！我就溜去逃命！」余千道：「你也說得是，待我先進去說罷。」

邁步過橋，行至大門，門上人道：「余大叔，你回來了？」余千道：「回來了。」余千問道：「老爹可在家麼？」門上人道：「山東花老爹姊舅同任大爺、揚州徐松朋大爺，都在這裏客廳內談論。」余千不用通稟，一直進門，心中想道：「我因事急，先來通知鮑老爹，打算明日到揚州通報徐大爺，不料徐大爺也在此地，兩得其便。」

來到內客廳，眾人一見余千回來，盡皆失驚，連忙問道：「你怎麼回來這等急速？你大爺今在何去處？」余千聽罷，不覺放聲大哭，說道：「在路上又惹出禍來了！」花振芳有翁婿之親，甚是驚慌，忙問道：「惹出甚麼禍來了？」余千將路過巴九爺寨，誤傷少爺之事，說了一遍。巴九弟兄四人，聞說傷了侄兒，盡皆怒目豎眉，大怒道：「我們弟兄九人，只此一子，今被傷死，豈肯干休？先殺其僕，而後尋其主！」欲奔余千。鮑賜安道：「諸位賢弟，且莫動怒。事要論輕重，評是非，不是一味動狠的。且在我舍下，如何動得粗魯？即要代侄報仇，到別處再講，今日暫停。」巴氏弟兄見鮑賜安有護衛余千神情，在他一畝幾分地內，竟不能行粗，遂含怒而坐。

鮑賜安道：「你才不聽見余大叔說？是令侄無故率領多人，舉棍相害。曾聽說當場不讓父，舉手不容情。駱大爺若不動手，竟候著令侄打死罷！他的命，竟一個錢也不值！我也素聞令侄，不過長了一個蠢漢，比得駱大爺那一塊？近來，駱大爺又是令甥婿。今既誤傷令侄，叫駱大爺日後孝敬孝敬賢昆仲就是了。」巴氏弟兄素亦甚愛駱宏勳，今被鮑賜安一番話，說得快爽，俱各氣下。

花振芳因有翁婿之情，礙於開口，只一言不發。見鮑賜安勸解巴氏弟兄氣已稍平，方問道：「誤傷巴結之後怎樣了？」余千道：「主僕恐寨內人追趕，奔老寨，酸棗林路徑曲折，錯向胡家回走去。幸遇先老爺門生金鞭胡璉大爺，留至家中商議，叫我主人速回江南，相請鮑老爹赴山東，與巴九爺商議。又請了胡理二爺來，開長葉嶺口，令我主僕奔逃。日落方至黃花鋪，住了歇店。半夜天降大雨，次日不能行走，只在店內住。店門對過，是歷城縣的公館，那縣官就是賀世賴。他看見我主僕在，暗暗約同恩縣唐老爺，率領兩縣人役，將大爺硬誣為盜，打得寸骨寸傷。彼時，小的在後園出恭，多虧店小二通信，越牆逃脫。欲回江南，送信徐大爺、鮑老爹，生法救主。已行三十里，在林內歇息，想道江南相隔千里，身邊分文全無，如何能行？意欲林中尋死，又料大爺不知，反道我忘恩負義，又不知逃奔何處去了！處於無奈，仍回歷城自投，與主人皆死。將到歷城，路遇大爺堂兄賓王和尚，要去拜見狄仁傑千歲。問其來由，將小的帶進衙門，面稟狄千歲。狄千歲發了一枝令箭，差旗牌官董超與我同來，相請鮑老爹，並提私娃一案提審。董超不敢進來，今在莊外候信。」

花振芳、徐、任三人聞得駱宏勳被難，俱各墜淚。惟鮑賜安聽得狄軍門差人前來捉他，並私娃一案，不覺雄心大怒，忙傳前面聽差的人：「速將差官捉來，扒出心來下酒！」花振芳聞余千說鮑賜安一到，駱宏勳之冤即伸，乃勸道：「你這老奴才，方才勸人不要動怒，臨到自家頭上，就不能三思了？今日不過叫你去做一個見證，有何大難為你處？一到案，駱大爺之冤即伸，他主僕豈不感你之恩？何必如此動怒！」鮑賜安道：「賢弟不知，自二十年前，我就在此居住，從無官差敢進我莊。今若容留此人，豈不壞了例了？又被他人笑我年老無能，受人節制了！」

余千見鮑賜安不容董超，遂雙膝跪下，說道：「臨來之時，狄千歲諄諄命之，董超無事回，主人亦自無事。若董超有傷，我主僕們亦莫想得活。今老爹若殺董超，就殺小的主僕了。望老爹殺了小的，留下董超性命回去，以抵我主人之罪！」說罷，大哭起來。在此之人，無不下淚。鮑賜安是個有情有義、心慈面軟之人，見余千願死保留董超，一團忠義之心，連忙扶起余千道：「你既能為主盡忠，我豈不能為義全友？拚著老性命，走一遭去罷了。余大叔，出去請那差官進來。」余千歡天喜地，走至護莊橋，請董超進內。董超心懷鬼胎，提心吊膽，隨著余千進來。

到了客廳，眾人相見，分賓主坐下，董超道：「奉敝上人之命，特請老先生大駕，並提私娃一案，敝上人訊問。」鮑賜安道：「久聞狄千歲保國忠良，每欲謁見，奈無故不便。今有來令，正合我意。私娃案中梅修氏，現為我義女，亦欲代他辨明。狄千歲久歷朝綱，經見自多，今蒙提訊，亦義女見天之日也。去是要去，只是無有定期。在下有一心事，今日做了，明日就起身。明日做了，後日就動身。一年做了，就要一年才起身。少不得屈大駕在舍下等候等候。」董超道：「請問老爹有何貴幹？倘一時不能做，何不回來再做？」鮑賜安道：「我存心離此久矣，意欲連家眷一同移居山東。」指著花振芳道：「與我這花兄一處同居，離長安稍近，就便到京中，將那些擅專國政的奸佞，宰殺宰殺，替國家除害。連這件事一併做了，省得又回來。」

董超不敢諄問何事，又說道：「小人在府坐擾，倒也甚好，只是家中有八十二歲老母在堂，衣食無出，如何是好？求為作主。」鮑賜安道：「差官不要心焦，我這事，已差人打探去了。如早做就罷了，如要日子長了，每月在下差人送二十兩足紋到府，與老太太使用，如何？」董超因見水旱兩個老兒俱在此地，本不願在此留住，但得保全性命，即是萬幸，那裏還敢推託？

鮑老分付擺酒，正在歡飲，只見濮天鵬兄弟自外而來，走到鮑賜安耳邊，低低的說了幾句言語，只見鮑賜安聽了大喜，不知他二人說些甚麼。正是：

獵人正欲布羅網，飛鳥舞翅自飛來。

要知後事如何，且聽下回分解。

第四十七回　花振芳兩鋪賣藥酒

話說眾人正在飲酒時，濮天鵬弟兄進來，與眾人見禮之後，在鮑賜安耳邊說道：「打探明白，王倫升的是金陵建康道，不敢走水路，懼怕我等，起旱而來，明日即到龍潭，從浦口過江。」鮑賜安聞聽此言，不覺大喜，向董超道：「差官，不要著急了，此人明日即至此地，捉住一併同行。」董超問道：「此係何人？」鮑賜安道：「此即吏部尚書的公子王倫也。原是嘉興府知府，今升建康道，明日從此路過。」又將向日與賀氏通姦，並二鬧嘉興之事，俱說了一遍，又道：「我原許任正千活捉姦淫，故欲踐前言，而不失於朋友也。」董超方才明白。鮑賜安又分付濮天鵬：「多差幾人，遠近打探，不時來報，莫要讓他過去了。」濮天鵬領命，將聽差之人差出十個前去打聽。

這邊席上，因有此事，大家都不大飲，連忙用飯。吃飯之後，鮑賜安自去分付差人等。余千用過飯，向徐大爺面前問道：「大爺幾時來此？」徐松朋長嘆一口氣，說道：「自你主僕去後，我上莊收租，過了十八九日回來，欒家擂臺也拆倒了，並無個動靜。家中過了兩日，那日早飯已過，縣內聽事吏拿了張老爺名帖，進來請我。我問請我何事，聽事便道：『張老爺有個公子，欲棄文習武，特請徐相公為師。』我想在家恐與欒一萬這廝鬥氣，且往縣內躲躲是非。遂騎了牲口，同聽事吏進了衙門。二堂之上，站立百十餘人，我亦當是此書役站班，不以為意。孰知眾人見我一到，即把宅門一關，背後跑出數人，將我拿倒，上了手肘腳鐐，吆喝一聲，老爺出堂，將我帶過，問我：『怎麼相留大盜熊鐵頭、方郎等七人，打劫甘泉山下吳仁輔家？並採其妾之花？』我道：『武生絲毫不知，老父母何出此言問我也？』老張道：『你同伙之人，已被捉獲，說與你是拜過的盟弟兄。因路過，至你家看望，被你留住，晚間方動得手。連你與他拜那庚書名帖，俱繳在此。你如何只推不知？』我說道：『老父母將強盜提出，武生與他對面口供。』老張遂發監票，監中提出七個強盜。熊鐵頭、方郎那兩個狗頭，好生利害！未曾到堂，就大叫道：『老大，你休怪我們攀你出來，只因恨你心狠情薄！所劫財帛，你是雙份。淫姦女娘，是你受用。我等被捉多日，你毫不相顧，亦不來看望看望。昨日實受刑不過，說出你來，我與你當堂受罪！』我與他分辯，他一口咬住也不饒，老張信以為實。因我是個武生，未曾詳❶去前程，不能妄動刑法，把我收禁獄中，做詳通報，詳下方才嚴審。我入監之後，有個禁頭朱能，平日受過我之恩惠，諸事照應，及無人之時，低低告訴道：『是欒一萬家門客華三千，二百兩銀子買囑馬快頭役馬金，分付強盜熊鐵頭相攀。又恐本官不信，華三千暗開你的庚帖，與他為憑，到今日有此禍也。』我方知道是欒一萬買盜扳害，甚為焦躁。不料我大娘叫徐一到龍潭通信與鮑老爹，鮑老爹前日到揚州反監劫獄，救出我來。料揚州不能居住，將細軟物件打起包裹，家人奴僕各把幾兩銀子，令各歸其家，攜同大娘，連夜奔此。」

余千方知徐大爺來此之故。又問花老爹、任大爺是幾時到此。花振芳道：「前日將老太太並桂小姐請至山東，恐怕你大爺認以為真，有傷身體。住了七八日，攜同任大爺自東路來揚州，相請你大爺。因在路陰雨阻隔，昨晚才到揚州。到徐大爺府上一看，大門硃筆封條鎖著。訪問鄰人，方知被人誣害，今

❶ 詳：下級官員呈文，向上級報告請示。

反了獄，連家眷都逃去了。我料必是鮑老相救，今日才過江來。」你談一陣，我稱一番，天已夜暮，大家安臥。

次日，俱各起來。探事的人，不住報信。一個說王倫已到某山，一個說王倫已至某鎮。鮑賜安令濮天鵬在江中預備下大船八隻，將家中細軟物件著人搬運，凡值錢桌椅條臺，缸甕盆木，盡皆上船，帶到山東住家好用。又說道：「但願他臨晚至此，省得我多少手腳。」又著三十個聽差之人，各持鳥槍長叉，扮作打獵人模樣。又令四人拿了四面銅鑼，等王倫來時鳴鑼吆喝，說此處有三隻大蟲傷人，夜間不可行走，詐唬住他，以便動手。

遂向花振芳道：「此地沒有歇店，又無人家，王倫必借三官殿做公館。他今現任之官，自然轟轟烈烈，建康自有長班，嘉興定有送役，連他家奴僕等人，我諒他有百十餘人。動手時雖不怎樣，到底人多礙手。我今與你分作兩處成事。令人在三官廟不遠山崗以上，搭起兩個茅篷，把好酒抬去五七罈，那話兒藥帶過兩包。你領徐大爺夫妻，並小女小婿四個人，分作兩鋪。女將掌櫃，輕輕的價錢，大大的盤子。那跟隨王倫來的人，走得飢餓，自然來買。在店來飲者，下藥。提進廟來，發真酒。弄倒幾個是幾個！我同巴家四位賢弟、任大爺、余大叔、董差官、濮天雕，在三官殿專捉王倫、賀氏，方得妥當。」眾人起身道：「好！」

鮑賜安叫人在三官廟北首三官崗上搭起兩個茅篷，又叫女兒、徐大娘各自收拾，諸事齊備。天有下午時候，打探人來稟道：「王倫離此，只得三十餘里了。」鮑賜安道：「他後至此，天已日落，正在住宿時候。」連忙捧出酒罈，眾人飽餐一頓，夜間好動手。看看日落，個個暗藏兵器在身，出了莊門，奔三官廟的奔三官廟，奔茅篷的奔茅篷，各行各事。

且說鮑賜安領眾進了三官廟，消安師徒相迎，分賓主坐下獻茶。消安問道：「諸位檀越，從何而來？」鮑賜安道：「長者亦知兩鬧嘉興，未得其人。今日王倫升遷建康道，自早道而來，少刻即至。特來此地等候。」消安聞聽此言，道聲：「阿彌陀佛！冤仇可解而不可結。論王倫，其心奸惡，今應捉拿。但任檀越既然巨富，何愁無佳偶為妻，而反贖妓女？不慎於始，故有侮於今，諸事只悔當初。諸檀越不來，貧僧不知，貧僧亦不敢深管。今既告訴貧僧，貧僧出家人，以好生為念，在諸檀越前乞化此二人，放他過去罷。」

任正千道：「此乃在下傾家殺身之仇人！既相逢，豈能輕放？別事無不遵命，此事斷乎不能。」消安聞他不從，就有幾分怒色。鮑賜安極其捷便，乃道：「消安長老從不輕易乞化，今既相化，任大爺亦不必過執，就放他過去罷了。」消安見鮑賜安應允，諒任正千無能為也，乃曰：「謝諸位檀越莫大布施，貧僧無以為報。」命黃胖獻茶相敬。

不講眾人在廟伺候，且說王倫一眾行至龍潭，天色日落多時，意欲趕浦口住宿。正行之間，只見三個人一班，五個一班，有二十多人，各持鳥槍長叉，似乎打獵之人，不以為意，仍催人夫前行。忽聽得鑼聲響亮，又聽吆喝之言，道：「行路客商聽見，此地有三隻大蟲，夜夜出來，傷了無數行人。早些歇住，不可前行。倘若見你，性命休矣！」眾人聽得有三隻大蟲，盡皆打了個驚，一個個都將腳停住。王倫亦也聽見，道：「我有百十餘人行走，就有大蟲，亦早避去，怎敢前來相傷？」賀氏在轎內道：「凡事謹慎，方無差錯。鄉人既說有虎，自然不虛。天已晚了，何不就此住下，明日早行。即有虎不能相傷，

第四十八回　鮑賜安三次捉姦淫

話說班頭領命，王倫催動人夫隨後。且說班頭來到山門，用手敲門，裏邊黃胖問道：「那一個？」班頭道：「建康道王大老爺路過此地，天晚無處歇，要來廟中做公館，叫你們伺候！」黃胖暗道：「該死的孽障！凶神五道爺正要拿你，被我師徒化下，自投而來！」又不好直言相告，回道：「此廟房屋頹壞，不可居住，別處再換公館罷。」班頭道：「別無落地，惟你廟中寬闊，速速開門，王大老爺後邊即到！」黃胖道：「好厭人！對你說沒有房子，還在這裏歪纏。」班頭見不開門，只得回來。

王倫也到，人夫已離不遠。班頭上前稟道：「小的才到三官廟叫門，和尚只是不肯開門，回說廟中房屋傾壞，別處再尋公館。小的又道大老爺就到，叫他速速開門，他反說小的惹厭，與他歪纏哩！」王倫道：「或者真是房屋壞了，怎奈別無可住之處，這便怎處？」賀氏在轎內冷笑一聲道：「好個三品道爺，連一個破廟也不能借！又不是長遠住，不過暫住一宵。且又是晴明天氣，管他漏與不漏，就是不肯借罷了。也未見這種和尚，一發可惡，又不頂❶了你的屋去！」王倫被賀氏幾句言語激得心頭火起，分付人夫，直奔三官廟前來，看他敢不容留。

且說黃胖打發班頭去後，進來對師父說知。消安眉頭一皺，想道：「雖已推去，必還要來。這些英

❶頂：取得或轉讓房屋的所有權。

雄若是看見，那裏還得顧化過未化過？我將他眾人請至旁院兩間淨院中奉茶，使他不見面，或者可饒過。」遂道：「諸位檀越俱已布施過此二人，但貧僧心中終有些狐疑。如真心施捨貧僧，檀越今日俱莫回去。此廟旁有一小院，是兩間淨室，乃貧僧師徒下榻之所。請諸檀越進內，貧僧奉茶一壺，辦幾樣粗點心，同談一宵，護過去，方才放心。貧僧所化者，是免他今日之死。後來他處殺斬存留，貧僧莫敢問他。不知諸檀越意下何如？」鮑賜安道：「既已出口，那有改悔？今若不信，我大家就領厚情。」於是起身，俱到旁院淨室來坐下。

不多一時，外邊敲門甚急，消安師徒知是王倫等來了。遂辭了眾人，走出小門，回手將門帶上，用鎖鎖上，才到山門。問道：「何人敲門？」外邊道：「大老爺駕到，還不速速開門！」消安即刻開了門。人夫馬轎，俱各進內。三官殿本是兩層院落，賀氏丫鬟進後殿，人夫俱在山門以外。王倫、賀氏拜過三官大帝之後，來至殿坐下，分付喚本廟的住持。消安走進，謹遵法規，雙膝跪下。王倫道：「好大膽的和尚！本道到此天晚，差人前來借宿，你怎麼閉門相拒？天下官，能管天下民，輕我建康道，不能管鎮江之民麼？」消安道：「先前差官來，僧人不知在後。相回者，乃僧人一個徒弟。雖然傾壞，豈不可暫住一宵？差官去後，僧人方知，故前來伺候。」王倫見消安說得在理，先乃是徒弟無知，就氣平了，說道：「你既不知，不罪於你。下去！」消安又磕了個頭出來，又開鎖進旁院而來。

且說任正千等見消安師出去，向鮑賜安道：「老爹費了多少心機，欲捉姦淫，今輕輕就布施了和尚，豈不枉費其心乎？」鮑賜安道：「諸公不知，消安師徒有萬夫不當之勇，且性如烈火。先任大爺不肯應允，他們有怒色，我故隨口應允。若不允他，他師徒必然護衛王倫，再通知信息，豈不是勞而無功？」

眾人道：「他今出入俱用鎖，我等如何得出去？」鮑賜安道：「牆高萬丈，怎能禁你我？三更天氣，自有法。」又叫過濮天雕來，附耳如此如此。濮天雕聽得含笑點頭。消安已走進來相陪，命黃胖烹茶，點心做了。這且不言。

且不表王倫一眾人在路上已吃過晚飯，住了公館，不過用點心、茶酒。點心是有隨行廚役做成預備，茶酒他馱子上自帶銅鍋、木炭、風爐，毫不驚動和尚。下邊人役，一路疲倦，餓是不餓，都想要酒吃，解解倦乏。就有那個好吃酒的，未曾到那裏，他就先就看看糟坊酒店。進廟之時，早已望見廟北崗子上兩個酒字燈籠。諸事完備，揀契厚的約幾個，走去打酒吃。原要打到廟中吃，及到酒店中，見兩個鋪中俱是女人在此，況且又生得妖嬈可愛，即不肯回廟，要在鋪中吃酒看女人。一盅下肚，皆直眉豎眼，麻癱在地下。鋪後有留得便門，從後邊拖出，丟在澗溝內。有的人打酒到廟中吃者，花老等發的是好酒，□❷子又大，回廟說酒鋪中兩個俊俏女人掌櫃。個個將酒拿回鋪中，以借杯為由。三月天氣，那有吃冷酒之理？要在店中煨暖，花裏尋春。花老等放藥下去吃了時，亦照前拖入澗溝。正是：

禿子頭上打蒼蠅，來一個得一個。

人夫傳書役，書役傳內丁，但凡衙門中人，那一個不好眠花宿柳？未到一更天氣，百十人，俱皆迷倒八九十。未迷者，是那不吃酒老成人，並王倫不時喚呼者，不過十數人。

❷ □：此缺漏字經綸堂本、東泰山房本均模糊不清，不擅改。

天有二更時分，鮑賜安聽著外邊沒有喧嘩之聲，已料是花老擺弄的了。見消安師徒不離左右相陪，鮑賜安故作瞌睡之狀。消安見鮑賜安是年尊之人，遂道：「何不在貧僧床上安睡安睡？」鮑賜安道：「卻是有些倦意，諸公在此，我怎好獨睡？」眾人都會意，齊道：「我等明日都要起身，亦不能坐談一夜。美茶點心，俱已領過，卻都要睡睡才好。」消安暗道：「叫他們屋內安睡，我師徒門外坐防，必不礙事。」遂道：「既諸位欲臥，何妨草榻？只恐有屈大駕。」眾人道：「我等不過連衣睡睡，誰還脫衣？」於是英雄九位，俱在他師徒兩張床上而臥。消安將燈吹熄，同黃胖走出房門，回手帶過，搬了兩條凳子，各坐一條，各人身旁倚一根生鐵禪杖，在外面防備。

卻說鮑賜安睡未多時，輕輕起身，悄悄的走至房門首，望外觀看。正是三月十五日，外邊亮月如晝，又兼消安不過帶上房門，卻未帶合，上有一空。鮑賜安看明白，懷中取出香來，暗暗點著，放在空中，口一吹，不多一時，消安師徒兩個噴嚏，皆倚壁而臥。鮑賜安喚眾人開了房門，仍舊照前帶過。走至小門，又將門撥開，眾人出來，亦帶過，將鎖扭吊掛上。各持兵器看了看，角門關閉，眾人一縱，俱躥過去，將角門開了，令董超走進。董超見他八人一縱，即過丈餘牆垣，早已嚇得膽戰心驚。既入虎穴之中，少不得放了膽，隨他進去。鮑賜安諒後邊沒有多人，也不用香了，恐誤工夫。打開後門，將丫鬟僕婦盡皆誅之。

王倫、賀氏雖然睡了，卻未熄燈，一見眾人進來，只當是強盜行劫，及見任正千進來，知性命難活。任正千一見王倫、賀氏，那裏還能容納？舉起雙刀就砍。鮑賜安用刀擋住，說道：「大爺莫要就殺，我還要審問他哩。」任正千聽了，只得停留。鮑賜安令他二人穿起衣服，用繩綁了。兩廊下還有六七個家丁，聽得殿上一片聲響，即來救護，俱被殺死。鮑賜安將王倫、賀氏行囊，各色細軟物件，金銀財寶，打起六個大包袱。余千、任正千、巴氏弟兄四人各背一個，鮑賜安兩脅夾著王倫、賀氏。董超腿已唬軟了，空身尚跟隨不上。

大家出了山門，奔茅篷中來。及至茅篷中，余千道：「濮二爺尚未來到。」鮑賜安道：「余大叔你莫管他，他後邊自來。」又道：「我等速速上船，奔路要緊！」大家奔至江邊，上了船。濮天雕背了一個小包袱亦到。鮑賜安點過人頭，分付拔錨，開船而行。

且說天已發白，消安師徒醒轉，自道：「今夜這等倦乏，一覺睡到天明。」起身走出外邊一看，欲到小門照應王倫人眾，一看門竟掛著，說聲：「不好！」回身進房，那裏還有一人？越過牆走向後邊一看，只見屍橫滿地，一路血跡，東一個屍首，西一個屍首，並無一個生人。消安不看猶可，看了時，有詩為證，詩云：

禪心陡發怒，氣極挫鋼牙。
只說蒙一諾，豈料變虛言。
交朋原在信，始不亂心田。
今遭奸詭騙，前語不如先。

話說消安心中發恨道：「我今找著你這班匹夫，與你豈肯干休！」回至房中，束腰勒帶，欲趕眾人，轉一看床頭，板箱張開，用手一摸，大叫一聲：「好匹夫，連我他都打劫去了！」正是：

費盡善言將人化，代人解結反被偷。

畢竟消安不知追眾人如何，且聽下回分解。

第四十九回　鮑賜安攜眷遷北

卻說消安師徒正在扎束，欲奔鮑賜安家爭鬥，抬頭一看，床頭上一個板箱張開，用手一摸，衣缽、度牒❶俱不見了。大叫一聲：「好匹夫，連我都打劫了去了！」隨同黃胖各持鐵禪杖，奔鮑賜安家而來。及至門前，大門兩開，並無一人。他師徒是來過的，直走進內，到七八層院中，也未看見一人。看了看桌椅條臺，好的俱皆不見了，所存者，皆破壞之物，看光景是搬去了。心中還不信實，直走進十七層房內，絕無一人，這才信為真實。想道：「此人帶許多東西，必自水路而去。昨同巴氏同伙，又定是搬赴山東。我師徒沿江邊向上追趕！」於是二人又行，走出鮑家莊，奔江邊往上追來。

追了有三四里路程，看見前邊有八隻大船在江行走，幸未扯篷，又見末尾那隻船頭上坐了十數個人，談笑暢飲，仔細看之，竟是鮑老一眾。消安大叫一聲：「鮑賜安，好生無理！你與王、賀有仇，貧僧不過代你們解冤。不允便罷，因何將俺的衣缽、度牒一併盜來？」鮑賜安等由他喊叫，只當不曾聽見，仍談笑自若，分付水手扯起三頁篷來，正是順風，那船如飛去了，把他師徒拋下約略有五六里遠近。鮑賜安又叫落下篷來，慢慢而行。消安師徒在岸捨命追趕。追趕上，叫道：「鮑賜安，你好惡也！俺與你相交多日，如何目中無人，呼之不應？日後相逢，豈肯干休！」鮑賜安又分付扯起三頁篷，船又如飛的去

❶ 度牒：僧道出家，官府發給的憑證。

了。

看官，僧家衣缽、度牒，猶如俗家做官憑印一般，如何不趕？又行了四五里路，鮑賜安又叫將篷落下，消安師徒又趕上。趕上又扯篷，落篷又趕上。如此三五個扯起，將消安師徒暴性已過去八分了，又叫：「鮑居士，老檀越，我今知你手腳了，望你看素日交好，還我衣缽，我即回去了！」鮑賜安見他氣有平意，分付掌舵的把舵一轉，扯過船頭，拱手說道：「原來是賢弟師徒麼？昨晚在下原是從命，別人不肯，務必拿捉。料來龍潭不可居住，故連夜遷移。在下原要回廟告別，天已發白，又恐驚人耳目，打算遲後五臺山謝罪罷。今日是順風，船不攏岸，得罪，得罪！」消安道：「老檀越，將衣缽還俺，俺自去了。」鮑賜安假驚道：「甚麼衣缽？難道昨夜捆王倫之物，拿錯了？包在裏面，亦未可知。待我住下地方，取包裹時，如在裏邊，在下親送至五臺山便了。」消安道：「老檀越船向北行，貧僧回五臺山亦是北去，何不攜帶攜帶？」

鮑賜安還怕他火性不息，上船施威，分付濮天雕如此如此，濮天雕領計。鮑賜安說道：「既如此，命濮天雕架一小駁船攏岸。」消安師徒跳上，濮天雕用篙一指，船入江心。將離大船不遠，濮天雕故意將櫓一提，一聲響亮，濮天雕連櫓俱墜江心去了。那隻小船在江心裏滴溜溜的亂轉。消安師徒俱唬得魂不在體，叫道：「鮑居士速速救人！」鮑賜安假作驚慌之狀：「長江之中，這可怎了！」消安師徒在小船上東一倒西一歪，又大聲叫道：「我已知你的利害，何必諄諄唬我？」鮑賜安見他服輸，咳嗽了一聲，濮天雕在小船底下冒出，兩手托送小船至大船邊來。消安師徒方登大船，濮天雕亦上大船。

鮑賜安向消安師徒說道：「驚恐，驚恐！」抱怨濮天雕因何不小心，致令長老受驚。忙令斟暖茶來，與他師徒壓驚。吃茶之後，消安問道：「鮑居士欲遷移何處？」鮑賜安將駱宏勳山東贅親，路過巴家寨，誤傷巴結，轉到胡家回，金鞭胡璉兄弟開長葉嶺相送，黃花鋪歇店，賀世賴誣良，余千告狀，董超提人，今欲遷赴山東之事，說了一遍。消安方才明白，笑問道：「居士今夜怎樣出房？又因何拿我衣缽？」鮑賜安道：「實不相瞞，昨見老師求化王、賀，彼時不允，就有些不悅之色，恐驚動姦淫，難以擒捉，故我隨口應之。賢師徒門外防備，是我用香熏迷，方才捉得王、賀，又殺死他家人、奴僕。恐賢師徒仍居於廟，必受連累。我等先行，留下濮天雕盜你衣缽。諒你必忿怒趕來，好一同赴北，以脫連累。賢師徒在岸喊叫，而我不應，既應之，船至江心而墜櫓者，以磨賢師徒之怒耳。若一呼即應，就請上船，賢師徒安肯隨我北往？又安肯輕輕罷休耶？」

濮天雕將昨晚背來的小包袱拿出，雙手捧過，眾人方明白昨日鮑賜安在濮天雕耳邊所授之計，故濮天雕帶笑而應之。消安又問道：「今見殿後所殺者，只有數十男女，而昨晚來時，約有百人，餘者何處去了？」鮑賜安又將花振芳在廟北崗上開酒鋪之事相告。消安如夢初醒，暗道：「怪不得天下聞他二人之名，乃水旱之巨魁也！」

少不得隨他的船，上來到了揚子口岸。過了揚子江，入了運河，過淮安，奔山東，到濟南碼頭灣了船。余千向眾人說道：「船路上水甚遲，計旱道至歷城，要快兩日。小的自旱道先至歷城，以觀家爺動靜，並通知諸位爺後邊即至，使家爺稍寬心懷。諸位爺坐船，後面來罷。」眾人答道：「亦使得。」惟董超不大願意，乃說道：「余大叔，向日來時，敝上人當面說過，包管駱大爺無事。你急他怎的？還是坐船同行好。」鮑賜安早知其意，笑道：「董差官之意，我明白了。余大叔是你保駕之人，恐他去後，我不敢見狄千歲，欲起謀害足下之心。這就差了！若我怕這件官司，今日不連家眷都來了。董差官莫怪我說，前日我不來，你又豈奈我何麼？今既來，我是不怕的。你若不放心，不妨同余大叔自早道先行，到歷城等俺。」董超暗想道：「此話一毫不差，他前回不來，我又能奈他怎樣？他今既來，就不怕了。」遂道：「老爹英名素著，豈是畏刀避劍之人？既如此，晚生陪余大叔先行甚好。」

鮑賜安聞董超願意先去，叫女兒取出四大錠銀子，一個大紅封套，說道：「既差官先行，這分薄儀帶回府上，買點東西孝敬老太太，也是提心吊膽，為我這件官司。」董超道：「請得駕來，已賜恩不小，那裏還敢受此大禮？」賜安道：「差官放心，我從不倒賍❷的。只有一事奉託，貴衙門中上下，代俺打點打點。我到時，俱把俺個臉面，莫道俺『水寇』二字，我要大大相謝哩！」董超滿口應承。又道：「恭敬不如從命。」將二百銀子打入行囊之中。鮑賜安又拿出二十兩散碎銀子，交付余千，叫他用作二人一路盤費，余千接過，放入褡包。二人拜辭登岸，望歷城而去。

不兩日，到了歷城，董超留余千至家款待。余千道：「方才路上用的早飯，此刻絲毫不餓，又吃甚的？你回家安慰老太太，我且到縣監中打探主人的信息。約定在貴衙門齊集，同見千歲罷了。」董超道：「也罷。舍下預備午飯等候。繳過令箭，再同大叔回來食用。」余千道：「這個使得。」行至岔路口，二人一拱而別。

余千奔恩縣監牢。來至恩縣衙門，一個熟人沒有，如何能得其信？走過來，行過去，過了半刻工夫，心內一想：「監牢非比別地，若無熟人引進，如何能入？不如還至軍門衙前，等候董旗牌，央他同來，

❷倒賍：索回受賄或盜竊得來的財物。

方能得見主人。」邁步向軍門衙前。衙門左首有一茶館，走進館去，揀了一副朝外的坐頭坐下，望著街上人行，以吃茶為由，實候董超也。等了一個時辰，還不見來，只得又換一壺茶，又添兩盤點心吃著等他。

且說董超出門之後，妻子兒女日日在家啼哭，諒必不能回來。鄰舍親友不料今日董超回來，合家歡喜，以為大幸。親友來瞧看時，前後問一遍。鄰舍恭喜，把這始末之由說一番。再抱了兒子頑頑，一時不能分身上衙門。

再講佘千在茶館，左一壺右一壺，總不見董超到來。正在那裏焦躁，忽見街上一班人，有五六十個，各持槍刀棍棒，護著兩輛囚車。車後又有一位官員，騎馬隨行。滿街上觀看，說道：「誣良一案起身了。」佘千也立起身來，手扶欄杆觀望。及至跟前，仔細一看，兩輛囚車之中，一輛乃是主人。佘千不解解赴何處，故問同坐之人道：「此案解赴何處？」那人道：「狄千歲前日奉旨進京，一時不能回來，分付恩縣唐老爺將此案押至京中。因候旗牌董超提拿鮑福，一併起身，所以遲了。這幾日想是董超到了，今日起解❸呢。」

佘千方知狄千歲已經進京。心想道：「賀世賴被捉之後，自然有信進京通知王懷仁兄弟。這兩個奸黨，其心奸險異常，倘若差答信於恩縣唐建宗，於路謀死，報個病故呈子，死人口內無供，賀世賴則無事了。我佘千今既來到，在後邊遠遠相隨。」

不知後事如何，且聽下回分解。

---

❸ 起解：押送犯人上路。

第五十回　駱宏勳起解遇仇

卻說余千心想：「遠遠相隨，暗地保護主人，方才放心。」算計已定，打發了茶錢，隨後而行。凡到集鎮，吃飯時節，讓他們在大店吃，余千在小館吃。臨晚宿店時，余千不歇在對門，即在左右。囚車早走，他亦早走。囚車晚住，他亦晚住。只因人多行遲，一日只走得四五十里。

在路行了兩日，那一日晚飯時候，到了一個敗落集鎮，名為雙官鎮，人家雖有許多，而開張飯店者甚少，只有一個飯店。解差人等並押官唐老爺，俱住下用飯，余千躲在店外坐候。候眾人吃飯起身之後，余千也走進店來坐下，叫店家隨便取點東西來吃。店家滿口答應：「有，有，有。」余千坐下一會，催道：「快拿來我吃，還要趕路呢！」店家又應道：「曉得！」又停一時，余千焦躁道：「怎麼滿口應有，不見拿來，卻是為何？」店家笑道：「實不相瞞，我們這塊是條僻路，不敢多做茶飯。先來了五六十個解差之人，將已做成茶飯盡皆吃去，尚在不足。如今又重下米，飯將熟了，我故應有。」余千想道：「不吃飯罷，此路卻生，不知前邊還有飯店否？他說就熟，少不得候著點，腳要放快些，趕他便了。」又停了半刻，店家方捧饅首、包子、飯菜來，余千連忙吃點，付過飯錢，走出店門，邁開大步，如飛趕上。

趕了四五里，路上總看不見前邊之人。余千疑惑道：「難道趕錯了路子？不然怎看不見人行？」又走了有半里之地，有一松林阻隔。轉過松林，見大路上屍橫臥倒，囚車兩開。余千道：「不好了！必是巴九聞知解京之信，趕來相害。」又轉想道：「巴九趕來，也只傷害主人，不肯連官府一併殺害。」遂大哭道：「大爺，你好時衰運退！無故被誣，受了多少的棍棒，待斃囹圄。小人捨死告狀，稍有生機，不料今日又被人殺害！而小人往返千里之苦，又置於無益之地。死的不明不白，為人所傷，叫小的尋誰報仇？」

哭了一場，說道：「我褡包中二十兩銀子，未盤費多少，且將主人屍首扛回雙官鎮，買口棺木盛殮起來，葬埋此地，再回去迎見他們商議。」遂在屍首中找尋半日，並無主人屍首。又細細查點一遍，仍是沒有，連賀世賴亦不在內。余千心想：「五六十人，怎麼獨少他們兩個？真令我不解。」心中又喜又疑，喜的主人不在內，猶還有望想。想這個賀世賴亦不在內，又恐被仇人所劫。並無一個行人相問，天又日落，好不焦躁。抬頭往正北一望，看見一個大莊村，有許多人家，相離此地有二里之遙，不免到莊上打探一番。

邁步行來，離莊一箭之地，有一小小草庵。余千道：「待我進庵，訪問此地是甚麼地名。」走至庵門外，見門外放了一張兩隻腿的破桌子，半邊倚在牆上，桌上擱了一個粗瓦缸，缸內盛了滿滿的一缸涼茶。缸旁有三個黑窯碗，碗內盛著三碗涼茶。余千看光景，是施茶庵子。才待進門，裏邊走出一個和尚來。那個和尚將余千上下看了一看，也不言語，走至破桌邊，念了一聲「阿彌陀佛」，將三碗涼茶吃在腹中，一手托著桌面，一手提著茶缸，輕輕托進庵門，仍倚在牆上放下。余千暗驚道：「此一缸茶，何止數百斤！他絲毫不費氣力，單手提進，其力可知。」又見那和尚轉身出來，問道：「天已將黑，居士還不趕路，在此何為？此處非好落地也。」余千道：「在下遊方路過，不知此地何名，特來拜問，望乞指示。」和尚道：「此山東有名之地，四傑村也。」

余千聽說「四傑村」三字，真魂從頂門上冒出，大哭一聲道：「主人又落在仇人之手了，萬不能活！」和尚道：「令主人是誰？與誰為仇？尊駕如此哭泣！」余千將四望亭捉猴，與欒賊結根，伊請四傑村朱氏弟兄設立擂臺，怎樣打敗，伊又請伊師雷勝遠復擂，龍潭鮑賜安正與他比較，幸虧五臺山消安師徒解圍，前前後後，說了一遍。又道：「我主人駱宏勳避惡上山東，歷城遭誣良之害，千歲軍門提解赴京，今日路過此地，官役盡被殺死，賀、駱俱不見，特來問訪其細。今落入賊人之手，料主人之命必亡，蒙主恩大德，故而兩淚悽惶。」

和尚聽了這些言語，讚道：「此人倒是一個義僕。」念了一聲：「阿彌陀佛，弟子今日要開殺戒了。」余千聞了此言，縱了數步之遠，掣出雙斧相待。和尚大笑：「余千，你莫要驚慌！你方才說擂臺解圍之消安，乃貧僧之師兄。師兄既與賢主相交，今日遭難，豈有知而不救之理？」余千方才放心，上前施禮道：「還是二師父？還是三師父？」和尚道：「貧僧法名消計。三師弟消月，潼關遊方去了。」余千素知他之英雄，聞他願救主人，即改憂作喜，道：「但不知此刻主人性命如何？既蒙慈悲，當速為妙，遲則主人無望矣。」消計道：「那個自然。」

二人同進庵門，消計脫去直裰，換了一件千針衲襖，就持了兩口戒刀，將自己的衣缽行囊，埋在房後，恐被竊盜。余千想起濮天雕盜消安衣缽，深服消計之細，只不肯說出。二人出了庵門，回手帶上鎖，邁步奔四傑村而來。

入村之時，消計道：「他村中有埋伏，有樹之路只管走，無樹之路不可行。讓俺在前引路，你可記著路徑要緊！」余千應聲：「曉得。」消計在前，余千在後，不多一時，來至護莊橋，橋板已抽。消計道：「你躲在橋空以下，待俺自去打探一回，再來叫你。」余千遵命。

消計一縱，過了吊橋，將橋板推上，以預作回來之便。走至莊上看了看，房屋甚高，躥縱不上，甚為發躁。只見靠東牆有一株大柳樹，消計扒在樹上，復一縱，方上了群房。消計是往他家來過的，曉得客廳。自房上行至書房，將身伏下，看了一看。客廳中一桌坐了五個人，朱家兄弟盡都認得，那一個料是賀世賴了。又聽得廂房廊下，有一人哼噯，不知是誰。忽聽朱龍問道：「廚房中油鍋滾了否？」旁邊一個答應道：「才燒哩，還未滾。」朱龍道：「待燒滾時來稟我，我好動手，取出心來，就入油煎酥，方才有味。若取早了，停了時刻，則不鮮了。」那人答道：「曉得。」往後看油去了。

消計聽得此言，知駱宏勳尚在未死，但已燒油鍋，豈能久待？料想下邊哼噯之人，定是宏勳了。欲下去解救，又恐驚動他弟兄，反送駱宏勳性命，須調開他們，方保萬全。回首往那邊一看，有三間大大的馬棚，槽頭上拴扣了十幾匹馬。又見那個牆壁上掛了一個竹燈，掛燈尚點在那裏。棚旁堆著三大堆草料，四下卻無一個人在內。消計一見，心內大喜，道：「不免下去，用燈上之火點著草堆，他們弟兄見了火起，自然來此救火，我好趁此下去搭救駱宏勳，豈不為妙！」想定主意，遂悄悄跳下了房子來，走至馬棚內，將燈取下，拿到了草堆，把草點著。消計心中想：「恐一處火起，不紅不旺！」遂將那三個大草料堆子，四圍盡皆點著，又兼不大不小的東南風，古語云的好，正所謂：

風仗火勢，火仗風威。

祝融❶施猛，頃刻為灰。

霎時間，火光沖天，只聽得一派人聲吆喝，喊道：「馬棚内火起！」合家慌慌張張的忙亂。消計復又縱上了房屋，恐其火光明亮，被人看見他，即便將身伏在這邊，看了看，客廳中還坐著兩個人。心中著急道：「這便怎了？」不知消計果敢下來相救否，且聽下回分解。

❶祝融：上古時期帝嚳的火官，後被尊為火神，常用作火、火災的代稱。

第五十一回　施茶庵消計放火援兄友

列位看官，前一回，並非說話的提筆妄字。話說這樣一個人家，馬棚內豈無一個人夫？而消計起火，這等容易，並未驚覺一個人？只因朱氏弟兄痛恨駱宏勳，要油煎心肝下酒，人生罕見之事，故馬夫辦下草料，亦到廚下看燒油煎心肝去了，所以馬棚內無人。況且駱宏勳日後有迎王回國之勳，位列總鎮❶，亦天使之哉。不然日間解官共五六十人，而且他在囚車之內，就是幾個也殺了，在乎他一人？偏要帶至家中，慢慢處治，以待消計、余千來也。

閒話休提。且說消計放火之後，跳過房子來看了一看，客廳內還坐著兩個人，不敢下來。定睛細看，不是別人，一個是朱豹，在揚州擂臺上被鮑金花踢瞎雙目，不能救火。一個是今日劫來的賀世賴，因路生不能前去。皆是兩個無能之人。消計看得明白，怕他怎的？輕輕下得屋來，走至廊下一看，懸吊一人，哼聲不絕。消計問道：「你可是揚州駱宏勳麼？」駱宏勳聽得呼名相問，亦是低低答道：「正是。足下是誰？」消計道：「我是消安師弟，消計是也。有你家人余千，在我庵中送信，特來救你。你要忍痛，莫要則聲。」遂一手托住駱宏勳，一手持刀，將繩索割斷了，也不與他解手，仍是綁著，馱在自己脊背

---

❶總鎮：明代遣將出征，別設總兵官、副總兵官以統領軍務。其後總兵官鎮守一方，漸成常駐武官，簡稱總兵。清因之，於各省置提督，提督下分設總兵官及副總兵官。總兵所轄者為鎮，故亦稱總鎮。

上。見天井中有砌就的一座花臺，將腳一墊，跳上屋了。

可曾聽見古人云過：「無目之人心最靜。」眼雖未看見，卻比有目之人要伶俐幾分。朱豹聽得失火，心中一躁，無奈眼看不見，不能前去，坐在廳上聽聲音。聞得廳下有唧唧噥噥說話，只當看著駱宏勳之人。至消計上屋身跳，二人怎能無腳步之聲？又聽見瓦片響亮，叫聲：「賀老爺，甚麼響？」那三間客廳格扇，因四月天氣漸漸熱了，俱是敞開，房中燈光，照得對廳上邊亦是光明。賀世賴聽得朱豹相問，抬頭一看，對廳上有一個和尚，身馱一人上屋而去。答道：「四爺，對過廳上有個和尚，身馱一人行走！」朱豹就知盜去駱宏勳了，連叫幾聲。那邊救火，吵吵鬧鬧，那裏聽得見？並無一人答應。朱豹焦躁，走到天井之中，大聲喊叫。朱龍等方才聽得，連忙相問朱豹。朱豹道：「賀老爺見有一個和尚，身背一人，自屋上逃去。」朱龍掌燈火來，只見梁上半截空繩掛著，說道：「難道又是消安、黃胖來了？」弟兄三人各持朴刀❷，率領幾十個莊漢，飛趕前來。

且說消計上得對廳，朱豹早已吆喝，連忙走至群房，跳落地下飛奔，前來到護莊板橋，自橋上走過，忙叫余千。余千跑出，消計道：「你速速背主人前去，我敵追兵。」余千亦將駱宏勳兩隻胳膊套在頸項上，手持兩隻板斧，照原路奔逃。未曾出村，朱龍等趕至橋邊，看見消計手持戒刀，大叫道：「駱宏勳乃貧僧師兄之友，今特救之。蒙三位檀越施好生之德，令他去罷。」朱氏三人一看，竟是自家庵內的和尚，大怒道：「我每每送柴送米，供養與你，你不以恩報之，反劫我的仇人！你師兄是誰？怎與駱宏勳相交？」消計笑道：「我實對三位檀越說罷，我乃五臺山紅蓮長老的二徒弟，消計是也。擂臺上解圍的，

❷ 朴刀：也寫作搏刀、潑刀等。形似砍柴刀，使用時可以安上長柄、短柄。朴，音ㄆㄨˊ，砍；斫。

那是我師兄消安也。」朱氏三人方知他前日所言皆假話，又是假名。朱氏三人道：「你既是消安師弟，就是我的仇人了！」大喝一聲：「好禿畜，莫要走，看我擒你！」弟兄三人並莊漢人，一眾湧上來。消計全無懼色，掀起戒刀，迎敵眾人。

朱虎往南一看，只見一人背著一人，向南奔逃。火光之中，卻看不分明，諒道必是劫駱宏勳的。遂叫：「大哥、三弟，捉這禿驢，俺要趕拿駱宏勳去也！」帶了十數個莊戶，趕奔前來。及至趕上一看，不是別人，乃是余千背主而逃。朱虎想起揚州一腿之仇，大罵一聲：「好匹夫！今日至俺莊上，還想得活麼？」余千也不答，舉斧就砍。戰鬥了十數合，余千遍身流汗，想道：「若戀戰，必定被擒，不如奔至茶庵之中，將大爺歇下，再作道理。」於是且戰且走。

卻至茶庵不遠，虛砍一斧，邁開大步，飛跑來到茶庵的門首，將鎖扭下，走進門來關上。余千兩手扶住茶桌，吁喘不絕，一陣心翻，吐出幾口血來。駱宏勳在他身上看見，叫道：「賢弟，你且將我丟下，你好敵鬥強人。倘若難敵，你好脫逃，通信與徐表兄、鮑老爹，代我報仇。若戀戀顧我，主僕盡喪於此，連通信之人也沒有了。」余千血朝上一湧，話也說不出來，只是搖頭。駱宏勳見他要死，心中不忍，二目中撲簌簌淚下。

且說朱虎正鬥余千，見余千逃脫，領眾從後趕來。及到茶庵，卻不看見，用手推推庵門，竟是關著。知他躲在裏面，大叫道：「與我點火，燒這狗頭，省得敵鬥！」余千聞得取火來，抖抖精神，悄悄走至門邊，輕輕將門拔開，把門一放，大叫一聲，跳將出來。朱虎趕向前來，重復敵鬥。這且不言。

且說鮑賜安打發余千、董超起早之後，吃過飯，意欲開船，忽然西北風大起，船大難行，遂灣住不開。不料西北風刮了一天一夜，總不停息。眾人皆因有余千前去通信，駱宏勳又是軍門沒仇之人，諒無異事，就是遲到兩日，諒不妨事。唯有花振芳，坐船如坐針氊。恁大年紀，江南往返三五次，方才尋得這個好女婿。聞得身陷縲紲，恨不得兩脅生翅，到歷城以觀女婿之動靜。昨日起風時，還望少刻而息，不料刮了一夜。翻來覆去，何曾成睡？天明起來，梳洗已畢，捧進早茶、點心，眾人食用。花振芳面帶愁容，坐在那裏，思想趕路。

鮑賜安取笑道：「那個得罪大相公？心中不悅，對我說，與你出氣！」花振芳道：「我生平好走旱路，從未在這棺材中過這些日子！你這老奴才，既為朋友打這場官司，就該速速趕到，方才使那被難之人不引領而望。怕起旱要用腳走，苦戀在這棺材裏延時刻呢。此地乃濟寧的大碼頭，騾轎車馬廣有，我替你墊腳錢，起旱罷了。你若不肯，我竟告辭先去。」

鮑賜安平日愛駱宏勳，今日阻風，也是無奈，被花振芳提醒，乃答道：「我坐船行走之意，待到歷城，船灣河內，家眷、物件盡在船上，候問過官司之後，尋著地方再搬。今若起旱，除非到歷城上岸宿店了。」花振芳道：「你願意起旱，我則有法。歷城與敝地乃相接地方，苦水鋪離黃花鋪十里之遙。自此起旱，到雙官鎮，有條近路到苦水鋪，約略五日路程。在小店將家眷行李歇下，我陪你上歷城去見狄軍門，豈不是好？」鮑賜安大喜道：「如此行法甚好。」

遂雇了十輛騾轎、二十輛騾車，將衣箱包裹，要緊之物搬於車上，曠大之物，仍放船上灣著，等有了落地再來搬運。悶頭裏提出梅滔、老梅、王倫、賀氏四人，拿了四條布口袋裝起，放在騾車之上。臨吃飯之時倒出，令他食用，食用之後，仍又裝起。花、鮑、消安師徒，一眾人等從旱路奔行。花振芳心急，趕路甚快，每日要行到二更天氣才宿店。

這一日，來到雙官鎮松林之間，見大路屍骸橫臥。花振芳道：「朱家兄弟今日又有大財氣，傷了許多人夫。」眾人正在驚異，又聽得四傑村一片吆喝之聲，燈籠火把齊明。鮑賜安道：「好似交付的一般！不知是那方客商，入莊與他爭鬥，也算大膽的英雄。」正說之間，離莊不遠，火光如日，看見一個和尚被十數個人圍在當中，東擋西遮。眾人不解，因何圍著和尚賭鬥？且說消安、黃胖看見一個和尚被十幾個圍住，心中就有幾分不平之意，正是：

兔死狐悲，物傷其類。

但不知後事如何，且聽下回分解。

第五十二回　四傑村余千捨命救主人

卻說黃胖、消安遂道：「眾位檀越，慢行一步，待俺師徒前去觀望觀望。」巴氏弟兄四人道：「俺隨你走走。」只見六人下了騾車，奔上前來。及到跟前一看，竟是消計。黃胖大怒，大叫一聲：「師叔放心，俺黃胖來也！」朱彪見黃胖，丟了消計，分敵黃胖。黃胖舉起禪杖，分頂打下來，朱彪合起雙刀，向上迎架。黃胖那一禪杖，有千斤氣力，朱彪那裏架得住？「咯喇」一聲，打臥塵埃。朱龍雖戰消計，看看三弟被害，虛砍一刀，抽身就走。消計也不追趕，過來與師兄說話。

且說消安師徒、巴氏弟兄去後，鮑賜安等又見草庵邊也有一起人在那裏敵鬥。徐松朋暗道：「怪不得人說山東路上難走，真個果然矣。」仔細觀看，一人身上背著一人，在圍中衝突。徐松朋驚異，說道：「好像余千?!」不免前去觀看。眾人道：「將車暫住，你我大家一同去看他一番。」相離不遠，看見余千背上背著駱宏勳，被朱虎同幾個莊客圍住，在中間廝殺。那徐松朋緊走幾步，擰擰槍杆，大喝：「朱虎，休要撒野！俺爺爺來也。」朱虎一見徐松朋到來，也知他的救兵來了，脫身就跑，徐松朋托槍追趕前來。花、鮑、任、濮俱到其間。

余千慌慌張張，還在那裏東一斧西一斧的亂砍。任正千連忙走至跟前，叫道：「余千，我等到了！」余千的眼都殺紅了，認定任正千就是一斧，任正千唬得倒退幾步。花振芳又走上前來，叫聲道：「余大叔，我花振芳來了！」余千那裏還認得人？也是一斧。花振芳亦已躲過，說道：「他已殺瘋了，怎麼近前？」鮑賜安道：「他雖然殺瘋，駱大爺自然明白，叫駱大爺要緊！」於是花振芳叫道：「駱大爺，我花振芳同鮑賜安、任大爺等俱在此。望對余大叔說聲，莫要動手，朱家弟兄去了！」

駱宏勳在黃花鋪被捉之時，所受鐵木❶之傷，尚未大好。今被朱家捉去，又打得寸骨寸傷。余千馱在身上，東遮西擋，顛來晃去，亦昏過去了。二目緊閉，何曾看見花、鮑前來？亦料想不及。雖然昏迷，卻未傷兩耳，心中明白，忽聽得花、鮑、任、徐俱到，勉強將眼一睜，眾人直在面前，余千仍持斧亂砍。駱宏勳大哭，叫道：「余千賢弟，花、鮑二位老爹，任、徐、濮各位爺俱到，朱虎也不知去向，你不要使力了！」余千耳邊聽得大爺說眾人已到，把眼珠一定，將眾人一看，叫了一聲，倒臥塵埃。

眾人連忙上前，將駱宏勳兩手鬆開，看了一看，駱宏勳微微有氣，余千全不動了。花振芳扶起駱宏勳，任正千扶起余千。花振芳叫道：「宏勳，宏勳！醒醒！」停了片時，一口氣出，把眼一睜，道聲：「余千賢弟在那裏？」正千道：「世弟，余千在這裏呢。」駱宏勳一見余千面似黃紙，絲毫不動，大哭道：「賢弟呵，歷城我遭難，督衙你伸冤。不憚千里路，江南把信傳。暗地相保護，隨後不敢前。來日遇賊黨，扒心下油煎。央求禪師相搭救，背我逃走到茶庵。幾番我叫你丟下，賢弟搖頭有余千。生生顧我勞碌死，急我命難全。要下黃泉，路上稍停步，主僕同赴鬼門關。」

眾人聽得駱宏勳訴哭余千之忠，無不垂淚。花振芳道：「駱宏勳，你保重，莫要過傷自己。余千乃用力太過，心血湧上來，故而昏去。稍刻吐出瘀血，自然蘇醒，必無礙於命。」鮑賜安道：「駱大爺，

❶ 鐵木：用鐵、木製成的刑具。

方才那禪師搭救，那裏去了？」駱宏勳道：「他乃消安師父的師弟，消計師也。」將自己吊於廊下，蒙他割下相救，馱我上屋而逃，奔至橋邊，才交余千，又遇朱家數十個圍住，又蒙諸位相救，方脫虎穴，前前後後，說了一遍，道：「但不知此刻消計師勝敗如何？」

正說之間，消安、消計、黃胖、巴氏兄弟俱皆來到。徐松朋見朱虎逃走，也不追他，亦自己回來。看見駱宏勳主僕如此情形，好不淒慘。過了一會時辰，只聽得「咯咯」一聲，余千吐出兩塊血餅，只是「噯呀」之聲，不知如何。鮑賜安道：「抬上騾轎，煨暖酒，刺山羊血，與他活血。」眾人將他主僕抬上騾轎，刺了山羊血，各服之後，才與消計見禮。大家相謝，消計道：「均係朋友，何以為謝？」

鮑賜安問道：「駱大爺在恩縣監中，怎至於此？」消計將余千相告狄公進京，令恩縣唐老爺押赴京都聽審，被朱家兄弟殺了官兵，劫去駱大爺並賀世賴，余千到庵中送信，故至他家放火，調誆朱家兄弟，惟落了朱豹、賀世賴兩個無用之人，方才解救之事，說了一遍。鮑賜安大喜道：「任大爺案內，且缺此人。既在咫尺，何不順便帶去？」又道：「任大爺，跟我來。」任正千道：「領命。」鮑賜安帶兩口刀，任正千亦帶兩口朴刀，告別眾人。消計道：「二位檀越，你們俱要記著，有樹者正路，無樹者是埋伏。」任正千、鮑賜安二人道：「多謝指引。」

二人奔莊上而來，只揀有樹者走。離護莊橋不遠，早見二人在橋上站立。朱豹，鮑賜安卻認得，還有一個少年人，卻不相認。任正千指著那人道：「正是賀世賴。」鮑賜安道：「任大爺稍候，待俺去捉來，你再拿他回去，切不可傷他性命，終久是你手中之鬼。賀世賴還要細審細審。」說罷，從莊橋東邊，輕輕的走過河來，看見大門首站了許多堂客，火光如畫。不敢上岸行走，恐被那堂客看見，驚走了賀世賴，在河坡下彎腰而行，走到橋邊。

那朱豹同賀世賴二人，見三個弟兄捉一個和尚，至此不回，朱豹心中發躁，一手扶著賀世賴，同立橋邊觀看。朱豹叫道：「賀老爺，凡事不可自滿，若殺駱宏勳，先前不知殺了多少！大家兄偏要吊起來，先打一番，殺他不遲，叫他零受零受，又要煎他心肝下酒，以至於和尚盜去。諒一個和尚，那裏走得脫？還是捉回，只是多了這一番事情。」賀世賴道：「正是。」二人正在談論，鮑賜安用手在朱豹肩上一扶。朱豹道：「是誰？」鮑賜安道：「做捷快事的到了！」說猶未了，頭已割下。賀世賴正待脫逃，鮑賜安道：「我的兒，那裏走？」伸手抓下來，叫聲：「任大爺，捉去放在車上，也與他一裏衣穿穿，與他妹妹、妹夫相會。」賀世賴方知王倫、賀氏先已被捉。任正千捉了前行，鮑賜安也隨車而來。

且說在門口所站的堂客，乃是朱家妯娌四個人，聞得一個野和尚盜去駱宏勳，丈夫等率領眾人趕去，亦都出來觀看。忽然見河內冒出一人，上了橋，將朱豹割了首級，挾了賀世賴而去，俱皆大驚。朱豹之妻劉氏素娥，一身好槍棒，一個瞎丈夫被人殺死，大哭一聲：「殺夫之仇，不共戴天！」提了兩口寶劍，飛奔前來。朱龍、朱虎、朱彪三人之妻，俱各微曉點棍棒，見嬸嬸趕去，亦各持棍棒，隨後趕來。

卻說任、鮑殺了朱豹，捉了賀世賴，還未出莊，花、徐、濮、巴氏弟兄走上前來，鮑賜安道：「你等又來做甚麼？」花振芳道：「我等同坐無聊，留令婿的兄弟陪消安師徒防守車輛。我們前來，一發將朱家男女殺盡，平了這個地方，省得留他暗地傷人。」鮑賜安道：「也好。」又道：「任大爺，你將賀賊送上車去，我同花振芳頑頑。」正說之間，只見一派火光，有四個堂客，各持槍刀趕來。正是：

方才朋友殺進去，誰知妯娌殺出來。

畢竟不知花、鮑一眾同朱氏妯娌誰勝誰敗，且聽下回分解。

第五十三回　巴家寨胡理怒解隙

卻說花、鮑一眾正進莊來，只見前面來了四個女人，各執槍棍前來。劉素娥大罵道：「好強人，殺我丈夫，那裏走？看捉你！」花振芳才待迎敵，巴龍早已跳過去，敵住劉素娥。巴虎鬥住朱龍之妻，巴彪戰住朱虎之妻，巴豹對住朱彪之妻，兄弟四人，妯娌四人，一場大戰。花振芳道：「我等三人，不可多在此一處，何不竟去搜他的老穴？」於是，花、鮑、徐三人奔入莊來。他家大門已是開著的，三人各執兵器進內，見一個殺一個，見兩個殺一雙，不多一時，殺得乾乾淨淨。將他家箱櫃打開，揀值錢之物，打起六七個包袱，提出莊門，放了兩把火，將房屋盡皆燒毀。巴氏弟兄四人將朱家妯娌殺了，也奔到莊上來，會了花、鮑、徐三人，一家一個包裹，扛回車前，命車夫開車，直奔苦水鋪而來。

不表眾人上車，且說朱龍、朱虎兄弟二人，躲在莊外，又見莊上火起越大，還只當是先前餘草，又被伏火燒著。心中十分焦躁，而不敢前來搭救，怕眾人前來找尋。又聞得車聲響亮，知道他們起身去了，方出來一看，但見沿途：

東西路上滾人頭，南北道前流血水。
折槍斷棍積如麻，破瓦亂磚鋪滿地。

房屋盡皆燒毀，妻子家人半個無存。又思想道：「房屋燒去，金銀必不能燒。」他二人等至天明，拿了撓勾挖看，一點俱無。兄弟二人哭了一場，逃奔深山，削髮為僧去了。

且說花振芳等人，一直不停，走至次日早飯之時，早到苦水鋪自己店中，將東西放下。眾人入店，把駱宏勳主僕安放好了，花老自在那一間房中調養。住了五七日，駱宏勳主僕皆可以行動了。鮑賜安道：「主僕已漸痊了，我們大家商議，把他的事情分解分解，如今苦苦的住在此處，亦非長法。」便向花老兒道：「駱大爺說，前在胡家回起身之時，胡家兄弟原說等大家到時，叫人通個信與他，他兄弟二人亦來相幫。你可速差一個人先到胡家回，去請他兄弟來是了。」即便差人去了。至次日早飯時候，見二人一同至此，與眾相見。眾人看見胡理七尺餘長，瘦弱身軀，竟有如此武藝，所謂人不貌論。二人又看見駱宏勳主僕兩個，瘦弱面貌，焦黃異常，問其所以，方知在歷城遭誣，四傑村遇仇，甚是慘嘆。

花振芳即忙備下酒飯，款待眾人。飲酒之間，鮑賜安先開口說道：「解禍分憂，患難扶危，乃朋友之道也。我等既與駱宏勳為至交，又與巴九弟為莫逆，而今這巴、駱二人之隙已成，我等當想一法，代他們解危。」眾人聽說，一齊說道：「先生年高見廣，念書知禮，我等無不隨從。」鮑賜安道：「古人有言：

有智不在年高，無志空生百歲。

又云：『一人不如二人智。』還是大家酌量。」眾人又道：「請老先生想一計策，我們大家商議。」這鮑賜安道：「據在下的愚見，叫駱宏勳備一祭禮，明日我等先至巴九弟寨中。他雖有喪子之痛，大家竭力言之，或說駱大爺實係不知，乃無意而誤傷其命，今日情願靈前叩奠服禮。殺人不過頭點地，巴九弟或者賞一個臉面。只是還有一件。」向巴龍兄弟四人道：「四位賢弟，莫怪我說，聞九弟婦甚是怪氣，九弟每每唯命是聽。我等雖係相好，到底有男女之別，如何諄諄言之？煩要諸位善言大娘們去勸他才好。我意中實無其人，是以思想，躊躇未決。」

這徐松朋道：「賤內與九奶奶素不相識，且非至戚，礙口不好盡言。這須得與九奶奶情投意合者言之方妙。」胡理是直性之人，答道：「容易！家嫂與巴九嫂結拜過的姐妹，舍侄女乃是他的乾女，叫他母女前來解勸，何如？」胡璉是一個精細之人，何嘗不知他妻與他相好？但他是今日殺子之仇，恐怕說不下來，豈不被眾人所笑？故未說出。不料他兄弟已經滿口應允，他怎好推託？乃說道：「世弟之事，怎敢不允？恐怕說不下來，反惹諸公見笑。」那鮑賜安說道：「見允是人情，不允是本分，我們盡了朋友之道就罷了。明日，徐大嫂子就陪胡大嫂子一同去走走。」眾人道：「甚好，甚好。」商議已定。花振芳辦下酒禮，期定後日赴巴家寨講和。胡璉用飯之後，告別回家，後日來巴家寨聚齊。

及至後日早起，鮑賜安道：「豬羊祭禮在後，我等一切並男女先行。說妥時，再叫駱大爺進莊。如若不妥，就不進莊了。他主僕身子軟弱，恐受驚唬。」又叫濮天鵬弟兄扮作一家人，護著駱大爺行走。分派停當，鮑賜安站起身來，同消安師徒人等仍坐三輛騾車，徐大娘、鮑金花一路，皆奔巴家寨而來。駱、濮四人，在後邊坐了一輛騾車，並祭禮慢慢而行。修素娘仍在店內等候。

約有中飯時候，到了巴家寨外。只見北邊三騎馬飛奔而來，來至莊上，正是胡璉妻女三人。大家看見，一齊下馬下車轎。鮑賜安道：「凡事預則立，莫要十分大意。倘我等莊門首著人通信與巴九弟，九弟諒我等衆人因此事而來，推個不在家，這才叫做有興而來，敗興而歸。」遂向巴龍道：「你們可先進去通說通說，允與不允在他，莫叫俺們在此守門。」巴龍道：「也罷，等我們先進去，好預備。」四人便即走進去。

哥哥到弟弟家，不用通報，直入中堂，只見廳上供著巴結的靈柩。叔侄之情，不由得大哭一陣。巴信夫妻亦來陪哭，哭道：「我兒，你伯父等在此，你可知否？」哭了一刻之後，巴龍勸道：「賢弟與弟婦，也不必過痛。人死不能復生，哭也無益。如今江南鮑賜安、胡家回胡氏弟兄，男女等人俱在莊外，快去迎接。」巴信夫妻聽說，乃道：「此等衆人前來，必是解圍的，我不見他！大哥出去，就說我前日已出門去了。」巴龍四人齊道：「鮑賜安是結交之人，我們愚弟兄往往到他家一住十日半月，並不怠慢。今千里而來，拒之不會，覺乎無情。又有胡家兄弟，乃係相好寨鄰，且有胡大娘同至，若不見，遂不知禮了。」巴信夫妻聞得胡理這個冤家既來，又有胡家姐姐並乾女兒俱來了，不得不出去。遂同了四個哥哥出來，將衆人請進。男前女後，各敘寒溫。

巴信一看花振芳，怒目而視，花振芳此刻只當不看見。巴信問道：「鮑兄住南，胡兄居北，今日怎得俱約齊到寒舍，有何見諭？」鮑賜安遂將「駱宏勳黃花鋪被誣，余千喊冤，軍門差提愚兄，今已移居山東，亦是北人了，知令郎被駱宏勳誤傷，特約胡家賢弟等一同前來，造府相慰」情由，說了一遍。又道：「今同駱宏勳亦辦了祭禮，在令郎靈前叩奠。殺人不過頭點地而已，他既知罪，伏望賢弟看俺衆人之面，饒恕了則個。情叫駱宏勳他日後父母事之賢弟罷。」

那個巴信道：「諸公光降，本當如命。奈殺子之仇，非他事可比。弟意欲捉住他，在己子靈前點燈祭之❶，方出我夫妻二人心中之恨也。今日既蒙諸公到舍，與他分解，只捉住他，殺祭吾兒罷了。」胡璉說道：「燈祭殺祭，同是一死，有何輕重？還望開一大恩。」巴信又道：「人同此心，心同此理。以己之心，度人之心，則一道也。今日之事，放在諸位身上，也不能白白的罷了。此事不必再提，我們還是說些閒話。方才聽得鮑兄遷移山東，不知府在何處？明日好來恭喜。」花振芳答道：「還未擇地，目下尚在苦水鋪店內哩。」

巴信早要尋他不是，因他不開口，無處發洩，只是怒目而視。今忽聞他答言，大罵道：「老匹夫！我兒生生送在你手，今日你約眾人前來解說，我不理你，也是你萬幸，尚敢前來答言麼？拚了這個性命罷！」遂站起身來，竟奔花振芳。胡璉忙起身來擋住。看官，你道這胡璉不過止勸，卻撞了一個歪斜。巴信用力太過，把胡璉撞了一個歪斜，幾乎跌倒。鮑賜安等人連忙相阻，方才解開。

花振芳乃山東有名之人，從來未受人欺負，見巴信前來相鬥，就有些動怒。若一與他較量，今日之事，必不能成。忍了又忍，坐在一邊，不言不語。但不知後事如何，且聽下回分解。

❶ 點燈祭之：疑即酷刑「點天燈」。清毛祥麟對山餘墨趙碧娘：「點天燈示眾，蓋以帛裹人身，漬油使透，植高竿倒縛於上，以火燃之也。」

第五十四回　花老莊鮑福笑審姦

卻說花老坐在一旁氣悶，那胡理見他將哥哥撞了一個歪斜，那裏容得住？便叫一聲：「巴九！倚仗家門勢力，相壓吾兄麼？你與駱宏勳有仇，我等不過是為朋友之情，代你兩家分解，不允就罷了，怎麼將家兄撞一個歪斜？待我胡二與你敵個高低！」說罷就要動手。

賜安勸道：「胡二弟，莫要錯怪九弟，九弟乃無意沖撞令兄。但此乃總怪花振芳這奴才，就該打他幾個手掌。駱宏勳在江南，你三番五次，要叫他往山東贅親。若無此事，他怎與巴相公相遇？若不誤殺巴相公，而駱大爺怎得又遇著賀世賴？據我評來，駱宏勳之罪，皆花老奴才起之耳！巴九弟，你還看他是個姐夫，饒恕這老奴才罷！諒死不能再活了，況駱大爺是你甥婿，叫他孝敬你就是了。」巴信道：「我弟兄九人，只有一子。今日一死，絕我巴門之後！」鮑賜安道：「九弟尚在壯年，還怕不生了麼？我還有個法，日後駱大爺生子之時，桂小姐生子為駱門之後，花小姐生子為巴氏之後，可好？」巴信見胡璉等在坐，若不允情，也是不能夠的，便說道：「若丟開手，太便宜這畜生了！」眾人見巴信活了口，齊立起身說道：「九爺見允！」大家打恭相謝，巴信少不得還禮。

再說後邊胡大娘、鮑金花、胡賽花，亦苦苦的哀告馬金定，金定卻不過情，說道：「蒙諸位見愛，不憚千里而來。我雖遵命，恐拙夫不允，勿怪我反悔。」鮑金花道：「九奶奶放心，九老爺不允，亦不算你老人家失信。」俱都起身拜過。

前後俱允了情，鮑賜安丟個眼色，花振芳早會其意，差人去請駱姑爺進寨行祭。不多時，駱宏勳在前，濮、余二人隨後，俱到莊上。眾人分付把祭禮擺設靈前，駱宏勳行祭已畢，巴信、金定大哭道：「屈死的姣兒啊，父母不能代你報仇了。今蒙諸位伯伯、叔叔、大娘、嬸嬸，前來解圍，卻不過情面，已饒了仇人。但願你早去升天，莫要在九泉怨你父母無能！」鮑賜安叫駱大爺過來，叩謝九舅爺並九舅母，巴信夫妻那裏肯受？被眾人將二人架住，讓駱大爺向上磕了四個頭。賜安道：「這就是了！」

那時男客前廳，女客後邊，巴信分付廚下辦酒。不多時，酒席齊備，大家坐過，便告辭起身。花老道：「我有一言奉告，不知諸公聽從否？」眾人道：「請道其詳。」花振芳道：「此地離小寨不過三十里，諸位可同至舍下住一宿。明日我同鮑兄至苦水鋪搬運物件，我借處空房暫住。」鮑賜安道：「便是甚便，奈店內還有女素娘，奈何？」花振芳道：「小店與家中一般，自有管待，但請放心。」胡璉道：「我正要謁拜師母，一同去甚好。」胡理道：「小弟不能奉陪，家兄嫂皆去，舍下無人。且小弟來了四五日，不知小弟店內可有生意否？我要回去看看。倘有用處，一呼即至。」花振芳道：「胡二弟倒是真話，我不留你，你竟回去罷。」消安、消計亦要告辭，花振芳道：「駱大爺屢蒙大恩，毫釐未報。請到舍下，相聚幾日再回去。」

於是大家辭別巴信，眾男女仍坐轎、車，竟奔老寨而來。早有人通信於花奶奶，說駱姑爺之事已妥，同眾人不時而到。碧蓮聞之，心才放下。花奶奶轉達駱太太、桂小姐，婆媳亦才放心。花奶奶分付備辦酒席，等候眾人。

至上燈時，大眾方才到了客廳。大家坐下，吃罷之後，駱宏勳欲往後堂見母親。花振芳道：「自家人，有何躲避？」相陪進內，桂鳳簫、花碧蓮都坐在駱太太之側。碧蓮是認得宏勳的，桂小姐卻未會過。碧蓮一見他父親陪了丈夫進來，便向桂小姐道：「姐姐，他進來了！」桂小姐方知丈夫進內，同碧蓮躲入房中去了。

駱宏勳到後堂，走至太太跟前，雙膝跪下，哭道：「不孝孩兒拜見母親！」太太亦哭道：「自聞你傷了巴相公之後，為娘的時刻提心吊膽，今日方知你在巴家寨內講和。幾時得到江南，何時相請眾位至此的？」宏勳乃哭稟道：「孩兒何嘗到江南？」又將黃花鋪被賀世賴之誣害，余千告狀，解進京中，在四傑村受朱氏之劫，余千舍命相救，始遇鮑老爹等前來幫助，細細說了一遍。太太聞此一番言語，遂大哭道：「苦命的兒呀！你為娘的那裏知道又受了這些苦楚！」叫聲：「余千我兒在那裏？」余千在門外聞喚走進，雙膝跪下，哭道：「小的得見太太，兩世人也！」駱太太用手挽扶起來，道：「吾兒之命，實你相活。以後總是兄弟相稱，莫以主僕分之。」又見余千瘦了大半，太太珠淚不絕。前面酒席已擺停當，有人來邀駱大爺前邊去用酒飯。用過之後，花老爹分列床鋪，大家又談笑了一會，各自安歇。

次日起來，吃過早飯，託巴氏弟兄作東相陪，花、鮑同赴苦水鋪，雇車輛搬運物件到花家寨。修素娘坐了一乘騾轎，花、鮑二人相隨，來至寨中。花奶奶母女相迎，進內款待。花老爹又著人將巴仁、巴義、巴智、巴信、巴禮五個舅子、九個舅母子等都請來聚會。大家暢飲了五日。消安師徒告辭，鮑賜安道：「老師且慢，等我把件心事完了再行。」消安驚問：「有何心事未完？」賜安道：「這件姦情事未審。」消安道：「此事於我和尚何干？」鮑老爹道：「內有虛實不一，故爾相留。」呼花振芳道：「明日大設筵宴，我要坐堂審事！」花振芳道：「這個老奸徒奴才，又做身份了。」只得由他。

次日，廳上掛燈鋪設，分男左女右，擺了十數餘席。女席垂帘，以分內外。又將寨內的好漢，揀選了二三十名，站班伺候。客廳當中，設了一張公座，諸事齊備。那時，任、徐、巴、駱、濮、消安師徒，敘齒坐下東邊，駱太太、胡、巴二家女眷等分坐西邊，鮑賜安道：「有僭了！」入於公座。

分付將兩起人犯帶齊聽審。下邊答應一聲，到窖內將兩個口袋扛來，放在天井中間，俱皆倒出。賜安叫先帶賀世賴。賀世賴見如此光景，諒今日難保性命，直立而不跪，便大罵道：「狗強盜，擅捉朝廷命官，該當何罪？」賜安大笑道：「你今已死在目前，尚敢發狂，還不跪下麼？」賀世賴回說道：「吾受朝廷七品之職，焉肯屈膝於強盜麼！」鮑賜安說道：「我看你有多大的官！」分付：「拿杠子，與我打他跪下！」下邊答應一聲：「得令！」拿了一根棍子，照定賀世賴的腿彎中一下，正是：

饒你心似鐵，管教也筋酥。

那個賀世賴「噯喲」一聲，就撲通的跪在塵埃，哀告饒命。鮑賜安道：「你那個七品的命官，往那裏去了？今反向我哀告，也是無益了。有你對頭在此，他若肯饒你，你就好了。任大爺，過來問他！」正是有詩為證，詩云：

悔卻當初一念差，勾姦嫡妹結冤家。

今朝運敗遭擒捉，天理人心禍即張。

話說任正千大怒，手執了鋼刀，走至賀世賴的面前，大喝一聲，說道：「賀賊！我那塊虧你？你弄得我家破人亡！我的性命，害得死了又活的。你今日也落在我爺的手裏！你還想我釋放？我且將你的個狠心，取了出來看一看，是麼樣子！」遂舉刀照心一刺，正是：

慣行詭計玲瓏肺，落得刀割與眾看。

畢竟任正千未知果挖他心否，且聽下回分解。

第五十五回　宏勳花老寨日聯雙妻妾

卻說任正千手拿順刀，將賀世賴的心挖出，放入口內咬了兩口，方才丟地，仍入席而坐。鮑賜安命將屍首拖出。又分付帶賀氏、王倫。將二人提至廳上，已見賀世賴之苦，不敢不跪，哀告饒命。任正千看見，心中大怒，又要動手。鮑賜安道：「任大爺莫亂，你坐坐去。待我問過口供再講。」遂問道：「賀氏，你多虧任大爺不惜重價贖出，你就該改邪歸正，代夫持家。況任大爺萬貫家財，從未輕慢，那點不如你意？又私通王倫，謀害其夫，實實說來！」

賀氏想道：「性命諒必不能活也，讓我將前後事同眾說明，死亦甘心。」向任正千道：「向日代我贖身時，我就說過，父母早亡，只有一個哥子，肩不能擔擔，手不能提籃，隨我在院中吃一碗現成茶飯，他是要隨我去的。你說，我家事務正多，就叫他隨去，管份閒事。及到你家一年，雖他不長俊，盜你火盆，也不該驟然趕他出門！後來他在王家做門客，你又不該與他二人結義，引賊入門。先是一次，他謝我哥哥千金，又被余千拿住。我不傷你，你必傷我，故而謀害。我雖有不是，你豈無非？」

一席話，說得正千閉口無言，心中大怒，持刀趕奔前來就砍。鮑賜安正色道：「先就說過，莫亂堂規，任大爺何輕視吾也！在定興時因何不殺？在嘉興縣府時，又為何不殺？而今我捉的現成之人，你趕來殺他！」任正千說道：「晚生怎敢輕視老爹？殺身仇人，見之實不能容了！」鮑賜安道：「你且入坐，我自有道理。」任正千無奈，只得入坐。鮑賜安道：「我本來還要細細審王倫，任大爺不容，我也不敢諄問了。」向消安道：「此二人向蒙老師所化，今日殺斬存留，唯老師之命是聽。」

消安、消計先見任正千吃心之時，早已合眼在那裏念佛哩。聞鮑賜安呼名相問，將眼一睜，說道：「貧僧向所化者，不過彼一時耳。今日之事，貧僧不敢多言。」仍合眼念佛。鮑賜安又向王、賀道：「論你二人之罪，該千刀萬剮，尚不趁心！但因有消安老師之化，免等罷。」分付將二人活埋，與他個全屍首罷了。下邊上來二人，將王、賀挾去。鮑賜安道：「梅滔、老梅，前已在船上問過口供，不須再問。」分付領去綁在樹上，亂箭射之。下邊答應，亦將二人挾去。鮑賜安退堂，眾人起迎，鮑賜安道聲：「有僭！」入席相飲。席散之後，消安師徒告別，回五臺山去了。

且說花振芳將後邊宅子分作三院。鮑賜安同女兒、女婿住後層，徐松朋夫妻住二層，花振芳同駱太太母子住中層，任正千、濮天雕住書房。雖各分住房，而堂食❶仍是花老備辦。諸事分派已畢。胡璉同妻女亦告辭回家。

過了月餘，駱宏勳傷痕復舊如初，余千癆傷亦全愈。正值七月七夕之日，晚間備酒夜飲，論了一會牛郎，談了一番織女，鮑賜安想起駱大爺婚姻一事，乃道：「駱大爺傷已全愈，我有一句話，奉告諸位。去歲十月間，駱大爺原是下寧波贅親，遇見我這老混帳，留他頑耍，以至弄出這些事來，在下每每抱願。因駱大爺傷瘡未痊，我故不好出口。今既痊可，當擇吉日完姻，方了我心中之事。」任、徐齊道：「正當如此！」花振芳更為歡喜，遂拿曆書一看，七月二十四日上好吉日，於二十四日吉期成親。逐日花老

❶ 堂食：本指公署膳食，此處指日常伙食。

好不慌忙，備辦妝奩，俱是見樣兩副，絲毫不錯，恐他人議論。駱太太亦自歡喜，桂小姐、花姑娘心中暗喜，自不必言。

光陰似箭，不覺到了七月二十日，花振芳差人赴胡家，迎請胡家兄弟並胡大娘母女，又差人請九個舅子並九位舅母，都期於二十三日聚齊。眾人聞言二十四日，俱全前來，花振芳備酒管待，臨晚各自安歇。次日早起，鋪氈結彩，大吹大擂，胡大娘、鮑姑娘攙扶桂小姐，巴大娘、巴二娘攙扶花姑娘，徐松朋、徐大娘領親。駱宏勳換了一身新衣居中，桂小姐在左，花姑娘在右，叩拜天地，謁拜母親，謝拜岳父、岳母，駱太太並花老夫婦，好不暢快。拜罷之後，送入洞房吃交杯酒，坐羅帳，諸般套數做完。駱宏勳復到前廳相謝冰人鮑、徐、任等，大家亦皆恭喜，暢飲喜筵。臨晚，同送駱宏勳入洞房。駱宏勳雖死裏逃生，一旦而得兩個佳人，不由的滿臉堆笑。正是：

洞房花燭夜，金榜題名時。

夜中夫妻之樂，不必盡言。

三日分過長幼，花老又大設筵席，款待諸親。及飲酒中間，鮑賜安向眾人言道：「我等流落江湖為盜，非真樂其事也。老拙同花兄弟已經年老，不足為惜，而諸公正在壯年，豈可久留林下？廬陵王現居房州，因奸讒專權，不敢回朝，我等何不前去相投？保駕回朝，大小弄個官職，亦蒙皇家封贈。若在江湖上，就有巨萬之富，他日子孫難脫強盜後人之名。」眾人道：「幼學壯行，原是正理。但生於無道之秋，不得不然耳。老師適言投奔廬陵王，亦是上策也。毫無點功，突然前去，豈肯收留？」鮑賜安道：「我亦因此，故而不定。」向花振芳道：「我在江南時，一日幾次通報，雖居家中，而天下異事，無不盡知。從到山東，如在甕中一般，外事一點不聞。難道你寨子內，就不著幾個人在外探聽緩急之事？」花振芳道：「那一日沒有報？因諸公是客，不敢同眾而報我。皆候我至僻靜處，方才通報。你若不信，聽我分付。」遂對伺候之人道：「凡有報來，不許停留，直至廳上稟我。」那人答應一聲，出去分付門上，仍回來伺候。

未有半刻，只見一人是長行打扮，走進廳上，向花老打了一個千兒，道：「小人在長安，探聽得武三思❷到海外去採選藥草，得了一宗異種奇花，花名謂之綠牡丹。現今花開茂盛，女皇帝同張天佐等商議，言此花中華自古未有，今忽得來，亦因國家祥瑞事也。出了道黃榜❸，令天下人民，不論有職無職，士庶白衣人家，凡有文才武技者女子，於八月十五日，赴逍遙宮賞玩，並考文武奇才女子，皇帝封官賞爵。以為花屬女，既有奇花，而天下必有奇才之女，恐埋閨閣，故考取封誥，以彰國家之盛化也。現今道路上，進京男女滔滔不絕。報爺爺知道。」花振芳道：「知道了。」分付賞他酒飯，報子退下。

鮑賜安聽了，大喜道：「我有了主意了！」眾人忙忙動問。不知賜安說出甚麼來，且聽下回分解。

---

❷ 武三思：武則天姪子，封梁王。

❸ 黃榜：皇帝的公告，以黃紙書寫，故名。

第五十六回　賜安張公會夜宿三姑兒

卻說鮑賜安大喜道：「有個主意。」眾人道：「有何主見？」鮑賜安道：「既掛黃榜考取天下才女，而天下進京者自然不少，我等進京，亦無查考了。以應考為名，得便將奸讒殺他幾個，以為進見之功。況狄公現在京中，叫他作個引進，我等出頭，則不難了。」眾人道：「我等一去，家眷、物件怎樣安排？」鮑賜安道：「口說無憑，拿一張紅全❶，駱大爺執筆。我等相好者，盡皆在此，願去之人，書名於簡，亦立出一個首領來，聽他調遣。同心合意，方可前去。若不同心，則無顧惜。其事不行者，皆因心不一耳。」看官，這些人皆當世之英雄，生於荒淫之朝，不敢出頭，無奈埋沒於林下，豈肯真是圖財之輩耳？今日一舉，各要顯姓揚名，正是有詩為證，詩云：

埋沒英雄在綠林，只因朝政不相平。
今朝一旦揚名姓，管教竹帛顯威名。

卻說駱宏勳執筆在手，鋪下紅簡，尊鮑賜安為首，寫道：

❶紅全：一式兩份的紅色書簡。

鮑福　花振芳　胡璉　胡理　巴龍
巴虎　巴彪　巴豹　巴仁　巴義
巴禮　巴智　巴信　任正千　徐苓
駱賓侯　濮萬里　濮行雲

駱宏勳將在坐之人寫完。鮑賜安道：「還有一位忠義之人余大叔同行，不書名簡上麼？」眾人道：「正是！」駱宏勳又寫上「余千」，其書上十九位英雄。

書畢之後，鮑賜安道：「凡書名於紙上，皆是忠義之人也。逢有患難，俱要同心解救，勿要畏縮而不前。」眾人道：「那個自然。」鮑賜安道：「才將花振芳的報子，道黃榜期於八月十五日考試。我等初間即到，方才不慌迫。此刻已是七月二十五了，各自回家，將細軟物件打起包裹，桌椅條臺並不值錢的粗物，仍封鎖家中，連家眷一併進京，各寨嘍羅，但願隨去而慕想功名者，叫他跟隨前去，不願去者，每人與他百金，各去為農為商，也是跟隨一場。」又道：「廬陵王住居房州，必把住潼關方妥。」眾人道：「老師，潼關防備重地，須得一英雄先取。望老師量材點用，差那個，那個就前去。」鮑賜安道：「此大任，非胡二弟不可。我等也不盡赴長安。女眷中有武藝者進京，無武藝者不可前去，都交付胡二弟帶赴潼關等候，包裹行李連寨內願隨嘍兵，亦先赴潼關。胡大弟亦在潼關等候。俟我等進京得手，反出來時，你可向前抵擋一陣，我們亦得稍歇。」胡璉兄弟二人，一一領命。

鮑賜安道：「再煩駱宏勳眾人中將進京並留潼關女將，亦要開出名來。」駱宏勳又提筆書名，寫道：

花奶奶　胡大娘　巴大娘　巴二娘　巴三娘

巴四娘　巴五娘　巴六娘　巴七娘　巴八娘

巴九娘　鮑姑娘　花姑娘　胡姑娘

進京者，共一十四位。又舉筆開寫留潼關者，寫道：

駱太太　徐大娘　修素娘　桂小姐

共四位。

商議已定。次日，各自回家收拾物件，開發寨內嘍兵。鮑賜安亦著人自濟南碼頭上，將所帶本率百十人喚來，公用調遣。未有五七日，各寨之人俱至老寨聚齊，計胡家回帶嘍兵六百人，巴氏九寨共帶兩千一百餘人，花家寨願隨去七百餘人，共計嘍兵三千四百。定於八月初三日起身。鮑賜安道：「我等許多人口，許多車輛，不可一時起身。嘍兵中揀選幹辦者數人，跟我們進京，趕車餵馬。餘者各把盤費，令他分開行走，在潼關聚齊，莫要路上令人犯疑。」眾人深服其言。及至初三日前後，不日起身，奔京的奔京，赴潼關的赴潼關，一行人眾，紛亂不已。這正是：

各寨英雄離虎穴，一群好漢出龍潭。

鮑賜安等在路非止一日。那一日到了長安，進了城，只見長安城內人煙湊集，好不熱鬧，天下也不知來了多少男女！眾人行到皇城，才待舉步進城，門兵攔住道：「甚麼人，亂望裏走？」鮑賜安道：「我等是送女兒來考的，欲尋歇店。」門兵道：「尋歇店在城外尋，此乃內皇城也，豈有歇店麼？你既來應考的，現成公會，房屋又大，又有米食，不要你備辦，豈不省你盤費？反要自尋飯店，真是個癡子！」鮑賜安道：「我等外京人，不曉得，望乞指教。」門兵用手一指道：「那兩頭兩個過街牌樓當中那個大門，不是公會麼？你到門前，說是來應考的，就有人照應。」鮑賜安道聲：「多謝指教。」

領了眾人，倒回來至牌樓，舉目一看，大門上懸了一個金字大匾，上寫「公會」二字。鮑賜安道：「你們門外站立，待我進去。」將入大門，只見門裏立一張大條桌，上放著一本號簿，桌裏邊坐著兩個人，見鮑賜安走進，忙問道：「尋誰？」鮑賜安道：「借問一聲，這是公會麼？我們是送女兒來應考的。」那二人道：「你就是送考人麼？還有同伴來的否？」鮑賜安道：「卻還有人，亦係至戚，只算得一起。」那人道：「報名上來。」鮑賜安自想道：「我兩人這名，無人不曉。若說真名姓，不大穩便，須要混他娘的頭！」乃答道：「我姓包名裏，字萬象，金陵建康人氏。那個係我妻弟，姓化名善，字勸惡，山東濟南府人氏。那個係我的一同相隨到此。」那兩個人寫了個「孔曾嚴華」的個「華」字。鮑賜安道：「不是這個字，他是『化三千』❷的『化』字。」那人連忙改過。花振芳在外暗罵道：「老奴才，最會搗鬼！他自己弄出半個，將我弄掉半截。」

---

❷ 化三千：舊時幼童習字，通用的描紅本有二十四個範字，為「上大人，孔乙己，化三千，七十士，爾小生，八九子，佳作仁，可知禮」。

那個人又問道：「幾位應考的姑兒？」鮑賜安道：「三個。」那人道：「多少送考的男女？」鮑賜安道：「男連車夫共二十三個，女除應考三個外，還有十一個。」那人道：「三個應考姑兒，怎麼就來了這些送考的男女？」鮑賜安道：「長安乃建都盛京，外省人多有未至者。今乘考試，至親內戚一則送考，二則看景致，故多來幾個。」那人道：「不是怕你人多，只是堂食米糧，恐人犯疑。三人應考，就打三人的口糧，豈有打三四十人的米糧？難於報名。」鮑賜安道：「只是有了下榻之所，米糧俺們自辦罷了。」那人道：「且將人口點進，再為商議。」

鮑賜安道：「你們都進來，大叔要點名哩！」鮑金花在前，花碧蓮居中，胡賽花隨後。鮑賜安指著道：「這三個就是應考的。」上號的二人，一見三位應考的姑兒，皆有沉魚落雁之容，閉月羞花之貌。三位之中，頭一位姑兒，尤覺出色。上號人道：「這三位姑兒芳名，亦要上號。」鮑賜安道：「頭一個是小女包金花，第二個是化碧蓮，第三個胡賽花。」上號之人歡天喜地上了號簿，將眾人男女點進，揀了一處大大房屋，叫他們住下。

看官，你說那上號之人因何見了三位姑娘就歡天喜地？只因張天佐兄弟二人，惟天佐生了一子，名喚三聘，定了武三思之女為妻，今年已打算完娶，不料武三思之女暴病而亡。那武小姐生得極其俊俏，張三聘素曾見過，因此思想得病。張天佐自道：「我身居相位，豈不能代子尋一佳婦？」因啟奏武后做花教場，考試天下女子進京。又建一所公會，凡應考者，上號入內歇住，要揀選與武三思之女一樣人品與兒子為妻。著了兩個心腹家人，一名張得，一名張興，專管上號。倘得其人，速來稟報，重重有賞。這二人一見鮑金花生得身材人品與武小姐仿佛，故此大喜。將眾人點進之後，張得對張興道：「你在此

第五十七回　張公會假允親事

卻說張得離了公會，一直來到相府。正值張天佐在書房勸子道：「你將心懷放開，莫要思慮。難道天下應試之女，就無一個似武小姐之貌者？」張三聘道：「倘有其貌，而先定其夫，奈何？」張天佐笑道：「既已受聘之女，今日至此，說我與他做親，還怕他不應允？」看官，似此等對答，即隴畝農夫父子之間，亦說不出口。而堂堂宰相，應答如常，其無禮無法，奸讒無忌之情，已盡露矣。

不講內裏言論，且說張得走進門來，張天佐看見，問道：「你不在公會上號，來府做甚？」張得上前稟道：「今於初十日午間，來一起應考之人，雖居兩處，皆係至戚，卻算一起，共有三位姑娘前來應考，俱生得：

面貌妖嬈樣，體態裊輕盈。

單言三位之中，建康包裹之女包金花，更覺出色。小的是往武皇親家常來往的，武小姐每每見過的，此女體態面貌，恍若武小姐復生。特的前來通稟，請公子親往觀驗。」張天佐大喜道：「我說萬中揀選，必不無人，今果然矣！」向兒子張三聘道：「若你不信，親去看看。如果中意，回來對我講，我即差人說親。」張三聘亦自歡喜，分付張得：「先回公會伺候，我後邊就去點名。」張得仍回公會，告訴張興。張興道：「須得將此話通知包老兒，還怕他不願意做親，做宰相的親家翁！叫他將女兒換兩件色衣❶，重新叫他梳妝梳妝。古來說道：

人穿色衣添俏麗，馬襯新鞍長雄壯。

是或親事若妥，相爺、公子自然另眼看我二人。這新娘知是我二人玉成，內裏也抬舉抬舉我大嫂嫂並你弟媳婦，外邊我二人行得動步，內裏是他兩個也盼得開榜，紀錄加級，在此舉也。」張得聞得此言，心花都開了，遂走到鮑賜安在的那進房子暫叩門環。鮑老正在那裏打算男住那裏幾間，女住那裏幾間，忽聞叩門之聲，問道：「是誰？」張得答道：「是我，請包老丈至前邊說句話。」鮑賜安看是上號之人，忽以「老丈」相稱，必有緣故，答道：「原來上號大叔麼？」跟至前邊，張得、張興二人連忙拿了一張椅子，叫包老丈坐下。鮑賜安道：「二位大叔呼喚，有何見諭？」二人道：「有句話奉告，你老人家知考場因何而設？公會何人所造？」鮑賜安道：「設考場以取天下奇才，建公會以彰愛士之意，別有何說？」張得笑道：「大面自是這等說，其實皆非也。實不相瞞，我家二位相爺，只有我家公子一人，年方十八歲，習得一身好弓馬武藝，不大肥胖，瘦弱身軀，人呼他為瘦才郎張三聘。自幼聘定白馬銀槍武皇親小姐為妻，那小姐生得體態妖嬈，原意今年完娶，不料武小姐暴病身亡。我家

❶色衣：色彩鮮麗的衣服，相對於「素服」（孝服）而言。

公子是看見過的，捨不得俊俏之容，日日思想，自此得病。我家相爺無奈，啟奏皇上，設此考場，取天下英女。又不惜千金，啟建這個公會。凡來應考，俱入公會宿住，日發堂食柴米，來時總要上號點名。叫我二人見有仿佛武小姐之體態者，即刻報相爺，與他做親。親事一妥，考時自然奪魁。適見令愛姑娘體態面貌與小姐無二，我方才進府，報過相爺。我家公子不信，要親自來公會，以點名為由，自家親看一看。親事有成，你老人家下半世不愁甚麼呢！故我二人請你老人家出來，將令愛姑娘重新梳妝梳妝，穿上幾件色衣，公子來一看，必定論成！」

鮑賜安聞得此言，計上心來，暗罵道：「奸賊！奸賊！我特來尋你，正無門而入。今你來尋我，此其機也。」遂答道：「我女兒生下時，算命指卦，都說他日後必嫁貴人，我還不信！據二位大叔說來，倒有八九分了。只是我庶民人家，怎能與宰相攀親？」張得二人答道：「俗語說得好，聽我們道來：

會作親事揀男女，不善作者愛銀錢。

這是他來尋你，非是你去攀他。你老人家速速進去，叫姑娘收拾要緊，我家公子，不刻即到。」

鮑賜安辭別二人，走進門來，將門關上。眾男女先見張得來喚，恐有別的異事，今見轉回，齊來相問，鮑賜安將張得之言說了一遍。鮑金花忙問道：「爹爹怎樣回他？」鮑賜安道：「我說你生來算命打卦，都說該嫁貴人。只得應承他來，叫你收拾好，待他來看。」鮑賜安說罷，鮑金花見丈夫濮天鵬在旁，不覺滿面通紅，說道：「這是甚麼話！爹爹都是糊塗了。好好的堂客，都叫人家驗看起來了。」鮑賜安道：「我兒，不是這樣講。我等千里而來，所為者何人？要殺奸讒，以作進見之功。不入虎穴，焉得虎子？我欲借此機會，好殺賊也。那張三聘今以點名為由，不允他，他也是要見你們的，我故應之。你們只管梳妝見他，我只管隨口應承。臨期之時……」向鮑金花耳邊低低說道：「如此如此。」鮑金花方改笑容，同花碧蓮、胡賽花各去打扮得齊齊整整。金花打扮得比他二人更風流三分。

不言三位姑娘打扮。只聽得外邊又來叩門，鮑賜安道：「想必張三聘來也，你等房內避避，待我出去答話。」遂將門開了，正是張得。張得道：「公子已在廳中坐等，叫三位姑兒速去點名。」鮑賜安道：「還沒有告訴大叔，小女自幼喪母，惰慣於人，驕傲之極。在路上行了幾日，受了些風霜。我才對他們講，叫他們點名，他因鞋弓足小，難以行走，請公子進來點名罷。」

張得回至公子前，稟道：「小的才去喚他們應考女子點名，他說鞋弓足小，難以行走，請公子進內點名罷。」張三聘若是真來點名，喚不出來，就要動怒。今不過借點名之由，實看金花之容貌，聞他說「鞋弓足小」四個字，不但不動怒，反生憐愛之心。說道：「也罷，我進內點名。」張得引路，來至天井中，就擺了一張交椅，張三聘坐下，張得手拿冊簿，叫：「包金花。」鮑金花輕移蓮步，從張三聘面前走過，用眼角望了張三聘一望。正合著：

我是個多愁多病身，怎當得傾國傾城貌！

那張三聘一見了金花與武氏無異，早已中意。又見他眼角傳情，骨軟皮酥，神魂飄蕩。張得又呼：

「化碧蓮，胡賽花。」二人也自面前走過。張得才待呼送考的男女之名，張三聘將頭一搖。張得道：「送考人等免點。」張三聘笑嘻嘻起身走出，坐轎回府。

張天佐問道：「驗過了？」張三聘只笑而不言。張天佐見兒子神情，就知中意，遂將張得喚過，分付道：「你回公會，殷勤管待這起人，我隨後差媒議親。」張得領命，回至公會，請出鮑賜安來，叫他打堂食米。鮑賜安道：「我等人多，恐大叔難於報賬，我自辦罷。」張得笑嘻嘻的答道：「你姑娘已中了我家公子之意了，相爺後邊就遣媒來議親了，不日就是我家相爺的親家翁了。那在乎這點堂食的食用？只管著人來取，要多少就拿多少去用，也不必拘拘的數目了！」鮑賜安暗暗的笑道：「人不可一日無米糧，雖值錢有限，卻喜現成，省得著人去辦買。」真著人來取。不多少時候，兩個人笑嘻嘻的走將而來。這一回，有分教：

一朝好事成虛話，錯把喪門當喜門。

畢竟不知來者何人，且聽下回分解。

第五十八回　狄王府真訴苦情

卻說張天佐見兒子中了意，著了兩個堂候官兒❶作媒。張得又將鮑賜安請出，兩個官兒道了相爺之命，鮑賜安一一都應承了。那兩個官兒回來稟復張天佐，張天佐好生歡喜。今已初十，期於十三日下禮，十五日應考，十六日上好吉日，花燭喜期。

張得又來通說鮑賜安，鮑賜安道：「十六日完姻罷了，只是禮可以不下，我係客中，毫無回復，奈何？」張得道：「老丈何必拘這些禮數？相爺也無甚麼說。他圖你家一個好姑娘，相爺來的禮，只管收受。」鮑賜安道：「相煩大叔說聲，我連帶來的盤費甚少，連送禮、押禮的喜錢也是無有。這便怎了？」張得道：「你老人家放心，擱在俺兄弟二人身上。不賞他，那個敢要麼？再不然，先稟相爺，賞加厚些就是了。」鮑賜安道：「拜託，拜託！」

又問道：「先進城時，那時城門上都有兵丁，卻是為何？」張得道：「近來天下荒荒，強盜甚多。江南鎮江府前有報來，劫了吏部尚書公子，殺了十數人，活捉去建康道並妾賀氏。你老人家貴府建康，自然亦聞此事。山東濟南府亦有報來，劫去誣良一案，殺死解差五六十人，並殺死解官恩縣知縣唐建宗。你家舅老丈貴處是濟南，諒必知道。現今各處行文，訪拿未獲。我家相爺恐考場人亂，強盜混入京都，

❶ 堂候官兒：又稱堂候官、堂候，供高級官員役使的小吏。

故各門差人防護，許進不許出。在京人民都有腰牌，不禁他們出入。若應考者出城，必在這裏說明，我把個腰牌與他了，才能出城哩！」用手一指：「那邊不堆著好幾堆麼？老丈之人要出城，容易。或我著人到城門上照應一聲，或多拿幾個牌子用去。」鮑賜安道：「事承二位大叔照應，我絲毫無以相酬，只好對小女說，等過門之後，在公子面前舉荐罷了。」

這一句話兒，正打得張得、張興興高，好不歡喜，更加十分殷勤，要一奉十，臨晚多送幾張床帳，並多送燈油蠟燭。一宿晚景不提。次日起，不待去打米糧，張得早已著送米人送來，好不侍候。正是：

貧居鬧市無人問，富在深山有遠親。

眾人吃過早飯之後，鮑賜安道：「今是十一日，無甚事。我與任、駱二位大爺同余大叔、濮天鵬、濮天雕六人，皆私娃案內之人，再令一人將私娃桶拿著，到狄公寓所，將此案代我女兒素娘清白清白，就便狄公與你我算作個引進，明日好候張家下禮。」眾人齊道：「使得，使得！」

任、駱、余、濮同鮑賜安告別眾人，外著一個人扛著竹桶，臨出門對花振芳道：「倘若張公有人來說甚的，你只管一一應承。」花振芳領命，讓眾人出走，仍將門閂上。鮑賜安走到門前，張得、張興連忙起身，問道：「老丈欲往何處去？」鮑賜安道：「一則從來此地未到，欲觀觀盛景，一則吉期已近，雖無大妝奩，瑣碎物件，些須也置辦置辦。」張得道：「老丈京中不熟，我著一人領路，何如？」鮑賜安道：「不消，不消。」同眾人離了公會。走未多遠，借問來往行人：「狄千歲所寓何處？」那人答道：

「狄千歲乃封王之人，有他的王府，在東門大街。山東做軍門，不過一時欽差耳。」眾人聞言，直奔東門大街而來。

不一時，來到狄千歲府門，八字牆❷，將軍柱❸，甚是威嚴，門上懸了一匾，上有「欽王府」三字。但不知可是狄王府麼？又借問行人，正是狄王之府。鮑賜安向眾人說道：「你等且在街旁站立，待我自己上前通說。如進內無事，自然有人傳你們進去。倘有不測，不說你們同來，殺斬存留，有我當之。」又想道：「余大叔乃奉差捉我之人，不可落後，倒要同我前去。」於是任、駱、濮並拿竹桶者五人，立在街前等候。

余、鮑二人行至王府大門，問道：「那位老爺在此？」王府乃封鎖衙門，雖有看門者，卻封在裏面，聽得外邊有人相問，門裏問道：「何方來者？」余千答道：「我乃誣良案原告余千，奉千歲差同旗牌董超，赴江南提拿鮑福，今日才到。望老爺通稟，鮑福現在府門伺候。」那人道：「誣良人犯被劫，董超已來兩月，說你們後邊即到，怎麼此刻才來？在外等候，待俺稟報。」

不一時，只聽得「咯通」一聲響亮，府門大開，旗牌董超走出，向余、鮑二人見禮。說道：「老爹今日才到？余大叔怎又用老爹送行？晚生自那日同余大叔到歷城，與余大叔約定繳令箭相會。及至進了衙門，見堂官大爺說千歲已經進見。又發一支令箭，分付我等到此，一同進京。晚生出來，找尋余大叔不見，回家等候，總不見余大叔駕到。過得三五日後，聞聽得唐老爺於路被殺，內中獨少駱大爺、賀世

❷ 八字牆：大門口兩邊的兩面牆為八字形狀，古時衙門、大戶人家大門外兩側，多用此牆。

❸ 將軍柱：大堂前面兩邊的大柱子。

賴屍首，又平毀了四傑村一村人家。晚生不解是何人所殺？又候老爹十日之外，亦不相到。恐誤限期，急速趕進京，見了千歲。千歲分付晚生在此等候，已經兩月有餘，千歲無日不問。今來甚好，千歲已在大堂傳見。」

鮑賜安、余千跟了董超進內，來至大堂，只見兩邊列了有幾十個內監。二人向王磕頭。狄公問道：「余千，你與董超同去，怎麼不與他同來？你主被誰劫？殺死解官、解役，必知情了！」余千將茶館等候董超，適遇唐老爺押解主人進京之事說了，道：「小的不及通知董超，隨後暗護，四傑村遇仇人朱氏之劫，央求五臺山和尚消計放火相救，越房而出，小的捨命救主，偶遇鮑福搭救，小的同主人受傷過重，至今方好，特同鮑福前來叩見千歲。」狄公方知唐建宗被害之故，又深幸駱宏勳不死，無愧見伊兄駱賓王也。

又向鮑福問道：「本藩久聞你的惡名！你在江湖上共做了多少年的大盜？殺害了多少客商？從實說來。」鮑賜安道：「小人自二十歲上起手，今已六十二歲，在江湖上做了四十二年。前殺客商、過路官員也不少，那裏還記得數目？」狄公又問道：「每聞得有官兵官役前去捉你，你怎敢大膽前來？莫非輕本藩之刀不利乎？」鮑賜安道：「小的流落江湖，亦非樂意為盜。處於奸讒得志之時，不敢出頭，無奈埋沒耳。千歲幹國❹之名，素著天下，非鮑福一人知之也。久欲謁見，吐小人不得已之愚衷也，實無引而前。今蒙拘提，冒死前來見駕，乞賜誅賊，死得其所，又何懼焉？」

狄公道：「有道則仕，無道則隱，此係聖賢之高志也。你既不肯出，則在於無道之秋，亦當務田園

❹ 幹國：治理國家。

埋名耳，因何截劫江湖，殺之無厭而為強盜乎？」鮑賜安道：「小人雖截江劫湖，殺人無厭，亦非不分賢愚，而盡圖其財殺之也。凡遇公平商賈、忠良仕宦，從未敢絲毫驚恐。而小人斷殺者，皆張、欒、王、薛等門中之人耳！」

狄公聽他說出張、欒、王、薛等黨中這些人的名姓，將驚堂一拍，「呀」了一聲，便立身起來，分付左右：「將他們帶進二堂，待本藩細加鞫問❺。」說罷，往後去了。鮑賜安心中暗想道：「此必是大堂不便拿捉於我，恐有處逃脫。帶進二堂，閉上宅門，方拿個穩當的哩！」兩人聞得催促，正是：

法令已催難久立，欲從再訴苦中情。

話說狄千歲在後堂專候復問，鮑賜安、余千被催，二人只得隨進二堂。真個好不威風赫赫，正是：

提出賣法奸讒姓，打動幹國忠良心。

畢竟鮑賜安進了二堂，不知吉凶如何，且聽下回分解。

---

❺鞫問：審訊。鞫，音ㄐㄩˊ，審問犯人。

第五十九回　忠臣為主禮隱士

話說狄公因何聞他道出奸賊姓名，連忙退堂？看官不知，那則天娘娘極有才幹，雖然淫亂宮闈，而心中慮事甚明。看見張、欒、王、薛等一班臣僚，擅持國柄，肆行無忌，恐日後社稷有傾國之患。這一班人皆與他有私慝❶之情，又不好諄諄禁止。自己年近六十，亦無精神料理朝事，意欲召子廬陵王還朝禪位，這班人必不能容太子回國。細思臣子之中，惟狄仁傑忠心耿耿，故召他進京，以便殿❷私授手詔，命他至房州迎請太子回朝。不料又被這班奸賊看破，各門嚴加防護，不許狄公出京。況往房州，必由潼關，鎮守總兵又係武三思次侄武卯。無人保護，如何能過去？前余千盛稱花、鮑二人素懷忠義之心，不得已流落江湖，所以差董超前來，以官司為名，實欲收伏此二人，以作保護之將，故在京等候。今聞已到，其心甚喜。又恐他野性未退，特坐大堂訊問，以探他們之心。那知鮑賜安直指張、欒、王、薛之名以對，恐外人聽見，走漏風聲，以敗其謀，假作動怒之狀，帶進二堂，好吐衷腸。

且說鮑賜安、余千進了宅門，內丁放進，外班不許一個走入，遂將宅門關閉。鮑賜安道：「一毫不差！閉了宅門，拿老實的哩。」宅門以裏，便是二堂，亦不見狄老爺坐於其間，又不知是何緣故？正在

❶ 私慝：隱祕、邪惡。慝，音ㄊㄜˋ，邪惡。

❷ 便殿：正殿以外的別殿，帝王休息宴飲之處。

狐疑，內裏走出一人，向余、鮑二人笑嘻嘻的說道：「千歲在書房中，請你二人講話哩。」鮑賜安自思道：「書房非問事之所，又加一『請』字，就知有吉無凶了。」放心隨來人進書房。

只見一個和尚同狄公在那裏坐談，見鮑賜安來，俱立起身來見禮，鮑賜安連稱：「不敢！」狄公道：「請坐，我有大事相商。」鮑賜安謙讓片時，只得坐下。余千走至賓王前，請過安。賓王道：「適才狄公進來，說你大爺未傷性命，我方才放心。」余千又將四傑村捨命救主，鮑老爹路過相救，前後說了一遍。駱賓王向鮑賜安謝道：「舍弟每逢搭救，何以克報！」鮑賜安道：「朋友之交，應當如此，何以稱謝！」

狄公將武后投書，並張、王等防護森嚴之事，告訴一遍。又道：「我年老之人，但隻身無侶，實不能勝此大任。隱士倘有妙策，迎請太子還朝，其功不小。」鮑賜安遂將同眾來京，殺奸斬讒以作進見之功，正思無有引進之事，說了一遍。又道：「今千歲出京之事，盡放在小人身上，潼關已先著金鞭胡璉搶奪。」又將張天佐作親之事也說了一遍：「期於十六日完娶，亦期於那日殺賊。千歲大駕十四日先出城，小人差人護送。」狄公大喜道：「我在府中候你之信！第一要秘密，莫使奸讒看出破綻方好。」鮑賜安道：「千歲放心，小人自有道理。」又將私娃之事，請問狄公。狄公將不夫而胎者骨軟之驗說了。鮑賜安道：「私娃桶現在府外。」狄公道：「不必再驗，恐驚人耳目，隱士自驗罷了。」鮑賜安深服其論，遂告辭。駱賓王向余千道：「回寓對你大爺說，迎王事大，我也不便會他了。」狄公又諄諄命鮑賜安，鮑賜安滿口應承。狄公送至宅門，余、鮑出門去了。

來至街上，相會眾人，將問答之話說了一遍，又道：「些須買點物件、好肴，送張得二人，恐怕犯疑。」回至公會，見了自家一眾人，將狄公回答之話，細細說了一遍。又道：「他願作引進，我已許他，十四日著人送他出城，先赴潼關。」眾人見了有引進之人，無不歡喜。遂將私娃桶倒出一看，皆是些穢水，並無筋骨，方知素娘為真正節婦。狄公打發余、鮑二人去後，遂上表推病不朝。

且說次日張家來了三四十人，端大盒無數，兩個大紅禮單，上寫彩緞百匹、明珠十串、人參百斤、聘儀千兩，餘者皆是珊瑚、瑪瑙、金銀首飾、紗緞綾羅、冬夏衣裳。鮑賜安爽快之極，只用兩個字：「全收！」又不好空空盒子，回了些枝圓栗棗，喜錢絲毫未把。昨日已經說過了，早有張得、張興二人支持去了。

十三日，鮑賜安令女兒金花：「照人數每人務備乾糧口袋一個，將自帶人參，並昨日收得張家人參照人分開，臨期各人帶一口袋，預備路上充飢。長安至潼關，有二百一十里路程，我等動身，這一路連做生意都不用了。」金花遵父之命，照人縫辦口袋。

及十四日日落之時，鮑賜安命余千、濮天鵬二人至狄王府：「請他駕至東門以內等候，我後邊就到。送你們出城之後，你二人就保他先赴潼關。外有一個小紙包，帶與狄公，叫他照此行事。」余、濮二人接了紙包，赴狄王府去了。鮑賜安又向眾人道：「預先將馬匹運出才好。明日反出城時，我等可以步行，而女眷不能行走，將跟來趕車的六個人先行罷。牲口運出十五匹，離城二十里有一大松林，在林內等候。狄公到時，與他一匹騎坐，餘者等候女客。」

分派已畢，鮑賜安又至門口，與張得、張興二人道：「小女有個奶公，亦隨來看考，不料害起瘡來，難保性命。今欲著人送他回去，特討幾個腰牌用用。」張得道：「有，有，有！用多少，老丈自拿。」

鮑賜安拿了十個。共是十六個，連車夫在內，牽了十五騎牲口，俱奔東門而來。

及至東門，狄公早臥在街旁一塊大石上，哼聲不絕，左右兩鬢上貼著兩張大膏藥。鮑賜安走至眼前，發怒道：「不叫你來，你偏要來，弄得這個形像，又要著人送你哩！」狄公只是哼而不應。鮑賜安道：「令人焦躁！還不起來出城，等待何時？」狄公爬了半日，才爬起來。走至門兵跟前，將十個腰牌與他一看，門兵見有腰牌為證，也就不細細查問，放他出去之後，到得城外，拉過一匹馬來狄公騎坐，余、濮二人步行隨後，慢慢赴潼關而行。鮑賜安仍進城而來，回到公會。

看官，狄公前日好好之人，今日因何面上貼著膏藥，哼聲不絕？他乃三部元勳，京中連三尺之童，無一個不認得是狄千歲。奸黨既然防備好好的，如何能去？故鮑賜安包一個紙包，叫余千帶去，就是這兩張膏藥，貼在臉上。須用害瘡之形，又兼日落時候，令人看不親切，易於混出城去。鮑賜安回到公會，天已夜暮，大家早些安睡，預備明日下教場。

卻說次日五鼓三點，女主登殿。八月十五中秋大節，滿朝文武朝駕已畢，武后道：「今日考選天下武士，超拔才勇雙全。命兵部尚書羅洪文武主考。」羅洪領旨，辭主出朝。武后回宮，群臣各散。張天佐早領人持帖至兵部府拜託：「今科狀元，務取江南建康包金花。」羅洪應允。

且說鮑賜安天明起身，忙備早飯，大家用過。備了三匹駿馬，鮑、胡、花三位姑娘打扮得齊齊整整，任、駱、徐、花、鮑、濮二十人，皆扮作牽馬之夫，單奔逍遙宮。及至武舉場上，見宮門口五彩綢扎了一架牌樓，三個大金字「武舉場」。馬路前邊，盡是奇花異草，陪伴著綠牡丹，外有朱漆欄杆，當中一個演武廳，皆是五色彩綢扎就飛禽走獸，人物山水，內擺了許多古玩玉器。正是：

要得真富貴，除是帝王家。

正在觀望，聽得開道之聲，主考羅洪騎馬而來。三個大炮，羅洪到了演武廳，居中坐下，兩旁分坐許多陪考官員。人役獻茶之後，羅洪分付考本京才子。那長安也有幾個應考之人，莫說想中天球，連馬都跑不全，不是跌下馬來，就是半路削馬。及考到建康地方，鮑金花一馬當先，左手持弓，右手取箭，三箭俱中天球。報喜連響不絕，滿場無不喝彩。鮑金花正欲下馬，到演武廳上報名，只聽得又有女子聲喊，正是：

素常演就文武藝，一朝貨與帝王家。

不知喊叫是何女子，所喊何事，且聽下回分解。

第六十回　奸臣代子娶煞星

話說鮑金花一看，只見花碧蓮大叫道：「姐姐且莫報名，待妹子一同報名！」上馬也是一馬連中三箭。胡賽花亦叫道：「二位姐姐莫忙報名，等妹妹來也！」花、鮑二位姑娘勒馬一邊觀看，胡賽花也是一馬三箭，俱中天球。

羅洪暗嘆道：「女子中尚有如此弓馬，不知江湖上屈沒了多少英雄！」分付將三名女子傳上廳來。三人下馬，任、駱、濮接過三人的馬。三人上廳參見主考。羅洪道：「免參。」外場三人一般騎射，難辨優劣。演武廳旁，亦是五彩綢扎就一個官篷，擺設著文房四寶。當時命三人各作「綠牡丹」詩一首，以定次序。三人領命，遂入官篷，各做詩一首。

不多一時，三人呈詩來至演武廳上繳卷。羅洪將三人之詩接過，一看：

章章錦繡，句句精神。

可稱為文武全才。三詩之中，胡賽花略次一分，而花、鮑難分上下。因有張天佐之託，不好更命，遂將取中之名，開列於後：

第一名包金花

第二名化碧蓮

第三名胡賽花

大人回朝，奏主加封。科場已散，花、鮑等人領了三位姑娘，仍回公會。且說大人回朝，啟奏武后已畢，等龍虎日❶發榜。這且不言。

卻說張天佐早已著人在教場打探，說今日主考所取者三位，皆是包老一起之人。張天佐大喜，打點次日娶親，一夜何曾安眠？北方同西方，與南方規矩不同，娶親之日，女家多少男女送親，男家俱要設席款待。張天佐弟兄歡喜，不必言矣。又拿帖揀選朝中契厚之人前來陪親，你道所請之人是誰？開列於後：

吏部尚書王懷仁

刑部侍郎王懷義

西臺御史欒守禮

禮部兵馬司辥敖曹

國舅武三思

❶ 龍虎日：龍為辰日，虎為寅日，不論天干，地支的辰、寅相合之日，即為龍虎日。

薛敖曹抱病辭回。武三思叔侄因自家女兒亡過，今日至張家，恐觸目傷心，亦不肯來。

不言張府打算娶親，且說鮑賜安商議送女兒。鮑老等同眾人用過飯，臨晚吃酒時，男女設席於一房內。鮑賜安道：「送至京，慌忙這幾日，未做一件正事，即今教場奪魁，皆冗事耳。事成則成，敗則敗，成敗只在明日一天。明日張家來娶親時，我們送親男人一十二位，送親女客共一十二位。小女做新人，胡賽花姑娘做陪嫁的丫鬟。胡姑娘懷中揣信炮一個，等張三聘入房來，小女得了手之時，胡姑娘點放信炮。我們聽得信炮一響，一齊動手。我料他必請王、欒、薛、武一班奸賊來，王、欒、薛皆不足為念，只是武家叔侄英名素著，須要防他。可記著動手時，多著人擋著他二人，要緊！要緊！他來娶，不是辰時❷，就是巳時，我等切不可早發新人，只推山東有此規矩，要開門錢。看他來時，即將大門關閉，問他大大的開門錢。聽憑多少，只叫他左添右添，三次四次，只管向他添錢。到下午時刻，我等再慢慢的發人。及到他家，日落之時，再叩天地，拜公婆，做這些事體及進房吃交杯酒等事，天不黑了？正該動手之時，我好脫逃！」

向任、駱、徐三人道：「你們雖會登高，也會履險，到底未曾經過大敵。恐臨時失機，反為不美。我有一差，相煩三位。」三人齊道：「願聽號令。」鮑賜安道：「我們定於出東門。京城之中，比別處州縣不同，防護人甚多。我等動手，他城門不關閉便罷，若關閉了門，三位可攔阻他，我等好出城。」

❷ 辰時：上午七點至九點。

三人領命，深服其分派有法。算計已定，大家安睡。

次日起來，先將乾糧口袋派散，別將眾人人參之外，又派些牛肉巴子，分付務要小心收好：「若有追趕，那時忍餓，莫怪我！」眾人答應。將到辰時，聽得外邊鼓樂喧天，炮聲連連，諒必是娶親來也。鮑老道：「速關大門，我好在裏邊做事。」花振芳真個將大門關上，拿了一張椅子，當門坐下。張家娶親人來至門首，見門關閉，張得、張興二人連趕至前來打門：「包老爹，開門！」花振芳道：「慮怎的？咱家山東有此規矩，凡新轎來時，將門關上，名為關財門。大大與個喜錢，若少了還要加添，如此叫做添財。今日行的山東禮！」張得二人道：「是舅老爹麼？」花振芳道：「不是咱家，你當誰？」張得道：「容易，容易！卻不知，明日帶來罷。」花振芳道：「明日再來抬人。」張得見如此說，速著人去取。一人跑到相府，稟道如此。張天佐道：「少了拿不出來，須要四封二百兩。」交與來人。來人跑到公會門首，交與張得。張得道：「舅老爹，開門罷。」花振芳起身，將四封銀子接了，仍又關上，說道：「還要大大加添！」張得無奈，又著人回相府，又取了二百兩銀子。花振芳又接過，又將門關上，又叫加添。

如此四次，添了八百兩銀子。天已下午已過，花振芳將門開放，一眾人走進。張得向鮑老道：「包老爹，請新人速速妝束，莫誤良時。」鮑賜安道：「自老妻去世，小女隨我成人，從未離我半步。今嫁相府，捨不得我，只是啼哭，至今未起，我著母舅勸他。」張得道：「既新貴人離不得老爹，過門之後，老爹也在相府過活，難道侍奉不起麼？婚姻終身大事，莫要錯了吉時。」鮑老道：「甚麼吉時，甚麼吉時？新人到，就是吉時了。」張得道：「如此說，快快為妙。」鮑老道：「是，是，是！」一催一促，日已西墜。

金花內裏扎束停當，外邊罩上喜衣。鮑老自家抱轎，上轎時故作難捨之狀。張得來人放炮起身，鼓樂喧天，好不熱鬧。轎子起身後，鮑老等連忙扎束，各自暗帶兵器，二十四位男女送親，先已預備二十乘轎子。女人乘坐，男人步行，一直奔張府而來。新轎到時，送親亦到。張家請了二位攙親的夫人，乃是兩王之妻。新人下轎，攙扶至天井中香案桌前，同張三聘叩拜天地。外有男女陪客迎接男女送親等人，皆各分坐，女客進後。

且說新人參過天地，拜過公婆之後，攙進洞房，天已更深之時了。洞房吃過交杯，坐床撒帳❸。張三聘自初十日在公會中看見過鮑金花，回來後恨不得一時摟在懷中。延挨這五六日，真是茶思飯想，今二人坐床撒帳，那裏能按得住欲火？一見垂下帳來，尚且溫溫存存，用右手向鮑金花背後一把摟。新人素亦知張三聘弓馬純熟，頗有英名，不穩當也不敢下手。雖然坐帳，卻暗暗觀他，眼觀帳外之人伸手背後來摸，袖中順刀早已順出，直當他近身之時，照右脅下使盡生平力氣一刺，張三聘「噯喲」一聲，跌在床下。攙扶女客還在帳外伺候，一見張三聘跌下床來，就知是金花動手。胡姑娘懷中取出信炮，走出房來，用火點著，一聲響，前廳人各執兵器，一場大殺！金花羅帳一揭，王家妯娌幾個堂客還在那裏問張三聘，被金花一刀一個，都殺了。出房來，大廳上陪客王、欒、張天佐弟兄，皆是文官，那裏還能支持？盡被殺死。雖有些家人，怎當得眾英雄？前後廝殺一陣，將張家並陪客之人，已殺了七八十。

那張家家人，忙報大元帥武寅，武寅道：「京中強盜殺人，有關自己考成。」命掌號齊人。鮑老正在殺人，忽聽號聲，說道：「速走，速走！武家齊人！」於是俱縱上房子，向外一看，街上早已站了無

❸ 撒帳：新婚夫婦交拜畢，並坐床沿，婦女散擲金錢彩果，謂之撒帳。

第六十一回　鬧長安鮑福分兵敵追將

卻說鮑賜安等上得房來，見街上站了許多的兵丁，皆弓上弦，刀出鞘，又是火光如同白日，無處奔逃。鮑賜安道：「還不揭瓦打這些狗頭，等待何時？」眾人聞聽，俱各揭瓦，打出一條大街，望東門而走。

且說武寅一邊齊人，一邊差兵丁速關城門，莫要放走強盜。別門關閉，不必細說。且說東門門兵，聞得相府出事，有大元帥軍令拿賊，叫關城門。任、徐、駱三人騎馬而立，門兵道：「你等進城，速速進去，我要關門哩！」任正千道：「方才起更，怎麼就關城門？我還要等個朋友，一同進城。」門兵焦躁道：「相府有賊殺人，大元帥軍令，叫關城門，莫要放走強人。你進又不進，出又不出，是何緣故？」任正千道：「相府有賊無賊，關你甚事？這就是要走此一門，若叫你關了門，他們從何處出去？」門兵道：「難道是你一伙人麼？」任正千道：「你既明白，就不該關了！」門兵聽得此言，「噯喲」的一聲，跑的跑，逃的逃。任、駱、徐三人各執兵器，倚門而待。

只聽得城中人倒了頭齊鳴喊叫，吆喝不絕。不一時，又聽得瓦片響亮，知他們揭瓦打路前來。話猶未了，眾人自房上跳下，任、駱、徐迎上前來，鮑賜安問道：「城門口曾關否？」三人應道：「開著哩！」鮑賜安道：「快快出城要緊！」大城已出多遠，只聽得炮響，陣鼓連天，知是元帥武寅率領人馬追來。鮑賜安忙問道：「馬在何處？」六車夫應道：「俱各現成。」鮑賜安道：「我等分作兩班對敵，男將前行，抵擋追兵，男一班，女一班，行得一二十里，再換女將，大家都有個喘息之空。且戰且走，方能到得潼關。」於是，女將各人上馬，抵擋追兵。鮑賜安、花振芳率領眾人，依前法趕路。

行了一日兩夜，到第二日早飯時候，正值男班對敵，女將趲行。離潼關五十里之遙，只見前邊有六個人，三對廝殺，不知何事。走得相離不遠，仔細一看，竟是余千、濮天鵬同一個和尚，與三個道士敵鬥，原來是雷勝遠師徒。花碧蓮大叫：「余千，莫要驚慌，俺來也！」鮑金花也隨後叫道：「叔叔稍歇，待我擒賊。」

不講兩員女將戰住了兩個小道士，且說那和尚鬥了十數個回合，心中火起，禪杖一舉，將老道士打死。余千滿心仗膽，同濮天鵬向前拜問：「和尚上下？」和尚道：「貧僧乃五臺山紅蓮長老三徒弟，消月便是。」余、濮二人拜謝相救之恩，又將向日所會消安、消計之事，說了一遍。消月道：「貧僧潼關遊方，今回五臺山經此，適聞捉拿狄公，貧僧知他素抱幹國之忠，故前來相救。不料開殺戒，罪過，罪過！」狄公上前拜謝，同消月席地而談。

余千道：「這雷勝遠師徒，向在欒家復播。於今雖遇於此而起謀害之心，他實與我等有仇，此必欒家有人指引。」展目一望，路旁松林之內有人探望，見了人連忙縮回。余千說道：「林內林外，必有欒家之人。」提著板斧，入了林中一看，欒家人等俱在其中。余千大怒，舉起斧來，一個不留，盡皆殺死。心中想道：「華三千是他家得意門客，難道不同他進京？便宜了這狗娘養的！」向林外一觀，見向北半箭之路，有一人出大恭，才露起身來，向林而望，正是華三千也。余千道：「我料一定非他不行。」余千切齒等待。

華三千低著頭前行，想道：「余千這廝，今日必遭毒手，諒不能逃命了。他二人，如何是他雷家師徒三人的對手？」走到余千面前，還未看見。余千叫道：「我的兒，你來了麼？」華三千看見余千，真魂早從頂門飛出，見他倚樹而立，手持雙斧，似凶神一般，雙膝跪下，道：「余大叔饒命！」余千道：「我不殺你！你將今日因何來此攔我情由說明，我再與你講。」華三千道：「晚生同欒大爺進京，皆過此地，相遇大叔同狄千歲，必是迎王回朝，故欲相害。」又回道：「擂臺解圍之後，欒大爺因此就留他師徒在府保家。他師徒三人，一年是一千五百兩銀子的修金❶。今日進京，恐北方路上難行，故而同來保全。」余千問明今日來歷，說道：「你與欒一萬時刻不離，他今既歸陰府，你亦不肯在陽。」提起雙斧，將手腳剁下，將華三千的舌頭割下，余千說道：「總因你這舌頭搬弄是非。」華三千二目圓睜，還望著余千。余千道：「你一雙賊眼，善觀氣色，見人喜怒。」用斧尖將眼一刺，兩股清水，二目閉合。

余千出林，走至狄公前，將殺除奸臣之子欒一萬、華三千之事，告訴一遍。正說之間，鮑賜安領眾亦到。花碧蓮見駱宏勳等俱到，心中想道：「自成親之後，丈夫還未見我之武藝，何不趁此道士，以逞勇也？」眼看一個破綻，一刀斬之。鮑金花暗想：「他既斬了一個，我何苦苦戀戰？必令人輕視於我。」亦抖抖精神，一刀誅之。同來會眾人，問其所以。余千將華三千所供之言，說了一遍，眾人無不暢快。又問：「那長老是誰？」余千道：「即老爹所渴慕消月師也。」鮑賜安等連忙向前拜謝，並留同破潼關。消月道：「此乃無意相遇，貧僧已入佛門，不便又開殺戒。潼關防護雖嚴，有眾位英雄，何愁不成？貧僧就此告別。」眾人苦留不住，用禪杖挑起行囊，回五臺山去了。

❶ 修金：致老師的酬金。修，通「脩」，乾肉。

看官，余千保狄公前行兩日，因何又叫眾人趕上？奈狄公年近八旬之人，在牲口上一日行五六十里就撐不住，歇店歇得早，起身起得遲。鮑賜安等雖分擋追兵，都是晝夜不停前行，故此趕上。

閒話休言。消月起身之後，鮑賜安道：「余千、濮天鵬，你二人仍保狄千歲前行。到了潼關，對胡大爺說，叫他快速前來抵擋抵擋，我等著實撐持不住了。再對胡二爺說，今晚明早務將潼關奪下，勿使我等到時，前有關隘阻路，後有兵將追來，進退兩難，將前功盡棄，化為烏有！」至狄公起身之後，又聽號炮之聲相近。花奶奶道：「你們前行，待我等抵擋一陣。」於是鮑賜安領眾前行，且戰且走。

日將落時，離潼關只有十五里之遙，又見前邊來了一支人馬，約有五六百人。鮑賜安道：「不好了！此必潼關武卯領兵前來，如何是好？」駱宏勳年輕眼亮，早看明白，說道：「老爹莫要驚慌，前邊來者之人，乃金鞭胡世兄也。」鮑賜安道：「既是他來，那有這許多人跟隨？難道帶嘍兵前來麼？」話猶未了，行至面前，正是金鞭胡璉。胡璉跳下了馬相見，鮑賜安見所帶嘍兵俱各持長棍，遂說道：「他們都會槍法麼？且不知陣法可知？」胡璉道：「老師不知，自到潼關，揀了五百嘍兵，離關十里有一空廟，落地甚大，朝夕操演。排江涉水而去，那怕數萬人馬，而吾何懼乎？諸公請赴潼關，俺對敵追兵去也。」胡璉領兵前去，鮑賜安等奔關而來。正是：

英雄並力擒奸黨，豪傑同心獲佞臣。

畢竟不知眾人可能進關否，且聽下回分解。

第六十二回　奪潼關胡理受箭建大功

且說余千、濮天鵬二人保護狄公，遇見胡璉，將鮑老所囑之言說過。胡璉領兵去後，他二人跟隨狄公到了潼關，胡理迎出，問眾人動靜。余千道：「今晚至此，不然夜間即到了。請二爺速奪潼關，莫使前後受敵，反為不美。」胡理道：「容易，容易！」將狄公引進山窩。那胡理好不能耐，共帶了三千五六百人，哥哥帶去五百，還有三千多人馬，俱屯在山窩裏面，做飯連煙頭都無，故能令潼關鎮守之人毫不知覺。狄公見他分派有條，甚是敬重。胡理延至更餘天氣，分付嘍兵，並向余千道：「我今自去單奪潼關，你們在關外候信，聞我喊叫你們，向你們指號，向前護來王爺。若不聽見聲音，切不可喊叫，使他知覺，反難取關。」眾人領命。胡理扎束停當，背後插了兩把朴刀，出了山窩，奪潼關而來。

且說守潼關之將武卯，聞報馬連報，道有一伙人大鬧相府，反出京城，哥哥武寅刻下追趕前來，就要點兵迎出。副將王隱諫道：「就有幾百強盜，還怕帥爺捉拿不住？亦必追至此地。況潼關阻路，強人插翅難飛，豈可逃？」武卯道：「此言有理！點齊軍馬，上關防護，以觀強人舉動。」於是率領兩員副將，千百把總、守備，至關上觀望。

卻說胡理來至關前，抬頭一看，見關上燈球火把齊明，就知是武卯聞報，領了人馬守關。潼關四圍皆山，當中一個出口，乃南北通衢大道。設一關隘，非由關上過，別無出路。胡理三日前早看下一塊落地，關左首有一棵大樹，行到樹邊，上了樹，自樹上一縱，上了山峰。那山峰長得俱像些狼牙一般，若跌下，真個碎屍萬段。胡理縱了三五個山峰。潼關原是無垛口的，關嶺上即靠著山坡。胡理上了山峰，遍身是汗。山上橫草甚深，恐人看見，將身躲在橫草穴中歇息。暗想道：「上是上來了，他有許多人在關上防守，一見我個生人，必要盤詰，豈容我自去開關？」正在無法，只聽得橫草那邊一人問道：「你也出恭麼？」胡理知他月光之下看不分明，只當自家人，遂答道：「出恭呢。」那人真當自家人，毫不猜疑。胡理從他面前經過，一刀殺死，將他衣服剝下，自己穿上，又將腰刀取下，帶在自己身上，打扮得是個兵丁模樣，一步一步，投進帥府，到武卯背後。

武卯同二副將只向關外張望，關內皆是自家人，卻不提防。胡理暗將兩口朴刀取出，一刀對正武卯頭頂上一刀，用力砍去，連副將砍了二頭落地。另一個副將說聲：「有賊！」才待拔劍，胡理反過刀來，亦砍倒在地。千百把總、守備，見勢不好，俱跑下關去，胡理也隨下來。雖有幾百兵丁，竟無一個敢向前抵敵。胡理也不敢殺眾人，直奔關門。

那個守備叫道：「強盜欲開關了，還不放箭，等待何時？」話猶未了，箭如飛蝗射來。胡理背後倚定關門，面向眾人，兩口朴刀，上下左右相遮，兩旁箭堆一二尺深，竟不能射他一箭。射有頓飯時候，兵丁所帶之箭都已射完，只聽得守備分付：「速開庫房，搬箭來用！」胡理暗道：「還不趁此無箭之時斬關，等待何時！」轉身來將門鎖斬斷，左膀上已中了一箭，胡理疼痛難禁，不能大開關門，只得微開其空，大喊一聲：「關門已開，還不速進，等待何時！」鮑賜安等已來到，余千將胡理分付之言相告，眾人俱來關外伺候。聞胡理之喊叫，奔至關下，一擁而進，將千百把總、兵丁人等，十殺七八，餘者逃去。

回轉關下，見胡理臥倒塵埃，哼聲叫喊。眾人見了他兩膀中了三箭，無不嘆息。鮑賜安道：「關既得了，有安身之地，速著幾人前至總鎮府搜尋，好將胡二爺抬進調養。」巴氏九人入總鎮府，將武氏男男女女、大大小小，殺個乾乾淨淨。任正千馱著胡理到了總鎮府，安放床上，將箭拔出，看了已著入肉二寸。胡理忽昏忽醒。狄公、余千、濮天鵬等，帶領眾兵丁，將駱太太等俱保入總鎮府。狄公一見胡理如此形容，不覺淚下，讚道：「勇力忠心，胡二將軍！」將至半夜，胡璉同眾女將盡至。鮑賜安見人口齊至，分付掩閉關門。胡璉夫妻同女兒賽花，一見胡理看看待死，好不淒慘！鮑賜安命女兒金花速取刀傷藥敷上，及至五更，嗚呼命亡，年二十七歲。後人有詩讚嘆，詩曰：

壯哉胡二將，英雄實堪揚。
不滿七尺軀，膽氣比眾強。
隻身斬關鎖，迎王正唐綱。
身雖受箭死，名並日月長。

胡璉見兄弟身亡，哀痛不已，眾人無不下淚。狄公道：「速置棺槨，將二將軍高葬。待迎王還朝之後，封贈再殯送。」胡璉感謝。遂置棺木成殮，懸放廟中。

次日，鮑賜安道：「元帥武寅雖被排江打散，必仍要奪關。我等兵少將微，不可力敵，只謹守關口，歇息兩日，好赴房州迎王。」眾人遵命不提。

卻說元帥武寅，京中共有十萬御林軍，那夜雖未齊全，也帶了有三萬餘人。趕出京時，先與鮑賜安兩班男女對敵，已折萬餘。後被胡璉排江一陣，又折了萬餘人，只落了一萬餘人相隨。欲待回京，重調人馬，又恐皇上責備：「你做了元帥，帶了三四萬的人馬，折去一大半，連一個強盜也捉不住！」自家難以回奏。只得重整殘兵敗將，趕奔潼關，還望兄弟領兵來迎。及到潼關，聞兄弟已被殺死，關口已失，好不苦楚！潼關外扎下營盤，修本進京求救。

且說鮑賜安息了兩日，商議道：「今下房州，男將前去，女將在此等候。男將中亦要留下一二人在此防護。我等中不知誰願在此？」眾人都千辛萬苦，俱要迎王顯功，都不應話。余千道：「我不去罷。」鮑賜安道：「余大叔有保狄千歲大功，豈有不去之理？」余千道：「我家大爺前去就是了。」狄公道：「余千不去也罷。我到房州，在駕前啟奏，功猶在焉。」鮑賜安道：「既如此說，濮天鵬也不去罷。你兩個人，俱是保千歲出京之人，要不去，都不去。」濮天鵬遵命。鮑賜安道：「你二人在此，不可大意。武卯雖死，他家將尚有，倘暗地將關門開放，又是勞而無功。你二人分開班，一家一日巡關，想武寅怎樣討戰，總莫與他對敵。待等我們到日，再作商量。」二人一一領命。各人收拾行李，次日同狄公赴房州去了。

余千、濮天鵬遵鮑賜安之命，一家一日巡關。武寅關外扎了營，他也不來攻打。那晚，余千巡關，忽聽武寅營中炮響連天，余千大驚，上關一看，見武營燈火明亮，又添了數萬人馬。正是：

折槍折箭撥殘兵，添兵益將長威風。

不知武寅營中又添何處人馬，且聽下回分解。

第六十三回　狄欽王率眾迎幼主

卻說余千看見武寅營中添兵益將，自家同濮天鵬防護甚嚴。且說武寅本章進京，武后覽表，也道當真是強盜作亂，不得不發兵剿除。遂發羽林軍五萬，差鎮殿將軍劉自成前去救援。一萬人馬行營，加添五萬，共成六萬大兵，自然壯觀。

次日，劉自成上馬提槍，關前討戰。余、濮二人只是堅守不出。劉自成連討了幾日戰，百般辱罵，並無敵將出關，只得回營，同武寅商議破關之策。武寅道：「彼堅守不出，別無抄路可出，似此如何是好？」劉自成即說道：「除非元帥再行修表進京，請數架紅衣大炮❶。此關左右有座高山，將炮架在山頂，以炮擊關。一炮不開，兩炮。兩炮不開，三炮。潼關雖固，諒數炮亦開！」武寅大喜，遂又修表進京請炮。數日之後，炮已請到，差人上山砌壘炮臺。

余、濮二人聞聽此言，甚是驚慌，倘被人打破潼關，叫我二人如何拒之？正在愁悶，報馬報道：「太子大駕同薛元帥率領十萬大兵，離此有百里之遙，特報二位爺知道。」二人聞報，好不歡喜，諒他砌起炮臺並架炮時，我們大兵亦到。真個炮臺未了，廬陵王大駕已到，相離潼關有二十里之遙。二人率領眾男女接出十里之外。

❶ 紅衣大炮：明末清初時仿照荷蘭大炮所造之炮。紅衣，紅夷（舊指荷蘭）的轉稱。

只見花、鮑、任、駱，皆是全副披掛，盔甲光明，好不威武。迎至輦前，報名跪接。狄公馬前啟奏：「此皆鎮守潼關男女將。聞主上駕到，特來接駕。」盧陵王展龍目向下一觀，見十數男女跪於道旁，皆有擒龍伏虎之氣象。龍心大悅，問狄公道：「此二人即卿所奏保卿出京之余千、濮天鵬麼？」狄公道：「正是此二人。」盧陵王道：「暫賜行營總兵，待孤登寶之時，另行封賞。女卿盡隨夫品，勿得另封。」狄公走到余千、濮天鵬跟前，道：「旨下：余千、濮天鵬二人，有保大臣迎駕之功，暫賜行營總兵之職，回朝再加封賜。賜封女將隨夫品級，勿得另封。謝恩！」眾男女齊呼：「千歲，千歲，千千歲！」站起身來，讓龍輦過去。各上騎行，隨駕至關，放炮安營。

余千、濮天鵬亦到公館，參見元帥薛剛。薛剛道：「二位將軍鎮守潼關，武賊營中，消息如何？」余、濮二人稟道：「數日以前，伊營添了五萬人馬，屢屢討戰，末將只堅守不出。三日前，又請了數架紅衣大炮。現今砌壘炮臺，尚未架炮。末將等正待通稟，元帥大兵已至，今特稟知。」薛剛大驚道：「此炮共有二十四架，乃鎮國之寶，從不擅動。內盛一石二斗藥料，其力能打四十里之遠。潼關雖固，豈能受得數炮？趁此未架，明日差將拒敵，要緊要緊！」於是各營埋鍋造飯，一宿晚景休提。

次日清晨，用過早飯，薛剛奏道：「昨聞余千、濮天鵬二人說潼關外現有賊屯兵。須先捉此賊，再保駕進京。」盧陵王道：「卿自主之。」薛剛領旨，即升大帳，問道：「那個前去捉拿武賊？」一言未了，副先鋒薛魁應道：「孩兒願往！」披掛齊整，上馬提錘，三聲大炮，開放城門，二膝一催，早到武營，勒馬討戰。

武營中劉自成出馬拒敵，來自營前一看，是雷公嘴的薛魁，早已盔歪甲斜。既到陣上，焉能不戰？

身軀抖抖，膽怯問道：「聞小將軍賢父子在房州保太子之駕，今何順賊而拒皇上天兵？」薛魁道：「奸黨肆行無忌，壞亂朝綱。前殺賊者，乃我狄千歲收服江湖上好漢，特殺奸賊，以作進見之禮，保護狄千歲到房州迎王，王駕已至關中。你如識天時，即解甲卸盔，進關見駕，少免助奸之罪，尚敢駕前耀武揚威麼？」劉自成乃奉旨前來，並非奸意助他，今聞太子駕到關中，且又知薛魁素日之利害，乃答道：「下官乃奉旨前來，並非助奸為惡。既王駕在此，下官怎敢抗違？」遂下馬棄槍，奔關中見主請罪。

薛魁乃提錘在營門罵陣，早有監旗報與武寅，說劉自成投關去了。武寅好不驚慌，只得自己上馬提槍，出營對敵。二馬相交，武寅大罵道：「不知死活的反賊！向日脫鉤，即你父子之萬幸！近在房州，皇上姑置不問，就該頂戴聖恩！今又助賊奪關，前來對敵，非自投羅網乎？」薛魁道：「你既是皇親，腰金勒玉，食祿萬鍾，就該替國家出力，報效聖恩為是。因何與那些奸佞羽黨，同賣國法？不要走，看吾擒你！」舉錘就打，正中前心，墜馬而亡。薛魁一馬當先，進營吆喝道：「我誅者是奸賊，爾等兵丁無罪。太子現在關中，還不歸順，等待何時！」眾軍齊齊跪下道：「願歸麾下。」薛魁分付仍屯原營，令隨營兵將各將兵冊呈進關來。

次日合兵一處，大元帥薛剛分差將士，頭隊副先鋒薛魁領本部人馬，先到長安攻城；二隊正先鋒薛榮領本部人馬接應，並捉各奸賊的家眷；副元帥薛強領本部人馬在前，廬陵王率領新收男女各將居中，自領大兵斷後。

次日，放炮起營。潼關乃係要地，不可一日無帥，將任正千實授潼關總兵為鎮。惟有鮑賜安知任正千手中分文沒有，將三官殿所劫那王倫的五六個包裹原包送出，與任正千使用，以應向日與花振芳賭勝復他家業之語。花振芳向日同巴氏弟兄所劫王倫家十五個包裹，與了任正千十個，留下五個，速著人至定興，將去把炎帝廟宇重修一座，以復當日在林中所許之願。任正千勉強受封，而不得與眾人日聚，未免有些難捨之意。駱宏勳慰道：「世兄有大任，不能遠離了。愚弟逢有封，即來相會。」大家洒淚而別。

且說頭隊先鋒薛魁催促人馬，如弓放箭。行至次日午時，兵丁腳步不停，薛魁嫌走得遲慢。眾頭目齊稟道：「你老爺所騎，他龍騎也，一日能行千里，小的們如何隨得上？」薛魁道：「你們也說得是。不若我自前走，你們隨後趕來，省得勒壞了我的坐騎。」說罷，催開龍騎，先赴長安。

有二更之時，到了長安東門，薛魁那裏還等得人馬到時再攻城？他自勒馬提錘，叫門道：「城上聽著！廬陵王千歲駕已回朝，速速開放城門，免你之罪！」看官，京城不比別的州縣城樓，城上一夜不斷人行。守更之人，聞得下邊有人喊叫廬陵王駕已回朝，忙問道：「你係何人？」薛魁道：「我乃副先鋒薛魁！」門兵聽說是薛魁，打了一個寒噤，眾人道：「這位爺爺，反唐時節，他在京城殺了一日一夜，無一人敢近他前。多虧眾百姓哀告道：『以生民為念，求少爺出城罷！』他才去了。今日至此，若不速速開門，打進來呵，一個莫想得活！」又一人道：「必須先稟皇親，並請下令箭下來，我們才敢開門。」眾人道：「此言有理。」遂著一個人，速赴皇親府內通稟。

卻說薛魁見問了一聲，也不開門，也不回答，焦躁道：「該死的狗頭，怎不言語了？若再不開門，俺就用錘擊門了！」眾門兵道：「少爺，鑰匙在皇親武爺府中，已有人去取了，就來，請少爺少停片刻！」薛魁聽了門兵這一番的話，他心中暗暗自己想道：「皇親是武三思這個賊，我想這個狗頭養的，他若是聽得我來叫門，他不但不開城門，還行暗算與我。雖然不能把得我怎樣，到底枉自費了我的氣力，

第六十四回　聖天子登位封功臣

卻說薛魁用錘擊開城門，那些守門兵丁，翻身說聲：「不好了，打進城來了！大家快走，性命要緊！」一哄而散。再言薛魁正往前進，燈下武三思來也。薛魁迎上前來，亦不答話，舉錘就打。

且說薛魁部下人馬四散攏來，四鼓時候也到東門，雖開著城，但不知主將何往，只得扎下營盤。不多一時，二隊正先鋒的人馬也到了，問薛魁部的人道：「你主將在那裏？」眾人稟道：「我主將因我們行遲，先奔前來。小人等到時，城門已開，想是先進城去了。」薛榮大驚道：「今乃奉詔進京，不過誅奸戮佞，忠良之輩不可傷害。素知薛魁有粗，恐他那裏還分青白皂紅？禁城之中，倘驚聖駕，其罪不小。況武三思英名素著，吾弟一人，恐受其困。」連忙催動人馬進城。

及至進大街以上，只見薛魁提錘，找人廝殺。薛榮連忙吆喝道：「禁城不可亂動！」薛魁見薛榮來至，亦勒馬而待。薛榮問其所以，薛魁道：「武三思這老兒，已被兄弟一錘打死。」薛榮道：「武三思既除，不可妄殺一人，速速圍住了奸賊府第，擒捉人口。」於是將王、欒、薛、武人口盡皆拿下。京城不敢屯外鎮之兵，恐驚聖駕，於是將眾人家口俱押出城外，扎下行營，以待大兵。

天明時，大兵已到，滿京臣僚俱知太子駕臨，皆朝服而迎。廬陵王道：「孤今進城朝母，眾卿在營等候。欽王狄仁傑、大元帥薛剛二卿，隨孤進朝。」眾人領旨。王乘龍輦，行到午門，黃門❶啟奏武后，武后召見。王到金殿，山呼❷已畢，哭道：「兒臣久離膝下，朝思暮想，今日得見皇娘，真萬幸也！」武后道：「向日兒幼，為娘代你理國。今已成立，我又年老，故詔皇兒回朝禪位。」廬陵王謝恩。武后又宣狄仁傑至殿。武后道：「迎王還國，皆卿之力也。命卿酌議禪位吉期。」狄公遵旨。是日乃九月二十八日，同太史❸議定十月初二日上吉。復奏武后，武后准奏：「十月初二日禪位。」令翰林院編修召太子進宮宿歇，母子酌議朝事，諸卿退朝。

於是，及至十月初二日，合朝文武，早朝侍候，王登大寶。眾臣朝賀，山呼已畢，改元大唐神龍元年，為中宗皇帝❹，大赦天下。大元帥薛剛奏道：「張、欒、王、薛、武眾家口押赴市曹，請旨發落！」天子道：「盡皆斬首。」君臣正在議論，只見內宮一個太監慌慌張張，駕前奏道：「太后娘娘自縊駕崩！」天子大哭，京中群臣掛孝。次日，先頒喜詔，後頒哀詔。太后喪事已畢，安樂宮擺宴，大宴群臣。天子因有太后之喪，不便赴宴，敕賜梁王❺狄仁傑主席。

---

❶ 黃門：宦者；太監。東漢黃門令、中黃門諸官，皆為宦者充任，故稱。

❷ 山呼：漢元封元年（西元前一一〇年）春，武帝登嵩山，群臣三呼萬歲，稱為「山呼」，也作「嵩呼」。後以此作為臣民祝頌天子之辭。

❸ 太史：史官。西周、春秋時太史掌記載史事、編寫史書、起草文書，兼管國家典籍和天文曆法等。明清時稱欽天監，修史之職歸之翰林院，故俗稱翰林為太史。

❹ 神龍、中宗：原本作嗣聖、肅宗，徑改。

❺ 梁王：狄仁傑卒時，贈文昌右相，諡曰文惠；中宗即位，追贈司空；睿宗時，封梁國公。「梁王」、「欽王」云云，均小說家言。

眾臣正歡飲之間，只見一個內監手捧皇詔前來，眾人跪接。那內官居中站立，開讀聖旨道：「旨下，跪聽宣讀。旨曰：奉天承運，皇帝詔曰：臣無君，如衣無領；君無臣，如體乏手。我大唐先皇帝駕崩，朕躬尚幼，先太后代執朝事。而我先太后幽嫻貞靜，理闈有餘，外事豈所深知耶！竟被奸佞蒙蔽，逐朕外鎮，不容還朝，幾乎有失先帝之業。今除奸戮佞，迎朕回朝，復得基業者，皆卿等之力也。不正典刑，無以警戒奸讒；不行賞封，何以鼓舞忠義？張天佐、王懷仁、王懷義，先已被殺，家口正典，餘黨姑置不究。爾等諸臣，論功封賞：

狄仁傑，原封欽王，無以加封，恩襲公爵，加祿萬鍾。

薛剛，進封平西王，兼兵馬大元帥。

薛強，進封平國公，兼兵馬副元帥。

薛榮，進封無量大將軍，兼正先鋒。

薛魁，進封無敵大將軍，兼副先鋒。

鮑福，封安國公。

花萼，封定國公。

胡璉、巴龍、巴虎、巴彪、巴豹、巴仁、巴義、巴禮、巴智、巴信、徐苓、駱賓侯、濮行雲，俱封總兵。

濮萬里，封總兵，有保迎朕大臣大功，加封衛武將軍。

余千，封總兵，有保迎朕大臣大功，加封衛將軍。
眾女卿各隨夫品。
花碧蓮，雖係副室，有迎朕大功，恩賜一品夫人。
鮑金花，有迎朕大功，照武狀元之職，恩賜一品夫人。
胡賽花，有迎朕大功，照武探花之職，恩賜一品夫人。
修氏素娘，寧死不失節烈，又有隨迎朕大功，恩賜節義夫人。其子成立，另行封賞。
胡理，隻身奪關，以死報國，敕賜忠武侯，以禮安葬。

在京諸臣，各安原職。既封之後，各安本職。欽哉！謝恩！」

宣讀已畢，眾人謝恩。宴罷，各歸寓所。

次日早朝，狄仁傑奏道：「五臺山上消安、消計、消月，並徒黃胖，四個和尚，皆有忠義之心，潼關解臣之危，原許陛下回朝之後，奏明加封。陛下今登大寶，乞賜封賞，以彰聖恩。」天子准奏，差官至五臺山宣詔消安等四眾，四眾接旨謝恩畢，款待天使，少不得備齋，留住一宵。

次日天明，消安四眾隨了天使，一同進京。非止一日。那日早到，差官來至午門繳旨，黃門官啟奏，皇上傳旨，宣消安等上殿。消安聽宣，師徒四眾來至金階，山呼萬歲已畢。主開金口，問道：「聞爾等師徒，素有禪規，更兼英勇。向日狄卿迎朕遇奸，若非聖僧解危，朕不知何日還朝。」消安等奏道：「貧僧向日路遇狄仁傑千歲遇奸，託萬歲洪福齊天，天意除奸，非僧人之能為也。今蒙聖恩過獎，實僧人之罪也。」皇上道：「爾等不必謙辭，聽朕封來：

消安，封文英武勇護國大禪師，賜紫金盂一、錫杖一、大紅袈裟一。

消計，封神威義勇佑國副禪師，賜錫杖一、袈裟一。

消月，封興佛靜壇禪師，賜袈裟一、僧鞋襪一。

黃胖，封牛癡長老，兼僧綱掌教之職。」

皇上封過四僧，四僧口稱：「臣僧等謝恩，願吾王萬壽無疆，聖壽無疆！」山呼已畢，皇上回宮，眾臣朝散。

再講消安等，狄千歲少不得款留王府用齋。師徒入朝謝恩，辭駕回山，天子准奏。師徒又謝過狄千歲，狄千歲少不得有禮物相送，送至郊外而別。不講消安等回山，再言大唐君明臣良，綱紀復整，朝政正是：

金殿當頭紫閣重，仙人掌上玉芙蓉。
太平天子朝元日，五色雲中駕六龍。❻

---

❻ 金殿當頭紫閣重四句：此詩乃唐王建所作，為宮詞一百首之第九十一，見全唐詩卷三百二。紫閣，金碧輝煌的殿閣，多指帝居。

且不講大唐天子國泰民安，風調雨順。再言駱宏勳榮任狼山總兵，差人到寧波府，將桂太太請來侍奉，家內有桂小姐、花姑娘朝歡暮樂。後來花、桂二位夫人皆生貴子。桂氏生二子，取名文龍、文虎。花氏所生三子，取名文鳳、文鸞、文鰲。駱宏勳將文虎繼與桂府為嗣，又將文鸞繼與花氏為嗣，又將文鰲繼與巴府為嗣，因向日誤傷巴結之命。而三氏皆有後人。後來五子俱係皇家棟梁，至今昌盛。

再講任正千久鎮潼關，後來在任娶妻方氏，所生一子一女，子名應龍，女喚素英，後與駱宏勳為媳，文龍為妻。至此，駱、任世代相好，至今如始。余千後來官到兵馬大元帥，娶妻秦氏，係世襲國公秦公爺之女，所生四子二女。長女嫁與駱宏勳次子文鳳為妻，次女嫁與任公之子應龍為妻。四子長成，俱是文武，在朝伴君。後來之人，看到了余千之事忠直，有詩為證，詩曰：

自幼心中直，平生膽氣豪。
切齒恨王賀，救主不辭勞。
四傑威名重，義志貫九霄。
天佑忠義士，高官位列朝。

這幾句詩，單表余千忠義可嘉。再者，花振芳夫婦有駱宏勳常常侍奉。鮑賜安有婿送終，壽至耄耋❼之外。後人看到鮑賜安與花振芳之事，有詩為證，詩曰：

❼ 耄耋：音ㄇㄠˋ ㄉㄧㄝˊ，八九十歲高齡。

報王江湖客，忠肝直膽心。
忘身唯顧友，立志保聖門。
殺奸兼救難，除佞恤孤憐。
今朝留竹帛，千古顯芳名。

後來花、鮑二老一笑而終。巴氏弟兄，各各榮任總兵之職。那節婦修素娘之子，長大成立，讀書上進，聖恩御賜，榮顯門庭，娶妻生子，傳續梅氏宗支。真所謂善有善報，惡有惡報。至此，已完全反唐後傳一本故事。

詩云：

江湖有義終非盜，衣帽無良豈是人？
王賀姦淫終有報，佞賊擅權枉費心。
世賴欒賊今何在？梅滔姦孀也喪身。
余千捨命存忠義，至今千古美名揚。

專家校注考訂　古典小說戲曲大觀

世俗人情類

紅樓夢　曹雪芹撰　饒彬校注
脂評本紅樓夢　曹雪芹著　馬美信校注
金瓶梅　笑笑生原作　劉本棟校注　繆天華校閱
老殘遊記　劉鶚撰　田素蘭校注　繆天華校閱
平山冷燕　天花藏主人編次　張國風校注
謝德瑩校閱
品花寶鑑　陳森著　徐德明校注
野叟曝言　夏敬渠著　黃珅校注
綠野仙踪　李百川著　葉經柱校注
禪真逸史　方汝浩撰　黃珅校注
海上花列傳　韓邦慶著　姜漢椿校注
九尾龜　張春帆著　楊子堅校注
醒世姻緣傳　西周生輯著　袁世碩、鄒宗良校注
三門街　清無名氏撰　嚴文儒校注
花月痕　魏秀仁著　趙乃增校注
孽海花　曾樸撰　葉經柱校注　繆天華校閱
魯男子　曾樸著　黃珅校注
遊仙窟　玉梨魂（合刊）　張鷟、徐枕亞著
黃瑚、黃珅校注
筆生花　心如女史著　黃明校注　亓婷婷校閱
浮生六記　沈三白著　陶恂若校注　王關仕校閱

公案俠義類

水滸傳　施耐庵撰　羅貫中纂修
金聖嘆批　繆天華校注
兒女英雄傳　文康撰　饒彬標點　繆天華校注
三俠五義　石玉崑著　張虹校注　楊宗瑩校閱
七俠五義　石玉崑原著　俞樾改編
楊宗瑩校注　繆天華校閱
小五義　清・無名氏編著　李宗為校注

續小五義　清・無名氏編著　文斌校注

蕩寇志　俞萬春撰　侯忠義校注

綠牡丹　清・無名氏著　劉倩校注

羅通掃北　鴛湖漁叟較訂　劉倩校注

楊家將演義　紀振倫撰　楊子堅校注　葉經柱校閱

萬花樓演義　李雨堂撰　陳大康校注

粉妝樓全傳　竹溪山人編撰　陳大康校注

七劍十三俠　唐芸洲著　張建一校注

包公案　明・無名氏撰　顧宏義校注　謝士楷、繆天華校閱

海公大紅袍全傳　清・無名氏撰　楊同甫校注　葉經柱校閱

施公案　清・無名氏編撰　黃珅校注

歷史演義類

三國演義　羅貫中撰　毛宗崗批　饒彬校注

東周列國志　馮夢龍原著　蔡元放改撰　劉本棟校注　繆天華校閱

東西漢演義　甄偉、謝詔編著　朱恒夫校注　劉本棟校閱

說岳全傳　錢彩編次　金豐增訂　平慧善校注

大明英烈傳　楊宗瑩校注　繆天華校閱

神魔志怪類

西遊記　吳承恩撰　繆天華校注

封神演義　陸西星撰　鍾伯敬評　楊宗瑩校注　繆天華校閱

濟公傳　王夢吉等著　楊宗瑩校注　繆天華校閱

三遂平妖傳　羅貫中編　馮夢龍增補　楊東方校注

南海觀音全傳　達磨出身傳燈傳（合刊）　西大午辰走人、朱開泰著　沈傳鳳校注

諷刺譴責類

儒林外史　吳敬梓撰　繆天華校注

官場現形記　李伯元撰　張素貞校注　繆天華校閱

文明小史　李伯元撰　張素貞校注　繆天華校閱

鏡花緣　李汝珍撰　尤信雄校注　繆天華校閱

二十年目睹之怪現狀　吳趼人著　石昌渝校注

何典　斬鬼傳　唐鍾馗平鬼傳（合刊）　張南莊等著　鄔國平校注　繆天華校閱

擬話本類

拍案驚奇　凌濛初撰　劉本棟校注　繆天華校閱
二刻拍案驚奇　凌濛初原著　徐文助校注　繆天華校閱
喻世明言　馮夢龍編撰　徐文助校注　繆天華校閱
警世通言　馮夢龍編撰　徐文助校注　繆天華校閱
醒世恒言　馮夢龍編撰　廖吉郎校注　繆天華校閱
今古奇觀　抱甕老人編　李平校注　陳文華校閱
豆棚閒話　照世盃（合刊）　艾衲居士、酌元亭主人編撰　陳大康校注　王關仕校閱
石點頭　天然癡叟著　李忠明校注　王關仕校閱
十二樓　李漁著　陶恂若校注　葉經柱校閱
西湖佳話　墨浪子編撰　陳美林、喬光輝校注
西湖二集　周楫纂　陳美林校注

著名戲曲選

竇娥冤　關漢卿著　王星琦校注
漢宮秋　馬致遠撰　王星琦校注
梧桐雨　白樸撰　王星琦校注

琵琶記　高明著　江巨榮校注　謝德瑩校閱
第六才子書西廂記　王實甫原著　金聖嘆批點　張建一校注
牡丹亭　湯顯祖著　邵海清校注
荊釵記　柯丹邱著　趙山林校注
荔鏡記　明・無名氏著　趙山林等校注
長生殿　洪昇著　樓含松、江興祐校注
桃花扇　孔尚任著　陳美林、皐于厚校注
雷峰塔　方成培編撰　俞為民校注

楊家將演義

紀振倫／撰　楊子堅／校注　葉經柱／校閱

清代以來，以楊家將故事為題材的京劇和地方戲劇不下百種，大都取材自小說《楊家將演義》。書中以楊繼業祖孫五代與入侵的遼和西夏人英勇戰鬥、前仆後繼的事蹟為主軸，雖然事件紛繁，但鏡頭集中，人物形象突出，情節描述有條不紊、生動傳神，值得再三玩味。